MAY McGOLDRICK

EINE ROSE MIT DORNEN

Roman

Deutsche Erstausgabe

WILHELM HEYNE VERLAG
MÜNCHEN

HEYNE ROMANE FÜR ›SIE‹
Nr. 04/230

Titel der Originalausgabe:
THE THISTLE AND THE ROSE
Aus dem Amerikanischen von
NICOLE HÖLSKEN

First published by Topas, an imprint of Dutton Signet,
a division of Penguin Books USA Inc.

Printed in France 1998
Umschlagillustration: Donald Case/Agentur Schlück
Umschlaggestaltung: Atelier Ingrid Schütz, München
Satz: Schaber Datentechnik, Wels
Druck und Bindung: Brodard & Taupin

ISBN 3-453-13964-X

Für
Rosemary und George

PROLOG

Nordengland, 9. September 1513

Nebel, Regen und der Rauch der englischen Kanonen bedeckten die Felder bei Flodden wie mit einem grauen Leichentuch, das niemand zu durchdringen vermochte. Doch obwohl man die Hand nicht vor den Augen sah, wußte James IV., daß jetzt der Zeitpunkt gekommen war, an dem sich sein Schicksal erfüllen sollte.

Mit dem Kriegsschrei der Stuart scharte der König seine schottischen Mannen um sich, warf sein weißes Kriegsroß herum, riß seinem Knappen den fünfzehn Fuß langen Speer aus der Hand und preschte den Hügel hinab, geradewegs in die Reihen der englischen Infanterie hinein.

Vier Stunden lang floß das Blut auf den Boden des schlüpfrigen Abhangs, aber gegen die acht Fuß langen Hellebarden der Engländer, jene groteske Kreuzung aus Speer und Axt, hatten die schottischen Waffen keine Chance.

Bevor die Düsternis des Tages der Dunkelheit der Nacht wich, lagen zehntausend von Schottlands besten Männern erschlagen im Schlamm. Man hatte ihnen nicht nur die Rüstung, sondern auch ihren Traum von einem neuen Schottland genommen. Die Gefolgsleute des Königs – Frauen, Knappen, Geistliche und Diener – waren ebenfalls tot. Die englischen Grenztruppen, angeführt von dem erbarmungslosen Lord Danvers, hatten sie ausgeplündert und ihnen die Kehlen durchgeschnitten.

König James' Sohn Alexander, der Erzbischof von St. Andrew's, zwei Bischöfe, zwei Äbte und sechsundzwanzig von Schottlands vornehmsten Earls und Lords wurden an diesem blutigen Tag auf grausame Weise erschlagen – Schottlands Adel war an einem einzigen Tag vernichtet.

Und auch James lag nackt auf dem Schlachtfeld. Sein roter Bart wand sich um den zerbrochenen Schaft eines Pfeils, der das Lebensblut eines Königs vergossen hatte.

Jetzt gab es niemanden mehr, der die Familien der Krieger im Norden schützen konnte, alle Soldaten waren buchstäblich dahin. Das wußten die Engländer.

Und den Siegern gehörte die Beute.

KAPITEL 1

Die mittleren Lowlands in Schottland im Februar 1514

Dieser Teufel von Danvers hatte ihnen die Hölle auf Erden bereitet.

Aus Erfahrung wußte Celia, daß das Feuer, das in dem aus Eichenholz und Mörtel erbauten hinteren Teil des Herrenhauses wütete, bald das gesamte Gebäude verschlingen würde. Die englischen Marodeure wollten die Menschen, die in Caithness Hall Zuflucht gesucht hatten, durch die riesigen Eichentüren hinaustreiben, die man vor den Eindringlingen verriegelt hatte. Dieser nächtliche Beutezug sollte besonders blutig enden.

Statt ihr Schießpulver zu verschwenden, indem sie den Eingang sprengten, statt Zeit damit zu vergeuden, einen Rammbock zu bauen, hatten diese Teufel Heu von den umliegenden Feldern gesammelt, hatten einen großen Haufen an der hinteren Mauer des Gebäudes errichtet und diesen mit ihren Fackeln entzündet. Diese Methode hatte Danvers in ganz Schottland immer wieder angewandt – er zerstörte die großen Herrenhäuser und ermordete die Unschuldigen.

Celia spähte durch eine Ritze der Fensterläden im ersten Stock und sah, wie die Reitertruppe draußen darauf wartete, daß das Volk aus dem Herrenhaus strömte. Manche waren abgestiegen, und die Fackeln in ihren Händen züngelten wütend, während sie den Befehlen des Mannes folgten, der bei diesem Überfall offensichtlich ihr Anführer war. Selbst aus dieser Entfernung konnte Celia erkennen, daß er ein Riese war, und sie ahnte, daß seine Schweinsäuglein vor Freude über den Anblick, den er inszeniert hatte, zu funkeln begannen.

Celia schauderte. Sie kannte diesen Mann. Lord Danvers, die Geißel Schottlands.

Aber für derlei Gedanken war eigentlich keine Zeit. Celia wußte, daß er den gesamten Haushalt abschlachten würde. Seit der Ermordung des Königs auf dem Schlachtfeld versetzte allein schon der Name dieses Mannes die Mütter Schottlands in Angst und Schrecken.

Er war ein Kindermörder.

Aber ihren kleinen Kit würde er niemals bekommen, schwor Celia, nicht so lange sie noch einen Atemzug im Leib hatte. Sie warf Ellen, der Amme, die mit dem Kind in den Armen in einer Ecke des Raumes stand, einen prüfenden Blick zu.

In diesem Moment stolperte der drahtige kleine Priester ins Schlafzimmer, in den Händen hielt er ein Schwert. Sein Gesicht war rußverschmiert.

»Ihr hattet recht«, schrie er. »Hinter dem Haus sind höchstens ein halbes Dutzend von ihnen! Dieser klumpfüßige Satan, der diese Dämonen befehligt, weiß, daß niemand so töricht ist, den Versuch zu wagen, mitten durch das Feuer zu entkommen.«

»Dann, bei Gott, Vater William, werden wir genau das tun!« schrie Celia zurück. »Wo ist Edmund?«

Das Tosen des Feuers war mittlerweile ohrenbetäubend, aber der Priester hatte sie trotzdem gehört.

»Am Fuße der Treppe«, rief er ihr zu. Sie stürzte an ihm vorbei, nahm Ellen Kit aus den Armen und sah ihr ins Gesicht. In ihren Augen stand blankes Entsetzen, aber Celia wußte, daß sie durchhalten würde.

»Ellen, nimm nur die große Reisetasche und geh mit Vater William. William Dunbar ist nicht nur ein Dichter, er ist auch ein großer Soldat.« Sie warf der Amme ein flüchtiges Lächeln zu, und Ellen nickte. Sie würde ihr gehorchen.

Celia sah zärtlich auf die Falten der Flagge hinab, in die man Kit gewickelt hatte. Es versetzte ihr einen Stich ins Herz, wenn sie daran dachte, daß irgend jemand ihm ein

Leid zufügen könnte, daß er vielleicht nicht heranwachsen und die Wunder erleben durfte, die das Leben ihm zu bieten hatte. Celia drückte ihn fest an ihre Brust und atmete den Wohlgeruch des Babys ein.

Erneut sah sie dann auf ihn hinab und dachte, daß Kits graue Augen denen seines Vaters glichen. Er blickte vertrauensvoll zu ihr empor. Sie wußte, daß der kleine Soldat noch nicht einmal weinen würde. Das Baby rundete die Lippen, als ob es krähen wollte, aber Celia konnte nichts hören. Vater William zupfte an ihrem Ärmel. Sie mußten gehen.

Die kleine Gruppe rannte die Treppe hinunter. Das Untergeschoß war von dichtem Rauch erfüllt, die verängstigte Dienerschaft befand sich in wildem Aufruhr – es war die Hölle. Manche versuchten, die großen Eichentüren zu entriegeln, während andere sich bemühten, die Türen weiterhin verschlossen zu halten.

Celia registrierte das Chaos. Noch in den frühen Morgenstunden war auf Caithness Hall alles geschmackvoll eingerichtet und in vorbildlicher Ordnung gewesen. So würde es niemals mehr sein.

Was für eine Verschwendung, dachte sie. Was für ein Verbrechen.

Der Laird von Caithness Hall war zusammen mit seinem König auf dem Schlachtfeld gestorben wie so viele andere auch. Ihr war bewußt, daß diese Menschen nicht auf sie hören würden. Immerhin war sie zur Hälfte Engländerin. So gab es niemanden, der ihnen sagen konnte, was sie tun sollten. Das Herrenhaus war dem Feind schutzlos ausgeliefert. Celia wußte, daß das Schicksal der Menschen auf Caithness Hall besiegelt war.

Trotz des Tumults entdeckte Celia Edmund, ihren Onkel, sofort. Der große Krieger hatte ein langes Schwert in der Hand und schob seinen starken, nicht mehr ganz jungen Körper durch die Menge. Celia deutete auf den hinteren Teil des Hauses. Edmunds Augen weiteten sich vor Überraschung, doch ohne Zögern drehte er sich um und schlug für seine Nichte und ihre Begleiter einen Weg in die Große Halle frei.

Die Wand am Ende der Halle stand lichterloh in Flammen. Die Decke darüber konnte bei dem Ausmaß, das der Brand schon erreicht hatte, jede Minute zusammenbrechen. Als Edmund Celia einen Blick zuwarf, deutete sie auf die Türen des Studierzimmers, das zu ihrer Linken lag.

Edmund führte sie an der linken Wand entlang dorthin, trat die Tür ein und ging hinein. Die anderen folgten ihm mitten durch die fallenden Scheite. Als Vater William als letzter durch die Tür schlüpfte, konnte man vom anderen Ende der Halle her ein lautes Krachen hören. Das Herrenhaus brach langsam über ihnen zusammen.

Celia gab Ellen das Baby und riß sich ein Schwert von der Wand neben dem Kamin.

Hustend wandte sie sich um und rief ihrem Onkel zu: »Mach die Fensterläden auf, Edmund! Wir müssen hier raus!«

Unwillkürlich mußte Edmund lächeln: Er liebte dieses hübsche Mädchen, das Befehle erteilte wie ein General. Ihre schwarzen Augen blitzten vor Kampflust. Konzentriert runzelte sie die Stirn; sie war bereit, sich allem zu stellen, was da draußen auf sie wartete. Sie kämpfte mit dem Verstand. In den Jahren, die er seit dem Tode seiner Schwester mit ihr verbracht hatte, hatte Edmund beobachtet, wie sie in der Gesellschaft der Männer ihres Vaters aufwuchs – es waren rauhe Männer gewesen, durchweg Seeleute und Krieger. Edmund hatte ihr alles beigebracht, was sie über das Kämpfen wissen mußte. Und schon häufig war er Zeuge gewesen, wie Männer, die die Stärke dieses schlanken, weiblichen Körpers unterschätzt hatten, dies teuer bezahlen mußten. Ihre Kriegskünste waren ein Geheimnis, das niemand je bei einer Frau vermutet hätte.

Sobald der alte Krieger den Riegel vom Fenster entfernte, schwang der eichene Fensterladen nach innen, und Edmund spürte, wie die Nachtluft ins Zimmer strömte. Die marodierenden Soldaten mußten zuvor schon den äußeren Fensterladen geöffnet haben, dachte er und fragte sich, warum sie sie nicht einfach mit ihren Hellebarden zerschlagen hatten. Der Befehl lautete doch höchstwahrscheinlich, das gesamte Anwesen niederzubrennen.

Mit der Nachtluft flammten auch die Manuskripte in dem bereits brennenden Studierzimmer auf. Edmund sprang durch das Fenster, Celia ihm dicht auf den Fersen.

Während Vater William und Edmund Ellen halfen, mit dem Baby durch das brennende Fenster zu steigen, sah Celia, daß die Ställe hinter dem kunstvoll angelegten Garten immer noch dunkel waren. Die Plünderer hatten dem Vieh von Caithness noch keine Aufmerksamkeit geschenkt.

Aus den Augenwinkeln konnte Celia sie kommen sehen. Fünf Soldaten rannten auf sie zu. Sie warf den schweren Mantel ab, der ihre Schultern bedeckte. Die leichte Rüstung, die sie am Oberkörper trug, schimmerte im Licht des brennenden Hauses.

In den Augen des ersten funkelte Mordlust. In der linken Hand hielt er ein Schwert. Sein anzüglicher Blick haftete einen Augenblick lang auf der Beute, die da vor seinen Augen aufgetaucht war, doch dann sah er an ihr vorbei zu Edmund.

Das war ein tödlicher Fehler. Von links schmetterte Celia ihr Schwert gegen den Helm des Soldaten und traf ihn mit einem mächtigen Hieb unter dem Ohr. Als er neben ihr zu Boden ging, wirbelte sie herum und schwang das Schwert gegen den nächsten.

Der Soldat zu ihrer Linken wehrte ihren Schlag mit seiner Hellebarde ab. Jetzt befand sich Celia in tödlicher Reichweite der Waffe. Erneut wirbelte sie herum und schlug dem Marodeur das rechte Bein in Kniehöhe ab. Er stürzte gegen den anderen Soldaten. Beide taumelten. In diesem Augenblick rannte Edward mit erhobenem Schwert auf sie zu. Mit zwei schnellen Schlägen tötete er die gefallenen Krieger, und Celia wandte sich dem nächsten Feind zu.

Sofort stand Edmund neben ihr, den Mantel in der Hand. Als die beiden anderen nah genug herangekommen waren, stürzte er nach vorn. Mit dem dicken Mantel bedeckte er den Speer und die Axt der Hellebarde. Mit der anderen Hand ergriff er deren Schaft, hob den Soldaten, der die Waffe weiter umklammert hielt, mit Leichtigkeit in die Höhe und warf ihn in die brennende Wand des Hauses hinein.

Der letzte Soldat hielt verwirrt inne. Der alte Krieger schwang die vom Mantel befreite Waffe wie eine Keule und landete einen Schlag gegen seinen Kopf. Mit ausgestreckten Beinen landete sein Gegner auf dem Boden – und im gelobten Land.

Celia wandte sich um und bedeutete Ellen und Vater William, ihr zu folgen. Gemeinsam rannten sie auf die Ställe zu. Edmund blieb am Tor stehen, und als Celia und die anderen den Verschlag betraten, sprangen ihnen zwei Soldaten vor die Füße. Die beiden grinsten wie Idioten.

»Sieh einer an!« sagte der eine. »Zwei Frauen und ein Priester.«

»Und wenn ich mich nicht irre«, antwortete der andere, »hält die eine ein Baby in den Armen.«

»Wenn es ein Junge ist«, sagte der erste, »bedeutet das eine besondere Prämie für den Kadaver des kleinen Kerls! Lord Danvers hat nämlich noch einen Sonderbonus für Jungs ausgesetzt, weißt du?«

Der zweite streckte die Arme aus und sagte zu Ellen: »Gib ihn mir, du dreckige schottische Schlampe! Es ist sein Schicksal, jetzt seinem Schöpfer entgegenzutreten.«

Doch schon fiel die Hand des Soldaten nutzlos in den Staub. Er sollte in seinem Leben nicht viel Zeit haben, sie zu vermissen.

Vater William, der mit dem Kurzschwert zugeschlagen hatte, rammte es nun dem Soldaten in den Hals und hob ihn noch einmal auf die Zehen, bevor er ihn leblos zu Boden sinken ließ.

»Sprich vom Schöpfer nicht auf diese abschätzige Weise,

du räudiger Köter«, rief er der in sich zusammensackenden Gestalt zu. Als er sich umwandte, sah er, wie Celia gerade ihre Klinge aus dem sterbenden Körper des anderen Soldaten zog.

Innerhalb weniger Minuten galoppierten vier Pferde aus dem Stall. Celia blieb kurz am Tor stehen. Vom Haupthaus hörte man Schreie. Sie blickte nur noch einmal zurück und sah, wie die lodernden Flammen Caithness Hall verschlangen.

Während sie in die Dunkelheit ritten, fragte sie sich verzweifelt, wo sie wohl Unterschlupf finden würden. Wo in ganz Schottland konnte ein kleiner Junge heutzutage noch sicher sein?

KAPITEL 2

Der König hat dieses Vorgehen befohlen, es ist also meine Pflicht, zu gehorchen. Aber ich beobachte Lord Danvers, und ich halte ihn für verrückt. Er sitzt auf seinem schwarzen Roß und sieht zu, wie die Männer das Herrenhaus in Brand setzen. Es geschieht, wie er befohlen hat, und er betrachtet sein Werk voller Freude. Aber als die Menschen zu den Vordertoren von Caithness Hall herausströmen, sucht er nach jemandem. Wir alle wissen, daß er für jedes Baby, das wir ihm bringen, sei es nun tot oder lebendig, eine Prämie zahlt, und manche von den anderen schlachten nun unschuldige schottische Kinder ab, wann immer sie eines finden. Er lächelt ruhig, während die Offiziere das Geld ausbezahlen. Aber hier, hier ist es kein Kind, nach dem er sucht, und die Schreie derjenigen, die er … befragt …

Nicht daran denken. Ich muß gehorchen … ich muß gehorchen … der König hat es befohlen.

Schottlands Westinseln im März 1514

Im Licht des Vollmonds schimmerte Kildalton Castle wie ein Diamant über dem Firth of Lorn. Der Wind peitschte die westliche See, die sich wie ein Dämon erhob, und die Wellen krachten mit teuflischem Zorn gegen die zerklüfteten Felsen, auf dem die Festung der Campbells thronte.

Niemand hätte das kleine Segelschiff erwartet, das über die Wasseroberfläche der Förde dahinjagte. Aber am Ruder stand fraglos ein Meister seines Fachs.

Es war ein Mann in leichter Rüstung und Überwurf, der einem anderen Seemann Befehle erteilte. Dieser saß geduckt unter dem einzelnen Mast und war damit beschäftigt, die Segel dichtzuholen. Der dritte Reisende, ein Krieger fast von der Größe des Steuermanns, saß im Bug des Bootes und hielt den Kopf in den Händen. Die Gischt auf seiner Rüstung glitzerte im Mondlicht, aber er war eindeutig kein Seemann. Leises Stöhnen entrang sich seinen hübschen, vollen Lippen, und ständig fuhr er sich mit den langen Fingern durch das rotgoldene Haar.

Der Blick des Riesen glitt von seinem seekranken Freund zu dem schimmernden Schloß, das direkt über ihnen lag. Er stieß die Ruderpinne hinüber, mit einer Leichtigkeit, mit der es normalerweise drei Männer nicht geschafft hätten. Das lange, schwarze Haar des Kriegers wehte im Wind. Er besaß kräftige Schultern und ein beeindruckendes, wettergegerbtes Gesicht, das jedoch keineswegs von der Stärke und Beweglichkeit seines muskulösen Körpers abzulenken vermochte.

Länger als einen Monat freute sich Colin Campbell nun schon auf diesen Augenblick. Zum ersten Mal seit Wochen entspannte sich seine grimmige Miene, und seine grauen Augen strahlten ebenso hell und klar wie das mondbeschienene Schloß.

»Alec«, rief Colin dem Freund mit den goldenen Haaren zu. »Wenn du stark genug bist, um dein niedliches Köpfchen zu heben, so wird dich ein herrlicher Anblick belohnen.«

Alec wandte sich um und blickte in die Richtung, in die das Boot nun fuhr.

»Endlich! Kildalton.«

»Ja, Alec. Das Heim der Campbells.«

Mit vorsichtig tastenden Schritten bewegte sich Alec an dem Seemann vorbei zu seinem Freund am Heck. Plötzlich ging ihm auf, daß Colins Gesichtsausdruck anders war als sonst. Potztausend: Colin lächelte beinahe.

Bei Torquil Macleods Versammlung der Highland Stammesführer in Dunvegan Castle hatte Colin Campbell ganz sicher nicht gelächelt. Er war anstelle seines Vaters dort gewesen, denn schon bald würde er in die Fußstapfen des alten Mannes treten und Stammesführer der Campbells werden. Und Colin war nicht glücklich über das gewesen, was er gehört hatte.

Keiner der Stammesführer der Highlands oder der Westinseln war glücklich über das strenge Regiment des Stuart-Königs, James IV. Aber die gewalttätige und mörderische Fehde, die gleich darauf zwischen den Clans ausgebrochen war, überzeugte ihn ohne Zweifel davon, daß die Schotten irgendwann erneut von den Engländern beherrscht werden würden. Ohne einen starken König aus dem Hause Stuart, der sie gegen die Engländer vereinte, würden sie weiterhin miteinander streiten, bis sie alle der Tyrannei der Schlächter aus dem Süden zum Opfer fielen.

Alec sah seinem Freund scharf ins Gesicht. Es war das Antlitz eines Kriegers, sonnengebräunt und mit Narben übersät. Er hatte stahlgraue Augen, die seinen Gegnern das Blut in den Adern gefrieren ließen. Schon an normalen Tagen blickte Colin grimmig drein, aber wenn der große Krieger zornig war, flößte sein Gesicht jedem seiner Feinde Angst und Schrecken ein. Und als er sich im Namen der Campbells dafür ausgesprochen hatte, den Nachfolger aus dem Hause Stuart zu unterstützen, da er das kleinste der beiden Übel war, war sein Gesicht nach den Antworten der anderen Stammesväter so voller Ingrimm gewesen, daß es einem kalt den Rücken hinunterlief.

Denn nur wenige hatten seine Überlegungen verstanden. Alecs Clan, die Macphersons, hatten Colin zugestimmt. Aber sie waren nicht genug Männer, um sich gegen die Prahlerei und Arroganz der anderen durchzusetzen, die sich für diesen Augenblick zusammengetan hatten, um die Stimme des Anführers der Campbells zu übertönen. Keiner von ihnen hätte sich dem Krieger allein stellen mögen – Colins aufbrausender Zorn und sein kriegerisches Temperament waren sprichwörtlich –, aber gemeinsam konnten sie das Risiko eingehen, sich ihm zu widersetzen.

Demonstrativ hatten Colin und Alec miteinander die Versammlung verlassen. Sie planten eine Allianz, durch die sie sich vielleicht mit ein paar der in Grenzkriege verwickelten Stammesfürsten und möglicherweise auch noch mit ein paar Lairds aus den Lowlands verbünden konnten. Colin hoffte nur, daß die Stuarts bald etwas unternehmen würden, um sich selbst zu helfen. Die Gerüchte von den Machtkämpfen, die am Hof tobten, waren ziemlich beunruhigend.

Doch derlei Gedanken sollten jetzt eine Weile ruhen. Colin war beinahe zu Hause, und deshalb hatte der große Krieger allen Grund zu lächeln.

Plötzlich bemerkte Alec, daß Colin nicht die kleine Hafenstadt ansteuerte, die dunkel und schlafend unterhalb der Festung lag. Er fuhr direkt auf den von der tosenden Brandung umspülten Felsen unter den Schloßmauern zu. Aber dort gab es weder Landungssteg noch Strand. Das Kliff bestand aus gezackten Felsvorsprüngen. Alec sah, daß sich die Wellen an Riffs brachen, die aus der wütenden Brandung herausragten wie die Rücken unzähliger Seeschlangen. Jetzt ist Colin verrückt geworden, dachte Alec. *Deshalb* lächelte er also so seltsam!

Das kleine Boot flog förmlich über das Wasser. Sie waren jetzt von krachenden Wellen und Riffs umgeben, die es zu zerstören drohten, bevor sie die Felswand auch nur berühren konnten. Der Abstand zum Felsen verringerte sich in geradezu atemberaubendem Tempo. Alec klammerte sich an die dicke, hölzerne Bootswand und murmelte ein Gebet. Colin hatte den Verstand verloren. Zu viele Schläge auf den Kopf.

Plötzlich fiel das Boot in ein Wellental und schien fast auf die rechte Seite zu kippen. In diesem Augenblick barg der Matrose das Segel und hob den kurzen Mast aus der Verankerung, wobei er ihn mit einer schnellen Bewegung in den Rumpf des Bootes legte.

Mit offenem Mund beobachtete Alec ihn dabei, warf dann einen Blick zurück auf den lächelnden Colin, der noch immer an der Ruderpinne stand, und sah schließlich zum Kliff hinüber, das sie bald zerquetschen würde.

Aber die mörderische Wand zerquetschte sie nicht, denn mittendrin tat sich plötzlich eine niedrige, schmale Spalte auf. Und kaum hatte er die Öffnung gesehen, da waren sie auch schon hindurchgewischt, krochen in der tiefschwarzen Dunkelheit durch flaches Wasser und näherten sich einer sanft abfallenden Uferböschung, wo sie schließlich zum Stehen kamen.

Colin und Alec warteten, bis der Matrose die Fackel in Colins Hand mit einem Feuerstein entzündet hatte. Das Licht flammte auf und beleuchtete die niedrige Höhle, die sich unter dem Kliff und dem Schloß erstreckte.

Alec warf seinem schwarzhaarigen Gastgeber einen wütenden Blick zu. »Du hättest mir ruhig sagen können, daß wir uns umbringen wollen. Ich hätte mich darauf vorbereitet.«

Colin lachte. »Oh, du meinst, daß du diese Höhle gar nicht kanntest?« sagte er, wobei er genau wußte, daß der Macpherson-Erbe trotz seiner zahlreichen Besuche keine Ahnung von ihrer Existenz gehabt hatte.

Alec mußte unwillkürlich lächeln. »Eine wirklich spektakuläre Ankunft!«

Colin gab Alec die Fackel und nahm einen Teil der Ausrüstung, die der Matrose aus dem Boot holte.

»Ja, ich glaube, ich habe bei dieser Geschwindigkeit bisher erst ein oder zwei Boote zerstört.«

»Drei, M'lord«, murmelte der Matrose Alec scherzhaft zu. »Ich habe von dem letzten, mit dem wir hier Schiffbruch erlitten haben, immer noch Splitter in meinem Allerwertesten.«

»Die Splitter kommen daher, daß du zu lange auf der Küchenbank herumgesessen hast, du faule Wasserratte.« Colin lachte gutmütig. »Geh du jetzt durch die Küche nach oben. Morgen früh kannst du mit einem deiner Gehilfen wieder herunterkommen und den Rest der Ausrüstung holen.« Es war schön, wieder zu Hause zu sein.

Alec blickte nachdenklich drein. »Nun, da ich über diesen Eingang Bescheid weiß, sollte es mir keine Mühe machen, eines Nachts mit fünfzig oder sechzig meiner besten Männer hierher zu kommen und ...«

»Sicher Alec. Aber achte darauf, daß du bei Flut kommst.«

»Bei Flut? Warum?« fragte Alec.

»Weil wir dann deine Knochen ... oder noch besser dein Kriegsgerät aus dem Wasser fischen«, sagte Colin ironisch. »Bei Flut ist von dieser Höhle keine Spur zu sehen.«

»Dann werden sich meine fünfzig Mann eben bei Ebbe einschleichen, und zwar mit diesen hübschen, scharfen Highland-Dolchen«, fuhr Alec fort und deutete auf die Waffe an seinem Gürtel. »Und euch die Kehle ...«

»Keine Angst«, unterbrach Colin mit einem Lächeln. »Selbst wenn es euch gelänge, bis hierher zu gelangen, ihr würdet durch die Höhlen, die diesen Hügel wie Waben durchziehen, irren, bis euer Bart grau ist und euch die Zähne ausfallen.«

»Na gut.« Alec gähnte. »Für diesmal hast du gewonnen. Jetzt brauche ich ein Bett zum Schlafen, nachdem ich mich meines nassen Wamses entledigt habe.«

»Du kannst hier im Gästezimmer schlafen.« Colin grinste und deutete mit einer ausladenden Geste auf die Höhle. »Hier hast du so viel Badewasser, wie du brauchst.«

»Was bin ich froh, daß du mich deinen Freund nennst«, antwortete Alec. »Ich hätte doch etwas dagegen, im Kerker zu schlafen.«

»Wenn du dich dauernd beklagst, können wir auch *dafür* sorgen«, sagte Colin und lachte schallend. »Komm mit.«

Mit der Fackel zündete er eine dicke Kerze an und führte seinen Freund in die Tiefen der Höhle und durch ein Labyrinth von Gängen. Dann bog er in einen Korridor mit gewölbter Decke ein. Bald standen sie an einer steinernen Treppe. Aber Colin ging nicht hinauf. Statt dessen warf er seinem Freund einen drohenden Blick zu, wandte ihm den Rücken zu und versperrte ihm so den Blick auf das, was er tat. Dann drehte er sich wieder um, zwinkerte

Alec zu und drückte auf einen bestimmten Teil der Steinwand, die nun geräuschlos aufglitt. Die beiden Männer duckten sich, huschten durch die Öffnung und begannen, eine lange, gewundene Treppe hinaufzusteigen. Sie durchquerten ein mehrstöckiges Labyrinth aus Gängen. Nachdem sie einen langen Gang hinter sich gelassen hatten und an einer hölzernen Treppe vorbeigekommen waren, führte Colin Alec schließlich durch eine weitere scheinbar verschlossene Wand. Dann kam abermals eine kurze Treppe. Der Freund blieb ihm dicht auf den Fersen.

Oben erspähte Alec einen kurzen Gang und folgte Colin, der auf ein Holzpaneel auf der rechten Seite zuging. Hier machte die Wand einen Knick; es war, als würde der Korridor von beiden Seiten hinter dem Paneel zusammengequetscht. Alec wurde klar, daß sie zwischen den Steinwänden zweier Zimmer hinaufgekommen waren. Das verengte Stück des Durchgangs war einfach der zusätzliche Platz, den man für den Kamin eines jeden Zimmers benötigte. Wahrscheinlich standen sie zwischen zwei der besten Schlafzimmer.

»Hinter dem nächsten Paneel befindet sich dein Kerker«, scherzte Colin. »Wenn du dich erinnerst, meine Zelle ist genau daneben. Mach es dir bequem, während ich meine Ausrüstung ablege. Ich bin sicher, mein Vater möchte dich bald begrüßen. Er wird sich freuen, wenn er von der Entscheidung deines Vaters hört, daß auch dein Clan die Stuarts unterstützen wird.«

Alec legte Colin die Hand auf den Arm und hielt ihn mit einem warnenden Blick zurück.

»Immer wieder habe ich in diesem Zimmer gewohnt, und du hast mir nie gesagt, daß es einen geheimen Zugang gibt. Diese Nacht werde ich wohl besser mit dem Dolch in der Hand schlafen.«

»Ich hätte nie gedacht, daß es Nächte gibt, in denen du das nicht tust«, antwortete Colin und lachte. »Ich werde einen Mann mit Holz zu dir schicken, der das Feuer anzündet.«

»Schick mir lieber eine Frau«, scherzte Alec.

»Deine Weibsbilder wirst du dir ja wohl noch selbst beschaffen können, Alec Macpherson! Ich bin schließlich nicht für alles zuständig«, schnaubte Colin, als sie vor dem Eingang zu Alecs Zimmer stehenblieben. »Aber in diesem Schloß wirst du sowieso keine finden, die dir gefällt.«

»Nicht, wenn sie eine Campbell ist und auch noch so aussieht«, antwortete Alec mit übertriebenem Schaudern. »An die Alpträume, die eine solche Kombination zur Folge hätte, wage ich gar nicht zu denken.«

»Genug, du schottischer Pferdedieb. Ich komme bald wieder ... aber durch die Tür vom Flur aus.«

Colin schob einen hölzernen Riegel zurück und drückte die Holzvertäfelung auf. Er sah, wie das Mondlicht auf den Steinboden fiel. Sanft schob er Alec ins Zimmer und schloß das Paneel wieder.

Dann wandte er sich um und ging weiter den Korridor entlang.

Celia wußte nicht, was sie geweckt hatte. Als sie die Augen öffnete, hörte sie kein anderes Geräusch als das entfernte Rauschen des Windes und der Wellen außerhalb der verglasten Fenster. Es war noch immer Nacht, obwohl das Feuer im Kamin schon lange ausgegangen war. Sie spähte durch den schweren Vorhang, der ihr Bett umgab. Das Mondlicht schien hell ins Zimmer, und nichts war ungewöhnlich oder anders als sonst.

Sie hatte die Tür zum Flur von innen verriegelt. Ansonsten gab es nur noch die Verbindungstür zu dem Zimmer, in dem Ellen und das Baby schliefen. Von dort aus war der Zugang zum Flur ebenfalls verriegelt. Die Verbindungstür zwischen beiden Zimmern war geschlossen. Vielleicht wäre es besser gewesen, sie einen Spalt breit offen zu lassen, dachte Celia.

Nein, sie machte sich sicher nur unnötige Sorgen. Kildalton war eines der sichersten Schlösser in ganz Schottland. Ihre Fantasie wollte ihr nur einen Streich spielen.

Celia schloß die Augen wieder, aber im nächsten Augenblick saß sie aufrecht im Bett, denn sie hatte gehört, wie ein hölzerner Riegel zur Seite glitt. Geräuschlos zog sie ihr Kurzschwert aus der Scheide, die am reich verzierten Kopfteil des Bettes hing. Sie spähte in die Dunkelheit hinaus und erschrak beim Anblick eines großen Kriegers, der vor einem der dekorativen Holzpaneele neben der riesigen Feuerstelle stand. Wo war er nur hergekommen? Aus der Holzvertäfelung?

Regungslos wie ein Standbild beobachtete sie ihn: Er sah einen Augenblick lang zum Bett hinüber, dann schritt er durch das Zimmer auf die Tür des Babys zu. Und zog sein langes Schwert aus der Scheide.

Nachdem sich seine Augen an die Dunkelheit gewöhnt hatten, ließ Alec seine lederne Satteltasche zu Boden gleiten und sah zu dem riesigen Bett hinüber, das im Schatten des vom Mondlicht durchfluteten Zimmers stand. Nach der harten, feuchten Reise durch die Highlands, nach dem zugigen alten Schloß von Dunvegan war ein solches Lager sicher ein Hochgenuß. Ein gutes Bett, ein Schlafzimmer mit Kamin, verglaste Fenster – diese Campbells scheuten keine Kosten, um sich ein angenehmes Leben zu verschaffen. Es war schon fast sündhaft.

Na gut, ich kann ebensogut sündigen wie sie, dachte er und begann, den Raum zu durchqueren. Jetzt nur noch raus aus diesem Kettenhemd, dann die nassen Kleider an die Haken gehängt und schon kann ich mich für einen kurzen Willkommensbesuch von Colins Vater vorbereiten. Bitte, Herr, mach's wirklich kurz.

Er zog das Schwert aus der Scheide. Da ließ ihn ein Schrei förmlich erstarren.

Er war zu groß. Sie konnte ihm nicht einfach die Kehle durchschneiden. Sie mußte ihn also zu Boden werfen, gegen ihn kämpfen. Das Kettenhemd würde ihn jedoch auch vor einem Schlag gegen den Brustkorb schützen.

Als der Eindringling auf die kleine Tür zuging, sprang Celia aus dem Bett und stieß einen Schrei aus, der selbst dem mutigsten Mann das Blut in den Adern gerinnen lassen konnte. Es war ein Schrei, den ein Krieger aus Wales, der in den Diensten ihres Vaters gestanden hatte, ihr beigebracht hatte. Onkel Edmund hatte gelacht, als er damals der Unterrichtsstunde beigewohnt hatte, aber er hatte ihr erzählt, daß die Waliser schon so manch hartgesottenen Feind mit diesem Schrei in Angst und Schrecken versetzt hatten. Die Heftigkeit, mit der er ausgestoßen wurde, war es, was einem durch Mark und Bein ging.

Mit der Schnelligkeit einer Schlange, die sich auf ihre Beute stürzt, flog Celia über den Steinboden. Sie schwang ihr Kurzschwert gegen das Knie, das ihr am nächsten war. Sie würde ihn mit der Schulter rammen, ob es ihr nun gelang, ihm das Bein abzuschlagen oder nicht.

Schreiend segelte der in Weiß gehüllte Geist auf ihn zu. Instinktiv zog er die Waffe, um das blitzende Metall abzuwehren, das er aus den Augenwinkeln auf sein Knie zukommen sah. Dann rammte ihn der Geist so heftig mit der Schulter, daß er zu Boden fiel. Einen solchen Schlag konnte man wohl kaum als geisterhaft bezeichnen. Dem stattlichen Krieger blieb buchstäblich der Atem weg.

Mit einem Knall landete er auf einem dreibeinigen Holzhocker, der unter dem Aufprall zersplitterte. Bevor er auch nur ein Glied rühren konnte, sprang die unirdische Gestalt auf seine Brust, und er spürte die Spitze eines Schwertes, das sich in eindeutiger Absicht in das Fleisch unter seinem Kinn bohrte.

Aber es waren ihre Augen aus schwarzem Saphir, die seinen Kampfgeist bannten.

Colin zwängte seine breite Brust gerade durch die Holzvertäfelung seines Zimmers. Bevor er jedoch Gelegenheit hatte, ganz hineinzugelangen, ertönte ein unheimlicher Schrei. Er erstarrte. Einen Augenblick lang glaubte er, daß ein Dämon aus dem Jenseits im Korridor sei und sich auf ihn stürzen wolle. Dann warf er die dicke Kerze zu Boden und zog sein Schwert.

Der Lärm von Metall und splitterndem Holz, der dem Schrei folgte, kam von der anderen Seite des Korridors.

Er zwängte sich wieder in den stockfinsteren Durchgang. Mit Leichtigkeit fand er den hölzernen Riegel von Alecs Zimmer – schließlich hatte er in seiner Kindheit ständig in diesem Labyrinth gespielt. Er stieß die Holzvertäfelung auf und sprang mit gezücktem Schwert hinein, bereit sich dem zu stellen, was immer er dort vorfinden würde.

Bei dem Anblick, der ihn Willkommen hieß, hielt er verblüfft inne.

Eine Vision. Dort, im Mondschein, kniete ein überirdisches Wesen, ein Engel im weißen Gewand, der in dem dunklen Zimmer förmlich zu glühen schien.

Schulterlanges, kastanienbraunes Haar wurde zurückgeworfen, und einen flüchtigen Augenblick lang gewahrte er funkelnde schwarze Augen, die Blitze in Colins Richtung abschossen, welche die tiefsten Winkel seiner Seele zu verbrennen drohten. So etwas hatte er noch nie erlebt: Begierde, Furcht, Fragen durchfuhren seinen Körper, verwüsteten seine Seele. Er rang nach Atem.

Colin war bereit gewesen, zu kämpfen, doch nun hing das Schwert schlaff an seiner Seite. Die Aura der Schönheit, die dieses Wesen umgab, hatte ihn geblendet. Ein Blick hatte ihn besiegt.

Das Gesicht dieses Engels glich keinem menschlichen Wesen. Diese Vollkommenheit ihrer Züge! Ihre Augen erfüllten ihn mit Feuer, die hohen Wangenknochen ließen ihn erschauern, ihre Lippen entfachten ein Gefühl in seinen Lenden, das eher Lust als religiöse Verehrung war.

Colin wurde von einer Glut erfaßt, die ihn fast auf die Knie gezwungen hätte. Die Augen des Kriegers wanderten von ihrem Gesicht zu ihren nackten Füßen. Die Reise war langsam und gründlich. Das dünne, weiße Gewand trug nur wenig dazu bei, den Körper zu verbergen. Dieser vollkommene Leib war unzweifelhaft eine Schöpfung des Himmels, wenngleich seine Empfindungen scheinbar recht irdischer Natur waren.

Denn vor ihm lag der zukünftige Stammesfürst der Macphersons. Ein Kurzschwert richtete sich auf seine Kehle. Auch Alec schien gebannt durch diese Schönheit, die im Begriff war, seinen Kopf aufzuspießen. Widerstand schien das letzte zu sein, was ihm in den Sinn kam, dachte Colin.

Sie war nur halb so groß und schwer wie Alec, und doch waren die beiden Männer weder in der Lage noch willens sich zu bewegen.

Irgend etwas ließ Celia zögern. Es war das erste Mal in ihrem Leben, das sie nicht genau wußte, was sie tun sollte. Der zweite Riese, der vor wenigen Sekunden durch die Holzvertäfelung gebrochen war, stand einfach da – mit einem äußerst merkwürdigen Gesichtsausdruck und einem müßig an seiner Seite baumelnden Schwert. Derjenige, den sie in ihrer Gewalt hatte, machte noch nicht einmal den Versuch, sich zu wehren. Auch er starrte sie einfach nur an.

Ihr erster Gedanke hatte dem Schutz des Babys gegolten. Keiner durfte Kit ein Leid antun! Aber jetzt wußte sie nicht, wie es weitergehen sollte. Sie hatten eindeutig nicht die Absicht, sie zu bedrohen. Und es gab auch keinerlei Anzeichen, daß einer von beiden zu dem Baby wollte. Nein, sie starrten sie lediglich an wie zwei zu groß geratene Klosterschüler.

Nun, den Mann am Holzpaneel schien der Anblick köstlich zu amüsieren. Wenn er nicht vorsichtig ist, wird ihn seine Erheiterung noch das Leben kosten, dachte Celia voller Zorn.

Oh, wie sie es haßte, wenn man sie nicht ernst nahm! Sie sollte dem einen hier die Kehle durchschneiden, dann würde man sie bestimmt respektieren.

In diesem Augenblick bemerkte Celia, daß sich sein Blick veränderte. Er betrachtete sie, und zwar von oben bis unten. Plötzlich wurde ihr bewußt, wie dünn ihr Nachthemd war. Seine Augen schienen durch den Stoff hindurchzublicken, als ob er jeden Zentimeter ihres Körpers einer eingehenden Prüfung unterziehen wollte. Mit lustvoller Intensität betrachtete er ihre Hüften, ihre Brüste, ihren Mund und dann wieder ihr ganzes Gesicht.

Dieser Mann war abscheulich.

Und er würde ihr damit nicht davonkommen.

Celia wartete, bis sich ihre Blicke trafen, dann musterte sie ihn ebenfalls langsam von Kopf bis Fuß, mit einem Blick eindeutigen Abscheus. Schließlich verzog sie die Lippen zu einem abschätzigen Lächeln, das ihre Verachtung hoffentlich angemessen zum Ausdruck brachte. Was für ein wertloses Stück Fleisch du doch bist, wollte sie mit ihrem rücksichtslosen Blick sagen.

Und es gelang ihr.

Colin stellte fest, daß diese Frau ihn doch tatsächlich abschätzig musterte. Ihn, den zukünftigen Stammesfürsten des Campbell-Clans! Einen der mächtigsten Krieger der Westinseln ... um nicht zu sagen in ganz Schottland!

Und hatte scheinbar auch noch etwas an ihm auszusetzen!

Der Riese kochte vor Zorn. Keine Frau hatte ihn jemals mit solcher Verachtung angesehen. Und das in seinem eigenen Schloß! Das war zu viel. Wie hatte er sich nur so vergessen können?

Und offensichtlich wußte sie, daß sie ihn aus der Fassung gebracht hatte. Das war das Schlimmste daran.

Zu allem Überfluß hatte Alec Macpherson die ganze Sache auch noch beobachtet! Dieser amüsierte Blick auf seinem Gesicht! O Gott!

Aber zumindest richtet sich ihr Schwert nicht auf *meine* Kehle, dachte Colin. Doch jetzt mußte man der Sache ein Ende setzen. Gott helfe ihnen, wenn ihm ausgerechnet auf

Kildalton Castle etwas zustoßen sollte! Das würden die Highlander ihnen auf Heller und Pfennig zurückzahlen. Schon deshalb mußte Colin jetzt eingreifen.

Unwillkürlich hob er also sein Schwert und machte einen Schritt auf die beiden am Boden liegenden Gestalten zu. Sofort hob die Frau den Ellbogen, bereit, Colins Gast aufzuspießen. Sie würde Alec töten und auf den Beinen sein, um sich auf Colin zu stürzen, noch bevor er sie erreicht hatte. Er blieb also stehen.

»Wartet!« befahl er, doch es klang nicht so scharf wie er beabsichtigt hatte.

Celia warf Colin einen Blick zu. Seine Stimme klang versöhnlich, doch sein Gesicht war zornig. Sie hatte ihn hereingelegt, und das verärgerte ihn offensichtlich.

Sie blickte so überheblich drein, wie sie sich fühlte.

Plötzlich ertönte ein Klopfen an der Tür zum Flur, und sie hörten Lord Hugh Campbells Stimme.

»Lady Celia, geht es Euch gut? Lady Celia!« rief er. Die Stimme des alten Mannes bebte vor Sorge.

»Ja, Lord Hugh, aber ich habe zwei Eindringlinge dingfest gemacht«, rief Celia, wobei sie den Mann am Kamin ebenso im Auge behielt wie den Krieger unter ihr. Eine Mischung aus Erleichterung und Stolz über ihren Sieg durchflutete sie.

Aber warum machte der an der Holzvertäfelung nicht den Versuch, zu fliehen?

»O mein Gott!« hörte sie den alten Mann brüllen, dann rief er den Flur hinab: »Runt, wecke Jean, Emmet und Edmund in der Halle. Beeil dich, Junge!«

»Vater!« rief Colin und brachte damit den Tumult zum Schweigen. »Vater, ich bin's, Colin!« Seine Stimme klang hart und zornig.

»Colin?« gab der alte Mann zurück.

»Ja, Colin. Und Alec Macpherson ist bei mir. Wenn er nicht gleich im Liegen ermordet wird.« Colin warf dieser Teufelin einen wütenden und verächtlichen Blick zu. Wer oder was diese Frau auch sein mochte, sie hatte die

Grenzen einer anständigen Verteidigung bei weitem überschritten.

Mit einem Ruck zog Celia die Schwertspitze von der Kehle ihres Opfers fort und wich schnellstens in eine Ecke des Raumes zurück, um nach ihrem Mantel zu suchen, jedoch nicht, ohne Colin vorher einen entsetzten Blick zugeworfen zu haben. Die unerwartete Wendung der Situation hatte sie einen Augenblick lang aus der Fassung gebracht. Plötzlich hatte sie nur noch den Wunsch, sich zu verstecken.

Überrascht registrierte Colin, wie schüchtern diese Frau plötzlich sein konnte.

Obwohl sie auf der entgegengesetzten Seite des Zimmers kauerte, behielt er sie im Auge, als er Alec die Hand reichte und ihm beim Aufstehen half. Dann schritt er zur Tür und entriegelte sie.

Sie schwang auf, und Lord Hugh trat ein, nur mit seinem Nachthemd bekleidet, doch mit einem langen Schwert in der Hand. Er war nur wenig kleiner als Colin, besaß aber ebenso breite Schultern. Das zernarbte und zerfurchte Gesicht des alten Mannes zeugte von einem Leben voller Kampf, Sorgen und Unruhe.

Hinter ihm stand sein Knappe Runt, der in der einen Hand eine rauchende Fackel, in der anderen ein Schwert trug. Lord Hugh lehnte sein Schwert gegen Runt und umarmte den Sohn herzlich.

»Colin!« rief er. »Wir haben dich erst in zwei Wochen erwartet! Der übliche Starrsinn der Highlander nehme ich an.«

»Genau, Vater. Ich mußte einfach abreisen, sonst hätte ich einen von ihnen noch umgebracht.« Seine letzte Bemerkung richtete er in den entgegengesetzten Teil des Zimmers, als wolle er, wenn auch verspätet, auf seine Autorität pochen.

Colin legte seinem Freund den Arm um die breiten Schultern. »Aber Alec Macpherson will für eine Weile bei uns bleiben.«

»Alec, mein Junge, wie schön, daß du mal wieder hier bist. Es ist wie in alten Zeiten, ihr beiden Jungs ... ach, was sag' ich, heute seid ihr ja kräftige, erwachsene Männer ... wieder vereint, und das auch noch auf Kildalton. Vielleicht bringen wir dir ja doch noch das Schwimmen und Segeln bei!« Der alte Krieger lächelte und begrüßte den jungen Macpherson mit einer kräftigen Umarmung.

»Danke, Lord Hugh«, sagte Alec und erwiderte den Gruß. »Mein Vater schickt Euch seine Ehrerbietung. Ich weiß, daß er Euch bei den Highland-Versammlungen vermißt.«

»Sag ihm meinen Dank, Junge. Wir haben viele schöne Stunden miteinander verbracht, er und ich. Und sind zeitweise ganz schön in die Bredouille geraten, das garantiere ich dir.«

Der alte Mann wandte sich wieder Colin zu. »Ihr müßt doch nach dieser Reise hundemüde sein. Geht jetzt zu Bett, wir werden uns morgen früh unterhalten. Du bringst ihn also in diesem Zimmer unter, das ist gut ... *Nein*! Mein Gott, das ist nicht gut! Lady Celia! Wo seid Ihr, Mädchen?«

»Hier, my Lord.« Ihre Stimme war kaum mehr als ein Flüstern.

Celia stand neben den Kleiderhaken an der gegenüberliegenden Seite des Zimmers, wo sie vor den Blicken der Männer teilweise durch die Bettvorhänge verborgen war.

»Lady Celia«, begann Lord Hugh, ging schnell zu ihr hin und ergriff ihre Hand. »Mädchen, diese großen Tölpel müssen Sie in Angst und Schrecken versetzt haben. Geht es Ihnen gut, Liebes?«

Colin traute seinen Augen kaum. Hugh Campbells Wildheit war in ganz Schottland bekannt. In England fürchtete man nur einen Schotten genauso wie Hugh, nämlich den schwarzen Douglas. Alle Mütter an der irischen und englischen Küste beschworen in der Dunkelheit der Nacht seinen Namen, um ihre unvernünftige Brut zum Schweigen zu bringen. Der Reichtum und Ruhm des

Stammesfürsten war mit dem Blut vieler Kriege und Raubzüge erkämpft worden. Dieser Mann war der fleischgewordene Kampf. In den vergangenen vierzig Jahren hatte jeder ihn gefürchtet.

Und doch, hier stand eben jener Mann, und benahm sich wie ein zahmer Schoßhund. Seine Stimme, sein Blick, die Art, wie er sich auf die Frau zu bewegte, das alles zeugte von den Manieren eines Abts.

Und dann die Frau! Noch vor wenigen Minuten hatte sie wie ein erfahrener Soldat das Schwert geschwungen, hatte Alec Macpherson, einen äußerst fähigen Krieger, zu Boden geworfen und besiegt. Eine Teufelin, die sogar ihn, Colin Campbell im Zaum gehalten … und ihn dermaßen verächtlich gemustert hatte.

Doch jetzt legte sie ihre schwache, zitternde Hand in die große Pranke des Laird, sie blickte seinem Vater in die Augen wie ein neugeborenes Rehkitz, zerbrechlich und verletzlich.

Im Bruchteil einer Sekunde hatte sie sich von einer Löwin in ein Lämmchen verwandelt. Diese Frau war eine Hexe!

Sein Vater stand völlig in ihrem Bann, aber bei ihm, Colin, würde ihr Zauber nicht wirken. Nicht noch einmal.

Colin bemerkte plötzlich einen Ausdruck auf ihrem Gesicht, den er nicht erwartet hatte. War es Sorge? Angst? Colins Erfahrung nach waren Frauen von Natur aus ängstlich. Gott wußte, daß sie dazu guten Grund hatten, denn sie lebten in einem Land, das von sich befehdenden Clans und marodierenden Engländern zerrissen war. Sie brauchten starke Männer, die sie beschützen konnten.

Aber das plötzliche Aufblitzen der Angst bei *dieser* Frau kam ihm aus irgendeinem Grund seltsam vor. Wovor mochte sie sich fürchten?

Aber noch wichtiger war die Frage: Wer war sie und was wollte sie hier? Warum war sie nach Kildalton gekommen?

»Mir geht es gut, Mylord«, begann sie unbeholfen. Plötzlich verspürte sie den unwiderstehlichen Drang, sich zu erklären, sich zu entschuldigen. »Ich dachte, sie wären … ich wußte nicht, wer … ich weiß, daß ich … Wenn Eure Lordschaft dafür sorgen würden …«

Celia war völlig durcheinander. Aus irgendeinem unerfindlichen Grund brannte ihr Gesicht vor Verlegenheit. Wie gut, daß es dunkel im Zimmer war. Die eine Fackel, die der Knappe in Händen hielt, verbreitete nicht genug Licht, daß man ihr gerötetes Gesicht hätte sehen können.

Dann – wie ein Blitz aus heiterem Himmel – kam ihr der Gedanke, daß dieser große Krieger seinen Vater vielleicht überreden konnte, sie hinauszuwerfen. Wohin sollte sie sich dann nur wenden? Noch immer blickte er grimmig und zornig drein. Doch plötzlich glaubte sie für einen flüchtigen Augenblick eine Veränderung in seinen grauen Augen zu erkennen. Sorge vielleicht. Oder Mitgefühl. Was immer es war, der Eindruck verflüchtigte sich schnell wieder und erneut präsentierte sich ihr jenes grimmige Stirnrunzeln, das jegliches sanfte Gefühl, das dieser Krieger möglicherweise hegen mochte, überdeckte.

»Beruhigt Euch, meine Liebe«, brummte Lord Hugh sanft. »Ihr seid diesen beiden Rauhbeinen noch nicht einmal richtig vorgestellt worden, nicht wahr? Aber das wird auch nicht mehr heute nacht geschehen. Morgen ist immer noch Zeit genug, um euch miteinander bekannt zu machen.«

»Wenn Ihr Euren anderen Gast in diesem Zimmer unterbringen wollt, Mylord, dann brauche ich nur einen kurzen Augenblick, um mit meinen Habseligkeiten in ein anderes umzuziehen.«

»Macht Euch keine Sorgen, Mädchen«, sagte der alte Mann sanft und ging auf die Tür zu. »Wir werden für den jungen Macpherson ein anderes Plätzchen finden, wo er es sich bequem machen kann. Ihr und das Kind könnt unbehelligt hierbleiben.«

»Ich danke Euch, Lord Hugh. Ich wollte Eurer Familie wirklich keinen Ärger machen«, sagte sie.

Das faltige Gesicht des alten Kriegers leuchtete vor väterlicher Zuneigung, als er sich umwandte und ihre Hand erneut in die seine nahm.

»Macht Euch keine Sorgen. Ganz Schottland hat Ärger, das habt Ihr schließlich am eigenen Leib erfahren. Gute Nacht, Lady Celia.« Damit drehte er sich auf dem Absatz herum und führte die Männer aus dem Zimmer.

Im Hinausgehen warf Colin dieser geheimnisvollen Frau einen letzten, verärgerten Blick zu. Sein Vater schien vollkommen in ihrem Bann zu stehen.

»Wer *ist* diese Frau, Vater?« platzte Colin heraus, als sie im Flur standen.

Bei diesem Ausruf zog Lord Hugh überrascht eine seiner buschigen Augenbrauen in die Höhe. In seinem ganzen Leben hatte es bisher *keine* Frau gegeben, die seinen Sohn genug interessiert hatte, als daß er auch nur einen Gedanken an sie verschwendet hätte.

»Hübsche Frau, nicht wahr?« bemerkte der Stammesfürst beiläufig. »Wenn ich in deinem Alter wäre … nun, vielleicht auch nur ein paar Jahre jünger, dann würde ich …«

»Zum Teufel mit ihrem Aussehen, Vater! Wer ist sie? Was hat sie hier zu suchen?«

Sie scheint Colin ja tatsächlich ziemlich zu beschäftigen, dachte Lord Hugh. Das klingt vielversprechend. Der Junge hätte schon vor zehn Jahren heiraten sollen. Mittlerweile könnte schon eine ganze Horde kleiner Campbells in diesem Schloß herumlaufen.

Merkwürdig, wenn ausgerechnet diese seine Aufmerksamkeit erregen sollte. Wenn er jetzt schon Interesse hat, dachte Hugh, dann warte, bis er herausfindet, wer sie … Nein, ich werde es ihm nicht erzählen. Wir werden die Dinge einfach beobachten und ihnen ihren natürlichen Lauf lassen … zumindest eine Zeitlang.

»Nun, Lady Celia kam vor einer Woche mit ihrem Onkel und ihrem Söhnchen hier an. Nachdem dieser Teufel von Danvers Edinburgh niedergebrannt hatte, begann er jedes Schloß, jedes Herrenhaus und jede Farm in den Lowlands abzufackeln. Seit dem sind sie auf der Flucht. Das arme Mädchen war krank vor Sorge um das Kind. Über einen Monat sind sie durch dieses naßkalte Winterwetter gereist. Der Kleine hatte einen furchtbaren Husten, sagt Runt.«

»Das stimmt, Lord Colin«, rief der Knappe von hinten. »Die Lady sorgt sich Tag und Nacht um ihn. Eine wundervolle, sehr fürsorgliche Frau.«

»Das ist ja wohl selbstverständlich«, erwiderte Colin scharf. »Schließlich ist sie die Mutter!« Colin hatte seine eigene Mutter nur in seinen ersten wenigen Lebensjahren erlebt, aber die undeutlichen Erinnerungen an sie waren voller Zärtlichkeit und Wärme.

»Als sie ankamen, war sie selbst ebenfalls krank«, fügte Lord Hugh hinzu. »Aber sie hat nie einen Gedanken an sich verschwendet. Das Kind, die Amme, sogar ihr Onkel kommen bei ihr immer an erster Stelle. So etwas findet man nur selten, Colin.«

»Nun, offensichtlich hat sie sich ja schnell wieder erholt«, antwortete Colin ruppig. »Frag Alec.«

Lord Hugh warf Alec einen forschenden Blick zu, aber Macpherson mimte Unwissenheit. Freiwillig würde er wohl kaum zugeben, daß diese schlanke und offensichtlich auch noch kränkliche Frau ihn zu Boden geworfen hatte.

»Ja, Lord Hugh, für eine kranke Frau bewegt sie sich ziemlich schnell. Ich wollte ihr natürlich nicht weh tun, aber ...« Alecs Stimme verlor sich. Er suchte nach einem neuen Gesprächsthema. »Wer ist diese Lady Celia denn überhaupt, Mylord? Darüber habt Ihr noch gar nichts verlauten lassen.«

»Ach, habe ich nicht?« rief der alte Lord aus. »Sicherlich doch, als ich Euch einander vorstellte ..., ich, selbst das habe ich nicht getan, nicht wahr?«

»Das stimmt, Lord Hugh«, flötete Runt, der ihnen folgte. »Das habt Ihr in der Tat nicht, M'lord. Ihr habt die ganze Situation gründlich verpatzt.«

»Halt den Mund, elender Fischköder, oder ich versetze dir einen solchen Schlag, daß du in Irland wieder aufwachst«, grummelte der alte Laird seinem Knappen in gespieltem Zorn zu. Tatsächlich galt es bei den Campbells als verpönt, Bedienstete zu schlagen. Aber Lord Hugh wußte, daß er auf jeden einzelnen Gefolgsmann zählen konnte: auf seine Loyalität, auf seine Zuneigung. Sie alle betrachteten ihn eher als Vater denn als Herrn.

»Wo war ich stehengeblieben?« fuhr er fort. »O ja. Sie heißt Celia ... äh ... Caithness. Entkam, als dieses feige englische Schwein Danvers versuchte, sie auszuräuchern. Ihr Onkel Edmund und ich kennen uns schon seit mehr als dreißig Jahren. Das letzte Mal trafen wir uns bei dem kleinen Scharmützel, das wir auf Norham Castle – im Jahre 98, glaube ich – ausfochten. Damals brauchten wir gar nicht groß zu kämpfen. Wir trieben die Engländer einfach zurück! Er ist ein guter Soldat. Und wahrscheinlich der beste Lehrer für die Soldaten in Schottland.«

»Und wo ist denn ihr Mann, der doch für sie sorgen müßte?« fragte Colin verärgert. »Ist der Caithness-Clan nicht in der Lage, seine eigenen Frauen zu beschützen?« Er wußte nicht, warum diese Neuigkeiten ihn dermaßen erregten.

»Lord Caithness ist es nicht mehr«, mischte sich Alec ins Gespräch ein. »Er ist auf dem Schlachtfeld von Flodden gestorben.«

Die beiden Campbell-Männer blieben stehen und sahen Macpherson an.

»Du kennst sie?« fragte Colin seinen Freund scharf.

»Ich habe nur von ihr gehört, und das auch nur über Dritte«, antwortete Alec. »Und Lord Caithness kannte ich nur vom Sehen. Er war eher in Eurem Alter, nicht wahr, Lord Hugh?«

»Ich habe ihn nie persönlich kennengelernt, mein Junge,

denn er war ein Lowlander, aber ich glaube, er war tatsächlich nur etwa zehn Jahre jünger als ich. Wenn ich mich recht erinnere, kämpfte er Seite an Seite mit ...«

»Was weißt du über sie, Alec?« unterbrach Colin seinen Vater mitten im Satz, was Lord Hugh eher amüsierte als beleidigte.

»Nichts als Gerüchte, Colin, mein Freund.« Alec neckte ihn, doch sein Gesicht blieb dabei vollkommen ernst. »Und ich weiß, daß du kein Interesse an solchen Geschichten hast.«

»Nein, wirklich nicht, Junge«, warf Lord Hugh sarkastisch ein, bevor sein Sohn Gelegenheit zum Antworten hatte. »Schließlich sind die Campbells keine Fischweiber, die ständig nur herumstehen und klatschen. Nein, wirklich nicht. Erzählt mir doch lieber, wie es bei dem Treffen der Highlander gelaufen ist. Das sind ernsthafte Gespräche für ernste Männer.«

Colin konnte Alec also nicht weiter befragen, aber die Angelegenheit war für ihn damit noch lange nicht erledigt. Doch für den Augenblick mußte er seine Gedanken der Zusammenkunft der Lairds zuwenden.

»Colin hat den anderen Stammesfürsten der Highlands klar und deutlich seinen Standpunkt dargelegt«, sagte Alec ernst. »Aber Eure Vorschläge wurden von Torquil Macleod und vielen anderen niedergeschrieen. Sie sind ein Pack gieriger Wölfe, bereit, das, was von Schottland übrig ist, auseinanderzureißen, weil sie glauben, daß sich jeder ein kleines Stück vom Kuchen sichern kann. Irgendwann werden sie alle untergehen, diese Narren, die nichts können, als arrogant daherreden und miteinander streiten. Aber die Macphersons stehen auf Eurer Seite.«

»Gut, Junge. Dein Vater ist bei derlei Angelegenheiten immer sehr weise gewesen. Wir müssen uns gegen die Engländer verbünden. Die Stuart-Könige waren uns, die wir aus den Highlands oder von den Westinseln stammen, niemals gute Freunde, aber sie haben uns immer gegen

Eindringlinge von außen geschützt. Und jetzt brauchen wir sie.«

»Mein Vater ist der Ansicht, daß nun, da der Frühling naht, Colin und ich die anderen Stammesfürsten, die nicht nach Dunvegan gereist sind, um Unterstützung bitten könnten. Vielleicht gewinnen wir ja sogar ein paar Lowland-Lairds, die diesen blutigen Winter überlebt haben, für unsere Sache.«

»Ja, Junge. Vielleicht können wir Edmund überreden, Euch zu begleiten. Er ist bei den Lowlandern nicht nur bekannt, sondern auch wohl gelitten. Ein Mann der Ehre, der viele ihrer Krieger ausgebildet hat, wie ich gehört habe.«

»Dann wird er ein großer Gewinn für uns sein«, bemerkte Colin säuerlich. »Er könnte damit anfangen, Alec ein oder zwei Stunden zu geben.«

»Klingt, als ob es da eine spannende Geschichte gäbe«, sagte Lord Hugh und gähnte. »Aber morgen ist auch noch ein Tag. Warum bringst du Alec nicht im Zimmer des Erzbischofs unter? Er wird nicht vor Ostern zu uns kommen. Gute Nacht, Jungs. Schön, daß ihr wieder sicher daheim seid.«

Nachdem Lord Hugh seine Schlafzimmertür hinter sich geschlossen hatte, rollte sich Runt im Alkoven gegenüber auf seinen Decken zusammen, und die beiden jungen Männer gingen weiter zu dem Zimmer, das Alec während seines Aufenthalts auf dem Schloß bewohnen würde.

»Nun, Colin, wenn nicht zu befürchten ist, daß ich weitere Abenteuer zu bestehen habe, sobald ich ins Bett des Erzbischofs steige …«, spöttelte Alec, wobei er spielerisch sein Schwert zog und die Verteidigungshaltung einnahm.

»Nicht so schnell«, sagte Colin. »Ich will alles wissen, was du über Lady Caithness weißt.«

Colins Verstand sagte ihm, daß diese Caithness nur Ärger machen würde. Er mußte mehr über sie wissen.

Aber so seltsam diese erstaunliche Frau auch war, noch

seltsamer war das Gefühl der Erleichterung, das ihn durchflutet hatte, als er erfuhr, daß sie Witwe war.

Sie war zweifellos eine Schönheit. Aber Colin hatte schon viele schöne Frauen gekannt, und keine war ihm jemals so sehr unter die Haut gegangen wie sie. Und dann auch noch so schnell!

Aber er würde seinen Gefühlen keinen Raum geben. Dazu war er zu diszipliniert. Und er würde herausfinden, was diese Frau hier zu suchen hatte. Vielleicht konnte das, was Alec wußte oder gehört hatte, ihm Aufschluß darüber geben.

Diese Frau verschwieg etwas, dachte der Krieger, und ich werde herausfinden, was es ist.

KAPITEL 3

Als sie von Flodden nach Hause humpelten, hatten wir uns unsere Beute verdient. So ist der Krieg eben. Und schließlich hatte der schottische König uns angegriffen. Man sagt, daß es ihm um die Mitgift ging. Daß König Henry seiner Schwester nichts mitgeben wollte. Was für einen hohen Preis diese Schotten jetzt für den Geiz der Könige zahlen müssen!

Er wird es ganz bestimmt herausfinden.

Celia schob den schweren hölzernen Riegel wieder vor die Tür, dann wandte sie sich um und lehnte sich dagegen. Sie seufzte so laut, daß sie selbst erschrocken zusammenfuhr. Ihre Lage wurde immer schwieriger.

Obwohl die jüngsten Ereignisse nur kurze Zeit in Anspruch genommen hatten, hatte Celia das Gefühl, daß die Strapazen die ganze Nacht gedauert hatten. Der verwirrende Wirbelwind war so plötzlich in ihr Zimmer gefegt, daß sie jetzt beinahe glaubte, geträumt zu haben. Sie fragte sich, ob all das wirklich geschehen war. Doch ja, sie sah die Überreste des zerbrochenen Stuhls auf dem Boden liegen, genau dort, wo Alec Macpherson zu Boden gegangen war.

Von allen Menschen in ganz Schottland, dachte sie, mußte es ausgerechnet ein Macpherson sein.

Ängstlich sah sie sich im Zimmer um. Wenn das, was sie gerade erlebt hatte, tatsächlich geschehen war, dann war der Zugang, den sie soeben verschlossen hatte, nicht der einzige, durch den man in ihr Zimmer gelangen konnte. Ihre Augen wanderten zu der Holzvertäfelung neben dem Kamin, und geschwind ging sie hinüber.

Immer noch ergoß sich das Mondlicht durch das Fenster und beleuchtete das Zimmer, aber es reichte nicht aus.

Ihre Finger tasteten sich an den Furchen im Holz entlang, konnten aber weder Riegel noch Spalte finden, die es ihr ermöglicht hätten, das Paneel zu öffnen. Sehr gute und kluge Arbeit, dieser Geheimgang. Sie würde sich die Wand noch einmal bei Tageslicht ansehen müssen. Aber zunächst mußte sie weiteren möglichen Eindringlingen den Weg versperren. Sie wußte, daß die beiden Männer von außerhalb des Schlosses gekommen waren. Möglicherweise nahmen noch andere denselben Weg.

Sie spähte in die dunklen Ecken des Zimmers. Plötzlich zitterte sie vor Kälte und zog den schweren Mantel enger um sich. Sie hatte nicht allzu viele Möglichkeiten.

Das große Holzbett stand wie eine riesige Insel an der gegenüberliegenden Wand. Von einem hölzernen Sockel aus winkte ihr die weiche, mit Federn gefüllte Matratze zu und versprach Wärme und Trost. Wie eine große Brustwehr ragte das schwere Gobelin-Baldachin über das Bett und warf seinen dunklen Schatten über einen Großteil des restlichen Zimmers. Das Bett war wie eine Festung gegen die Sorgen ihres Lebens, bot ihr die Fluchtmöglichkeit des Schlafens. Aber solange sie des Schreckens, den das Eindringen der beiden Männer ihr eingejagt hatte, nicht Herr wurde, würde sie nicht wieder einschlafen können.

Celia war klar, daß sie die Vergangenheit nicht verändern konnte. Die Würfel waren gefallen. Diese Welt war voller Gefahren, und sie konnte sich nur auf die Gegenwart konzentrieren. Und die verlangte, daß sie das Holzpaneel versperrte.

In der äußersten Ecke des Zimmers, neben den Kleiderhaken, stand eine große Eichentruhe. Dieser einzige Stauraum, den es im Zimmer für Kleidung gab, enthielt lediglich Celias leichte Rüstung. Und das ist auch gut so, dachte sie, als sie begann, das Möbelstück von der Wand wegzuziehen. Wenn sie schwerer wäre, könnte ich sie nicht allein bewegen.

Celia schob das riesige Teil langsam voran und bemühte sich redlich, dabei keinen Lärm zu machen, der die Aufmerksamkeit ihrer Gastgeber auf sich gezogen hätte. Die Bastmatten, die den Boden bedeckten, dämpften das kratzende Geräusch. Schließlich gelang es Celia, die Truhe genau vor die Holzvertäfelung zu schieben.

Das konnte natürlich nur eine vorübergehende Lösung sein, und dazu noch nicht einmal eine besonders gute.

Auch die körperliche Anstrengung konnte die eisige Kälte nicht vertreiben, die von ihren Füßen den Körper hinaufkroch. Sie durfte sich jetzt, da sie sich gerade erst von der Reise aus den Lowlands erholt hatte, keine Erkältung leisten. Sie mußte stets und ständig bereit sein; es gab noch so viel zu tun.

In der jüngsten Vergangenheit hatte es häufig Phasen gegeben, in denen Celia sich gefragt hatte, wie sie überhaupt weitermachen sollte. Im Augenblick kam ihr das riesige Bett dort drüben wie ein warmer und schützender Kokon vor, der auf sie wartete.

Aber sie mußte zunächst nach Kit sehen.

Schnell ging sie zu der anderen Tür hinüber und pochte mit dem verabredeten Zeichen dagegen. Celia hörte, wie Ellen leise den Riegel öffnete, und schlüpfte hinein.

»Lady Celia, was hatte dieser ganze Lärm zu bedeuten?« flüsterte Ellen. Ihre Augen waren schreckgeweitet.

»Lord Hughs Sohn ... Colin ... Lord Colin ... ist heute nacht unerwartet eingetroffen und wollte seinen Freund in meinem Zimmer unterbringen. Wir waren wohl *alle* ziemlich überrascht, nehme ich an.«

»M'lady, ich hörte einen entsetzlichen Schrei und berstende Möbel und Stimmen. Ich ...«

»Jetzt ist wieder alles in Ordnung, Ellen«, sagte Celia und legte ihrer Gefährtin den Arm um die Schultern. »Alle sind zu Bett gegangen, und du solltest das gleiche tun. Aber ich will schnell nach dem Kind sehen. Hat es durchgeschlafen?« Zärtlich blickte Celia in die schwere Wiege.

Sie strich die dicke Decke glatt, in die das Kind gewickelt war. Am liebsten hätte sie seine weiche Haut berührt, ihn hochgehoben, ihn an sich gepreßt. Sie war noch immer erstaunt über ihr Bedürfnis, ihn zu behüten, ihn zu schützen, ein Gefühl, das sie sofort überwältigte, wenn sie in seiner Nähe war. Schon oft hatte Celia Geschichten über Mutterinstinkte gehört, aber niemals hätte sie sich träumen lassen, daß ihr das einmal geschehen würde – nicht auf diese Weise.

»Am Anfang hat er eine Weile herumgequengelt, aber die meiste Zeit hat er so friedlich wie nur irgend möglich geschlafen. Und ganz sicher ißt er besser als zuvor«, sagte Ellen leise und sah das Baby voller Zuneigung an.

Celia dachte daran, daß Ellen ihr Kind bei der Geburt verloren hatte, nur kurze Zeit nach dem Tod ihres Mannes. Deshalb konnte sie gut verstehen, daß Ellen Kit nach diesem Verlust liebte wie ihr eigenes Kind.

Während der letzten paar Tage waren sie wegen Kits Gesundheit sehr besorgt gewesen, aber seit gestern schien das Fieber langsam zurückzugehen, obwohl er immer noch Hustenanfälle hatte. Sie und Ellen hatten noch nicht allzuviel Ruhe gefunden, seit sie auf Kildalton Castle angekommen waren, und nach den unerwarteten Ereignissen dieser Nacht fragte sich Celia, ob sie hier jemals in Ruhe würde schlafen können.

Zufrieden darüber, daß Kit ruhig schlummerte, sah sie sich im Zimmer um. Ob es auch hier irgendwelche Geheimzugänge gab? Dieser Raum war nicht nur kleiner als der ihre, sondern hatte auch keine Holzvertäfelung neben dem Kamin, und der Mörtel über den Steinwänden kam ihr glatt und fest vor. Sie wollte Ellen nicht beunruhigen, deshalb erzählte sie ihr nichts von dem Durchgang.

Sie wünschte der Amme eine gute Nacht und schlüpfte wieder in ihr eigenes Zimmer. Dann wartete sie, bis Ellen die Tür hinter ihr verriegelt hatte.

Ellen war im achten Monat schwanger gewesen, als sie sämtliche männlichen Angehörigen auf dem Schlachtfeld von Flodden verloren hatte – ihren Mann, ihren Vater und ihren einzigen Bruder. Ihrer aller Leben war an einem einzigen Tag ausgelöscht worden. Und dann, nur ein paar

Tage später, war das Kind bei der Geburt gestorben. Ellen war am Boden zerstört. Aber Kit brachte Celia und Ellen zusammen, und die trauernde Mutter fand in ihm einen neuen Sinn, einen Grund, warum sie überhaupt am Leben bleiben sollte.

Doch was war es für ein Leben? fragte sich Celia. Ein Leben voller Gefahren und Unsicherheiten, eine Zukunft, die sogar noch schrecklicher sein konnte als alles, womit sie bereits konfrontiert worden waren. Celia wußte, daß sie Ellen beschützen mußte, so gut es ging.

Sie nahm ihr Kurzschwert, das unter den Kleiderhaken an der Wand lag, stieg wieder ins Bett und zog die schweren Vorhänge an beiden Seiten zu. Noch als sie in die Tiefen ihres Federbettes sank, bezweifelte Celia, daß die schweren Wolldecken jemals die Kälte würden vertreiben können, die ihren Körper durchzog.

Seit sie Caithness verlassen hatte, hatte sie das Gefühl, daß ihr nie wieder warm werden würde.

Nachdem sie Lord Danvers und seinen Männern nur mit den Kleidern, die sie auf dem Leib trugen, entkommen waren, waren Celia und die anderen nach Norden am Loch Lomand vorbeigeritten. Das Gelände wurde immer rauher, und als der Morgen über dem regnerischen Land graute, waren sie schon mitten in den Highlands.

Naß und frierend ritten die erschöpften Reisenden am hoch hinaufragenden Berg Ben Lomand vorbei und suchten vergeblich nach einem Ort, wo sie Schutz finden würden. Das Heideland bot ihnen noch nicht einmal einen Unterstand gegen den Wind.

»Edmund, wir müssen Kit vor dieser Kälte schützen«, murmelte Celia.

»Ja, Mädchen, und auch Vater William sieht aus, als könnte er einen warmen Unterschlupf gebrauchen«, antwortete ihr Onkel laut genug, daß Dunbar es hören konnte.

»Macht Euch keine Sorgen um mich, narbengesichtiger

Heide«, gab Vater William in scharfem Ton zurück. »Ich komme mit diesem miserablen Wetter hervorragend zurecht. Und Ihr solltet Euch auch nicht so anstellen, wenn man bedenkt, wohin Ihr fahrt, wenn Ihr dieser Erde den Rücken kehrt.«

»Wenn Ihr damit andeuten wollt, Priester, daß ich die Ewigkeit in einem etwas wärmeren Klima zubringen werde, so weiß ich im Zweifelsfall wenigstens, wo ich bin, sobald ich Euer Gesicht sehe.«

»Mein Gesicht! Ich werde mich nicht dorthin begeben müssen, Ihr Narr. Ich bin ein Mann Gottes.«

»Mag sein. Aber ich erinnere mich an ein Gemälde, auf dem der heilige Michael Satan in eine Feuergrube treibt, und ich könnte schwören, daß dieser Teufel Euer Gesicht hatte.«

»Das grenzt ja schon an Blasphemie, alter Schurke, und wenn Ihr glaubt, daß ich auch nur einen Finger rühre, um Eure Seele zu retten ...«

»Edmund! Vater William! Müßt Ihr beiden denn *ständig* miteinander streiten?« Celia drehte die Augen zum Himmel.

Sie wußte, daß die beiden Männer einander mochten und respektierten, obwohl sie offensichtlich wild entschlossen waren, das nicht zu zeigen. Seit dem Tag, da sie sich kennengelernt hatten, hatte ihr Gezänk ihr großes Vergnügen bereitet, und sie vermutete, daß auch die beiden sich prächtig amüsierten.

Im Laufe der Jahre hatte jeder der beiden Männer zu Celias Erziehung beigetragen. Von Edmund hatte sie ihre körperliche Ausbildung und ihre Tapferkeit, aber ihre intellektuelle und geistige Disziplin und ihre Klugheit waren Williams Einfluß zu verdanken.

Obwohl sie ungefähr im gleichen Alter waren, unterschieden sie sich beträchtlich voneinander. Edmund war groß und stattlich, stark wie eine Eiche und ein vorbildlicher Ritter. Er stammte direkt von Robert the Bruce ab und machte seinem edlen Vorfahren beileibe keine Schande.

Mit den Jahren hatte Edmund sie gelehrt, diese Vorfahren schätzen zu lernen. Und Celia wußte, daß nur das edle schottische Blut, das mütterlicherseits in ihren Adern floß, ihr die Kraft gab, für Kits Sicherheit zu sorgen.

Celia lächelte, als sie an diesen Mann dachte, dessen Vorstellungen von anständigem Verhalten so altmodisch waren, »wie sie im Buche standen«. Zumindest, solange es nicht Celia betraf. Er hatte mehr Einfluß auf ihr Leben gehabt als ihr eigener Vater, und er hatte ihr eine Erziehung gegeben, die ihr Überleben sicherte. Keine Kindererziehung ›wie sie im Buche stand‹, sondern eine, die auf besondere Fähigkeiten Wert legte, Fähigkeiten, die sie in dieser Männerwelt gut brauchen konnte.

Der kleine, drahtige William Dunbar war Priester und Dichter, und seine Zunge war ebenso furchteinflößend wie Edmunds Schwert. Sein scharfer Verstand und seine furchtlose Kühnheit hatten ihn zum Günstling des Hofes werden lassen. Auch er verhielt sich nicht ›wie es im Buche stand‹ – er schrieb lieber sein eigenes. Als König James dem Drucker Myllar und seinem Partner Chepman gestattet hatte, die erste Druckerpresse in Schottland zu installieren, hatte Vater William dort eines der ersten Bücher hergestellt. Und als der König einmal einen Rivalen hatte beleidigen wollen, hatte er auf Dunbars Dienste zurückgegriffen. Die ätzende Sprache des Dichters und seine wirbelnde Rhetorik versetzte der Ehre eines jeden Feindes den Todesstoß. Und am Hof war die Wunde, die das Wort anrichtete, immer schlimmer als das Schwert eines jeden Königs.

Vater William war ständig an des Königs Seite gewesen und hatte James treu gedient. Nur eines hatte er immer bedauert: daß der König ihm nicht das eine gewährte, was er sich am meisten wünschte – eine eigene Kirche, in der Gottesmänner dienten und Gottes Kinder unterrichtet wurden.

Trotz ihrer Differenzen verschrieben sich Edmund und Vater William gleichermaßen der Identität der schottischen Nation, eine Identität, die sie nun, nach dem Tod des Königs, möglicherweise verlieren würden.

Doch jetzt waren sie alle müde und brauchten Nahrung und Schutz.

»Noch ein paar Stunden«, sagte Edmund zu Celia, »dann gelangen wir in das Tal um Loch Arklet. Dort werden wir ein Dach über dem Kopf finden, aber wir müssen sehr vorsichtig sein. Dieses Gebiet wird vom Gregor-Clan kontrolliert, und sie würden ihre eigenen Mütter verkaufen, wenn ihnen das Profit brächte. Du verfällst am besten wieder in deinen gaelischen Akzent.«

»Würden sie denn auch so weit gehen, uns den Engländern zu verraten?« fragte Celia ängstlich.

»Sie hassen die Engländer ebenso sehr, wie sie die Stuarts hassen«, antwortete Edmund. »Aber sie würden mit dem Satan persönlich handeln, solange es ihren Interessen dient.«

Als sie in das Tal hinabritten, wich das karge Heideland ganzen Hainen aus großen Eichen. Aber die Temperatur fiel, und der Nieselregen verwandelte sich in dicken, nassen Schnee. Celia zog ihren Mantel fester um den schlafenden Kit.

»Es dauert jetzt nicht mehr lange«, sagte Edmund.

»Hier bietet man Reisenden ein Dach über dem Kopf«, fügte er hinzu, als sie an einem alten steinernen Farmhaus mit Strohdach Halt machten. »Wenn hier immer noch die gleichen Menschen wohnen wie vor ein paar Jahren, dann sind es zumindest ehrliche und rechtschaffene Leute.«

Die müden Reisenden nahmen das Haus und seine Umgebung in Augenschein. Die Tür öffnete sich, und ein heruntergekommener, zornig aussehender Mann erschien und beobachtete sie mißtrauisch.

»Wir brauchen etwas zu essen und für die Nacht ein Dach über dem Kopf«, rief Edmund ihm zu.

»Ja ... Könnt Ihr denn zahlen?« fragte er mürrisch.

»Das können wir«, antwortete Vater William knapp. »Und zusätzlich bringen wir Euch den Segen Gottes.«

»Ein Schilling wird wohl reichen, aber jeder andere Segen, der noch zusätzlich kommt, freut uns ebenso«, antwortete der Mann unfreundlich und ging ins Haus zurück.

Noch während Celia und die anderen abstiegen, erschien der Bauer erneut an der Tür und trieb eine abgemagerte Kuh in den Schnee hinaus.

»Meine Alte wird Euch zeigen, wo Ihr schlafen könnt«, sagte er zu ihnen und deutete mit dem Daumen auf die Tür.

»Und in dem Unterstand da hinten findet Ihr Futter für die Pferde«, brummte er Edmund zu, während er auf den Verschlag zuging. Im Vorbeigehen warf er einen Seitenblick auf die Pferde, als versuche er insgeheim, abzuschätzen, wieviel sie wohl wert waren. »Ich kann aber nicht versprechen, daß Eure Tiere morgen noch da sind. In dieser Gegend treibt sich nachts jede Menge übles Volk herum.«

Celia übergab Kit an Ellen und ging ihr voraus in das dunkle Bauernhaus, während Edmund und Vater William sich um die Tiere kümmerten. Im Türeingang stand eine dünne Frau, die älter aussah als ihr Mann, und spähte ihnen angstvoll entgegen. Als sie sah, daß Ellen ein Baby im Arm hielt, trat sie ins Licht.

Celia und Ellen hielten bei ihrem Anblick den Atem an. Die eine Seite ihres Gesichts war von einem Schlag geschwollen, der ihr erst vor kurzem beigebracht worden sein mußte. Das andere Auge war ebenfalls blau, vielleicht von einem früheren Hieb.

»Vornehme Herrschaften«, gackerte sie verlegen und wandte das Gesicht ab, als sie den erschrockenen Blick ihrer Gäste sah. »Und ein Baby. Wir können Euch doch nicht auf dem gleichen Stroh schlafen lassen wie unsere alte Kuh! Ich will die Ecke sauber machen und Euch frisches Stroh bringen.«

»Danke«, sagte Celia und blickte sich im Innern der Hütte um, in der es abgesehen von dem Feuer, das in dem riesigen, offenen Kamin knisterte, keinerlei Bequemlichkeiten gab. »Ich helfe Euch.«

Gemeinsam mit der Frau bereitete sie ihre Schlafplätze und ihr Abendessen vor.

Zur Mahlzeit versammelten sich alle. Der grimmig dreinblickende Ehemann grunzte seiner Frau zu, daß sie ihm mehr Bier einschütten solle. Eilig griff sie nach dem Krug, aber offensichtlich nicht schnell genug für seinen Geschmack. Denn als sie ihm eingoß, verwandelte sich sein zorniges Gesicht in eine knurrende, zähnefletschende Grimasse. Er fegte den Becher vom Tisch und sprang auf. Dann hob er die Faust, und die Frau duckte sich vor dem Schlag.

Aber er sollte nicht fallen. Edmund griff nach dem Handgelenk des Mannes und zog ihn nach hinten. Er zwang den Mann auf die Knie.

»Wir dulden es nicht, wenn jemand Frauen mißhandelt«, knurrte Edward.

»Nicht«, bat der Mann. »Bitte nicht meinen Arm brechen!«

Celia hörte die Panik in seiner Stimme. Alle wußten, daß ein gebrochener Arm bedeuten konnte, daß man den Winter nicht überlebte, daß man im Frühjahr nichts sähen konnte. Ihr Blick wanderte von der angstverzerrten Miene des Mannes zu dem furchtsamen Gesicht der Frau.

»Schwört, sie nicht noch einmal zu schlagen, Feigling«, befahl der Ritter und bog den Arm noch stärker nach hingen. »Schwört!«

»Ich schwöre es, M'lord«, wimmerte er. »Ich werde sie nicht mehr schlagen. Bei Gott, ich schwöre es.«

»Und vergeßt es nicht«, drohte Edmund und ließ den zitternden Mann wieder frei. »Ich komme häufiger hier entlang. Ich werde zurückkehren, und wenn ich jemals erfahre, daß Ihr sie wieder geschlagen habt, dann ist es nicht Euer Arm, den ich brechen werde – sondern Euer Hals!«

Nach dem Abendessen beschloß Edmund, daß es am besten sei, sich in den Unterstand zurückzuziehen, wo er die Pferde im Auge behalten und ihrem ›Gastgeber‹ fern bleiben konnte. Als die trübe schottische Dämmerung hereinbrach, ging Celia zu ihm hin, damit sie sich ungestört unterhalten konnten. Der Schnee hatte sich wieder in kalten, grauen Regen verwandelt.

»Der Earl of Argyll wird noch immer auf Dunvegan Castle auf der Isle of Skye sein, um dort am Treffen der Highland-Stammesfürsten teilzunehmen«, sagte Edmund, stellte einen umgedrehten Eimer auf die Erde und setzte sich darauf. »Vor Ostern wird er nicht auf sein Winterschloß zurückkehren, und ich weiß nicht, ob es in seiner Abwesenheit überhaupt geheizt ist, und ob wir dort willkommen sind. Er kann nicht ahnen, was in Caithness Hall geschehen ist, und seine Diener erwarten uns sicher nicht.«

»Aber wir können bei diesem Wetter doch wohl kaum in den Highlands umherziehen, bis er zurückkehrt«, antwortete Celia. »Und ich finde unseren Gastgeber nicht freundlich genug, um hierbleiben zu wollen.«

»Da geht es mir ähnlich. Wenn wir länger hierbleiben als eine Nacht, könnte es glatt passieren, daß ich dieses Schwein umbringe«, bemerkte Edmund stirnrunzelnd. »Früher haben hier ganz andere Leute gewohnt. Wir müssen versuchen, die Westinseln zu erreichen. Je weiter wir von diesen englischen Schlächtern entfernt sind, desto besser. Und außerdem: Ich habe einen alten Freund auf den Inseln, nur eine halbtägige Seereise von Argylls Winterschloß entfernt. Er wird uns ganz bestimmt aufnehmen, bis Argyll zurückkommt.«

»Und wer ist das?« fragte Celia.

»Hugh Campbell, der mächtigste Stammesfürst der Westinseln. Ein guter Mann, aber dem König war er immer etwas zu unabhängig. Und ich habe gehört, daß sein Sohn Colin ein ebenso guter …«

»Campbell!« unterbrach ihn Celia. »Bevor du eben mit Vater William und dem Mann ins Haus kamst, hörte ich von Eustace, seiner Ehefrau, einiges über sie. Man hätte meinen können, daß beide – Vater und Sohn gleichermaßen – auf dem Wasser wandeln können! Diese Frau ist ebenfalls eine Campbell. Sie hörte einfach nicht auf, darüber zu reden – bis zu dem Augenblick, da ihr Mann hereinkam. Ich glaube, sie bereut den Tag, an dem sie ihren Clan verlassen hat. Aber was hast du über die Campbells sagen wollen?«

»Nun, soweit ich weiß, ist der Sohn ein ebenso guter Mann wie der Vater, und Lord Hugh ist ein wirklich anständiger Mensch. Im Gegensatz zu den schottischen Lairds kümmern sich die Campbells intensiv um ihre Lehnsleute. Man erzählt sich, daß ihnen ihre Vasallen wichtiger sind als der König.«

»Aber das ist in diesen Highlands doch gar nicht so ungewöhnlich. Sind wir dort denn wirklich sicher?« fragte Celia.

»Als der König bei Flodden ermordet wurde, war Colin Campbell gerade dabei, diesen angeberischen Tudor Henry und seine englischen Truppen in Frankreich einzuschüchtern. Ich glaube nicht, daß die Engländer auch nur im Traum daran denken, Kildalton Castle mit Krieg zu überziehen. Ich habe gehört, daß dort mehr Kanonen stehen als im Schloß von Edinburgh!«

Celia wußte, daß König James einige seiner besten Soldaten nach Frankreich geschickt hatte, als die Engländer den Kontinent überfallen hatten. Aber sie waren zu spät zurückgekehrt, um dem König bei Flodden noch helfen zu können.

»Aber was erzählen wir ihnen? Was sagen wir ihnen, wer ich bin?«

Als sie Linlithgow verlassen hatten, hatte ihr Wohltäter Lord Huntly darauf bestanden, daß Celia ihre Identität verheimlichte. Es gab viele gute Gründe dafür, und Huntly wollte verhindern, daß sie und Kit Schaden nahmen. Er konzentrierte sich gerade darauf, das, was vom Hof der Stuarts übrig geblieben war, neu zu organisieren.

Lord Huntly war der mächtigste Lord am Hof, und er beabsichtigte, dafür zu sorgen, daß die Stuarts wieder in Schottland regierten und das Land einten. Wenn Celia und ihre Begleiter in Gefahr gerieten, sollten sie den Earl of Argyll aufsuchen, hatte er ihnen geraten. Dieser würde ihnen Unterschlupf gewähren, bis sich alles wieder beruhigt hatte.

Sie hatten Caithness Hall für sicher gehalten, und das war es auch gewesen – fast fünf Monate lang. Lord Caithness war tot, und Lady Caithness war mit ihrer Familie in England, weshalb Edmunds Anwesenheit in dem Herrenhaus um so willkommener gewesen war. Seit vielen Jahren war Edmund ein guter Freund von Lord Caithness gewesen, und sein Gesicht erinnerte an weniger schlimme Zeiten. Also waren auch sie Gäste in einem Haus geworden, in dem viele adelige Familien Zuflucht gefunden hatten, die im Tumult der Tage, die der Katastrophe von Flodden folgte, heimatlos geworden waren. Es gab so viele Witwen in Schottland, daß ihre Identität niemals in Frage gestellt worden war. Sie war Edmunds Nichte, und das war den Gefolgsleuten, die das Herrenhaus verwalteten, genug gewesen.

Aber Celia wußte jetzt, daß dieser Teufel Danvers nicht rasten und ruhen würde, bis er sie gefunden hatte. Sie war dem Engländer vor vielen Jahren versprochen worden. Celia war die Tochter von John Muir und die Enkelin des Duke of York. Doch es war weder ihre gesellschaftliche Stellung noch ihr Geld, das er ursprünglich begehrt hatte, was ihn jetzt vorwärts trieb, sondern der Haß, den er für sie empfand. Sie hatte ihn verwundet und zurückgewiesen. Seine Ehre war aufs tiefste verletzt worden.

Irgendwie mußte man Danvers jetzt von ihrer Spur ablenken.

»Du könntest dich als Lady Caithness ausgeben, Celia«, schlug Edmund nachdenklich vor. »Sie hat auch ein Kind.«

»Aber werden sie die Wahrheit denn nicht herausfinden?« fragte sie unbehaglich. »Lady Caithness ist doch am Hof recht gut bekannt.«

»Das ist nicht sehr wahrscheinlich«, fuhr Edmund fort. »Die Campbells haben nie besonders intensiv am höfischen Leben teilgenommen. Und ich garantiere dir eines: Wenn Lord Hugh die Wahrheit errät, ist er viel zu sehr ein Ehrenmann, um uns damit zu konfrontieren.«

Celia hoffte jedoch, niemanden betrügen zu müssen, schon gar nicht diese loyalen Freunde ihres Onkels.

Das schönste Bett im herrlichsten Schloß konnte nicht besser sein als das Lager aus getrockneten Binsen, das die Frau ihnen auf dem frischen Stroh bereitet hatte. Celia war mit Kit und Ellen neben sich eingeschlafen. Vater William lag nicht weit von ihnen entfernt.

Sie wußte nicht, wie lange sie geschlafen hatte, als sie plötzlich eine Bewegung neben dem Kamin bemerkte.

Der Mann schlich leise zur Haustür, entriegelte sie und schlüpfte in die Nacht hinaus. Es verging jedoch keine Minute, bis Celia Eustace auf sich zukommen sah. Sie legte die Hand auf Celias Schulter, sah dann aber, daß die junge Frau bereits wach war.

»Ihr müßt sofort gehen!« drängte sie. »Er ist zu seinen dreckigen Gregor-Kumpanen gegangen. Sie werden Euch wegen Eurer Pferde umbringen. Sie würden Euch auch für weniger töten, M'lady.«

»Ihr bringt Euch selbst in Gefahr«, sagte Celia, die sogleich auf den Beinen war und die anderen weckte. »Was werdet Ihr ihm erzählen, wenn er zurückkommt? Wir können Euch doch nicht einfach hierlassen.«

»Doch, das könnt Ihr. Er wird mir schon nichts tun. Ich werde diesem Lump einfach erzählen, daß Ihr ihn gehört und Verdacht geschöpft habt«, antwortete sie und folgte ihnen zur Tür. »Macht Euch keine Sorgen um mich. Ich bin zwar mit diesem Gregor-Pack verheiratet, aber ich bin immer noch eine Campbell. Ich werde schon durchkommen.«

»Gott segne Euch«, sagte Celia und umarmte sie schnell. Da kamen Edmund und Vater William auch schon mit den Pferden um die Ecke.

Ohne ein weiteres Wort sprang Celia auf ihr Roß, nahm Ellen das Baby aus dem Arm und warf der Frau, die mit trotzigem Blick im Eingang der Hütte stand, noch einen Blick zu.

Dann wandte sie ihr Pferd und galoppierte rasch mit den anderen in die feuchte Dunkelheit der schottischen Nacht.

Die Gregors gaben ihre Verfolgung auf, als Celia und die anderen die schmale Nordspitze des Lochs durchwateten und von dort aus nach Westen ritten. Als der Morgen anbrach, naß und grau, sah Edmund seine junge Nichte unverwandt an. Offensichtlich dachte er über ihren nächsten Schritt nach.

»Wir sollten zu den Campbells gehen, Celia. Das ist die beste Möglichkeit, die wir haben.«

Celia stimmte ihm zu. Im Augenblick schien es sogar ihre einzige Möglichkeit zu sein.

»Also Kildalton«, antwortete sie.

Während der folgenden zehn Tage reisten sie so schnell sie konnten vorwärts, wohnten bei Bauern, die so spät im Winter meist nur wenig mit ihnen teilen konnten. Einige Male durften sie in kleinen Abteien bei religiösen Gemeinschaften übernachten, von denen Vater William gehört hatte. Manchmal mußten sie dafür einen Umweg machen, der ihnen einen ganzen Tag raubte, aber sie wußten, daß sie dort eine warme Unterkunft und ein heißes Mahl finden würden, und das machte die zusätzliche Wegstrecke der Mühe wert.

Zwei Tage, bevor sie Oban erreichten, ein Fischerdorf, das an der Kreuzung des Firth of Lorn und des Firth of Mull liegt, bekam das Baby Fieber. Sie mußten unbedingt bald einen Ort erreichen, wo Kit es warm und trocken haben würde. Bis jetzt war er ein richtiger kleiner Soldat gewesen, hatte fast nie geweint, war immer neugierig auf die wechselnde Umgebung gewesen. Jetzt jedoch schrie er unaufhörlich, und sein keuchender Husten begann, an Celias Nerven zu zerren. Sie preßte das Baby an ihre Brust, und ihr wurde klar, daß sie sich noch nie in ihrem ganzen Leben so hilflos gefühlt hatte.

Dann begann auch sie zu husten, ihr Fieber stieg, und sie wurde Stunde um Stunde schwächer.

Dennoch bestand sie darauf, daß sie schneller voranritten. Sie wußte nicht, wie lange sie noch durchhalten würde.

Als sie Oban erreichten, war klar, daß sie es ohnehin nicht bis zum Schloß von Argyll schaffen würden. Durch das Rauschen und den Nebel ihres Fiebers hörte Celia, wie Edmund einen der Fischer anheuerte, damit dieser sie über das Firth zur Isle of Mull brachte, wo die Feste der Campbells, Kildalton Castle, stand.

Vater William sollte bis zur Abtei in der Nähe des Schlosses von Argyll weiterreisen, um auszukundschaften, was es Neues von dem Earl gab.

Celia konnte sich an die Überfahrt kaum erinnern. Sie nahm nichts wahr außer dem Schaukeln des Bootes; ein angenehmes Gefühl, war sie doch auf den bewaffneten Handelsschiffen ihres Vaters aufgewachsen.

Als das Boot in dem geschützten Hafen des Dorfes, das sich an die dicken Mauern von Kildalton Castle schmiegte, anlegte, war Celia sich der Stimmen, die sie umgaben, nur undeutlich bewußt. Sie öffnete nur die Augen, als Edmund sie aus dem Boot hob und sie einem anderen, grauhaarigen Mann in die Arme legte.

»Kit«, flüsterte sie. »Wo ist das Baby?«

Die tiefe Stimme des Mannes antwortete leise, daß für das Kind gesorgt würde.

»Helft Ellen ... bitte ... Und Edmund, ist Edmund da?«

»Ja, Mädchen«, kam die Antwort in tiefem väterlichem Ton, »Ihr seid jetzt alle in meiner Obhut.«

Jetzt, da sie bequem in diesem riesigen Himmelbett lag, war Celia dankbar für die fürsorgliche Art, die Hugh Campbell ihnen hatte angedeihen lassen. Über diese Menschen lachte in den Lowlands niemand, und genausowenig wurden sie gefürchtet. Sie gehörten nicht zu jenen gräßlichen, barbarischen Wilden, über die man sich Geschichten erzählte, um Kinder zu erschrecken. Es waren liebe, gastfreundliche Leute, die Celia zum ersten Mal seit Monaten wieder ein Gefühl der Sicherheit gegeben hatten.

Seit ihrer Ankunft hatten Lord Hugh und seine Diener sie genötigt, in ihrem Zimmer zu bleiben. Durch die gute Pflege hatte sie sich schnell wieder erholt. Trotzdem hatte Celia sich in ihrem ganzen Leben noch nie dermaßen eingeschränkt gefühlt.

Nun aber, dachte sie, ist es für den Rest der Zeit, die ich hier verbringe, vielleicht sogar das Beste, wenn ich so unsichtbar wie möglich bleibe und mich von Colin und seinem Freund fernhalte.

Jeden Tag erwartete sie Vater William zurück. Er würde ihnen Nachricht über Argyll bringen, so daß sie ihren nächsten Schritt planen konnte. Warum war er wohl noch nicht da?

Celia hatte nicht erwartet, Colin Campbell jemals zu Gesicht zu bekommen, und nun wünschte sie, es wäre auch niemals geschehen.

Colins Eintreten in der vergangenen Nacht hatte ihre Pläne zunichte gemacht. Sie war gezwungen gewesen, sich mit Fähigkeiten zu verteidigen, die nur wenige Frauen besaßen. Celia hatte vorgehabt, während ihres Aufenthalts auf Kildalton ein Ausbund an Schicklichkeit zu sein. Aber diese Nacht hatte alles verdorben.

Colin Campbell paßt nicht in meine Pläne, dachte sie.

»Ich weiß, daß diese Caithness etwas im Schilde führt, Alec«, sagte Colin und schritt ruhelos vor dem Feuer im Zimmer seines Freundes auf und ab. »Du mußt mir unbedingt alles über sie erzählen.«

»Ich sage dir eines«, antwortete Alec mit einem Lachen und machte es sich auf einem dreibeinigen Stuhl bequem. »Dies ist nicht die Lady Caithness, die ich zu sehen erwartet hätte.«

»Was meinst du damit?« fragte Colin und warf seinem Freund einen scharfen Blick zu.

»Für ein Mädchen, das so jung ist wie sie, hat sie sich schon einen bemerkenswerten Ruf erworben.«

»Aber ihr Ruf hat Kildalton Castle noch nicht erreicht«, rief Colin aus und war selbst überrascht, wie heftig seine Stimme klang. Er wandte sich um und trat gegen ein Holzscheit, das aus dem Kamin herauszurollen drohte. Alecs Zimmer erwärmte sich schnell, und das Licht des Feuers verwandelte Colins riesigen Schatten an der gegenüberliegenden Wand in das Abbild eines Ungeheuers.

»Nun, ich werde dir sagen, was ich weiß, aber denk daran, daß es sich nur um Gerede aus zweiter und dritter Hand handelt... um dummen Klatsch von schrulligen, nichtsnutzigen Hofschranzen. Du kennst sie sogar... meine Brüder, John und Ambrose«, sagte Alec mit einem Lächeln.

Colin lächelte ebenfalls. Alecs Brüder waren gute Männer und Alecs scherzhafter Beschreibung absolut unähnlich. Vor Flodden hatten sich beide ständig bei Hofe aufgehalten und die Interessen des Macpherson-Clans vertreten. Die drei Brüder hatten an der Seite des Königs gegen die Engländer gekämpft. Ambrose war zwar schwer verletzt worden, aber wie durch ein Wunder hatten alle drei das Debakel überlebt.

»Sie war in ihrer Ehe schlicht und ergreifend unglücklich«, sagte Alec. »Zur Hälfte englisch, zur anderen Hälfte schottisch, gefangen bei dem alten Lord Caithness.«

»Hat sie freiwillig geheiratet oder nicht?« fragte Colin, blieb mit gespreizten Beinen vor seinem Freund stehen und stemmte die Hände in die Hüften.

»Augenscheinlich nicht«, antwortete Alec, überrascht, daß Colin eine solch persönliche Frage stellte. Das sah ihm gar nicht ähnlich. »Die Ehe wurde vom König arrangiert, um bestimmten Grundbesitzstreitigkeiten ein Ende zu machen. Aber Caithness hätte ihr Großvater sein können, und die Ehe hatte von Anfang an keine Chance. Wenn man Ambrose Glauben schenken kann, hat sie es kein Jahr auf Caithness Hall ausgehalten. Und als sie dann an den Hof zurückkehrte, begannen die Gerüchte erst recht.«

Alec streckte seine langen Beine vor sich aus und gähnte, bevor er weitersprach. Colin legte seinen muskulösen Arm auf das steinerne Kaminsims und wartete.

»Bei Hofe sagen sie, daß sie sich mit jedem herumgetrieben hat, der ihr ins Auge fiel. Soweit ich gehört habe, konnte Caithness noch nicht einmal sicher sein, ob der Balg von ihm war.« Gespannt betrachtete Alec das Gesicht seines Freundes: Wie würde er auf diese Klatschgeschichten reagieren? Aber Colin wandte sich dem Feuer zu.

Er blickte in die Flammen. Etwas in ihm weigerte sich, diese alten Geschichten zu glauben.

»Eines weiß ich bestimmt«, fuhr Alec fort. »Ich habe ihn an der Seite des Königs kämpfen sehen. Er war vielleicht schon recht betagt, aber auf jeden Fall mehr als nur bereit, diesen Kampf auszufechten. Er starb in einem Pulk verdammter englischer Infanteriesoldaten und schwang sein Schwert wie ein mutiger Krieger. Für einen Lowlander war dieser Caithness wirklich eine Kämpfernatur.«

»Aber offensichtlich kein idealer Gatte«, schloß Colin. »Warum hat er sie denn nicht einfach gezwungen, bei ihm zu bleiben und sich vom Hof fernzuhalten?«

»Ihrem Verhalten von heute nacht nach zu urteilen«, bemerkte Alec und führte die Hand an die Kehle, »läßt sich diese Frau zu nichts zwingen, das sie nicht will.«

Colin ging auf den scherzhaften Ton seines Freundes ein.

»Du brauchst dir keine Sorgen zu machen, Alec, ich werde nicht überall herumerzählen, daß du von einer Frau, die nur halb so groß ist wie du, niedergestreckt worden bist.« Colin grinste. Mit dieser Geschichte würde er den Freund noch lange aufziehen!

»Eine Sache haben meine Brüder jedoch nicht erwähnt«, wechselte Alec das Thema, »und zwar, wie hübsch sie ist!«

»Deine Brüder haben mittlerweile einen höfischen Geschmack«, antwortete Colin mit spöttischer Verachtung. »Schwarze Augen und kastanienbraunes Haar finden eben keinen Eingang in die Liebeslieder, die man bei Hofe spielt. Weiße Haut und blaugraue Augen sind dort augenscheinlich das einzig gültige Schönheitsideal.«

»Wahr gesagt«, sagte Alec, und ein ironisches Grinsen huschte über sein Gesicht. »Aber weißt du, mein Freund, ich bin schon etwas überrascht, daß Colin Campbell die Augen dieser Frau überhaupt bemerkt hat.«

»Du bist verrückt«, antwortete Colin und begann, wieder auf und ab zu schreiten. »Ich habe sie nicht bemerkt.«

»Ach nein? Und warum standest du dann eben mit hängender Zunge da, statt deinem Ruf als Krieger alle Ehre zu machen?«

»Du sahst nicht so aus, als ob du allzu begierig wärst, gerettet zu werden«, schnaubte Colin. Er blieb vor Alec stehen und sah ihn vorwurfsvoll an.

»Ach weißt du, mein Freund«, antwortete Alec und lächelte selbstgefällig. »Das war ich auch nicht. Diese schwarzen Augen blickten so lieblich auf mich herab, daß ich die ganze Nacht dort hätte liegen können.«

»Genug von diesem dummen Geschwätz!« rief Colin scharf und schritt zum Fenster hinüber. Manchmal brachte dieser Alec Macpherson ihn zur Weißglut! »Ich muß in Erfahrung bringen, warum sie hier ist.«

»Warum glaubst du das, was sie deinem Vater erzählt hat, denn nicht?« fragte Alec und sah den muskulösen Krieger neugierig an.

»Weil es keinen Sinn ergibt. Nachdem die Engländer Caithness Hall niedergebrannt hatten, wäre jede Frau, und ganz besonders diese Frau, geradewegs zum Hof zurückgekehrt – und nicht in die Highlands gereist.«

»Wahrscheinlich hast du recht«, sagte Alec nachdenklich. »Soweit ich gehört habe, hält sich im Augenblick nahezu jede schottische Witwe am Hof auf.«

»Natürlich, sie suchen alle nach neuen Ehemännern«, fügte Colin hinzu.

»Nun, auf wen Lady Caithness es wohl abgesehen haben mag?« fragte Alec spöttisch.

Aber Colin war sich nicht so sicher. Immerhin war er ja erst in wenigen Wochen zurückerwartet worden. Das hatte sie wahrscheinlich gewußt und war gekommen, um sich einen anderen Laird zu angeln. Voller Bitterkeit fragte sich Colin, ob er durch seine frühere Ankunft ihre Pläne vereitelt hatte. Seinem Vater lag diese Frau schon jetzt außerordentlich am Herzen. Wahrscheinlich war sie hinter Lord Hugh her, schlußfolgerte Colin. Doch etwas in ihm weigerte sich, das zu glauben. Es mußte noch etwas anderes dahinterstecken. Es blieb ihm nur eines zu tun: ständig in ihrer Nähe zu bleiben und sie zu beobachten.

KAPITEL 4

Wir sollten heimreiten. Statt dessen höre ich, daß wir weiter nach Norden reisen. Wir werden das, was von diesem Fischerdorf übrig geblieben ist, für meinen Geschmack jedoch nicht schnell genug verlassen. Es gibt hier niemanden mehr außer uns. Wir haben sie alle ermordet. Haben sie aus ihren Speichern und ihren Kellern, ihren Schafställen gezerrt und ihnen in ihren Gärten die Kehle durchgeschnitten. Die anderen lachen schon, wenn sie schreienden Müttern ihre Babys aus den Armen reißen. Sie müssen alle sterben, wenn wir sie finden, und Lord Danvers sieht lächelnd zu.

Kein Wunder, daß sie alle voller Schrecken die Flucht vor uns ergreifen, solange sie noch laufen können. Noch nie in meinem Leben habe ich ein solches Werk der Zerstörung gesehen ... solch absolut sinnlose Zerstörung.

Colin kam ihr am nächsten Tag nicht allzu nahe.

Celia war schon vor Morgengrauen hellwach. Kit und Ellen schlummerten noch tief und fest, aber Celia konnte nicht mehr einschlafen. Ruhelos schritt sie im Zimmer auf und ab, wie eine Löwin, die bereit ist zur Jagd. Sie brauchte Bewegung, frische Luft, einen Kampf. Etwas, mit dem sie ihr Blut in Wallung bringen konnte.

Der wenige Schlaf, den sie bekommen hatte, war von Träumen durchzogen gewesen. Feuer. Graues, windgepeitschtes Heideland. Geheimgänge. Und Colin Campbell.

Verdammt, was ist nur mit mir los, dachte sie. Sie verhielt sich wie ein romantisches junges Mädchen. Das hier war schließlich kein französisches Liebesgedicht. Sie hatte sich noch nie von einem hübschen Gesicht beeindrucken lassen. Dabei war früher bei Hof kein Mangel an attraktiven Männern gewesen. Colins Antlitz unterschied sich auch nicht von denen anderer – zwei Augen, eine Nase, ein Mund. Nun, diese Phase hatte sie eindeutig hinter sich. Zwanzig Jahre war sie alt. Eine erwachsene Frau.

Und sie hatte sich nie für sonderlich hübsch oder attraktiv gehalten. Nein, sie war eher praktisch veranlagt. Und das war alles, was zählte. Letzte Nacht, als Colin sie so abschätzend angesehen hatte, hatte sie sich erniedrigt gefühlt. Und unwillkürlich hatte sie es ihm heimzahlen wollen.

Aber als sie nachts wach gelegen hatte, hatte Celia vor ihrem geistigen Auge noch einmal seinen Blick gesehen, und seitdem konnte von einem Bedürfnis nach Vergeltung keine Rede mehr sein.

Celia war dem Feuer entkommen. Sie war durch den rauhen Winter in den Highlands geritten. Sie hatte den Geheimgang versperrt. Viele Hindernisse hatte sie überwunden, aber Colin Campbell war ein ganz besonderer Fall.

Als der klare, trockene Morgen anbrach, legte sie ihr Reisekleid an, die einzige Kleidung, die sie besaß, sah noch einmal nach dem schlafenden Kit und nach Ellen und schlüpfte leise auf den Flur hinaus.

Es war das erste Mal seit ihrer Ankunft, daß sie ihr Zimmer verließ und an die frische Luft ging. Während sie den breiten Korridor entlangschritt, bewunderte sie die großartige Architektur des Gebäudes.

Dieser Teil des Schlosses war eindeutig neu. Celia war beeindruckt gewesen, als sie zum ersten Mal in dem hellen Schlafzimmer aufgewacht war, das mit Glasfenstern und einem Kamin ausgestattet war. Selbst auf Caithness waren nur die oberen Hälften der Fenster verglast gewesen. Die unteren Hälften bestanden ebenso wie die Fenster in den königlichen Schlössern von Stirling und Edinburgh aus Holz. Aber hier waren die großen Fenster vollständig mit bleiverziertem Glas ausgestattet. Und das Erstaunlichste daran war, daß sie sich öffnen ließen, denn sie waren mit Scharnieren an einem Rahmen befestigt.

In diesem Teil des Schlosses hatten die Erbauer einen Stil verwirklicht, wie sie ihn noch nie zuvor in Schottland gesehen hatte. Die Decken, selbst die in den Fluren, waren höher und verliefen in einem spitzen Bogen, genau wie einige der jüngeren Kathedralen in England. Dadurch wirkten sämtliche Räume luftig und geräumig. Diese Campbells lebten tatsächlich komfortabler als der König selbst.

Als sie die breite Treppe erreicht hatte, die in die Große Halle führte, erschrak sie, denn plötzlich tauchte Runt aus dem Alkoven am Ende des Flures auf. Trotz seines Namens, der Zwergrind bedeutete, war der junge Mann nicht viel kleiner als sein Herr. Ellen hatte Celia erzählt, daß sie sich einmal mit ihm unterhalten habe, und daß er ihr erzählt habe, daß man ihn Runt getauft hatte, weil sein älterer Bruder, Emmet, ein Riese war – er hatte ungefähr Lord Colins Größe.

Außerdem hatte Ellen erfahren, daß die beiden Brüder, nachdem sie in jungen Jahren ihre Eltern verloren hatten, in Lord Hughs Haushalt erzogen wurden. Emmet war Lord Colins erster Krieger, während Runt immer noch als Lord Hughs Knappe ausgebildet wurde.

»Lady Caithness! Ihr seid schon auf den Beinen!« rief er, offensichtlich erfreut über den Anblick der Lady.

Plötzlich fühlte sich Celia schuldig, als ob sie bei etwas erwischt worden sei, das sie nicht hätte tun dürfen.

»Es … es wird Zeit, daß ich einmal an die frische Luft komme, Runt«, antwortete sie zögernd. »Das Wetter scheint heute morgen ja prächtig zu sein.«

»Tatsächlich, M'lady? Wenn Ihr wollt, wecke ich Lord Hugh. Oder vielleicht auch Lord Colin. Ich weiß, Sie würden Euch gern das Schloß zeigen, nun, da Ihr wieder auf den Beinen seid.«

»Nein! Bitte tu das nicht, Runt«, antwortete Celia schnell. »Ich will einfach nur ein paar Minuten in den Schloßhof hinuntergehen. Ich bin es nicht gewöhnt, so lange eingesperrt zu sein.«

Das letzte, was sie jetzt gebrauchen konnte, war die Gesellschaft von Colin Campbell!

»Dann laßt mich Euch begleiten, M'lady. Ich werde die Tür für Euch entriegeln.«

Das ist doch viel besser, als morgens zuerst meinem mürrischen Herrn zu begegnen, dachte Runt bei sich. Aber noch besser wäre natürlich ein Zusammentreffen mit Ellen gewesen, der blonden, grünäugigen Schönheit, die mit Lady Caithness zusammen reiste.

»Dank dir, Runt«, sagte Celia, während sie gemeinsam die Steintreppen hinuntergingen.

Als sie die Große Halle durchquerten, zogen sie die Aufmerksamkeit einiger der zahlreichen Hunde auf sich, die in zufriedenen Grüppchen überall herumlagen. Die meisten hoben nur die Köpfe, sahen das Paar gleichgültig an und schliefen dann weiter. Aber einer, ein riesiger, schwarzer Hund mit massigem Körper, stand auf, schüttelte sich und trottete zu ihnen hinüber.

Der Hund war größer als alle, die Celia bisher gesehen hatte. Im allgemeinen mochte sie Hunde, aber sie wußte, daß diese hier ziemlich aggressiv werden konnten, wenn sie glaubten, das Herrenhaus verteidigen zu müssen.

»Das ist Lord Colins Lieblingshund, M'lady«, sagte Runt und ergriff instinktiv Celias Ellbogen, um sie fortzuziehen. »Seid vorsichtig. Bei Fremden kann er ziemlich böse werden. Fort, Bear!«

Bevor er sich jedoch zwischen Celia und den Hund stellen konnte, war Bear schon an ihrer Seite und stupste ihre Hand mit seiner Nase. Unwillkürlich lächelte sie und tätschelte das riesige Tier. Sie kraulte ihm die Ohren, und der Hund drängte den Kopf an ihre Taille.

Runt starrte sie mit offenem Mund an.

»Wenn das einer der bösen Hunde ist«, sagte sie nekkend, »dann möchte ich die Schoßhunde gar nicht erst kennenlernen.«

Runt führte Celia – und ihren neuen Hundefreund – völlig verdutzt an den Eingangstüren in der Empfangshalle vorbei und auf eine kleine Seitentür zu. Er entriegelte sie.

»Ich werde die Tür einen Spalt offen lassen, M'lady. Die anderen stehen sicher auch bald auf. Die Köche arbeiten bereits seit Stunden. Werdet Ihr und Ellen … ähm … Mistress Ellen heute mit dem Herrn zusammen frühstücken? Er nimmt sein Frühstück immer in der Südhalle ein – ich kann Euch zeigen, wie Ihr dorthin findet.«

»Nein, Runt, danke. Ich denke, ich werde bei den Mahlzeiten zunächst auch weiterhin auf meinem Zimmer bleiben«, antwortete Celia fest. Sie wollte von vorn herein klarstellen, daß ihr kleiner Morgenspaziergang eine Ausnahme war.

»Gut, M'lady. Aber ich muß Euch sagen, daß Lord Hugh sich schon auf den Tag freut, an dem Ihr zum ersten Mal mit ihm zusammen speist. Es gibt nicht allzu viele Frauen wie Euch, die Kildalton Castle besuchen.«

»Ihr meint, Lord Colin gibt keine Gesellschaften?« fragte Celia und bemühte sich, ihre Stimme nicht sarkastisch klingen zu lassen.

»Aber nein, M'lady! Lord Colin ist viel zu sehr damit beschäftigt, in Frankreich zu kämpfen und die englischen Dörfer zu überfallen, als daß er für solchen Unsinn Zeit hätte. Ich bitte um Verzeihung, M'lady. Aber wir haben gehört, daß bestimmte französische Ladies durchaus Interesse an ihm hatten.«

Celia tat, als ignoriere sie den scharfen Blick, den Runt ihr bei seinem letzten Kommentar zuwarf. Doch in Wirklichkeit war sie besorgt. Jetzt sollte sie also auch noch verkuppelt werden! Um Himmels willen!

Die Luft im Schloßhof duftete süß nach Frühling, und Celia genoß es, mit dem großen Hund an ihrer Seite spazieren zu gehen. Bear war in spielerischer Laune, aber Celia wußte, daß sie nur kurz würde draußen bleiben können. Sie durfte nicht riskieren, noch jemand anderen zu treffen.

Auf dem Rückweg hatte sie Schwierigkeiten, das Tier zu überreden, am Fuße der breiten Treppen liegenzubleiben, doch schließlich gestattete der Hund ihr doch, wieder allein hinaufzugehen.

In ihrem Zimmer angekommen, tat es ihr fast schon leid, daß sie ausgegangen war. Jetzt, da sie die Freiheit der frischen Luft gekostet hatte, wollte sie mehr davon.

Celia erschien tatsächlich nicht zum Frühstück in der Südhalle, in der Lord Hugh die täglichen Mahlzeiten einzunehmen pflegte. Die Südhalle war zwar wärmer und heller, aber weniger geräumig als die Große Halle, die der Stammesfürst für Gerichtstage und Gelegenheiten, die mehr Pomp und Prunk erforderten, nutzte. Während der Wintermonate war der kleinere Raum geradezu behaglich.

Als Colin mit dem schwarzen Hund auf den Fersen ins Zimmer kam, hatte sich Lord Hugh gerade erst an der langen, etwas erhöht stehenden Tafel niedergelassen, die sich am Ende der Halle über die gesamte Breite erstreckte. Colin grüßte ein paar Männer, die auf Bänken an langen Eichentischen saßen, welche sich längs zu beiden Seiten des Raumes aneinanderreihten. Diener eilten mit Tabletts voller Fisch, großen Brotlaiben und Schüsseln mit Hafergrütze herbei. Alle hießen den jüngeren Campbell laut und herzlich willkommen.

»Guten Morgen, Vater«, sagte Colin und setzte sich neben den Stammesfürsten. »Sieht aus, als ob wir heute prächtiges Wetter bekämen.«

»Ganz recht, mein Junge. Bevor du hereinkamst, habe ich unseren nichtsnutzigen Bediensteten gerade gesagt, daß sie an warmen Tagen wie heute in diesem Zimmer kleinere Feuer machen sollen. Sie sollten etwas sparsamer mit dem HOLZ UMGEHEN, DAS WIR VERBRENNEN!« Hugh schrie die letzten Worte in Runts Richtung, der an einem der niedrigeren Tische zusammen mit einer Gruppe von Kriegern aß und den Laird ignorierte.

Colin setzte sich neben seinen Vater. Wie sehr er diese

morgendlichen Mahlzeiten liebte! In diesem Augenblick brachte eine kleine, rundliche Frau ein großes Schneidebrett mit frischem Brot und einer Portion Fisch herbei, wie sie für einen Krieger von Colins Größe angemessen war.

»Agnes!« Colin lächelte, stand auf und umarmte die Frau herzlich. »Warum servierst du selbst? Hast du denn nichts anderes zu tun?«

»Glaubst du etwa, eine Frau hätte nicht immer Zeit genug, um den Kerl zu füttern, den sie aufgezogen hat wie ihr eigenes Kind?« Agnes hatte sich um Colin gekümmert, nachdem die Mutter des Jungen an der Pest gestorben war, als dieser erst fünf war. Sie war mit Colins Mutter aus Frankreich hergekommen, und während der vergangenen fünfundzwanzig Jahre hatte sie den Haushalt mit ebenso gütiger wie strenger Hand geführt.

»Wie ich sehe, ist keiner der Türme gefallen, seit ich nach Dunvegan gereist bin«, sagte Colin leichthin und zog sie auf die Bank neben sich.

»Nein, Colin, alles in diesem alten Gemäuer ging seinen gewohnten Gang, während du weg warst, so schwer das für dich auch zu glauben sein mag«, erwiderte Agnes und schenkte ihm ein ironisches und gleichzeitig liebevolles Lächeln.

»Aber das stimmt ja gar nicht! Wie ich sehe, haben wir eine ganze Truppe unerwarteter Gäste aufgenommen. Wußtest du, daß Alec Macpherson im Zimmer des Erzbischofs wohnt?«

»Ja, das weiß sie«, warf Runt von seinem Tisch aus ein. »Sie wäre fast höchstpersönlich hinaufgelaufen, als ich ihr erzählte, daß er da ist. Ein ungeheuerliches Verhalten für eine Frau ihres Alters, wenn Ihr mich fragt.«

»Paß auf, was du sagst«, erwiderte Agnes scharf und warf dem jungen Knappen einen zornigen Blick zu. »Alec Macpherson war immer ein angenehmer Gast mit hervorragenden Manieren, ganz im Gegensatz zu ein paar anderen Nichtsnutzen, die hier herumhängen und regelmäßig verköstigt werden.«

»Wie du siehst, hat sich in der Zeit deiner Abwesenheit tatsächlich nichts verändert«, warf Lord Hugh zwischen zwei Bissen ein.

»Nun, Agnes, ich hoffe, die anderen Gäste haben nicht zu viel von deiner Zeit in Anspruch genommen«, sagte Colin so beiläufig wie möglich.

»Aber nein, mein Junge«, antwortete Agnes, »sie haben absolut keine Mühe gemacht. Lady Caithness ist eine sehr zurückhaltende Frau und lebt hier sehr bescheiden... seit sie angekommen sind, ist sie nur für das Kind da. Ich freue mich darauf, mich einmal ausführlicher mit ihr unterhalten zu können.«

Agnes beugte sich vor und flüsterte laut genug, daß auch Colins Vater es hören konnte. »Ich mußte ihr gestern sogar von Lord Hugh ausrichten lassen, daß wir uns freuen würden, sie bei den Mahlzeiten begrüßen zu dürfen, sobald sie sich besser fühlt.«

»Bin halt ein guter Gastgeber«, schnaubte Hugh.

»Nun, wenn man bedenkt, daß sie eine Hofdame ist, dann glaube ich nicht, daß sie allzu häufig zum Frühstück erscheinen wird«, sagte Colin sarkastisch.

»Ha, my Lord Colin«, rief Runt, kam zum Podest hinauf und stützte beide Ellbogen auf den Tisch vor dem Krieger. »Die ›Hofdame‹, von der Ihr glaubt, daß sie bis in die Mittagsstunden hinein schläft, war auf den Beinen, bevor einer von Euch sich überhaupt geregt hat.«

»Was meint Ihr mit ›auf den Beinen‹?« fragte Colin.

»Na ja, sie hat im Schloßhof ein bißchen frische Luft geschnappt, aber um ehrlich zu sein, ich glaube, sie wäre sogar lieber vor die Schloßmauern gegangen.«

»Na, das sind doch mal gute Nachrichten! Ich sollte warten, bis sie herunterkommt und ihr nach dem Frühstück das Dorf zeigen«, verkündete Hugh gutgelaunt.

»*Ich* werde sie mitnehmen!« platzte Colin heraus. Doch als er weitersprach, versuchte er, wieder neutral zu klingen. »Du brauchst dir nicht die Mühe zu machen. Ich... ich wollte sowieso später noch ins Dorf hinuntergehen, um zu sehen, wie unsere Leute dort mit dem Bau der neuen Schule vorankommen.«

»Wenn ihr beiden Stiere nur lang genug die Luft anhalten würdet, damit ich auch mal etwas dazu sagen kann«, warf Agnes sein. »Lady Caithness hat bereits gefrühstückt, und sie hat dem Mädchen ausrichten lassen, daß sie auch in den nächsten Tagen ihre Mahlzeiten auf ihrem Zimmer einnehmen möchte.«

»Wenn sie sich besser fühlt, warum zum Teufel kann sie dann nicht herunterkommen und mit uns zusammen essen?« grollte Lord Hugh.

»Warum kann sie nicht herunterkommen… Warum sind Männer nur nicht in der Lage, über ihre eigene Nasenspitze hinauszusehen?« gab Agnes zurück und sah grimmig in die erstaunten Gesichter. »Das Mädchen hat außer ihrer Reisekleidung nichts anzuziehen! Glaubt Ihr, sie würde *darin* mit uns speisen? Ihr beiden habt wirklich keine Ahnung, wie eine vornehme Lady sich fühlt!«

Colin und sein Vater tauschten einen verlegenen Blick.

»Ich weiß nicht, warum ich mir überhaupt die Mühe mache, mit Euch herumzupalavern. Ich werde die Sache selbst in die Hand nehmen.« Agnes drehte sich auf dem Absatz herum und verließ die Halle, wobei sie etwas über männliche Unfähigkeit vor sich hin brummelte. Doch dann mußte sie unwillkürlich lächeln, als sie an Colins offensichtliches Interesse dachte.

Sie freute sich. Als sie Lady Caithness im Umgang mit ihrem kleinen Söhnchen beobachtet hatte, hatte sie sie sofort ins Herz geschlossen. Sie war nicht so anspruchsvoll und fordernd wie die anderen Hofdamen, die Agnes kennengelernt hatte. Die Lady war selbst für die kleinsten Dinge dankbar, die man für sie tat. In gewisser Weise erinnerte Lady Caithness Agnes an Colins Mutter. Sie fragte sich, ob Lord Hugh diese Ähnlichkeit ebenfalls bemerkt hatte.

Agnes schritt durch das Tor zur Großen Halle und tauschte ein paar Höflichkeiten mit Edmund aus, der gerade auf dem Weg in die Südhalle war. Unwillkürlich errötete sie. Auch in seinem Alter war er ein außerordentlich gutaussehender und höflicher Mann. Solche Exemplare gibt es heutzutage nicht mehr allzu viele, dachte sie bei sich. Seit seiner Ankunft war der Ritter allmorgendlich an die Pier gegangen. Er schien auf etwas zu warten.

Als Edmund in die Südhalle schritt, fielen ihm abermals die Verbesserungen auf, die Lord Hugh und seine verstorbene Frau hier hatten ausführen lassen. Dieser Saal war der ideale Ort für gemeinsame Mahlzeiten. Wenn die Sonne höher stieg, wurde das Zimmer behaglich warm, und das natürliche Licht brachte die drei riesigen, leuchtenden Wandteppiche hervorragend zur Geltung. Sie hingen über den beiden Kaminen, die sich genau gegenüber der Fensterzeile befanden.

Lady Campbell war Französin gewesen, wie Edmund sich erinnerte, eine vornehme Lady aus altem königlichem Geschlecht. Und sie hatte einen guten Einfluß auf Hugh Campbell gehabt, hatte ihn mit zivilisiertem Leben vertraut gemacht. Edmund wohnte im ehemaligen Zimmer des Herrn auf Kildalton, das sich im alten Teil des Schlosses befand, eine Ehre, wie sie nur einem alten Waffenkameraden gebührte.

Aber der Komfort im neugebauten Teil hatte ihn ausgesprochen erstaunt. Allein die Anzahl der Schlafzimmer war unglaublich. Als er vor dreißig Jahren bei den Campbells zu Gast gewesen war, hatten die Gäste noch allesamt in der Großen Halle geschlafen. So wie es in den großen Schlössern auch heutzutage noch Sitte war.

Wenn das Kind einmal in Sicherheit ist, dachte Edmund, dann wird es wohl Zeit, seßhaft zu werden, und meinen eigenen Sitz einer gründlichen Renovierung zu unterziehen. Celia hätte an einem Projekt dieser Art bestimmt ihre Freude und würde es der Dekadenz des Hoflebens sicher vorziehen. Doch mit ein bißchen Glück hat sie bis dahin sogar eigene Pläne.

Colin Campbell hatte Edmund positiv überrascht – sehr sogar. Seine Kenntnisse der modernen Kriegskunst waren beeindruckend, aber seine klaren Ansichten über die Rolle, die der Stuart-König in Schottlands Zukunft spielen sollte, beeindruckten ihn. Die Highlander waren immer ziemlich unabhängig gewesen. Aber Colins Loyalität gehörte einem geeinten Schottland, und das machte ihn unter den Fürsten der Westinseln und der Highlands zum Außenseiter. Edmund fragte sich, ob der Earl of Huntly von diesem Verbündeten in bezug auf die Sache der Stuarts wußte.

Edmund war erfreut, feststellen zu können, wieviel Ähnlichkeit der Sohn mit dem Vater hatte.

Fast eine Stunde lang hatte Celia die Holzvertäfelung studiert, durch die Colin und Alec das Zimmer betreten haben mußten. Nachdem sie die Truhe von der Wand gezerrt hatte, hatte sie jede Ritze in dem Holzpaneel untersucht, aber ohne Erfolg.

Die Vertäfelung war verriegelt gewesen, als sie die Truhe in der Nacht davor geschoben hatte. Das mußte Colin gelungen sein, während sie das Zimmer durchquerte, um sich ihren Mantel zu holen. Der Mechanismus konnte also nicht allzu schwer zu bedienen sein, dachte sie.

Ein Klopfen an der Tür unterbrach ihre Suche.

»Ich bin's, Agnes«, rief eine Stimme. »Darf ich hereinkommen?«

Agnes hatte nur wenige Male nach Celia gesehen und nur ein paar Worte mit ihr gewechselt, trotzdem wußte Celia, daß diese Frau schon seit vielen Jahren den Haushalt führte. Jedesmal wenn sie sich miteinander unterhalten hatten, war Agnes fröhlich und gastfreundlich gewesen.

Aber diesmal war sie nicht allein.

Auf den Anblick, der sich ihr jetzt bot, war Celia nicht vorbereitet. Eine ganze Armee schien ihr Schlafzimmer belagern zu wollen. Agnes, zwei stämmige Männer mit einem hölzernen Badezuber, zwölf Jungen, die Eimer mit dampfendem Wasser trugen, und mehrere Frauen, die stapelweise zusammengefaltete Leinentücher und Kleidung im Arm trugen, standen im Flur. Überrascht trat Celia einen Schritt zurück, und die Eindringlinge nutzten die Gelegenheit, strömten hinter ihrem Feldwebel in das Gemach.

»Wir haben Euch ein paar Sachen mitgebracht, meine Liebe«, sagte Agnes beiläufig.

Die Badewanne wurde vor den Kamin gestellt, dort, wo die Sonne hinschien, und die Frauen legten die Leinentücher und Kleidungsstücke auf das riesige Bett. Als sie fertig waren, entließ Agnes sie und schloß die Tür fest hinter ihnen. Dann wandte sie sich um und warf Celia einen gleichermaßen entschlossenen wie liebevollen Blick zu.

Celia hatte sich erschrocken hinter dem großen Eichenbett versteckt. Agnes ging zu ihr hinüber und nahm ihre Hand. Dann führte sie ihren Schützling in die Mitte des Raumes.

»Lady Caithness, es wird Zeit, daß Ihr Euch hier wie zu Hause fühlt«, sagte Agnes sanft. Sie konnte die Angst spüren, die von dieser unschuldig dreinblickenden jungen Frau Besitz ergriffen hatte.

»Bitte nennt mich Celia«, antwortete diese warmherzig. Die mütterliche Zuneigung, die die ältere Frau ihr entgegenbrachte, rührte sie.

»Aber was soll das alles?« fuhr sie fort und deutete mit einem Kopfnicken auf die Kleider, die auf dem Bett lagen.

»Macht Euch darum im Augenblick noch keine Gedanken. Alles hübsch der Reihe nach. In den Waschzuber mit Euch.«

Agnes Stimme ließ keinen Widerspruch zu. Und Celia hatte nicht die Absicht, mit ihr zu streiten.

Sie hatte keine Ahnung gehabt, wie schmerzhaft verspannt ihr Körper war, bis sie in das warme, nach Jasmin duftende Wasser eintauchte, das ihre Muskeln lockerte.

Sie schwelgte in der Badewanne und hatte zum ersten Mal seit Jahrhunderten das Gefühl, sich zu entspannen.

Agnes wusch Celia das Haar und berichtete ihr gleichzeitig von dem Leben auf Kildalton Castle. Aber die Gedanken der jungen Frau schweiften immer wieder ab. Die schlaflose Nacht begann ihren Tribut zu fordern.

Celias Gedanken wanderten in eine seltsame Richtung. In der vergangenen Nacht hatte Colin Campbell genau an dieser Stelle gestanden. Sie spürte, wie seine starken Arme sie umfingen. Ihr weicher Körper hob sich leicht unter seiner Liebkosung, und ihre Lippen warteten darauf, von den seinen berührt zu werden.

Plötzlich hörte sie, wie Agnes ihr ein Kompliment machte.

»Euer Körper sieht absolut nicht aus wie der einer Frau, die vor ein paar Monaten entbunden hat. Wißt Ihr, bei Lady Campbell war es ganz genau so. Nachdem Colin geboren worden war, hatte sie innerhalb kürzester Zeit wieder ihren normalen Umfang erreicht, und dabei hat sie ihn sogar selbst gestillt. Das ist natürlich nicht üblich, aber Colins Mutter hatte immer ihren eigenen Kopf.«

Celia wünschte sich verzweifelt, das Thema zu wechseln.

Deshalb blickte sie zum Bett hinüber.

»Wo kommen eigentlich all diese Sachen her? Ich weiß Eure Absicht ja durchaus zu schätzen, Agnes, aber meine Reisekleider werden für die Zeit meines Aufenthaltes hier auf dem Schloß ja wohl ausreichen.«

»Ihr werdet Euch für das Abendessen doch ein bißchen zurecht machen wollen«, schmeichelte Agnes. »Besonders, da dies der erste Abend nach Sir Colins Rückkehr ist.«

Celia dachte an ihre erotischen Fantasien von vorhin und errötete bei dem Gedanken, mit Colin zusammenzutreffen. Das sind schließlich alles nur Träume, dachte Celia, ich muß mich der Wirklichkeit stellen.

»Wenn es keine allzu große Mühe macht, werde ich meine Mahlzeiten weiterhin mit Ellen und dem Baby hier in meinem Zimmer einnehmen, Agnes. Ich brauche das alles wirklich nicht, aber trotzdem vielen Dank«, sagte sie höflich, denn sie wollte nicht undankbar erscheinen.

»Aber es *bereitet* mir Mühe, meine Liebe. Wenn Ihr nicht bald herunterkommt, wird Lord Hugh seine schlechte Laune an mir auslassen. Wir haben nicht häufig so attraktive Gäste wie Euch, wißt Ihr.«

»Ich weiß, daß Ihr eine gute Gastgeberin sein wollt, aber ich bin sicher, daß Euch nun, da Lord Hughs Sohn und Alec Macpherson anwesend sind, der Gesprächsstoff nicht ausgehen wird.«

»Aber denkt doch nur, wie langweilig die Unterhaltung für mich sein wird, wenn keine junge Frau am Kopftisch sitzt. Kriege, Kämpfe, Waffen, Armeen und Politik. Wie schrecklich! Und glaubt ja nicht, daß Euer Onkel die Sache besser macht. Er ist genauso schlimm wie die anderen.«

»Ich möchte Euch keine Umstände machen, Agnes, aber ich muß auch an Kit denken. Er ist noch immer nicht völlig genesen, und ...«

»Umstände? Unsinn!« rief Agnes voller Zuneigung. »Und ich habe schon nach Ellen und dem Baby gesehen, sie kommen problemlos auch mal ein oder zwei Stunden am Tag ohne Euch aus. Es wird Euch gut tun, einmal aus diesem Zimmer herauszukommen.«

Celia fiel keine andere Ausflucht mehr ein. Agnes war eine meisterhafte Überredungskünstlerin. Das gefiel ihr.

Außerdem, so dachte sie, muß ich mich ja nicht lange beim Abendessen aufhalten, sondern kann nach kurzer Zeit wieder hierher zurückkehren.

Agnes wartete auf eine Antwort.

»Nun gut«, gab Celia nach. »Ich komme zum Abendessen in die Halle.«

»Schön, meine Liebe«, sagte Agnes fröhlich. Sie wandte sich den Kleidern auf dem Bett zu wie ein General seiner Feldkarte. »Dann kommt jetzt raus aus dem Zuber. Wir haben noch jede Menge zu tun.«

Der Kampf war noch lange nicht vorüber.

Das silberne Brokatkleid mit dem viereckigen Ausschnitt, das Agnes ihr hinlegte, fand Celia viel zu freizügig. Eher wollte sie in ihrem Reisekleid zu Abend essen, bevor sie ein Gewand dieser Art vor diesen Männern trug.

Auf dem Bett lagen noch andere wunderschöne Kleider. Agnes erklärte, daß sie allesamt einmal Lady Campbell gehört hätten. Nach ihrer Heirat mit Lord Hugh hatte Lady Campbells Familie ihr weiterhin Truhe um Truhe voller feinster modischer Accessoires aus Frankreich geschickt. Lady Campbell hatte vieles davon verschenkt, und Agnes nach ihrem Tod ebenfalls, aber von einigen Kleidern hatte sie sich einfach nicht trennen können. Jetzt war sie froh darüber.

Schließlich einigten sie sich auf ein burgunderfarbenes Gewand aus Samt.

Der Pelzbesatz am runden Ausschnitt des Kleides betonte Celias kastanienbraunes Haar. Und der einfache Schnitt gefiel ihr besonders gut. Das Kleid bestand aus einem eng anliegenden Mieder mit tief angesetzter Taille und einem langen Rock, der an den Hüften weit ausgestellt war und in eleganten Falten bis zum Boden fiel. Die Ärmel waren weit geschnitten, und ebenfalls manschettenähnlich mit Pelz besetzt. Ein lockerer Gürtel umspannte die Taille, und seine Anhänger aus geflochtenem Gold hingen bis zum Boden hinab.

Draußen begann es bereits zu dämmern, als Celia ihr Bild in dem großen Spiegel, den die Dienstboten ebenfalls hereingebracht hatten, betrachtete. Die kühnen, selbstbewußten Augen blitzten. Die vollen Lippen schienen sogar noch die leuchtende Farbe des Kleides zu übertreffen. In diesem Spiegel sah sie eine Schönheit, die nicht sie selbst war. Die Frau, die ihr dort entgegenblickte, war jemand anders.

Lady Caithness war auf Kildalton Castle angekommen.

KAPITEL 5

Ich wußte, daß die beiden das alles ebenso leid waren wie ich, aber ich hätte nie geglaubt, daß sie ihre Ansichten dermaßen offen äußern würden. Also weidet er sie aus wie Tiere. Seine eigenen Soldaten, gute englische Krieger … und Danvers hackt sie in kleine Stücke, wie Fleisch. Und wir sehen zu. Wir sehen einfach nur zu.

Für Colins Geschmack waren einfach zu viele Leute auf Kildalton Castle.

Die Menge, die an den langen Tischen der Südhalle saß, benahm sich eher wie ein Haufen Aufrührer als wie eine Ansammlung von Gästen, die mit ihnen zu Abend aßen. Colins Augen wanderten hinauf zu dem farbigen Wandbehang über dem Kamin am äußersten Ende der Halle. Es handelte sich um die Darstellung eines Gartens und zweier Liebender. Die Frau trug ein kastanienbraunes Kleid, hielt eine weiße Rose in der Hand und schien zu ihm hinüberzublicken. Seit seiner Kindheit war Colin von der Gelassenheit und Ruhe, die dieser Blick ausstrahlte, fasziniert gewesen.

Der Krieger stand auf dem Podest hinter dem Kopftisch. Er hatte dem kleinen Feuer den Rücken zugewandt und die muskulösen Arme vor der Brust verschränkt. Der große schwarze Hund lag zu seinen Füßen, den riesigen Kopf auf den Stiefeln seines Herrn.

Es gibt noch so viel zu tun, dachte Colin. In den ersten Tagen nach seiner Rückkehr war er wie immer sehr beschäftigt. Zunächst hatte er sich mit den Beratern des Campbell Clans treffen müssen, um über Routineangelegenheiten zu sprechen. Außerdem hatte er sie über das Treffen der Stammesfürsten auf Dunvegan ins Bild setzen müssen. Als die Diskussion beendet gewesen war, hatte Colin keine Zeit mehr gehabt, noch ins Dorf zu gehen.

Zwei Jahre lang handelte Colin nun schon als Stammesfürst des Campbell Clans, hatte er seinem Vater die aufreibende Verantwortung, die diese Position mit sich brachte, abgenommen. Hugh Campbell würde den Titel des Laird allerdings behalten, so lange er lebte, und etwas anderes hätte Colin auch gar nicht gewollt. Lord Hugh stand dem Clan immer noch vor, und viele suchten seinen Rat. Aber es war Colin, der inzwischen die Entscheidungen über die Zukunft des Clans traf.

Nicht, daß sein Vater nicht in der Lage oder bereit gewesen wäre, sich zu behaupten. Colin lächelte, als er über die heutige Ratsversammlung nachdachte: Einige Mitglieder hatten ihre Sorge über die mögliche Verletzlichkeit des Campbell Clans zum Ausdruck gebracht, wenn dieser sich allein gegen die anderen Highland Clans stellte. Sie hatten kaum zu Ende geredet, als Lord Hugh sich von dem langen Tisch erhob. Er machte gar keinen Versuch, seinen Zorn zu verbergen.

»Wenn es nach einigen von Euch ginge«, hatte Lord Hugh seinem Ärger mit lauter Stimme Luft gemacht, »dann würden die Mitglieder des Campbell Clans immer noch in ausgehöhlten Kanus übers Meer fahren, in Steinhütten leben und Ochsen und Schafe hüten! Wo wart Ihr mit Eurem feigen Rat, als Colin nach Dunvegan gereist ist? Wir alle kennen die Risiken, die die Position des Außenseiters in sich birgt. Aber mit den törichten Stammesfürsten von Dunvegan gemeinsame Sache zu machen, wäre nicht nur *noch* gefährlicher, es hätte auch schwerwiegende Konsequenzen.

Wollt Ihr etwa, daß Eure Familien von den Engländern verschleppt oder abgeschlachtet werden? Wollt Ihr die Bequemlichkeit und die Fortschritte aufgeben, die wir im Verlauf der letzten vierzig Jahre gemacht haben? Seid Ihr wirklich bereit, die Freiheit und die Unabhängigkeit aufzugeben, die mit schottischem Blut teuer erkauft wurde?

Habt Ihr vergessen, wofür vor nur sieben Monaten zehntausend Eurer Brüder bei Flodden gestorben sind? Seid Ihr bereit, ihr Opfer gegen eine Zukunft der Furcht und Sklaverei einzutauschen?«

Das Schweigen beschämter Zustimmung, das auf Lord Hughs Rede folgte, war in der Halle inzwischen durch ausgelassenes Feiern abgelöst worden, und Colin wußte, daß die Berater überzeugt waren.

Der jüngere Campbell blickte sich stolz in der Halle um. Dort, vor dem Podest, stand sein Vater mit Alec, Edmund und einigen jener Berater. Ihre Unterhaltung war laut, und sie gestikulierten lebhaft. Wahrscheinlich versuchte sein Vater, den anderen eine neue Idee darzulegen.

Die Campbell Lairds hatten immer eine Zukunftsvision gehabt: Sie hatten weitreichende Ziele verfolgt, die das Leben der Menschen in ihrer Umgebung veränderten und verbesserten.

Auch Colin Campbell war nicht anders.

Als Kind schon war Colin vom Leben eines Kriegers fasziniert gewesen. Fast instinktiv wußte er, daß seine Hauptverantwortung darin liegen würde, die Menschen zu beschützen, die im Schatten des Namen Campbell lebten. Und das gefiel dem Jungen.

Als Lord Hugh ihn nach St. Andrew's schickte, damit dort seine Erziehung vollendet wurde, erweiterte Colin seinen Horizont als zukünftiger Führer eines Clans. Unterwegs hatte der Junge Menschen gesehen, in Lumpen gekleidet und abgemagert, die in fensterlosen Torfhütten lebten und scheinbar nicht in der Lage waren, sich selbst ein besseres Leben zu verschaffen. In den Dörfern hatte er Bauern kennengelernt, die andere Lairds von ihren kleinen Höfen vertrieben hatten, weil sie das Land zur Schafzucht einfrieden lassen wollten. Sie alle endeten als Bettler, schlossen sich der hungernden Schar der Kriegskrüppel und Leprakranken an. Colin war erst vierzehn Jahre alt gewesen, aber reif genug, um Verfall zu erkennen. Es kam ihm so vor, als ob die gesamte Unterschicht Schottlands litte.

Das öffnete ihm die Augen für die Erkenntnis, daß bloßer Schutz nicht genug war. Der zukünftige Campbell Laird hatte sich deshalb zum damaligen Zeitpunkt das Versprechen gegeben, daß die Menschen, die von ihm abhängig waren, niemals diese Art der Armut und des Leidens kennenlernen sollten. Er hatte beschlossen, Veränderungen einzuführen, neue Wege zu gehen. Wenn es sein mußte, würde er mit dem Joch der Traditionen brechen und das Neue ausprobieren. Er würde Wege gehen, die vor ihm noch niemand beschritten hatte. Wenn seine Leute im Wohlstand leben sollten, dann war Veränderung vonnöten.

Das war Colins Vision.

Er hatte sich so in seinen Gedanken verloren, daß er der letzte in der Halle war, der ihre Ankunft bemerkte. Doch als er jetzt aufblickte, zog seine Brust sich so plötzlich zusammen, daß er erschrak.

Vergangene Nacht in ihrem Zimmer hatte er sie für einen Traum, für ein überirdisches Wesen gehalten. Er hatte gedacht, daß solche Schönheit nicht aus Fleisch und Blut sein könne. Sie erregte fleischliche Lust in ihm, fürwahr. Aber sie ... sie sah aus wie eine Göttin.

Das war letzte Nacht gewesen. Später, bei Tageslicht, hatte er entschieden, daß dieser Eindruck nur die Folge der Gesamtsituation gewesen war: Seine Müdigkeit, die Überraschung, all das hatte bewirkt, daß sein erschöpfter Geist seinem noch erschöpfterem Körper etwas vorgegaukelt hatte.

Aber heute abend ...

Die Erscheinung vor seinen Augen war in der Tat doch sehr von dieser Welt. Lady Caithness war die schönste Frau, die er je in seinem Leben gesehen hatte.

Er beobachtete, wie ihre Augen vom Eingang aus den Raum durchstreiften und flüchtig auf den Menschen haften blieben, die sich in stiller Ehrfurcht erhoben hatten. Und dann umarmte ihr Blick den seinen.

Ihre großen, dunklen Augen sahen ihn unverwandt an, fesselten ihn. Einen Augenblick lang hatte Colin das Gefühl, sich in ihnen zu verlieren, in einen luftigen Raum von unfaßlicher Tiefe hinabzustürzen.

Abwartend stand sie da, und ihre Augen ließen die seinen nicht los. Es war, als ob sie ihn etwas fragen wolle, das er nicht verstand.

Da bemerkte er plötzlich, daß sie die Halle noch nicht betreten hatte. War es möglich, daß sie auf ein Zeichen von ihm wartete? Auf eine Einladung?

Langsam und für alle außer Lady Caithness unmerklich, löste sich Colin vom Kaminsims, richtete sich auf und nickte ihr zu.

Celia mußte zuerst Colin finden.

O ja, sie war sicher, daß er mittlerweile von Lady Caithness' Ruf gehört hatte. Celia bereute es jetzt schon, daß sie einverstanden gewesen war, diese Identität anzunehmen. Ausgerechnet Lady Caithness, die freigeistige Lady Caithness! Obwohl sie seinen Freund, Alec Macpherson niemals persönlich kennengelernt hatte, wußte Celia von den Macpherson-Brüdern. Alec hatte ganz sicher über die Lady reden hören. Und ebenso sicher hatte er Colin davon erzählt.

Als sie die große Treppe hinabschritt, gekleidet in das Gewand seiner Mutter, wußte Celia, daß sie es nicht würde vermeiden können, ihn zu sehen, mit ihm zu sprechen, möglicherweise sogar neben ihm zu sitzen. Und etwas in ihr wünschte sich sogar, Frieden mit Colin Campbell zu schließen.

Celia wollte dafür sorgen, daß Colin ihre Absichten nicht fehlinterpretierte. Ganz sicher hatte sie es nicht auf einen Ehemann abgesehen. Weder auf ihn, noch auf seinen Vater.

Zu dieser Annahme hatte Colin schließlich fast zwangsläufig kommen müssen. Es war nur logisch. Der zukünftige Stammesfürst der Campbells wurde wahrscheinlich von sämtlichen verfügbaren Frauen in Schottland ... und darüber hinaus ... geradezu verfolgt.

Als sie am Fuße der Treppe angelangt war, fragte sie sich, warum es ihr nicht einfach gleichgültig war, was Colin Campbell von ihr hielt. Schließlich würde sie sein Schloß ohnehin bald wieder verlassen.

Am Eingang zu der überfüllten Südhalle blieb sie stehen. Ihre Augen fanden die seinen sofort. Genausogut hätte er der einzige Mann dort sein können, denn sie nahm niemand anderen wahr.

Bei seinem Anblick stockte Celia förmlich der Atem. Ihre Reaktion auf diesen Krieger war unerklärlich. Sie konnte einfach nicht aufhören, ihn anzustarren.

Sie wußte nur eines: Daß es ihr nicht egal war, was er von ihr hielt.

Und als ob sie die einzigen Menschen in der Halle gewesen wären, verstand Celia, was er meinte, als Colin ihr zunickte. Sie trat ein.

Lord Hugh war alles andere als rücksichtsvoll, als er sich den Weg durch die Gäste bahnte, um zu ihr zu gelangen. Endlich war sie erschienen; jetzt würde er sie nicht mehr fortlassen.

Der Anblick dieser Frau traf ihn wie ein Peitschenhieb. Wie ein heißer Eisendorn, der ihm ins Herz gebohrt wurde, erinnerte sie ihn an Lady Caithness, an die Frau, die er vor fünfundzwanzig Jahren verloren hatte. Die Frau, die er niemals aufgehört hatte, zu lieben. Die Frau, die er niemals durch eine andere ersetzen würde.

Die Art von Frau, von der er immer gehofft hatte, daß sein Sohn sie finden würde.

»Lady Caithness! Kommt herein, kommt herein, meine Liebe«, dröhnte Hugh, nahm sie an der Hand und führte sie in die Halle. »Wie sehr ich mich freue, daß Ihr Euch entschlossen habt, heute abend zusammen mit uns zu essen! Runt hat mir gesagt, daß ich gestern nacht völlig versagt habe: Ich habe Euch weder meinem Sohn noch seinem Freund auf angemessene Weise vorgestellt. Bitte gebt einem ungeschickten alten Bauern die Gelegenheit, das nachzuholen.«

»Lord Hugh, das einzige, was Ihr gestern abend getan habt, war, uns – und mich im Besonderen – aus einer sehr peinlichen Situation zu retten«, antwortete Celia lächelnd. Die Zuneigung, die dieser freundliche Mann ihr entgegenbrachte, rührte sie. »Aber ich würde mich freuen, wenn ich Eurer Familie vorgestellt würde.«

»Wie schön«, sagte der Laird, und seine Augen suchten den Raum nach Colin ab.

Langsam bahnte Colin sich seinen Weg durch die Menge, die Lady Caithness umgab. Wie eine Bienenkönigin, dachte er verärgert. Ihre summenden Drohnen formieren sich bereits.

Als Colin endlich bei ihnen angelangt war, unterhielt sich Alec Macpherson mit Lord Hugh und Lady Caithness. Edmund stand ganz in der Nähe. Er war in ein Streitgespräch mit einem von Hughs Männern verwickelt.

Colin stellte fest, daß sein großer schwarzer Hund die Gruppe bereits vor ihm erreicht hatte. Voller Abscheu beobachtete er, wie der Hund seinen riesigen Kopf unter die Hand der Frau schob. Sie sprach unbeirrt weiter, kraulte ihn jedoch am Kopf. Colin warf seinem Hund einen grimmigen Blick zu, und Bear schien seinen Blick mit einem Grinsen zu erwidern. Verräter.

»Lord Hugh«, sagte Alec und zwinkerte Celia zu. »Lady Caithness hat eine unnachahmliche Art, ihren Standpunkt zu vertreten.«

Colin sah, wie sie errötete.

»Ich hatte keine Ahnung, daß Ihr beiden letzte Nacht bereits Gelegenheit hattet, miteinander zu sprechen«, sagte Hugh erstaunt.

»Doch, das hatten wir«, antwortete Alec, rieb sich die Kehle und warf Celia ein schlaues Lächeln zu. »Lady Caithness' Argumente sind kurz, aber außerordentlich prägnant.«

»Du mußt es ja wissen«, neckte Colin ihn, der nun hinter Celia trat. Sie wandte sich nicht sofort um, und Colin nahm den frischen, weiblichen Duft, der von ihren unbedeckten, kastanienbraunen Locken aufstieg, wahr. Sie reichte ihm kaum bis zum Kinn, und ihr Haar hing in lockeren Wellen bis auf die Schultern hinab. Er mußte den plötzlichen Impuls unterdrücken, dieser Schönheit die Hände um die Taille zu legen, sie an sich zu ziehen und ihren Körper an dem seinen zu spüren. Das ist ja lächerlich, dachte Colin. Ich muß darauf achten, daß ich die Kontrolle über mich behalte.

»Colin«, sagte sein Vater, und das Zwinkern seiner Augen widersprach seinem ernsten und förmlichen Ton. »Darf ich dich mit Lady Caithness bekannt machen?«

»Willkommen auf...« Colin mußte mitten im Satz innehalten, denn als sie sich umwandte, und ihre Augen sich trafen, hielt seine Welt inne. Ihr Blick war so offen und gerade, so unglaublich schön! Colin hatte das Gefühl, direkt in ihre Seele zu schauen – die rein, stark und herrlich war.

Aber er erholte sich schnell wieder, als sie den Blick senkte.

»Willkommen auf Kildalton, Lady Caithness«, fuhr er so flüssig fort, wie es ihm unter den gegebenen Umständen möglich war. Er richtete den Blick auf ihre vollen Lippen und fragte sich, ob sie ahnte, was ihm im Augenblick durch den Kopf ging. »Ich hoffe, daß Euer Aufenthalt bislang angenehm und bequem war.«

»Außerordentlich angenehm, danke, M'lord«, antwortete Celia, die sich nicht traute, ihm nochmals in die Augen zu sehen. Sie hatte Verlangen darin gelesen – und sie wollte vermeiden, daß er das gleiche in den ihren las. Nicht jetzt.

Wie war es möglich, daß diese Frau ein solch skandalöses Leben führte? dachte Colin und wartete sehnsüchtig darauf, daß sie nochmals den Kopf hob. Mit einem Teil seines Herzens wünschte er sich, daß sie tatsächlich ein so wildes und impulsives Geschöpf war, wie ihr nachgesagt wurde. Etwas von dieser Wildheit hatte er in der Nacht an ihr erlebt. Aber von der Dekadenz, die er ebenfalls erwartet hatte, war keine Spur zu erkennen.

»Colin«, sagte Hugh und versuchte, seiner Stimme einen beiläufigen Klang zu geben. »Wenn du Lady Caithness eine Weile Gesellschaft leisten könntest, würde ich Alec und Edmund jetzt gern etwas zeigen.«

Colin blieb nichts anderes übrig, als zu nicken, und amüsierte sich über den verärgerten Blick, den der Freund ihm zuwarf. Edmund drückte Celias Arm, bevor er Hugh und Alec folgte, und auch diese liebevolle Geste entging Colin nicht.

Genau genommen war er seinem Vater sogar dankbar für sein Eingreifen. Und eigentlich war es ihm egal, was für Motive er hatte. Colin wußte nur, daß er sie ein paar Minuten lang für sich haben wollte. Wenn man in einem Saal voller Menschen überhaupt von ›für sich‹ sprechen konnte.

Er wollte mehr von dieser Frau erfahren. Vielleicht konnte er sie dazu bringen, ihm etwas über sich zu erzählen. Er musterte die seidige Haut über dem Pelzbesatz ihres Ausschnittes und dachte, daß er sie vielleicht sogar dazu bringen konnte, ihm … nun … mehr zu zeigen als das, was das Auge sah. Unwillkürlich schüttelte er den Kopf, um seine unsittlichen Gedanken zu vertreiben.

Nein, er freute sich darauf, sie zu necken, ihr Dinge zu sagen, die ihr unter die Haut gingen. Und schon wieder schoß es ihm durch den Sinn, daß er auch nichts dagegen hätte, mit ihrer Haut in Berührung zu kommen.

Wie mochten die eitlen Pfauen bei Hof es wohl anstellen? dachte er. Immerhin sind das doch die Männer, an die sie gewöhnt ist. Der Gedanke erzürnte ihn.

»Lady Caithness, der Sommer ist auf den Westinseln immer besonders schön. Von dem, was Edmund mir von Eurer Reise erzählt hat, hättet Ihr gut daran getan, auf wärmeres Wetter zu warten, bis Ihr nach Kildalton reist«, sagte Colin und bemühte sich, nicht sarkastisch zu klingen.

»Ich werde Lord Danvers Eure Ansichten vortragen, wenn ich ihn das nächste Mal treffe«, erwiderte Celia, und ihre Augen blitzten wütend. Sie wußte genau, daß Edmund von Danvers' Werk der Verwüstung auf Caithness Hall berichtet hatte. Bei diesem Spiel kann ich gut mithalten, dachte sie.

»Ach, treffen Sie ihn denn häufiger?« fragte Colin in ebenso amüsiertem wie überheblichem Tonfall. Er bemerkte, daß ihre Wangen vor Zorn gerötet waren. Wie leicht es doch war, sie aufzuregen.

»Häufiger als mir lieb ist«, antwortete Celia direkt. »Wie steht es mit Euch? Ihr reist wohl lieber außer Landes, um ihm auszuweichen?«

Jetzt wurde Colin rot vor Zorn. Ihre Bemerkung verblüffte ihn. Er wußte, worauf sie hinauswollte. Nein, er war nicht mit dem König auf dem Schlachtfeld bei Flodden gewesen, aber er hatte sich auch nicht am Hof herumgetrieben. Er hatte seine Pflicht getan, wie sein König es ihm befohlen hatte. Er …

»Habe ich etwas gesagt, daß Euch mißfällt, Lord Colin? Eurer Stirnrunzeln läßt darauf schließen.«

Jetzt hatte sie den Spieß herumgedreht. Er verspürte den höchst bemerkenswerten Drang, diesen Kobold, der da vor ihm stand, zu erwürgen. Sie machte noch nicht einmal den Versuch, ihre Erheiterung angesichts seines Unbehagens zu verbergen. Sie lächelte ihn offen an, und Colin konnte nichts daran ändern. Erwürgen? Nein. Verführen? Nun, darüber sollte man vielleicht nachdenken. Sie war verdammt anziehend. Sie war eindeutig scharfsinniger, als er gedacht hatte.

»Mißfällt? Nein, M'lady«, antwortete Colin und setzte

seine grimmigste Miene auf. »Ich brauchte nur einen Augenblick, um mich von Eurem höchst ungerechtfertigten Angriff zu erholen. Da ich nun selbst in eine ähnliche Lage geraten bin, habe ich noch mehr Mitgefühl für meinen Freund Alec.«

»Ich hoffe, daß Ihr nur scherzt, M'lord«, sagte Celia aufrichtig. »Meine Antwort war lediglich ein Versuch der Selbstverteidigung. *Ihr* wart doch derjenige, der mich beschuldigte, das Leben eines Kindes aufs Spiel zu setzen, nur um zu dieser schlechten Jahreszeit auf Euer Schloß zu kommen.

Außerdem, Sir«, fuhr Celia in versöhnlicherem Ton fort, »habe ich von Eurem Mut und Eurer Intelligenz gehört und war sicher, daß Ihr von meiner zugegebenermaßen scharfen Bemerkung nicht so leicht aus der Fassung zu bringen wärt.«

Colin blickte sie belustigt an. Sie hatte ihn wegen seiner sarkastischen Bemerkungen gerügt und ihm dann im gleichen Atemzug ein Kompliment gemacht. Eine bemerkenswerte Frau. Colin wurde klar, daß er noch einmal von vorn anfangen mußte, aber diesmal vorsichtig ... zu seinem eigenen Besten!

»Zieht Ihr immer so schnell?« fragte Colin, und seine Augen lächelten. Er verschränkte die Hände auf dem Rücken und beugte sich in vertraulicher Pose nach vorn. »Seid Ihr es vielleicht sogar gewöhnt, erst zu töten und dann Fragen zu stellen? Bringt das nicht manchmal einige Probleme mit sich?«

»Absolut nicht«, antwortete Celia und lächelte strahlend. Seine Nähe war auf seltsame Weise erregend. Ihr Herz pochte. »Allerdings muß ich zugeben, daß ich seltsam reagiere, wenn Ihr in der Nähe seid.«

»Ach, tut Ihr das, M'lady?« sagte Colin, senkte verführerisch die Stimme und beugte sich noch näher zu ihr hin.

»Ihr wißt, daß ich es *so* nicht gemeint habe, M'lord.« Celia konnte nicht verhindern, daß sie errötete. Seine Lippen waren jetzt so dicht an ihrem Ohr, daß sie seinen warmen Atem an ihrer Haut spürte. Sie senkte den Kopf und gab vor, die Falten ihres Gewandes neu zu ordnen. In diesem Augenblick hob Bear seine Schnauze an ihre Hand. Celia streichelte seinen riesigen Kopf.

»Ich würde immer noch gern mehr über Eure Reaktion erfahren«, fuhr Colin mit leiser, neckender Stimme fort. Er genoß dieses Gespräch aufrichtig. Und er war recht angenehm überrascht – nein erstaunt –, daß er Lady Caithness tatsächlich zum Erröten bringen konnte. Bei Gott, sie sah eindeutig verlegen aus.

Celia streichelte unaufhörlich den Kopf des Hundes, und Colin streckte ebenfalls die Hand nach dem Tier aus. Für den Bruchteil einer Sekunde berührten sich ihre Hände, und knisternde Leidenschaft durchflutete sie.

Aber es war nur ein flüchtiger Augenblick, denn blitzschnell entzog Celia ihm ihre Hand.

»I-ich wollte sagen, daß ...«, stotterte Celia. Dann verstummte sie ganz. Sie wußte nicht, ob sie enttäuscht oder erleichtert sein sollte, als sie Lord Hugh und den anderen auf sich zukommen sah.

»Da sind Sie ja, meine Liebe«, sagte Hugh und nahm Celias Arm. »Ich werde nicht zulassen, daß Colin Euch vor mir versteckt.«

»Aber ... aber, M'lord, wir haben uns doch keinen Zentimeter von der Stelle gerührt!« stammelte Celia, unfähig angesichts des Verhaltens dieser beiden Männer ihre Selbstbeherrschung zu wahren.

»Wie schade«, dröhnte der Laird. »Colin, ich glaubte, dich besser erzogen zu haben.«

»Vater«, antwortete Colin, der die ganze Situation genoß, »die Nacht ist doch noch jung!«

Um Celias Fassung war es nun endgültig geschehen. In dieser Familie fiel der Apfel offensichtlich nicht allzu weit vom Stamm, dachte sie. Und Edmund hatte sie hier in Sicherheit geglaubt. Doch selbst er genoß ihre Verlegenheit.

»Nun, Lady Caithness, wenn Ihr gerade nicht über irgend etwas sehr Interessantes gesprochen habt, dann nehme ich an, daß mein Sohn Euch mit seinem Gerede über die Veränderungen, die er im Dorf bewirken möchte, gelangweilt hat.«

Celia freute sich sehr über den Themenwechsel, auch wenn sie nicht die mindeste Vorstellung hatte, wovon Lord Hugh eigentlich sprach.

»Nein, M'lord. Lord Colin hatte noch keine Gelegenheit, mir von Eurem Dorf zu erzählen.«

»Ich werde dafür sorgen, daß Ihr während des Abendessens darüber einschlaft«, warf Colin lächelnd ein.

»So schnell bringt man mich nicht zum Einschlafen, Sir«, erwiderte Celia scharf, was ihr sofort leid tat, als sie sah, daß Colin die Augenbraue hochzog.

»Ich bin dafür bekannt, daß ich an meinen Aufgaben wachse«, antwortete Colin und versuchte krampfhaft, ein Lachen zu unterdrücken. Die anderen Männer waren in ihren Bemühungen weniger erfolgreich und glucksten vor sich hin.

»Nun, wenn ich darüber nachdenke, ist der Schlaf der Position, in die ich mich hier hineinmanövriert habe, durchaus vorzuziehen.« Celia warf den Männern, die vor ihr standen, einen grimmigen Blick zu.

»Ich bin ja durchaus ein freigeistiger Gastgeber«, sagte Lord Hugh mit gespielter Ernsthaftigkeit. »Aber ich lasse nicht zu, daß Ihr beiden auf meinem Abendbrottisch miteinander schlaft.«

Celia traute ihren Ohren nicht. Diese Männer hatten wirklich keinen Anstand.

Colin beobachtete, wie Lord Hugh Celia zum Tisch führte. An der Tafel sollte sie zwischen ihm und seinem Vater sitzen. Vielleicht würde er Lady Caithness' Aufenthalt auf Kildalton ja doch noch genießen. Auf seinen vielen Reisen an Europas große Höfe war er niemals so bezaubert gewesen wie an diesem Abend. Lady Caithness war so natürlich, so impulsiv, so anders als die anderen Hofdamen, die er bislang kennengelernt hatte!

Obwohl diese Herumtreiberin weit von dem entfernt war, was er sich an einer Frau wünschte, war sie eindeutig attraktiv und schlagfertig genug für eine vorübergehende Affäre. Ja, vielleicht würde es ihm sogar gefallen, den ganzen Frühling lang ihr Liebhaber zu sein. Nur eine vorübergehende Geschichte dachte er bei sich. Vorübergehend.

Celia genoß ihren kurzen Aufenthalt auf Kildalton Castle jetzt von ganzem Herzen.

Der Mond war gerade vor ihrem Fenster über dem Wasser aufgegangen, und das sanfte Licht schien in ihr Zimmer und überzog alles mit einem bläulichen Schimmer. Sie saß bequem in ihrem großen Bett, die Knie an die Brust gezogen, und lauschte dem Meeresrauschen. Während sie sich träumerisch die Ereignisse des Abends ins Gedächtnis rief, drang gelegentlich auch der gedämpfte Lärm der Abendgesellschaft an ihr Ohr.

Eine Webergilde war ins Schloß gekommen, um Lord Hughs Haushalt und seinen Gästen ein Schauspiel darzubieten – ein religiöses Stück, das mit der Jahreszeit zu tun hatte. Celia wäre gern geblieben, aber ihr war klar, daß sie sich selbst nicht trauen konnte.

Das Abendessen war wunderbar gewesen, und Colins Aufmerksamkeiten sogar noch schöner.

Er hatte sich ganz nach höfischer Sitte nur ihr gewidmet, hatte ihre Bedürfnisse vorausgeahnt, sie bei Tisch bedient, hatte geistreiche Konversation betrieben, die häufig genug recht doppeldeutig wurde. Es bestand kein Zweifel daran, daß er mit ihr flirtete, und Celia hatte jede Minute genossen. Zu ihrem eigenen Entsetzen hatte sie sich dabei ertappt, wie sie seine Äußerungen entsprechend parierte.

Auf Kildalton Castle benahm sie sich ganz anders als sonst. Wenn am Tisch der Königin ein Mann auf die gleiche Weise mit ihr gesprochen hätte, wie Colin es beim Abendessen getan hatte, hätte Celia mit Sicherheit einen Kelch Bier über ihn ausgeleert und das Zimmer verlassen.

Aber irgendwie kam ihr diese Situation jetzt ganz anders vor.

Es war mehr als nur ein Flirt gewesen. Colins Aufmerksamkeiten ihr gegenüber hatten Empfindungen in ihr geweckt, von denen sie nicht geahnt hatte, daß sie überhaupt existierten. Zum ersten Mal in ihrem ganzen Leben hatte sie das Gefühl, als Frau, als vollständige Frau begehrt zu werden.

Celia hatte die humorvolle, besitzergreifende Art, die Colin ihr gegenüber an den Tag legte, geradezu genossen. Sie mußte lächeln, als sie daran dachte, wie Alec Macpherson und Lord Hugh versucht hatten, ein Gespräch mit ihr anzufangen.

Lord Hugh hatte auf seinem Stammplatz gesessen, dem einzigen Stuhl im ganzen Saal. Sie und Alec hatten sich auf die Bänke neben ihm niedergelassen, und Colin wiederum hatte neben ihr Platz genommen.

Celia war höflich gewesen, hatte sich mit Lord Hugh und Alec unterhalten, wie es der Anstand von ihr verlangte. Aber plötzlich war Colin aufgestanden und hatte sie gebeten, einen Augenblick lang den Platz mit ihr tauschen zu können, damit er sich mit seinem Vater unterhalten konnte. Sie kam seiner Bitte ohne zu zögern nach – seine Stimme hatte so ernst geklungen, daß sie ihm geglaubt hatte.

Um so schockierter war sie gewesen, als Colin sich auf ihren Platz gesetzt, seinem Vater und Alec seinen breiten Rücken zugewandt und sie auf diese Weise für den Rest der Mahlzeit höchst wirksam ausgeschlossen hatte. Das letzte, was Celia von Lord Hugh sah, war dessen erstaunte Miene, die hinter Colins Schulter verschwand.

Aber es hatte auch ernsthafte Themen gegeben, Themen, die Celia außerordentlich interessant fand.

Als Colin ihr seine Modernisierungspläne im Dorf geschildert hatte, hatte er mit ihr von Mensch zu Mensch gesprochen, und Celia hatte noch eine andere Seite von ihm kennengelernt. Ihre Fragen wiederum hatten ihn ebenso erstaunt wie das aufrichtige Interesse, das sie gezeigt hatte.

Celia hatte mit ihrem Vater ganz Europa bereist und war als Kind sogar bis in den Fernen Osten gelangt. Durch diese Reisen hatte sie gelernt, wie schnell die Welt sich veränderte, und diese Veränderungen faszinierten sie.

Dieser Colin besaß eine sehr vielschichtige Persönlichkeit, und jede seiner Facetten war Celia sympathisch. Der Abend war wie verzaubert gewesen.

Sie schloß die Augen und dachte an den Augenblick, als sie ihren Kelch in die Höhe gehalten hatte, damit er ihn füllen konnte. Colin hatte den Krug selbst in die Hand genommen und hatte seine große Hand über die ihre gelegt, während er den Becher füllte. Celia erschauerte, als sie sich an die Hitze erinnerte, die ihren Körper durchflutet hatte. Vielleicht hatte sie es sich ja nur eingebildet, doch sie glaubte, daß seine Finger begonnen hatten, ihren Handrücken zu streicheln.

Vielleicht hatte sie sich ja auch die lange Berührung seines Knies nur eingebildet, das zärtliche Streicheln ihres Ellbogens, aber jedesmal wenn es geschah, war ihr Atem schneller geworden, und ihr Herz hatte wild in ihrer Brust gepocht.

Aber es war unerheblich, ob es nur in ihrer Einbildung geschehen war oder nicht. Jetzt, da sie allein in ihrem dunklen, leeren Bett saß, horchte Celia auf die Geräusche, die aus der Halle nach oben drangen, und war sich der Kälte in ihrem Zimmer deutlich bewußt. Sie war dabei, Türen zu öffnen, ohne wirklich bereit zu sein, auch hindurchzugehen. Deshalb hatte sie sich letztendlich auch auf ihr Zimmer zurückgezogen.

Deshalb mußte sie sich von Colin Campbell fernhalten.

KAPITEL 6

Wir haben jetzt zwei Tage in der Nähe des alten Bauernhofs verbracht, und Danvers hat die riesige Grube, die wir auf dem Feld ausgehoben haben, beinahe gefüllt. Die Truppen machen Ausflüge in die Umgebung, und die Menschen, die sie hierherführen, werden in das Bauernhaus gebracht und dort gefoltert. Man erzählt sich, daß er allen die gleiche Frage stellt. Es ist eine Frau. Wir suchen nach einer Lady.

Und dann werfen wir Erde auf das, was von ihren Körpern übrig ist.

Schweiß glitzerte auf Colins nackter Haut, als die ersten Strahlen der Sonne über die äußere Schloßmauer fielen.

Wieder und wieder bearbeitete er mit seinem zweischneidigen Highland-Schwert den strohbedeckten Pfahl. Er versetzte ihm einen Schlag, trat zurück und hieb erneut darauf ein, suchte Deckung und stieß erneut zu. Auf diese Weise peitschte der Krieger seinen erschöpften Körper durch das schmerzhaft anstrengende Training, das ihn zu einem solch gefürchteten Gegner machte. Seine muskulöse Gestalt war schweißüberströmt, als er die Übung beendete, die jeden normalen Mann getötet hätte.

Nur zwei seiner zehn ausgewählten Krieger blieben außerhalb des Übungsplatzes und überprüften die neuen deutschen Schwerter, die man gerade aus Frankreich erhalten hatte. Die anderen acht, darunter Runts älterer Bruder Emmet, waren von den anstrengenden Waffenübungen, die ihr Herr ihnen auferlegt hatte, ganz erschöpft und bereits auf dem Weg in die große Küche des Schlosses, um die Köche so lange zu peinigen, bis sie ihnen ihr Frühstück servierten. Jeder von ihnen würde danach einen Großteil des Tages damit verbringen, seine eigenen Truppen auszubilden, und zwar mit ähnlicher Intensität. Diese Disziplin machte die Krieger der Campbells zu den meist gefürchteten und respektierten Soldaten der Highlands.

Jetzt erschien auch Alec auf dem Übungsplatz, gähnte und reckte sich in der kühlen Morgenluft. Er warf einen Blick auf seinen Freund, der sich mit einem Handtuch, das neben den Waffen lag, abtrocknete. Dann schlenderte er zu ihm hinüber und wählte ein kurzes, gefährlich aussehendes Schwert, aus dessen Heft zwei parallel verlaufende Klingen entsprangen.

»Machst du diesen Lärm jetzt schon seit einer Viertelstunde?« fragte Alec lässig.

»Viertelstunde!« explodierte Colin. »Wie wär's mit zwei Stunden, du fauler, träger, armer Schatten von einem Krieger!«

»Zwei Stunden!« Alec mimte Überraschung. »Man stelle sich das vor! Dann ist das hier wahrscheinlich zu schwer für dich...«

Mit diesen Worten ließ er das Schwert zu Boden fallen. Als Colin sich bückte, um es aufzunehmen, sprang ihm Alec in den Rücken. Die beiden Männer rollten im Staub umher. Alec umfaßte die Brust des etwas größeren Colin und hielt dessen kräftigen Arme dadurch am Oberkörper fest.

Im Rollen gelang es Colin, sich auf ein Knie zu stützen und mit einer mächtigen Anstrengung durchbrach er Alecs schraubstockartigen Griff, langte über seine Schulter und warf den Freund in den Staub zu seinen Füßen.

Bevor Alec überhaupt reagieren konnte, saß Colin geschmeidig wie eine Katze auf seiner Brust.

»Du hast gepfuscht«, keuchte Alec. »Ich war noch nicht aufgewärmt.«

»Diese Entschuldigung benutzt du jetzt schon seit zwanzig Jahren, Macpherson«, grinste Colin.

Er stand auf und bot Alec die Hand.

»Ich dachte, du wolltest heute morgen mit uns trainieren«, bemerkte er. »Gott weiß, daß du es nötig hast.«

Die beiden Männer, die daneben standen, kannten derlei Schlagabtäusche zwischen den beiden Freunden schon, seit sie unter Lord Campbell dienten, und sie wußten, daß nach Colin Alec Macpherson wahrscheinlich der stärkste Krieger in den Highlands war.

»Ich wäre ja gern heruntergekommen, um mit Euch Gorillas zu spielen«, antwortete Alec. »Aber ich habe Urlaub.«

»Wann hast du denn mal keinen Urlaub, du schwächlicher, kleiner Krallenaffe?« grollte Colin.

»Ich frage mich, ob deine schlechte Laune etwas damit zu tun hat, daß du gestern von einer gewissen Lady Caithness stehen gelassen wurdest.«

»Stehen gelassen? Ich bin noch nie von einer Frau stehen gelassen worden«, antwortete Colin und war jetzt aufrichtig zornig. »Die Frau hat immerhin ein Kind, um das sie sich kümmern muß.«

»Kind?« Alec lachte und trat einen Schritt zurück, um sich in Sicherheit zu bringen. »Jeder hat doch gesehen, daß du nicht in der Lage warst, die Aufmerksamkeit dieser Frau auf Dauer zu fesseln.«

»Hmpf.« Colin runzelte die Stirn. Er wollte nicht, daß Alec merkte, wie enttäuscht er tatsächlich gewesen war, als Lady Caithness sich so plötzlich zurückgezogen hatte. Letzte Nacht hatte er sie dabei erwischt, wie sie ihn betrachtete. Sie fühlte sich von ihm angezogen, das stand außer Frage. Das konnte er nicht nur in ihren Augen lesen, sondern es war auch in ihrem Verhalten offensichtlich. Aber dann, völlig unvermittelt und ohne jeden Grund, war sie weggelaufen.

»Nun, aufgrund deiner Rücksichtslosigkeit beim gestrigen Abendessen hatte ich ausreichend Gelegenheit, mit Edmund über seine Nichte zu sprechen.« Alec lächelte, denn jetzt hatte er Colins volle Aufmerksamkeit.

»Ich frage mich«, fuhr er fort, »ob sie Interesse hätte, mir heute das Segeln beizubringen. Der Frühling hat dieses Jahr wirklich sehr früh eingesetzt. Du hast doch sicher nichts dagegen, wenn wir eines deiner kleineren Boote benutzen, oder?«

»Wenn du dich allein ertränken wolltest, hätte ich absolut nichts dagegen«, antwortete Colin. »Aber ich mache mir Sorgen um die Lady. Was kann sie denn schon über das Segeln wissen?«

»Wenn man Edmund Glauben schenken darf, konnte sie segeln, bevor sie laufen lernte.«

»Das klingt ja immer besser. Sie wird sehr beeindruckt sein, wenn du dich in ihren Schoß übergibst.«

»Lord Campbell, du großer Seemann, ihr Onkel behauptet, daß sie sogar ein Heilmittel gegen die Seekrankheit kennt, das sie im Fernen Osten kennengelernt hat.«

»Ferner Osten? Hmm, diese Frau war wohl schon überall«, sagte Colin nachdenklich, und prompt kamen ihm wieder die äußerst intelligenten Fragen in den Sinn, die sie während des Abendessens über das Dorf und seine Pläne gestellt hatte. »Was hast du sonst noch über sie herausgefunden?«

»Ich mache dir einen Vorschlag«, antwortete Alec. »Heute abend setze *ich* mich neben Lady Caithness. Auf diese Weise kannst du dich die ganze Nacht lang mit Edmund über sie unterhalten.«

»Ich glaube nicht, daß das passieren wird. Aber danke, daß du dich angeboten hast.«

»Nun, wie wäre es dann, wenn du mir für heute ein Boot leihen würdest?«

Colin schwieg für einen Augenblick und überdachte die Bitte ernsthaft. »Auch wenn du mein ältester Freund bist, der Verbündete meines Clans und mein Gast, ich muß dir leider folgendes antworten: ... *Nein!*«

Unter gar keinen Umständen, dachte Colin, werde ich die beiden allein in ein Boot lassen. Ob sie mitgehen würde oder nicht, stand wohl kaum zur Debatte. Immerhin sah Alec gut aus, war sehr charmant zu den Frauen, und sie hat auf diesem Gebiet ja offensichtlich schon einen gewissen Ruf erlangt. Wenn irgend jemand mit ihr segeln geht, dann werde ich es sein.

Ein paar Minuten später betraten die beiden Krieger die Südhalle und stritten sich immer noch wegen des Bootes.

Am Tisch waren Lord Hugh und Agnes gerade in ihren eigenen Streit verwickelt – und zwar darüber, ob es angemessen war, in der Fastenzeit zur Jagd zu gehen. Diese Diskussion führten sie jedes Jahr aufs neue, und Agnes verlor jedesmal, aber nicht, ohne ihren Standpunkt deutlich gemacht zu haben.

»Ich sage Euch eines, Hugh Campbell, es ist eine Schande, ausgerechnet in der Zeit des Jahres, da Ihr kein Fleisch essen dürft, auf die Jagd zu gehen.«

»Agnes, das erzählst du mir in jedem Frühjahr, und jedes Jahr legst du das Fleisch ein.«

»Wir haben genug Fleisch, um die gesamten Westinseln viele Monate damit durchfüttern zu können«, antwortete Agnes eigensinnig.

»Frau, ich sage dir nun schon zum hundertsten Mal: Wir gehen um des Sports willen, wegen der Bewegung. Nicht, daß *ich* die nötig hätte, aber die Pferde schon. Und wir werden keineswegs jedes Rotwild und Rebhuhn auf der Insel abschlachten, das weißt du.«

Agnes war nicht überzeugt. Jedes Jahr, wenn der Frühling an der Küste seine Fühler ausstreckte, plante Lord Hugh einen dieser ungeheuerlichen Jagdausflüge. Jedes Jahr bekamen die Hunde mehr Fleisch zu fressen, als sie selbst wogen. Häute wurden abgezogen und Fleisch wurde geräuchert, aber es bestand gar keine Notwendigkeit, das zu tun. Punkt.

»Außerdem«, fuhr Hugh mit einem listigen Funkeln in den Augen fort, »wird Lady Caithness sich uns sicher anschließen, wenn man bedenkt, wie häufig der König bei Hof zur Jagd ruft. Das wäre doch die beste Gelegenheit für sie, unsere Insel besser kennen zu lernen. Und unsere Familie natürlich auch …«

Agnes' Einwände versiegten sofort, denn in diesem Augenblick kam Colin von hinten an sie heran und legte die Arme um sie. Ja, die diesjährige Jagd würde vielleicht doch etwas Wertvolles hervorbringen. Colin und Celia waren am Abend zuvor ganz fasziniert voneinander gewesen. Vielleicht würde die Gelegenheit, einen ganzen Tag zusammen zu verbringen, die Dinge noch schneller vorantreiben.

»Agnes«, warf Colin ein und lächelte auf sie hinunter. »Läßt du dich auch in diesem Jahr wieder auf den alten Kampf ein?«

»Nein, Lieber!« antwortete Agnes. »Ich halte die Sache mit der Jagd für eine hervorragende Idee. Das Wetter ist sehr angenehm, und der Boden ist während der vergangenen Woche schon bemerkenswert trocken geworden. O nein, wir sprechen gerade darüber, wie schnell ihr aufbrechen könnt.«

Hugh wären bei diesen Worten fast die Augen aus dem Kopf gefallen.

»Wann würde es dir am besten passen, Colin? Wir sollten bald los, solange noch jeder hier so guter Stimmung ist«, sagte er, nachdem er sich von seinem Schock erholt hatte.

»Ich habe noch ein paar Dinge zu erledigen«, sagte Colin. »Wie wäre es mit nächster Woche?«

»Nun gut«, bemerkte Hugh entschieden und rieb sich munter die Hände. »Dann haben Alec, du und ich noch viel Arbeit. Wir haben gerade zwei neue walisische Falken bekommen, die noch ausgebildet werden müssen. Sie sind vor ein paar Wochen mit dem Schiff aus Frankreich gekommen, und es sind zwei wunderschöne Vögel.«

»Großartig«, sagte Alec glücklich. »Ich glaube, ich habe mehr Freude daran, die Bewegungen dieser Tiere zu beobachten als den Akt der Tötung selbst. Ich wäre glücklich, wenn ich euch während der nächsten paar Tage aushelfen könnte... besonders, da ich wahrscheinlich nicht segeln lernen werde.« Bei den letzten Worten warf Alec Colin ein schiefes Lächeln zu.

Alec war bekannt für seine Fähigkeiten als Falkner. Hugh wußte, daß ein männlicher Falke, der von Alec ausgebildet worden war, häufig besser war als jeder andere. Außerdem, dachte Hugh, und lächelte über seine eigene Schläue, ist es sicher kein Fehler, wenn Alec beschäftigt ist.

»Gut. Ich werde Edmund und Lady Caithness Bescheid sagen, wenn sie aus dem Dorf zurückkommen«, sagte der Laird.

»Dem Dorf?« fragte Colin überrascht. »Was tun sie denn im Dorf?«

»Sir Edmund ist seit ihrer Ankunft jeden Morgen dorthin gegangen«, antwortete Agnes. »Aber ich habe keine Ahnung, warum.«

»Ich schon«, fügte Lord Hugh hinzu. »Er wartet auf einen Priester, der vorher mit ihnen gereist ist. Er mußte aus irgendeinem Grund noch die Abtei von Argyll aufsuchen. Edmund sagt, daß er jeden Tag zurückkehren kann, und daß sie sich dann auf den Weg machen werden.«

»Nein! Wir müssen sie davon überzeugen, daß sie besser bis Ostern hier bleiben«, sagte Agnes bestürzt. »Sie haben doch keinen Grund, sich während der Fastenzeit auf den Weg zu machen.«

Wir brauchen mehr Zeit, dachte Agnes.

Wir müssen sie *unbedingt* noch etwas hier behalten, dachte Lord Hugh. Wir brauchen mehr Zeit.

Wieso hat sie es so eilig? dachte Colin. Warum steht sie so unter Druck?

»Und zwei weitere Wochen würden ihrem Kind ganz bestimmt gut tun«, fuhr Agnes fort. »Wenn sie durch die Highlands müssen, werden sie bestimmt noch mit schlechtem Wetter zu kämpfen haben.«

Obwohl Colin bei dem Gedanken daran, daß Lady Caithness verschwinden könnte, ziemlich verärgert war, mußte er unwillkürlich lächeln, als er hörte, wie Agnes das Frühlingswetter immer gerade so zurechtbog, daß es ihrer Argumentationsstrategie dienlich war.

»Nun«, sagte Lord Hugh. »Es sollte doch möglich sein, sie davon zu überzeugen, daß sie bis Ostern bleiben ... und sei es auch nur zum Wohle des Kindes.«

»Colin«, warf Agnes in süßlichem Ton ein und gab dem Gespräch eine – wenn auch nur geringfügige – Wendung. »Hast du ihren Sohn schon gesehen? Er ist ein absolut hübscher kleiner Kerl. Heute morgen war er mit ihr draußen, hat deinem Hund ins Auge gefaßt und ihn an den Ohren gezogen. Ich habe Bear noch nie so friedlich und geduldig gesehen. Man sagt, Hunde besitzen eine gute Menschenkenntnis.«

Colin und die anderen brachen über Agnes' unschuldigen Gesichtsausdruck in Gelächter aus. Wenn sie bei ihrer Kuppelei etwas vorsichtiger hätte vorgehen wollen, hätte sie ihm nur mit einem Knüppel eins über den Schädel ziehen müssen. Agnes verhielt sich ganz anders als früher: Sonst hatte sie an potentiellen Frauen für ihn immer jede Menge auszusetzen gehabt.

»Hat Lady Caithness dieses wundervolle Kind mit ins Dorf genommen?« fragte Colin lächelnd.

»Nein«, antwortete Agnes. »Ellen hat das Baby bei sich.«

»Ich glaube, daß Edmund ihr das Dorf zeigen wollte«, fügte sein Vater hinzu. »Du mußt ihr wohl irgend etwas erzählt haben, das ihr Interesse geweckt hat.«

»O Colin«, sagte Agnes. »Du solltest ihr zeigen, was du alles auf die Beine gestellt hast.«

»Ja, ganz bestimmt«, fügte Alec mit frechem Grinsen hinzu. »Und wenn du noch in dieser Minute aufbrichst, wird dir Agnes sicher noch etwas zu essen einpacken.«

»Alec Macpherson!« schalt Agnes. »Ich weiß nicht, wovon Ihr sprecht.«

Doch noch während sie das sagte, nahm Agnes Colin beim Arm und schob ihn zur Tür hinaus.

Colin grinste über das brüllende Gelächter, das ihm folgte.

Und tatsächlich hatte Agnes Hafermehlkuchen, geräucherten Lachs und einen Krug mit Bier für ihn bereitgestellt, als er das Schloß verließ.

Als Colin und sein Hund den kurzen Weg zum Dorf zurückgelegt hatten, stand die Sonne hoch am Himmel, und das gute Wetter hatte die Bewohner an die frische Luft getrieben. Die Winter auf der Insel waren feucht, windig und bitterkalt, so daß seine Leute schon beim kleinsten Sonnenstrahl dankbar aus ihren Steinhäusern kamen.

Während er die gepflasterte Hauptstraße hinabschritt, dachte Colin voller Stolz darüber nach, daß es abgesehen von Edinburgh nur eine Handvoll Städte gab, deren Hauptstraße gepflastert war. Als er vor zwei Jahren den neuen Plan entworfen hatte, hatte er darauf bestanden, daß sogar die engen Seitengassen mit Pflastersteinen belegt und an den Seiten abgesenkt wurden, um dort das Wasser abfließen lassen zu können. Infolgedessen war die Stadt sogar noch sauberer als die Hauptstadt. Das hieß, wenn Edinburgh aus den verkohlten Holzbalken und der Asche, die nach der Verwüstung durch die Engländer übrig geblieben waren, jemals wieder erstehen würde.

Colin fragte sich, ob Celia das bemerkt hatte.

Er ging auf den geschützten Hafen am Ende der Hauptverkehrsstraße zu. Wiederholt wurde er von den Dorfbewohnern angehalten. Alle kannten ihn, und niemand zögerte, sich ihm zu nähern und ihm von seinen persönlichen Neuigkeiten zu berichten, obwohl einige den riesigen, schwarzen Hund an seiner Seite mißtrauisch im Auge behielten.

Am Fuße des langgestreckten Hügels traf die Hauptstraße auf die Uferstraße, und die Kreuzung am Wasser bildete gleichzeitig den Marktplatz. Zur Linken ragten Anlegeplätze in das Hafenbecken hinein. Rechts stand eine Kirche und dahinter erstreckte sich der Sandstrand, der an die Felsspitze des Landes grenzte, welche als steiles Kliff ins Meer hinabfiel.

Während er nach Celia und ihrem Onkel Ausschau hielt, ging Colin auf die Anlegeplätze zu. Langsam näherte er sich dem Platz, wo sonst die Flotte kleiner Fischerboote ankerte – heute hatten auch sie das gute Wetter genutzt und waren aufs Meer hinausgefahren. Da entdeckte Colin Edmund. Er unterhielt sich mit dem Kapitän eines der drei größeren, schwer bewaffneten Handelsschiffe, die im Hafen vertäut lagen.

Als Colin bemerkte, daß Lady Caithness nicht bei ihrem Onkel stand, ließ er den Blick über die Anlegeplätze wandern. Wie merkwürdig, dachte er enttäuscht.

Aber sie war doch auch nicht ins Schloß zurückgekehrt...

Bevor er den Ritter ansprechen konnte, bemerkte Colin, daß Bear nicht mehr an seiner Seite war. Beunruhigt wandte er sich um und sah, wie das riesige Tier den Strand hinuntergaloppierte, auf eine Gruppe von Kindern zu, die am Ufer im Sand spielte. Er war ein wilder Jäger, aber so verhielt er sich normalerweise nicht. Colin befürchtete das Schlimmste und stürzte dem Hund hastig nach.

Als das Tier bei den Kindern ankam, sah Colin, wie die Gruppe auseinanderstieb. Bear machte einen Satz und warf eines der Kinder um, das in der Mitte gehockt hatte. Colin schrie auf und sah voller Entsetzen, wie der Hund sich auf seine Beute stürzte.

Die Kinder schrien auf, und das Knurren des Jagdhundes ließ Colins Blut in den Adern gefrieren. Jetzt würde ein Mensch zu Tode kommen, das stand fest. Der Hund war zu stark, zu aggressiv. Unter dem massigen Körper des Hundes schien ein junges Mädchen zu liegen. Der Schock des Angriffs würde das gesamte Dorf erschüttern. Warum hatte er den Hund überhaupt mitgebracht? Aber Bear hatte noch nie zuvor ein Kind angegriffen. Er war ein Jagdhund und griff nur auf Befehl an.

Colin war jetzt fast bei ihnen. Aber er wußte, daß er zu spät kam, um das Kind zu retten. Zu spät.

Plötzlich ging ihm auf, daß irgend etwas nicht zu der Situation paßte. Gelächter drang zu ihm herüber, die Kinder schrien vor Lachen. Erst als er bei der Gruppe anlangte, begann Colin die Szene langsam zu begreifen.

Stolpernd blieb er stehen und sah, wie das Opfer Bear an den Ohren packte und ihn durch den Sand rollte, so daß er auf dem Rücken zu liegen kam.

Colin hielt den Atem an, als Lady Caithness in die Höhe sprang, lachte und die Schnauze des Hundes in beiden Händen hielt. Sein grimmiger Jagdhund hatte sich in das Schoßhündchen einer Lady verwandelt.

Er stand da und beobachtete sie, und das Herz pochte in seiner Brust. Seine erste Reaktion war der überwältigende Wunsch, jemandem den Hals umzudrehen – und Bear war keineswegs der erste, der ihm dabei in den Sinn kam. Er ballte seine Hände zu Fäusten, versuchte, seine Selbstbeherrschung wiederzuerlangen, spürte aber, daß sein Gesicht noch immer gerötet war.

Dann, nach und nach, wurde sein Zorn von einer anderen Empfindung abgelöst.

Der Anblick raubte ihm den gerade erst wiedererlangten Atem. Obwohl sie sah, wie grimmig er die Stirn runzelte, konnte die Lady einfach nicht aufhören, zu lachen. Das war kein Kind der höfischen Gesellschaft. Sie war ein Kind der Natur. Des Windes. Des Sandes. Des Meeres.

Sie war das Chaos in Person.

Und sie besaß eine natürliche Schönheit, die ihn bis ins Mark erschütterte. Sie war kein gekünsteltes und affektiertes höfisches Püppchen. Noch nie in seinem Leben hatte er eine anziehendere Frau getroffen. Er begehrte sie.

»Ich glaube, Euer Hund mag mich«, sagte Celia schließlich und blickte Colin unschuldig an, wobei sie versuchte, den verspielten Hund zu beruhigen.

Er sieht doch tatsächlich besorgt aus, dachte sie. Wütend, aber auch besorgt. Und eindeutig überrascht.

Das gefiel Celia. Colin schien von seinem langen Sprint

am Strand entlang noch nicht einmal außer Atem zu sein. Sein herrliches, dichtes schwarzes Haar war ihm während des Laufs ins Gesicht gefallen. Sie verspürte den wilden Impuls, den Arm auszustrecken, es zu berühren, es sanft wieder an seinen Platz zu streichen.

Er sah großartig aus. Ihr wurde klar, daß sie ihn zum ersten Mal in hellem Tageslicht sah. Und der Anblick war keineswegs enttäuschend. Ganz im Gegenteil. Er war der bei weitem attraktivste Mann, den sie je gesehen hatte. Sein Gesicht war ebenso scharf geschnitten, wie die vom Wind gemeißelten Kliffs, die die zerklüftete Küste säumten. Seine grauen Augen schienen förmlich zu leuchten. Die Wimpern waren lang und schwarz.

Als sie ihm in die Augen sah, spürte Celia eine Art Schwindel. Sie hatte das Gefühl … nein … sie wünschte sich, einfach nur dastehen und ihn ansehen zu können, sich Äonen lang in ihm zu verlieren.

Dieser Riese mit den herrlichen grauen Augen gab ihr das Gefühl, ein albernes, junges Mädchen zu sein.

»Nun, über Geschmack läßt sich streiten«, sagte Colin neckend, und betrachtete sie von Kopf bis Fuß. »Obwohl ich zugeben muß, daß diese neueste Mode … äußerst kleidsam ist.«

O Gott, wahrscheinlich sehe ich völlig verwahrlost aus, dachte sie. Und wahrscheinlich habe ich mich wie eine Bäuerin benommen.

Celia begann, sich den Staub aus den Kleidern zu klopfen. Sie runzelte die Stirn, so grimmig sie konnte.

»Wir sind nicht bei Hof, M'lord«, gab sie zurück, ohne den Kopf zu heben.

Colin streckte den Arm aus und hob sanft ihr Kinn, sah ihr in die Augen.

»Lady Caithness, wird es nicht langsam Zeit, daß Ihr mich mit meinem Namen ansprecht?« Colin wartete einen Augenblick lang, bevor er seine Hand wieder von ihrer weichen, warmen Haut zurückzog.

»Nun gut … Lord Campbell«, sagte Celia und schüttelte

mit der Hand den Sand aus ihren Locken. Es fiel ihr von Minute zu Minute schwerer, ihre Selbstbeherrschung wiederzuerlangen.

»Schön! Als Euer Lord befehle ich Euch also, still zu stehen«, sagte er, drehte sie zu sich um und ließ seine Finger sanft durch ihre kastanienbraunen Locken gleiten.

Colin sah, wie sich auf ihrem schlanken Hals eine Gänsehaut bildete, und er spürte, wie er selbst körperlich auf das seidige Gefühl in seiner Hand reagierte.

»Und als Lord kann ich Euch auch befehlen, daß Ihr mich auf eine Runde durch das Dorf begleitet.« Colin wußte, daß er seiner Stimme einen humorvollen Unterton geben mußte, um zu verhindern, daß sie wütend wurde. Er hatte begriffen, daß sie nicht zu den Frauen gehörte, denen man so einfach Befehle erteilen konnte. Und er wollte sie auf gar keinen Fall vertreiben.

In ihren schimmernden Locken war fast kein Sand mehr, aber Colin hatte es nicht eilig, loszulassen. Am liebsten hätte er sein Gesicht in der dichten Mähne vergraben, hätte seine Lippen über die Haut unter ihrem Ohr wandern lassen.

»Befehlen, Lord Campbell?« flüsterte Celia, verblüfft über die Eiseskälte und die Hitze, die gleichzeitig durch ihre Adern rannen.

Colin fuhr mit den Fingern sanft über die Haut in ihrem Nacken und strich ihr das Haar zurück. Er spürte, wie sie unter seiner Berührung erschauerte. Gern hätte er mehr getan.

»Wäre es besser, wenn ich Euch bitten würde, ... Celia?« fragte er sanft und drehte sie zu sich um, bis sie ihm ins Gesicht sah.

»Im Moment, Colin, macht das keinen Unterschied.«

Die beiden standen da, sahen einander in die Augen, und die Zeit schien stillzustehen.

Dann trat Celia abrupt einen Schritt zurück und legte beide Hände auf ihre brennenden Wangen. Colin erkannte, daß Panik an die Stelle der Leidenschaft trat, die ihre Blicke für die Ewigkeit eines Augenblicks hatte miteinander verschmelzen lassen.

Er befürchtete, daß sie jetzt die Flucht ergreifen würde.

Hastig suchte sie den Sand nach ihren Schuhen ab. Sie fand den einen und zog ihn an. Doch den anderen entdeckte sie nicht, und Celia spürte, wie eine Welle der Hilflosigkeit sie überflutete. Sie fühlte sich verletzlich. Wie konnte dieser Mann nur eine solche Wirkung auf sie haben? Sie kämpfte mit den Tränen, was nur noch mehr zu ihrer Verwirrung beitrug. Wo war nur dieser *verdammte* Schuh?

»Sucht Ihr hiernach, Celia?« fragte Colin leise, nahm dem Hund den Schuh aus dem weichen Maul und gab ihn ihr zurück. Dann folgte er Bear, der sich am Spiel der Kinder beteiligen wollte.

Irgend etwas war geschehen. Wie war es nur möglich, daß sie das Bedürfnis hatte wegzulaufen und das *Verlangen* zu bleiben … beides gleichzeitig?

Sie sah auf seinen breiten Rücken. Gerade beugte er sich über ein kleines Mädchen und betrachtete eine Muschel, die die Kleine ihm entgegenstreckte. Wieder spürte Celia, wie ihr das Blut ins Gesicht strömte, und ein belebendes Gefühl durchflutete ihre Brust und ihre Mitte, breitete sich bis in den Rücken aus und ließ sie erschauern. Was passierte nur mit ihr?

Colin richtete sich auf und rief Bear bei Fuß. Der Hund sprang zu ihm herüber, und der Krieger wandte sich um und ging über den Strand zurück. Mit der Hand beschirmte er die Augen gegen die Sonne und blickte Edward entgegen, der noch immer auf dem Landungssteg stand.

Ohne ein weiteres Wort ging er an ihr vorüber. Sein Gesicht war passiv, ausdruckslos. Es war, als ob nichts geschehen sei. Nichts.

Einbildung, dachte Celia. Wunschdenken kommt der Sache noch näher. Zu glauben, daß dieser gutaussehende Mann, dieser Held, dieser Laird, der ebenso reich ist wie der König selbst, an *mir* interessiert sein könnte! Das ist in der Tat Wunschdenken.

Was bin ich denn schon? Ich bin ein Flüchtling. Eine Frau ohne Heimat. Ohne Geld. Ohne Land. Noch nicht einmal einen Titel kann ich bieten. Eine Frau mit einem Kind. Eine verlorene Seele auf der Flucht.

Ich bin noch nicht einmal diejenige, die ich zu sein vorgebe. Ich bin eine Frau ohne Identität. Lady Caithness, dachte sie bitter, ich kann noch nicht einmal das sein.

Ich bin eine Betrügerin.

Und hier stehe ich nun und nutze diese guten Menschen aus. Freimütig bieten sie mir ihren Schutz an, und ich kann ihnen nichts zurückgeben … noch nicht einmal die Wahrheit. Edmund hat recht. Sie haben uns mit offenen Armen aufgenommen, haben noch nicht einmal Fragen gestellt. Haben sich vollkommen auf unsere Ehre verlassen. Unsere Ehre.

Aber ich kann es ihnen nicht sagen. Sie haben ein Recht darauf, es zu erfahren, aber ich kann es ihnen nicht sagen. Ich kann nicht.

Celia winkte den Kindern zum Abschied zu und stapfte entschlossen den Strand entlang. Sie atmete die frische, salzige Luft ein und spürte, wie ihre Schuldgefühle sich langsam in ein stärkeres Gefühl verwandelten. Mit jedem ihrer Schritte wurde sie zorniger. Sie war wütend auf ihn, weil er so tat, als sei ihm an ihr gelegen. Wütend auf sich selbst, weil sie für seine Aufmerksamkeiten so empfänglich war. An wem er wohl interessiert sein mochte, an ihr oder an Lady Caithness?

Ihre Augen folgten seiner Gestalt. Sie hatte das Gefühl, daß Bear zu ihr zurücklaufen wollte, aber Colin hatte ihm wohl einen eindeutigen Befehl gegeben, denn der Hund kehrte schnell wieder an seine Seite zurück.

Ich bin noch nicht einmal gut genug, um die Gesellschaft seines Hundes zu genießen, dachte sie zornig.

Als sie Edmund und Colin erreichte, die sich miteinander unterhielten, hatte sie sich in ihre Wut so richtig hineingesteigert.

Sie war wütend auf die Welt, wütend auf Colin, wütend auf sich selbst.

»Celia«, sagte Edmund fröhlich. »Wir werden den Vorzug genießen, in der nächsten Woche an einem der großen Spektakel der Westinseln teilnehmen zu können.«

»Ohne mich«, antwortete sie schnippisch und zuckte lässig die Achseln.

»Wie meint Ihr das?« platzte Colin überrascht heraus. »Ihr wißt doch noch gar nicht, worum es geht.«

»Na gut, worum geht es?« fragte Celia gelangweilt.

»Um die alljährliche Osterjagd«, verkündete Edmund wichtig.

»Eine Ostereijagd?« antwortete Celia mit ironischer Stimme und wandte sich Colin zu. »Ich hielt das für eine französische Tradition. Was für Eier werdet Ihr jagen, M'lord?«

»Wir jagen Rothirsche«, sagte Colin entrüstet, »und jeden Vogel, den wir finden können.«

»Aber Hirsche legen doch keine Eier, M'lord!« tat sie unschuldig.

»Wir jagen keine Eier!« explodierte Colin. »Und die Franzosen sollen verdammt sein!«

»Ich finde es wirklich nicht richtig, daß Ihr ausgerechnet unsere einzigen Verbündeten auf dem europäischen Festland verflucht, nur weil Rothirsche keine Eier legen.«

Sprachlos starrte Colin Celia nur an. Er war sicher, daß die Frau entweder ihren Verstand verloren hatte oder versuchte, ihn verrückt zu machen.

Als jedoch Edmund hinter ihnen auflachte, erkannte Colin, daß er mal wieder zum Besten gehalten worden war.

»Ich weiß, daß Ihr nur Euren Scherz mit mir treibt, Lady Caithness«, sagte er mit zusammengebissenen Zähnen und versuchte, seine Beherrschung wiederzuerlangen. »Aber ich bin sicher, daß Ihr die Jagd genießen werdet.

Unsere Wälder sind erheblich gepflegter und ergiebiger, als die, in denen Ihr mit Euren höfischen Freunden gejagt habt.«

»Dessen bin ich sicher, Lord Colin. Aber ich werde trotzdem darauf verzichten.«

»Warum?« fragte Colin erstaunt. »Edmund hat mir erzählt, daß Ihr eine hervorragende Bogenschützin seid, und ich habe mich schließlich mit eigenen Augen davon überzeugen können, daß Ihr auch mit dem Schwert umzugehen versteht.«

»Ja, aber ich finde, es gibt keine dümmere Beschäftigung für erwachsene Männer und Frauen, als bei Wind und Wetter in Wäldern und auf Feldern herumzujagen, wehrlose, kleine Tiere zu hetzen und ihnen tödliche Wunden beizubringen.«

Kein Wunder, daß Agnes sie mag, dachte Colin. Jedes Jahr aufs neue hatte auch Agnes genau die gleichen Argumente zu Felde geführt, und zwar von dem Augenblick an, da er zum ersten Mal einen Bogen in der Hand gehalten hatte.

»Wo in Gottes Namen habt Ihr dann gelernt, so geschickt mit Jagdwaffen umzugehen?« fragte Colin verblüfft.

»Das ist sehr einfach, Lord Colin«, antwortete Celia und warf Edmund ein Lächeln zu. »Indem ich wehrlose Highland Lairds gehetzt und ihnen tödliche Wunden beigebracht habe.«

Mit diesen Worten wandte sie Colin den Rücken zu und blickte in Richtung Dorf.

»Habt Ihr Lust, uns jetzt das Dorf zu zeigen, M'lord?« fragte sie mit süßer Stimme.

Vollkommen verwirrt führte Colin seine beiden Besucher ins Dorf.

Doch als er der dortigen Betriebsamkeit ansichtig wurde, kehrte seine Selbstbeherrschung zurück. Er berichtete ihnen von den Veränderungen, die man hier bewirkt hatte. Colins Brust weitete sich vor Stolz über seine Erfolge.

Vor zwei Jahren hatte Colin mit der Arbeit angefangen. Er war überzeugt gewesen, daß Schottland neue Fabrikationswege finden mußte, um im Europa dieser sich rasch verändernden Zeit mithalten zu können. Man brauchte neue Produktionsstätten, in denen mehr Menschen Arbeit fanden.

Sie gingen an den niedrigen Steinbauten vorbei, die schon bald mit Wollvorräten gefüllt sein würden. Vor einem der Gebäude machte Colin halt.

»Das hier findet man sonst nirgends in Schottland«, sagte Colin und führte sie durch die stattliche Eichentür.

Celia bot sich ein erstaunlicher Anblick. Die Schiffe von zehn Webstühlen woben mit eifrigem Klick-Klack vor sich hin, und daneben stapelten sich ballenweise Wolltücher, bereit zur Lagerung oder zur Verschiffung. Arbeiter liefen geschäftig hin und her, die Arme voller Spindeln mit Wolle oder Ballen mit fertigem Tuch.

Celia befühlte die Wolle; es war eine hervorragende Qualität, ungefärbt, offensichtlich das Resultat eines hervorragenden Rohstoffs und ebenso guter Verarbeitung.

»Diese Wolle fühlt sich an wie spanische Segoviawolle!« sagte sie fast erschrocken und sah in Colins lächelnde, graue Augen. Celia war überrascht, eine Qualität, die den besten Wolltüchern in ganz Europa gleichkam, hier auf den Westinseln zu finden. Die beste Wolle kam aus Spanien und die allerbeste spanische Wolle kam von den Schafen, die auf den Hügeln um Segovia weideten. Sie wußte sehr viel über die verschiedenen Qualitäten von Wolle, da sie entsprechende Erfahrungen auf den Handelsschiffen ihres Vaters hatte sammeln können. »Die hier kann unmöglich aus Schottland kommen! Aber wie habt Ihr sie zu dieser Jahreszeit hierherschaffen können?«

»Es *ist* schottische Wolle«, antwortete Colin, den Celias Fachkenntnisse ebenso überraschten wie beeindruckten.

»Unmöglich! Auf schottischer Wolle klebt normalerweise Teer«, sagte Celia ungläubig. Schottische Wolle war nicht besonders beliebt, weil man die Schafe tatsächlich häufig mit Teer beschmierte, um sie vor dem Wetter zu schützen.

»Es ist die Wahrheit, Celia«, sagte Colin und nahm ihre Hand einen Augenblick lang in die seine. »Diese Wolle stammt vom Land der Campbells.«

»Ihr wollt uns allen Ernstes erzählen, daß *Eure* Ländereien eine Qualitätswolle wie diese hervorbringen, und daß in *Eurem* Dorf ein Tuch von dieser Qualität hergestellt wird? Das ist unglaublich!« rief Celia erregt aus und drückte seine Hand.

Colin lächelte, erfreut über ihre Reaktion. Ohne sie loszulassen, wandte er sich zum Gehen.

»Wollt Ihr uns nicht auch den Rest der Wollverarbeitung zeigen?« hielt Celia ihn zurück.

Colin wandte sich überrascht zu ihr um.

»Natürlich, wenn es Euch interessiert.«

»Aber ja! Ich hatte noch nie Gelegenheit, mir so etwas aus der Nähe anzusehen.« Celias Gesicht leuchtete vor Vorfreude.

Edmunds nicht unbedingt.

»Wenn Ihr beiden mich entschuldigen wollt, ich habe Lord Hugh versprochen, daß ich ihm mit den neuen Falken helfe. Es sind herrliche Vögel.« Der Ritter fand die Jagd erheblich interessanter als die Wirtschaft.

Celia verbarg ihre Enttäuschung, ließ Colins Hand los und sagte: »Ich werde mit dir gehen, Edmund. Es wird Zeit, nach Kit und Ellen zu sehen.«

»Nein, Celia«, sagte Edmund mit liebevoller Stimme. »*Ich* werde bei den beiden vorbeischauen. Der Tag ist so herrlich, vielleicht nehme ich sie sogar mit, dann können sie uns beim Ausbilden der Falken zusehen. Bleib du bei Sir Colin. Denk doch nur, eine Gelegenheit wie diese bekommst du vielleicht nicht wieder. Das heißt, wenn Sir Colin nichts dagegen hat, dich später zurück ins Schloß zu begleiten.«

»Natürlich nicht! Ich habe ja auch nicht allzu häufig Gelegenheit, jemandem unsere Arbeit zu zeigen«, antwortete Colin und ergriff erneut Celias Hand.

Nachdem Edmund gegangen war, stellte ihr Colin den ersten Weber vor. Dann zeigte er ihr die verschiedenen Stoffarten, die sie produzierten. Die großen Webstühle waren ständig in Bewegung. Beeindruckt stellte Celia fest, daß Colin jeden Arbeiter mit Namen kannte.

Er wollte sie gerade zur Tür hinaus und zur anderen Seite des Gebäudes führen, als er merkte, daß Celia gar nicht mehr neben ihm war. Er beobachtete, wie sie durch den Raum ging, bei jedem Webstuhl anhielt und die Arbeit der Weber und ihr meisterliches Geschick lobte. Sie kann gut mit Menschen umgehen, dachte er.

Einen Augenblick lang trafen sich ihre Augen über den Saal hinweg, und ihre Freude war offensichtlich.

Im nächsten Gebäude fand sich Celia in einem Zimmer mit Spinnerinnen wieder. Die Frauen schwatzten und sangen, wurden aber etwas leiser, als sie Colin bemerkten. Ihr Kichern und Flüstern bewiesen Celia, daß sie offensichtlich nicht die einzige Frau war, die von diesem Mann beeindruckt war. Sie bemerkte auch die abschätzigen Blicke, die man ihr zuwarf.

In der Mitte des Raumes saß eine stattliche Frau mittleren Alters, die bei ihrem Anblick die Stirn runzelte. Fast, als wolle sie sagen, daß Colin ihr gehört, dachte Celia. Sie wandte den Kopf, betrachtete den gutaussehenden Laird und konnte das Gefühl der älteren Frau verstehen.

Aber ich kann nicht noch mehr Feinde brauchen, überlegte Celia weiter. Nicht sie und genausowenig die anderen Frauen. Ich muß mich mit diesen Menschen gutstellen. Sie trat neben die Frau und beobachtete, wie sie mit geschickten und flüssigen Bewegungen die wolkigen Wollstränge zu feinem Garn spann.

»Ihr seid sehr geschickt«, sagte Celia aufrichtig.

»Danke, M'lady«, antwortete die Frau höflich. »Aber es ist wirklich ganz einfach.«

»Wollt Ihr es mir zeigen?« fragte Celia. Die Frau blickte überrascht drein.

»Euch, M'lady?« Als fast alle Frauen zu kichern begannen, war Celia plötzlich sehr verlegen, aber jetzt mußte sie es durchstehen. »Ja. Wenn Ihr die Geduld aufbringt?«

»Setzt Euch, M'lady«, sagte die Frau, erhob sich und warf dem Laird einen Blick zu, um sein Einverständnis einzuholen.

Colin beobachtete, wie Celia sich hinter das Rad setzte. Die anderen Frauen sahen schweigend zu, während die Ältere Celia die einzelnen Arbeitsschritte erklärte. Celia begann langsam, zögerlich, doch trotz ihrer Vorsicht – oder vielleicht gerade deshalb – fing das Garn innerhalb weniger Sekunden an, sich zu verheddern. Die anderen Frauen sprangen von ihren Stühlen auf und überschwemmten die kichernde Celia mit ihren Ratschlägen.

Colin kam der Gedanke, daß selbst *er* besser hätte spinnen können als Celia. Aber dann wurde ihm klar, daß sie genau wußte, was sie tat. Mit einem Streich war Celia in der Mitte der Frauen aufgenommen worden. Jede fühlte sich wohl, Celia am meisten von allen.

Colin brauchte eine Weile, um sie von ihren neuen Freundinnen loszueisen. Als er sie wieder hinausführte, war ihr Gesicht vor Erregung gerötet. Dann wurde es plötzlich ernst.

»Ihr habt mir immer noch nicht gesagt, wie Ihr es schafft, Wolle dieser Qualität herzustellen«, sagte sie, blieb stehen und warf ihm einen fragenden Blick zu.

»Nun«, antwortete er, und gab vor, sie streng anzusehen. »Woher soll ich wissen, daß Ihr unsere Geheimnisse nicht an den Feind verkauft?«

»Jetzt werdet Ihr mich dem Feind nicht mehr in die Hände fallen lassen, nicht wahr?« fragte Celia und tat, als fürchte sie sich.

»Fallen lassen?« wiederholte Colin boshaft. »Nein, meine Liebe, eher würde ich Euch ihm sogar übergeben.«

Celia blickte jetzt dermaßen bemitleidenswert drein,

daß Colin das Spiel nicht weiter aufrechterhalten konnte. Er lächelte.

»Na gut, ich werde es Euch sagen«, verkündete er und wurde ernst. »Wir haben Land für grasende Schafherden eingefriedet, genau wie ein paar mächtigere Fürsten in England es tun, aber wir verjagen die Bauern nicht aus ihren Häusern und lassen sie fortan zu Bettlern werden. Die Menschen, die hier arbeiten, sind dieselben, die vorher auf den kleinen Höfen ums nackte Überleben gekämpft haben. Wir haben ihnen ihr Handwerk beigebracht. Hier können sie ihren Lebensunterhalt erheblich leichter verdienen.«

»Ihren oder den der Campbells?« fragte Celia und warf verächtlich den Kopf in den Nacken. Wie konnte dieses Leben für die Arbeiter besser sein? War das nicht einfach nur eine Methode, um die Lairds noch reicher zu machen?

»Die Campbell Lairds haben seit Jahrhunderten Reichtümer angehäuft«, gab Colin defensiv zurück. »Wenn wir einzig und allein unseren Profit im Sinn hätten, würden wir kein Geld dafür ausgeben, um Handwerker aus anderen Ländern herzuholen, um eine Schule zu errichten, um das Dorf zu verschönern, um dafür zu sorgen, daß diese Leute ein Dach über dem Kopf bekommen und daß sie handwerkliche Fertigkeiten erlangen. Unser Dorf hat mittlerweile einige der besten Handwerker in ganz Schottland angezogen.«

»Tatsächlich?« fragte sie in versöhnlicherem Ton. »Ein solches Verhalten bin ich von Grundherren nicht gewöhnt. Es gehört doch eher zur Regel, die Menschen ausbluten zu lassen, bis nichts mehr da ist.«

Colin wußte, daß das, was er tat, auf gewisse Weise revolutionär war. Und Celia hatte recht, wenn sie vom Ausbluten der Armen sprach. Aber er war überrascht, daß eine Hofdame sich so viel Gedanken um die Menschen machte, die sozial etliche Stufen unter ihr standen.

»Nun, wir lassen niemanden ausbluten«, antwortete

Colin und gab dem Gespräch eine andere Wendung. »Wir haben sogar eine Spinnschule, wo ich Euch vielleicht anmelden sollte.«

»Ihr glaubt also, daß für mich noch Hoffnung besteht?«

»Absolut.« Er lächelte. »Zumindest falls Ihr vorhabt, noch eine Weile zu bleiben.«

»Das könnte mir gefallen«, erwiderte Celia. »Aber Ihr habt mir immer noch nicht erzählt, warum Eure Wolle so hochwertig ist.«

»Zunächst mußten wir die Menschen, die die Schafe hüteten, dazu bringen, die Tiere nicht mehr mit Teer zu behandeln. Dazu besteht kein Anlaß mehr, weil wir Verschläge gebaut haben – Schafställe –, in denen das Vieh bei besonders kaltem Wetter Unterschlupf findet. Außerdem benutzen wir spanische Schermethoden und verarbeiten nur die beste Wolle für unser Tuch.«

Er ergriff ihre Hand und deutete auf ein drittes Gebäude.

»Dort wird die Wolle zum Spinnen vorbereitet. Hier erfolgt das Aussortieren, das Waschen und das Kämmen, aber das würde den Rahmen unseres Besuches sprengen… zumindest für heute. Ihr habt den Arbeitsfluß schon genug gestört«, bemerkte er mit übertriebenem Stirnrunzeln. »Außerdem gibt es noch ein paar andere Dinge, die ich Euch zeigen will.«

»Ihr habt gesagt, daß Ihr eine Schule gebaut habt.« Celia ahnte etwas. »Gehen wir dorthin?«

»Vielleicht«, fuhr Colin fort, klopfte auf die Tasche, die um seine Taille hing und pfiff nach dem Hund. »Aber zuerst müßt Ihr mit mir das Mahl teilen, das Agnes für mich zusammengestellt hat. Ich kenne ein schönes Plätzchen zum Ausruhen.«

Colin hielt noch immer Celias Hand in der seinen, als er sie an den Lagerhäusern und den Landungsstegen vorbei bis zum Ende der gepflasterten Straße führte.

* * *

Celia fühlte sich glücklich und lebendig. Sie mußte fast rennen, um mit dem großen Mann Schritt zu halten.

Sie folgten einem steinigen Pfad, der den Hügel hinaufführte. Von dort aus hatte man einen herrlichen Ausblick über das Dorf und den Hafen. Als sie sich der Kuppe näherten, erkannte sie, daß nur das Schloß noch höher lag. Sein Anblick beherrschte das gesamte Umland. Von hier aus konnte man erkennen, wie im Dorf gebaut wurde. Am anderen Ende des Marktkreuzes, hinter der Kirche, arbeiteten zahlreiche Handwerker an einem Gebäude aus Holz und Steinen.

»Ist das die Schule?« fragte sie eifrig, ließ seine Hand los und deutete hinab.

Offensichtlich war Celia genauso erregt wie er es jedesmal war, wenn er sich die Veränderungen vor Augen führte, die er im Dorf bewirkt hatte. Er war überrascht und gerührt von der menschlichen Anteilnahme dieser Frau. Das war nicht gespielt. Colin fand sie dadurch noch anziehender. Wenn er doch nur mehr über sie gewußt hätte!

»Ja, das ist die Schule. Ihr scheint Euch sehr dafür zu interessieren.« Colin nahm Celia beim Arm, und sie überquerten plaudernd die Hügelkuppe. Bear rannte voraus, die Nase am Boden und strich durch das niedrige, windgepeitschte Gras. Gelegentlich hob er den Kopf und sah zurück, als ob er sich davon überzeugen wollte, daß es seinem Herrn gut ging.

»Das stimmt. Soll die Schule für alle Kinder im Dorf sein?« fragte Celia vorsichtig. Fast hatte sie Angst, daß seine Antwort ihr positives Bild von ihm zerstören würde.

»Ja, alle Kinder sollen sie besuchen«, antwortete er sachlich.

»Auch die Mädchen?«

»Auch die Mädchen.«

»Das ist ziemlich fortschrittlich«, sagte Celia. Selbst in den höhergestellten Klassen war Bildung für Mädchen eine Seltenheit.

Colin blieb stehen.

»Meine Mutter hat mir früher immer vorgelesen«, erklärte er leise. »Agnes kann ebenfalls lesen und schreiben, wie jede andere Frau in unserem Haushalt auch. Die Campbells halten nichts von dem allgemeinen Vorurteil, daß Bildung die Seele einer Frau gefährdet. Wir glauben, daß es sie wertvoller macht.«

Celia war erstaunt. Solche Gedanken hörte man nur selten – schon gar nicht von einem Mann, der Colins gesellschaftliche Position innehatte. Auch sie hatte in ihrer Jugend eine Menge Dinge gelernt: Sie war in der Kriegskunst ausgebildet worden, konnte segeln, verstand etwas von Handel und Finanzen, von der Mechanik mancher Geräte, und lesen konnte sie ebenfalls, obwohl sie das erst viel später gelernt hatte.

»Ich wünschte, ich hätte auch als Kind schon Gelegenheit dazu gehabt. Lesen habe ich erst gelernt, als ich am Hof war. Mein Freund, Vater William, hat es mir beigebracht.«

Kaum hatte sie diese Worte ausgesprochen, als Colin seine Hand von ihrem Arm nahm und weiterging. Er sah wütend aus, aber welchen Grund hatte er für eine solche Reaktion? Wie anziehend sie diesen Mann fand! Doch der unerklärliche Zorn, der ihrem Eingeständnis gefolgt war, war wie ein Highland-Dolch, der sie mitten ins Herz traf.

Colin gelangte an einen Felsvorsprung, warf die Tasche auf den Boden und stürmte noch ein paar Schritte weiter.

»Das waren sicher glückliche Tage am Hof«, sagte er in beißendem Ton und wandte sich zu ihr um.

Celia schwieg einen Augenblick lang, bis ihr klar wurde, daß der Ruf von Lady Caithness die Ursache seines Zorns war. Könnte sie ihm doch nur die Wahrheit sagen!

»Nein, ich habe das Leben dort gehaßt«, sagte Celia leise. Sie kämpfte mit den Tränen. »Vorher war ich viel glücklicher.«

»Vorher?« Colin sah verwirrt aus. Ihr Gesicht war voller Schmerz. Unwillkürlich veränderte sich seine Stimme, und er fragte in ruhigem Ton: »Und wo wart Ihr vorher?«

Celia schwieg, bevor sie antwortete. »Überall und nirgends. Ich habe mit meinem Vater und mit Edmund zusammengelebt.«

»Was bedeutet ›überall und nirgends‹?« drängte Colin, und es gelang ihm, seine neuerlich aufsteigende Verärgerung im Zaum zu halten. Er interessierte sich aufrichtig für ihr Leben, und er haßte Geheimnisse.

»Ich bin auf den Schiffen meines Vaters aufgewachsen. Er war Kaufmann und hat mich überallhin mitgenommen.«

»Das war aber ein gefährliches Leben für ein Kind!«

»Er wußte das, aber er konnte es nicht ertragen, mich nicht in seiner Nähe zu wissen. Ich war alles, was ihm geblieben war.« Ohne es recht zu merken, legte Celia ihren Mantel ab, breitete ihn auf dem Boden vor dem Felsbrokken aus, setzte sich darauf und betrachtete die blaue See, die sich unter ihnen erstreckte. Weit über dem Wasser entdeckte Celia Inseln, die sogar noch blauer waren als das Meer oder der Himmel. An der Seite ihres Vaters hatte sie sich immer sicher gefühlt.

»Was ist mit Eurer Mutter und dem Rest Eurer Familie geschehen?«

Colin kniete neben ihr auf dem Mantel nieder und betrachtete ihr Profil. Zum ersten Mal konnte er einen Blick in ihre Vergangenheit tun. Und sie erzählte ihm von selbst darüber – offen, ehrlich.

»Meine Mutter starb, als ich noch klein war. Edmund ist der einzige Verwandte, den ich außer meinem Vater noch kenne. Die Familie meines Vaters stammt aus England und hat seine Ehe mit einer Schottin niemals akzeptiert. Sie haben mich nie anerkannt.«

»Das war offensichtlich zu ihrem eigenen Schaden. Aber für Euch muß es sehr schwer gewesen sein.« Colins Haß auf die englische Arroganz flammte auf, wenn er daran dachte, daß man einem Kind das Gefühl gegeben hatte, nicht erwünscht zu sein. Insbesondere diesem Kind.

»Ich hatte niemals wirklich eine Heimat«, sagte Celia nachdenklich, aber dann hellte ihr Gesicht sich auf. »Doch meine Kindheit auf den Schiffen war eine Zeit wie im Märchen: exotische Länder, Menschen, deren Sprachen ich bestenfalls *beinahe* verstehen konnte. Vom Klang der Wellen und den Bewegungen des Schiffes aufzuwachen. Der Duft der Häfen und der Schiffsladungen, die wir transportierten. Sich im Frachtraum der Schiffe zwischen den Ballen spanischer Wolle oder den Töpfen mit Gewürzen aus dem Osten zu verstecken.«

Bei dem Gedanken an das kleine Mädchen, das glücklich auf einem Schiff spielte, während an jedem Horizont neue Gefahren warteten, mußte Colin lächeln.

»Wie lange habt Ihr auf seinen Schiffen gelebt?«

»Mein Vater starb an einem Fieber, als ich vierzehn war. Von da an war alles anders.« Celia schüttelte den Gedanken an die Vergangenheit ab – sie hatte bereits zu viel gesagt. Sie konnte es nicht zulassen, daß Colin Campbell – oder sonst irgendwer – ihr im Augenblick zu nahe kam. Sie griff nach der Tasche und öffnete sie.

»Halt!« sagte er und versuchte, ihre plötzliche, hektische Aktivität zu zügeln, indem er seine Hand über ihre langen, schlanken Finger legte. Einen Augenblick lang zitterten sie wie ein nervöser Vogel, dann verharrten sie ganz still. Celia blickte ihm direkt in die Augen.

»Ich sage kein weiteres Wort mehr über mich selbst, bevor Ihr mir nicht etwas zu essen gegeben habt, Lord Campbell.« Celia versuchte den Druck seiner Hand zu ignorieren, aber sie konnte es nicht. Sie spürte, wie ihr Herz schneller schlug.

»Wenn Ihr mich jetzt wieder Lord Campbell nennt, dann muß ich wohl wieder anfangen, Euch Befehle zu erteilen. Und diesmal lasse ich Euch nicht so schnell davonkommen.« Colin beugte sich über sie, bis sie seinen Atem auf ihren Lippen spüren konnte.

Sie versuchte, zu lächeln. Sie wollte eine scharfe Bemerkung machen. Ihm sagen, daß sein Verhalten nicht den höfischen Sitten entsprach, aber sein Gesicht war dem ihren so nah und seine fein geschwungenen Lippen waren so anziehend!

Seine Hand legte sich auf ihren Schenkel, und mit der anderen ergriff er ihr Kinn und zog es nach oben, bis sie ihm in die Augen sah. Der Hunger, den sie dort entdeckte, ängstigte sie und trieb sie gleichzeitig voran.

Einen Augenblick lang – Colin wußte nicht, wie lang – war er von ihrem offenen Blick wie gebannt, verlor er sich in den dunklen Tiefen ihrer schwarzen Augen. Ganz leicht fuhr er mit dem Daumen über ihre weichen Lippen, lächelte, als sie offensichtlich erschauerte. Sie schloß die Augen. Er streichelte ihre Wange und strich die seidigen Locken zurück, die ihr neckisch ins Gesicht hingen. Seine Finger fuhren durch ihr Haar. Er zeichnete die Linie ihres zierlichen Ohrläppchens nach und liebkoste die samtige Haut darunter.

Ihr leises Stöhnen konnte er eher spüren als hören, doch griff er mit der Hand in ihren Nacken und zog ihr Gesicht noch näher zu sich heran, so daß ihre Lippen sich beinahe berührten.

»Küß mich«, befahl er leise, und seine Stimme war so sanft wie das warme Sonnenlicht.

Celias gute Vorsätze lösten sich in dem Augenblick auf, da seine sanften Hände ihre Haut streichelten. Sie wollte seine Lippen mit den ihren berühren, wollte spüren, wie sein warmer, starker Körper sich gegen den ihren preßte. Sie wollte ihm so nahe sein, daß es keinen Zwischenraum mehr gab. Colins Mund erwartete sie.

Celias Lippen berührten die seinen ganz leicht und keusch. Dann wanderten ihre Hände hinauf und ertasteten den feinen Schwung seiner Augen, seiner Wangenknochen, sein starkes Kinn. Wie ein Bildhauer, der sein Meisterwerk zur Vollendung bringt, führte sie ihre Hände zusammen und liebkoste seine vollen Lippen mit ihren Daumen.

Sie kämpfte gegen das Verlangen an, diese Lippen zu kosten, das Feuer, das in ihr wütete, zu enthüllen, mit ihm zu verschmelzen.

Sie wußte, daß sie jetzt aufhören mußte, sonst würde es kein Halten mehr geben.

Und sie schaffte es.

»So, M'lord. Ich habe getan, wie Ihr befohlen habt. Und jetzt möchte ich etwas zu essen.«

Mit einer schnellen, ruckartigen Bewegung befreite Celia ihren Nacken aus seinem Griff, legte dann ihre Hände fest auf seine Brust und schob den Laird auf seine Fersen zurück.

Im Bruchteil einer Sekunde stand sie auf den Füßen, trat einen Schritt zurück und sah den überraschten Krieger mit einem kleinen Lächeln an. Er sah in seiner Verwirrung so komisch aus! Aber ihr war klar, daß er im nächsten Augenblick sehr, sehr gefährlich werden konnte.

»Du willst mich ärgern, du Kobold«, knurrte er. Die schnelle, sichere Bewegung, mit der sie sich befreit hatte, beeindruckte ihn. Und als er sie jetzt ansah, wurde ihm klar, daß sie einander eines Tages große Freude bereiten würden. Er hatte die Leidenschaft in ihren Augen gesehen. Sie begehrte ihn ebenso, wie er sie begehrte.

»Nein, M'lord«, sagte Celia. »Aber Ihr habt mir etwas zu essen versprochen, und ein Versprechen ist ein Versprechen.«

Colin kam mit einer einzigen Bewegung auf die Knie, doch Celia lächelte nur und trat noch zwei weitere Schritte zurück.

»Ich warne Euch. Ich kann *sehr* schnell rennen.«

Eigentlich war es gar nicht Colin, vor dem sie Angst hatte. Er verhielt sich so ritterlich, wie man es sich nur wünschen konnte. Celia hatte Angst vor ihrer eigenen Reaktion, vor ihrem eigenen Verlangen – nicht wegzulaufen, sondern sich diesem Mann voll und ganz hinzugeben. Noch nie in ihrem ganzen Leben hatte sie so empfunden.

Colin lachte und setzte sich wieder auf den Mantel.

»Na gut. Mittagessen. Ein Versprechen ist ein Versprechen. Ich hoffe nur, daß Ihr daran erstickt, M'lady.« Und mit diesen Worten begann er die Tasche auszupacken.

Celia lächelte, kam wieder näher und kniete nieder, wobei sie ihn allerdings genau im Auge behielt. Colin brach ein Stück von dem Hafermehlkuchen ab, gab es ihr und legte den Rest auf den Mantel.

Celia verspeiste den Kuchen, und zog den Korken aus dem Krug mit Bier und stellte ihn neben den Mantel, aber so, daß er in Celias Reichweite war. Dann brach er ein weiteres Stück von dem Kuchen ab und warf es Bear zu, der gerade von seiner Erkundungstour zurückkam.

»Eßt Ihr denn nichts?« fragte Celia.

Colin wandte sich dem Hund zu, und Celia langte nach dem Bier. Doch blitzschnell schoß sein Arm vor, und er packte ihr Handgelenk mit eisenhartem Blick. Schon lag Celia auf dem Rücken, ihre Hände wurden zu Boden gepreßt, und der große Krieger beugte sich über sie. Er ist schneller, als einem Mann seiner Größe erlaubt sein dürfte, dachte sie.

Der Gedanke war so albern, daß sie laut auflachen mußte. Colin betrachtete sie voller Vergnügen.

»Na, hast du genug gegessen, meine schnelle Läuferin?« fragte er mit ironischem Grinsen.

»Ich glaube, der Kuchen hat mich langsam gemacht«, antwortete sie, »aber vielleicht ist man auch immer nur so schnell, wie man sein will.« Sobald die Worte heraus waren, bedauerte Celia, sie ausgesprochen zu haben. So sehr sie sich auch wünschte, ihn zu küssen, wußte sie doch, daß sie nicht weiter gehen durfte. Die Folgen waren zu gefährlich. Aber sie wollte seine Lippen so gern noch einmal auf den ihren spüren!

Colin blickte in ihre Augen und sah den Funken der Lust wie glühende Kohle in einem Mitternachtsfeuer. Er ließ ihre Handgelenke los und sank langsam neben ihren ausgestreckt daliegenden Körper. Sie hätte sich von ihm wegrollen können, hätte weglaufen können, wenn sie es gewollt hätte, aber er wußte, daß sie liegenbleiben würde.

Er stützte sich auf einen Ellenbogen, und liebkoste ihre Wange mit der anderen Hand.

»Du bist so schön«, murmelte er und lächelte, als sich die Röte über ihr Gesicht und ihren Hals ausbreitete und unter dem Kragen ihres Kleides verschwand. Celia erwiderte sein Lächeln. Sie sah aus wie ein Engel. So unschuldig.

Colin dachte an all die höfischen Liebesschwüre, die sie in ihrem Leben schon gehört haben mußte. Doch trotzdem hatten seine einfachen Worte sie zum Erröten gebracht.

»Noch nie in meinem Leben«, fuhr er fort, »habe ich ...«

»Bitte nicht«, flüsterte sie und brachte ihn zum Schweigen, indem sie ihm einen Finger auf die Lippen legte.

Und als sie den Kopf zu ihm emporhob, senkte er seine Lippen auf die ihren.

Zuerst berührten sie sich nur vorsichtig. Doch es traf ihre Körper wie ein Schock. Colin war überrascht, daß ein harmloser Kuß eine derartige Reaktion in ihm auslösen konnte.

Er wünschte sich, daß der Zauber dieses Augenblicks niemals vergehen mochte. Erneut preßte er seine Lippen auf die ihren und wurde plötzlich von einem ungeheuren Verlangen gepackt. Er wollte sie immer wieder küssen, sie schmecken, in den Geheimnissen dieser Frau versinken.

Der Druck seiner Lippen verstärkte sich, und Celias Kopf sank auf den Mantel. Langsam fuhr seine Zunge über ihren Mund.

Celias Hände wanderten wie von selbst nach oben, die eine klammerte sich an seine Schulter, die andere umfaßte seinen Nacken. Wieder zuckte seine Zunge über ihre vollen, süßen Lippen, suchten Einlaß. Er ergriff ihr Kinn und zog es sanft nach unten. Ihre Lippen teilten sich, und nun schob sich seine Zunge in die köstliche Öffnung –

schmeckte, liebkoste, erforschte die sanfte Textur ihrer Mundhöhle.

Ihre Zunge reagierte, wenn auch zunächst nur vorsichtig. Eine solche Hitze hatte sie noch nie erlebt. Es schien sie förmlich zu versengen. Pure Lust trieb sie voran. Sie hatte keine Kontrolle mehr über sich selbst. Jetzt bewegte sich ihre Zunge ebenso kühn wie Colins, suchte, rieb sich an seiner. Sie liebte seinen Geschmack, seinen Duft, die Art, wie er seinen Körper gegen den ihren preßte.

Colin hob den Kopf und sah ihr erneut in die Augen. Sie waren vor Leidenschaft wie verschleiert, womit seine unausgesprochene Frage beantwortet war. Sanft vergrub er sein Gesicht an ihrem Hals, nahm ihr Ohrläppchen zwischen die Zähne. Sein heißer Atem versengte ihr Ohr und ließ ihre schlanke Gestalt erneut erschauern. Sie duftete frisch, süß, warm und einladend. Er ließ seine Zungenspitze über ihren Hals und an ihrem Kinn entlangwandern, um dann erneut ihren Mund förmlich zu verschlingen.

Colin spürte, wie seine eigene Disziplin dahinschwand. Tosende Leidenschaft hatte von ihm Besitz ergriffen. Er wollte sie besitzen, sie spüren, in ihr sein. Seine Hand wanderte an ihrem Oberarm entlang, schob ihn leicht vom Körper weg und liebkoste dann sanft ihre volle, weiche Brust. Instinktiv bäumte sie sich seiner Hand entgegen.

Aber obwohl ihr Körper mit dem seinen verschmolz, als ihr Mund seiner suchenden Zunge sein sanftes Geheimnis enthüllte, obwohl ihre Hände seine muskulösen Schultern liebkosten, ertönte eine zarte Stimme in ihrem Innern, die sie davor warnte, die Grenze zu überschreiten, eine Grenze, die die Sicherheit all derer gefährdete, die von ihr abhängig waren.

Etwas Neues war in ihrem Inneren zum Leben erwacht, etwas, nach dem es sie mit ihrem ganzen Sein verlangte, vor dem sie sich jedoch gleichzeitig fürchtete.

Colin verspürte den Impuls, sie beide auszuziehen – nein, ihr und sich selbst die Kleider vom Leib zu reißen, ihre Haut zu spüren, ihre Brüste und ihre Schenkel unter sich zu haben. Er wollte sie lieben, wild, rückhaltlos, ihre wachsende Leidenschaft genießen, sich an ihrer alles krönenden Ekstase weiden.

Aber etwas in ihr lehnte sich dagegen auf, das spürte er. Und der Widerstand schien trotz ihrer Leidenschaft zu wachsen.

Colin hielt inne, sah ihr in die Augen, suchte nach einem Zeichen. Er wollte ihre Zweifel, ihre Ängste und ihre Vergangenheit hinwegfegen. Egal, was gewesen war: Colin wollte, daß diese Frau ihn begehrte – hier und jetzt.

Er sah tief in die schwarzen Saphire ihrer Augen, und ihr Blick sagte ihm …

Bears grimmiges Knurren ließ ihn sofort auf die Füße springen. Celia tat es ihm gleich. Die Aufmerksamkeit des Hundes richtete sich auf die Kuppe des Hügels, von dem aus man das Dorf überblicken konnte. Kurz darauf konnten auch sie die Schreie hören, die das Tier alarmiert hatten.

»Lord Colin! Lord Colin!« schrie ein Mann, der atemlos auf sie zugerannt kam. Er war offensichtlich erleichtert, als er den Laird erspähte, verminderte aber sein Tempo nicht, bis er um Atem ringend vor ihnen zum Stehen kam.

»Lord Colin«, keuchte er und mied Celias Blick. »Ihr müßt kommen … zum Schloß … Runt wurde verletzt … Eure Gäste … angegriffen …«

»Welche Gäste?« unterbrach Celia. Ihr Gesicht wurde weiß.

Unmöglich, schrie sie innerlich. Es kann nicht sein.

»Euer Sohn, M'lady … das Kind!«

KAPITEL 7

Dieser Tage wandere ich umher wie im Nebel, als ob ich in einem endlosen Labyrinth gefangen wäre.

Das Land liegt vollkommen verlassen da. Es gibt nicht einmal mehr Tiere. Wir haben sie alle geschlachtet. Kein Mensch weit und breit. Diejenigen, die uns entkommen sind, sind in den Norden geflohen. Diejenigen, die nicht entkommen sind, brauchen ihr Vieh nicht mehr. Sie träumen bereits in einer anderen Welt.

Aber wer ist diese Frau, die die Ursache dieses Alptraums der Zerstörung ist? Wer sind diese Frau und dieses Kind, dem wir folgen?

»O Gott, was habe ich getan!«

»Dem Kleinen ist nichts passiert, M'lady«, beruhigte der Mann sie. »Runt und Euer Onkel haben sie aufgehalten. Jetzt sind sie alle wieder ins Schloß zurückgekehrt...«

»Wie schlimm ist Runt verletzt?« fragte Colin und packte Celia am Arm, um sie zurückzuhalten. Sie versuchte, sich zu befreien, bereit, davonzustürmen.

»Ich weiß nicht, M'lord. Sie haben ihn gleich hineingebracht.«

»Nimm den Hund mit. Geh durch das Dorf zurück und hol den Priester«, befahl Colin und zerrte Celia hinter sich her auf die Klippen zu. »Hier entlang, Celia. Wir nehmen die Abkürzung.«

Sie lief neben ihm her, und alle Fragen, die ihr durch den Kopf schossen, schrumpften zu einem einzigen Gedanken zusammen: Sie war nicht da gewesen! Der Kloß in ihrer Kehle wuchs ins Unermeßliche, eine Hand aus weißglühendem Stahl schien ihr Herz zu umklammern.

Warum war ich nicht bei ihnen? stöhnte sie innerlich. Wenn ich doch nur da gewesen wäre! Aber was wäre dann anders gewesen? Denk nach, Celia, sagte sie sich. Nichts wäre anders gewesen. Das Baby war in Sicherheit. Gott sei Dank hatten sie ihm kein Leid zugefügt. Aber was sollte jetzt geschehen? Jetzt, da sie sie gefunden hatten? Verdammt sollten sie sein!

Armer Runt! Wurde verletzt, weil er das tat, was meine Aufgabe gewesen war. Bitte, lieber Gott, gib, daß er nicht allzuschwer verletzt ist. Verdammt sollten sie sein!

Aber er wird nicht der Letzte sein, den es trifft. Sie wissen jetzt, daß wir hier sind, und sie werden zurückkommen. Colin und seine Leute haben ja keine Ahnung, wie hinterhältig Danvers sein kann. Und er muß es gewesen sein, dachte sie.

Und ich kann Colin nicht sagen, was ich weiß.

Wo bleibt nur Vater William? Ich muß ihm eine Botschaft schicken. Wir können nicht hierbleiben.

Celia und Colin waren nur noch einen Pfeilschuß von der dicken Außenmauer des Schlosses entfernt. Celia wußte, daß sie sie nur noch zur Hälfte umrunden mußten, um in die große Festung zu gelangen. Plötzlich wurde Colin langsamer und ging an ein paar Birken vorbei auf die Kante des Kliffs zu. Celia folgte ihm und blickte über den Felsvorsprung hinab. Tief unten brandeten die Wellen gegen die Felsen.

Colin sprang.

Celia schrie auf.

Sie kniete nieder, stützte sich mit den Händen ab und spähte voller Panik über die Kante. Dort, auf einem schmalen Sims, nur eine Lanzenlänge unter der Spitze des Felsens, stand Colin und sah zu ihr hinauf.

»Spring!« rief er.

Celia stand auf, prüfte, wieviel Platz sie dort unten hatte und ließ sich, ohne auch nur einen Augenblick lang zu zögern, in seine wartenden Arme fallen.

Colin hatte erwartet, Celia erst lange überreden zu müssen. Ich hätte es wissen sollen. Diese Frau ist nicht nur furchtlos, sondern auch so geschmeidig wie eine Katze.

Aber als er ihren schlanken Körper auffing, spürte er ihre Angst. Er hätte sie gern getröstet, sich bei ihr entschuldigt, aber dazu war jetzt nicht der richtige Zeitpunkt. Zudem hatte er das Gefühl, daß sie für solch eine Entschuldigung sowieso nicht allzuviel übrig gehabt hätte.

Er nahm ihre Hand und führte sie ein paar Meter an dem Sims entlang. Dann ließ er sich auf die Knie hinunter und kroch durch eine niedrige Höhlenöffnung. Celia folgte ihm in die Dunkelheit.

Sie war noch immer auf den Knien, als Colin einen Feuerstein am Felsen entzündete und ihn an eine Fackel hielt, die alsbald die schmale Höhle erleuchtete. Schnell stand Celia auf. Ihre Augen gewöhnten sich an das Licht, und sie erkannte, daß die Höhle sich hinter Colin gabelte.

Dieser Tunnel mußten zum Schloß führen, dachte sie. Sonst hätte mich Colin hier nicht hergebracht. Unterwegs hatte Celia so etwas empfunden wie Zuversicht, daß alles wieder gut werden würde. Vielleicht stimmt es auch, dachte sie, aber wie sicher ist ein Schloß, das man von offenen Höhlen aus jederzeit erreichen kann? Bevor er in den rechten Tunnel bog, der sie offensichtlich auf das Schloß zuführte, legte Celia dem Krieger die Hand auf den Arm.

»Bist du so in mein Zimmer gekommen … in der Nacht, in der du nach Hause zurückgekehrt bist?«

»Ja, durch die Höhlen und Tunnel, die unter dem Schloß entlanglaufen.«

»Du meinst, jeder könnte hier hindurchgelangen?« Celia kannte die Antwort, aber sie wollte, daß Colin es ihr noch einmal ausdrücklich versicherte.

»Nein, Celia. Nur die Mitglieder unseres Haushalts, denen wir am meisten vertrauen, kennen sie.«

Colin verstand, warum sie ihm diese Frage stellte. Er wußte, daß er für ihre Sicherheit verantwortlich war, solange sie als Gäste auf seinem Schloß weilten. Celia war nach Kildalton gekommen und hatte dort Schutz gesucht, für sich und ihr Kind. »Ich werde nicht zulassen, daß euch noch einmal jemand angreift, solange ihr auf Kildalton seid. Ich weiß nicht, was heute geschehen ist, aber ich verspreche dir, es wird nicht noch einmal passieren.«

Celia spürte, daß er es ernst meinte. Colin sorgte sich um sie, das zeigte sein Versprechen ganz deutlich. Ihr wurde warm ums Herz. Wenn sie ihm doch nur die Wahrheit hätte sagen können! Es war offensichtlich, daß er sich für diesen Angriff die Schuld gab.

Celia schlang die Arme um seine Taille, preßte ihn an sich und ließ ihn dann schnell wieder los.

»Ich weiß, Colin.«

Er sah sie im Halbdunkel an. Dieser spontane Ausdruck ihrer Zuneigung überraschte und bewegte ihn so sehr, daß er kaum wußte, wie er darauf reagieren sollte. Zum ersten Mal, seit sie sich kennengelernt hatten, spürte Colin, daß sie Vertrauen zu ihm gefaßt hatte. Er würde nicht zulassen, daß ihm dieses Vertrauen wieder entglitt. Er wandte sich um, ging schnell den Durchgang hinunter, und Celia folgte ihm auf den Fersen.

Sie stellte fest, daß sich die Wände der Höhle irgendwann in handbehauene Tunnel verwandelten. Nach wenigen Minuten gabelte sich der Weg in drei Durchgänge. Sie gingen einen davon entlang, und schon bald gabelte sich auch dieser in drei weitere, die vollkommen identisch aussahen. Plötzlich blieb Colin stehen und drückte gegen eine Wand. Verblüfft bemerkte Celia, wie sich eine kleine Öffnung bildete, in die sich der Krieger hineinzwängte.

Celia folgte ihm und fand sich dann in einer Ecke der großen Küche des Schlosses wieder, die von dem riesigen Arbeitsbereich durch einen mannshohen Backofen abgeschirmt war.

Das Küchenpersonal drängte sich an der Tür zusammen. Colin und Celia gingen auf sie zu. Ein lautes Stimmengewirr erhob sich, als die beiden wortlos Richtung Südhalle vorbeistürmten.

Am hinteren Ende der Halle hatte sich um einen der langen Tische ebenfalls eine Gruppe von Menschen versammelt.

»Was ist verdammt noch mal geschehen?« dröhnte Colin und zog damit die Aufmerksamkeit aller auf sich. Der Kreis der Krieger öffnete sich, und Celia entdeckte Ellen, die neben Runt saß. Das Baby hielt sie dicht an die Brust gepreßt. Lord Hugh, Alec und Edmund standen ringsum, und Agnes scheuchte mehrere Bedienstete mit Verbandmull hin und her. Runts Schulter war bandagiert, aber offensichtlich blutete er immer noch. Sein Gesicht war bleich, doch er ließ sich den Schmerz, den er empfinden mußte, nicht anmerken.

Celia ging direkt auf Ellen zu. Die junge Frau stand auf und umarmte ihre Herrin. Offensichtlich war sie erleichtert, sie zu sehen. Vorsichtig nahm Celia den schlafenden Kit in ihre Arme.

»Sie haben ihn nicht angerührt, M'lady«, flüsterte Ellen. Celia nickte und drückte das Kind an die Brust. Plötzlich war sie ungeheuer erleichtert. Sie sah zu Edmund hinüber, der erschöpft und grimmig dreinblickte und versuchte, ihr zuzulächeln. Sein Blick sagte ihr, daß er mit ihr reden wollte.

»Colin!« rief Hugh. »Ich bin froh, daß du da bist.«

»Wie konnte das passieren?« fragte Colin zornig, beugte sich über Runt und zog den Verbandsstoff vorsichtig beiseite. Die Waffe hatte die rechte Seite von Runts Brust durchbohrt, direkt unter dem Schulterblatt. An der schmalen, länglichen Form der Wunde konnte Colin erkennen, daß Runt mit einem Dolch oder einem Kurzschwert angegriffen worden war. Doch die Waffe war glatt hindurch gegangen, ohne lebenswichtige Organe zu verletzen.

Runt wird überleben, wenn Agnes dafür sorgt, daß die Wunde sauber verheilt, dachte Colin.

»Diese Schweine haben auf sie gewartet«, sagte Hugh bitter.

»Wer waren sie, Vater? Wo ist es geschehen?«

»Viele von unseren Leuten hatten dem Herrn bei der Arbeit mit den neuen Falken zugesehen, und wir wollten gerade ins Schloß zurückkehren, Lord Colin«, antwortete Runt. Seine Stimme klang fest. »Die vier hatten sich an der großen Lichtung versteckt, die am Weg zu den Vogelgehegen liegt.«

Runt hielt inne, immer noch erstaunt von der Kühnheit der Angreifer. Lord Hugh sprach weiter.

»Ellen und der Kleine wollten sich gerade in Begleitung von Edmund und diesem jungen Krieger auf den Weg machen, als dieses Rudel Wölfe heimtückisch von hinten angriff.«

»Sir Edmund hat einen von ihnen gleich getötet«, ergänzte Runt. »Und während er mit dem zweiten kämpfte, verfolgten die anderen beiden Ellen und Kit.«

Er sah Celia an. »Sie waren eindeutig hinter dem Kind her, M'lady ... dessen bin ich mir sicher. Sie sahen glatt an mir vorbei, hatten nur ihn im Visier. Leider trug ich außer meinem Dolch keine andere Waffe bei mir, sonst hätten wir sie sicher alle getötet.«

Celia kochte vor Wut. Es wäre ihr ein Vergnügen gewesen, die Angreifer selbst zu töten!

»Entspann dich, Runt«, befahl Agnes sanft und ersetzte seinen blutdurchtränkten Verband durch einen frischen. »Die Blutungen werden nicht aufhören, wenn du nicht still liegen bleibst.«

»Runt wurde ein Schwert in die Schulter gestoßen, doch es gelang ihm trotzdem noch, die beiden Männer in die Flucht zu schlagen und Ellen und das Kind zu schützen«, sagte Hugh stolz. »Dann kam Emmet hinzu, und er und Edmund haben allen bis auf einen den Garaus gemacht. Der ist über das Heideland geflüchtet.«

»Habt ihr ihn erwischt?« Colin runzelte die Stirn. »Ich würde mich ... gern ... mit ihm unterhalten.«

»Nein, am Ufer wartete ein voll besetztes Boot auf ihn«, schloß Hugh enttäuscht. »Es war zu spät, um ebenfalls ein Boot auszusetzen und sie zu verfolgen. Sie hatten die ganze Sache geplant, einschließlich ihrer Flucht.«

»Wer waren diese Feiglinge?« fragte Colin zornig. »Engländer?«

»Sie trugen Kilts«, antwortete Runt. »Aber kein Plaidtuch, und auch kein Abzeichen, das sie als zu irgendeinem Clan zugehörig ausgewiesen hätte.«

»Sie waren weder Engländer noch Lowlander«, sagte Edmund mit Nachdruck in der Stimme. »Ihren Waffen und der Art, wie sie kämpften, nach zu urteilen, waren es Highlander.« Edmund hatte einen Großteil seines Lebens damit verbracht, Krieger auszubilden. Jene Männer hatten sich eher auf ihre Stärke als auf ihre Schnelligkeit verlassen und waren bereit gewesen, auch mal einen Schlag einzustecken, statt ihm auszuweichen. Das war typisch für Highlander. Vielleicht hatten sie dem Teufel selbst ihre Seele verkauft, aber ihr Kampfstil war immer noch der ihrer Vorfahren.

»Ich will sie sehen«, befahl Colin. »Wo sind die Leichen? Ich will wissen, wo diese räudigen Hunde herkamen.«

Celia betrachtete ihn. Trotz seines grimmigen Zorns und seines harten Gesichtsausdrucks hatte Colin sich vollkommen unter Kontrolle. Sie wußte, daß er alles tun würde, was notwendig war, um diejenigen, die unter seiner Obhut standen, zu beschützen. Aber genauso klar war ihr, daß sie die Menschen auf Kildalton nicht länger in Gefahr bringen durfte.

»Wenn Ihr uns entschuldigen wollt«, warf Celia leise ein, »dann gehen wir jetzt hinauf.«

Celia gab Ellen das Baby, beugte sich über Runt und küßte ihn auf die Stirn.

»Heute hast du etwas Großes geleistet«, flüsterte sie. »Mehr als du ahnst. Ich danke dir.«

Runt nickte, und sein Blick suchte den von Ellen.

Celia nahm ihr Kit wieder aus den Armen und drehte

sich um. Sie erschrak, als sie plötzlich Colins große Hand auf ihrem Arm spürte. Sie blieb stehen und sah zu ihm auf, überrascht, daß er sich offen und vor aller Welt so verhielt.

»Ich werde später nach dir sehen«, sagte Colin, seine Augen leuchteten vor Zuneigung und hielten ihren Blick fest. »Ich hatte ja noch nicht einmal Gelegenheit, den kleinen Kerl hier näher kennenzulernen.« Colins Blick fiel auf das schlafende Kind. Er war seltsam bewegt, als er in das unschuldige Gesichtchen blickte, das sich so friedlich in den Arm der Mutter kuschelte.

In der Halle war es ganz still geworden. Colin riß sich als erster zusammen, und sein Antlitz verdunkelte sich. Ernst sagte er: »Außerdem möchte ich fürs erste nicht, daß du das Schloß ohne Begleitung verläßt.«

»Das wird nicht nötig sein. Ich kann …«

»Keine Widerrede, Celia«, befahl Colin mit strengem Blick.

Celia schwieg. Dann nickte sie ergeben, und ein paar Augenblicke später verließ sie die Halle. Edmund und Ellen folgten ihr.

Ellen nahm das schlafende Kind mit in ihr Zimmer. Edmund stellte sich an eines der Fenster von Celias Zimmer und wartete, bis Celia die Tür nach nebenan geschlossen hatte.

»Wir müssen fort, Edmund«, sagte Celia und schritt unruhig durch das Zimmer. »Wir können nicht länger hier bleiben.«

»Ich weiß, Kind. Aber wenn wir zu diesem Zeitpunkt gehen, könnte es sein, daß wir ihnen in die Hände spielen… wer auch immer sie sind. Das könnte genau das sein, was sie wollen.«

»Bist du sicher, daß es sich nicht um Danvers' Männer handelte, Edmund?« fragte Celia.

»Absolut sicher, Celia«, antwortete er. »Die Krieger stammten zweifellos aus den Highlands.«

»Dann haben wir mehr Feinde, als wir dachten. Wer mag sie dazu angestiftet haben?« überlegte sie. »Glaubst du, es könnte die Königin gewesen sein?«

Edmund runzelte die Stirn. »Highlander, die für die Königin arbeiten? Wenn sie sich *dazu* durchgerungen haben, dann müßte das ihren Interessen aber schon außerordentlich dienlich sein.«

»Vielleicht hat sie ihnen eine hohe Belohnung gezahlt«, sagte Celia. »Und sie ist immer noch die Königin, selbst wenn sie die Schwester des englischen Königs ist. Bis zur Krönung ist sie ein Machtfaktor, mit dem man rechnen muß.«

»Ja, aber hier sprechen wir von Mord. Und so weit würde sie nicht gehen, obwohl englisches Blut in ihren Adern fließt.« Edmund war sich dessen sicher.

»Wer bleibt dann noch übrig?« Celia wurde immer unsicherer.

»Ich weiß es nicht«, antwortete ihr Onkel. »Obwohl ich wünschte, wir könnten uns irgendwie mit dem Earl of Huntly darüber beraten. Ich weiß, daß er das nicht erwartet hat. Er glaubte, daß die einzige Bedrohung für uns von den Engländern ausgehen würde. Und er dachte, daß die Westinseln weit genug vom Schuß liegen. Wir werden ihn sicher bald sprechen können. Schließlich muß er seine Geschäfte bei Hof langsam abgewickelt haben.«

»Warum können wir nicht einfach nach Argyll reiten … sofort?« platzte Celia heraus. Ihrem Verstand war klar, daß es wohl kaum der beste Plan war, Kildalton Castle ausgerechnet jetzt zu verlassen. Aber sie war zum Warten einfach nicht geschaffen. »Edmund, ich mache mir Sorgen um die Menschen auf Kildalton. Ich möchte Kit in Sicherheit wissen, aber ich will auch nicht, daß irgend jemand Schaden nimmt. Diese Menschen haben hier Gutes aufgebaut, und ich möchte nicht erleben, daß die heimtückische Gewalt, die uns auf den Fersen ist, unschuldige Leben zerstört.«

»Das ist der zweite Grund, warum ich Huntly erreichen

will«, sagte Edmund. »Wenn er gewußt hätte, wo Colin Campbell steht und was er hier tut, dann hätte er *ihn* gebeten, uns zu helfen und nicht Argyll. Nicht das ich an Argyll zweifle, aber Colin besitzt Kraft, Mut und Energie. Er versteht es, Menschen zum Erfolg zu führen. Er wäre in jedem Stadium des Kampfes an unserer Seite gewesen. Und er hätte ein persönliches Interesse an der Verwirklichung von Huntlys Plänen gehabt – sie sind einander sehr ähnlich. Colin betrachtet seine hiesigen Erfolge als Vorbild für das restliche Schottland.

Außerdem ist den Leuten hier bewußt, daß Schottland dabei ist, im Chaos zu versinken«, fuhr er fort. »Die Campbells wissen ganz genau, was auf politischer Ebene vor sich geht, aber ihre Visionen gehen über das Gegenwärtige sogar noch hinaus. Sie sorgen für den Wohlstand und das Wohlergehen ihrer Untergebenen, und ihre Pläne reichen bis weit in die Zukunft hinein. Was in Caithness Hall geschehen ist, wird hier nicht passieren. Colin wird es nicht zulassen.«

»Aber wenn Huntly nicht zustimmt«, sagte Celia resigniert, »können wir uns ihnen nicht anvertrauen, nicht wahr?«

»Nein«, stimmte Edmund zu. Sie waren auf den Earl of Huntly angewiesen. Er mußte den entsprechenden Befehl geben. »Wir müssen weiterhin so verfahren wie geplant. Wir werden Huntlys Pläne erst kennen, wenn er kurz nach Ostern hier eintrifft. Aber dafür müssen wir zu diesem Zeitpunkt auf Argyll sein.«

»Was mag Vater William nur aufgehalten haben?« fragte Celia ungeduldig.

»Ich weiß es nicht, Mädchen«, antwortete der Ritter ernst. »Ich glaube, es wird Zeit, daß wir ihm eine Botschaft senden. Soweit wir wissen, hält er sich noch in der Abtei bei Argylls Schloß auf. Ich vermute, er wartet auf die Rückkehr des Earl, und das ist der Grund, warum wir noch nichts von ihm gehört haben. Argyll hat mittlerweile wahrscheinlich von dem Angriff auf Caithness Hall gehört. Er wird nach uns Ausschau halten. Es ist alles nur eine Frage der Zeit.«

»Dann können wir also nichts tun, außer zu warten?«

»Nein. Ich schicke noch heute einen Boten los. Wir werden in ein oder zwei Tagen wissen, was Dunbar zurückhält. So lange bleiben wir hier – mindestens.«

Einsam stand Celia am Fenster und beobachtete, wie der Himmel über der weiß schäumenden See grau wurde. Sie spürte, wie sich die Kälte des Frühlings wieder auf das Schloß herabsenkte. Bald würde es zu regnen beginnen, dachte sie, ein heftiger, scharfer, durchdringender Regen.

Trotz alldem, worüber sie und Edmund gesprochen hatten, trotz all der Verstandesargumente und der drohenden Gefahr wollte Celia bleiben. Tief im Herzen gab es nichts, was sie sich stärker wünschte. Was seit Colins Ankunft geschehen war, war so unglaublich neu für sie, so herrlich und überraschend, und Celia hatte noch nicht einmal Zeit genug gehabt, um intensiver darüber nachzudenken.

Doch jetzt schreckte sie beinahe davor zurück. Dieses wunderbare Gefühl war zugleich beängstigender als alles andere.

Ich muß mich auf Kit konzentrieren, dachte sie. Er muß für mich an erster Stelle stehen, sogar noch vor Colin Campbell.

Colin Campbell.

O Gott, warum jetzt? dachte sie. Warum mußten sie sich auf diese Weise kennenlernen? Warum jetzt? Sechs Jahre am Hof, und nie hatte sie sich zu Hause gefühlt. Kein einziges Mal war sie auch nur in die Versuchung gekommen, sich für jemanden zu interessieren. Kein einziges Mal hatte sie über ihr Schicksal selbst bestimmen können. Ein Schicksal, das von anderen kontrolliert wurde. Das ihr von Königen aufgezwungen wurde.

Als es dunkel wurde, fiel der kalte Regen in Strömen.

Trotz der nassen Kälte draußen und der düsteren Stimmung in ihrem Innern, zog Celia ein weiches, weißes Baumwollkleid an. Sie wollte es bequem haben und sich wie zu Hause fühlen. Sie konnte nur so tun als ob, das wußte sie, aber sie wollte versuchen, die schweren, grauen Schatten, die bedrohlich über ihrem Haupt schwebten, irgendwie zu vertreiben.

Als ein Diener Torf und Holz hereintrug und eine Dienerin das Feuer anzündete, war Celia angesichts des tiefen Ausschnittes ihres Kleides plötzlich verlegen. Aber sie kamen und gingen und ließen sich nicht anmerken, ob ihr Gewand vielleicht unschicklich war. Kurz darauf fesselte Kit ihre ganze Aufmerksamkeit.

Sie saß mit dem Kind auf dem großen Bett und lachte laut über die Possen, die das Baby trieb. Sie hätte nie gedacht, wieviel Freude einem ein sieben Monate altes Kind machen konnte. Kit hielt je eine Strähne von Celias Haar in seinen kleinen Händen und bewegte sich hin und her, begleitet von fröhlichen Glucksern, wie sie nur ein kleines Kind von sich geben kann.

Celia liebte diese Augenblicke, in denen sie sich Kit sehr verbunden fühlte.

Ellen war nach unten gegangen, um das Abendessen für sie beide heraufzuholen. Celia hatte vorgeschlagen, selbst in die Küche zu gehen, aber Ellen hatte eifrig abgelehnt. Als Celia listig erwähnte, daß Ellen gleich nach Runt sehen könnte, wenn sie schon unten war, bestätigte die Röte, die Ellens helle Haut überzog, ihren Verdacht.

Celia war nicht entgangen, daß die beiden einander mochten. Sie war froh darüber, denn sie wußte, daß Runt für Ellen sorgen würde. Aber noch wichtiger war, daß Ellen seit langem wieder aufzuleben schien. Und die Sicherheit, die der Clan der Campbells ihr bieten konnte, war genau das Richtige für sie.

Aber Celia kannte sie gut. Ellen würde sie jetzt ganz bestimmt noch nicht verlassen. Wenn sie jedoch auf Argyll in Sicherheit waren, konnte sie Ellen garantiert dazu überreden, zu Runt zurückzukehren. Wenn die Zeit reif dafür war, beschloß Celia, würde sie mit Colin darüber reden.

Kit benutzte Celias Kinn gerade als Beißring, als es an der Tür klopfte, und sie gezwungen war, das Spiel zu unterbrechen. Sie setzte das Kind auf ihre Hüfte und wischte sich lachend das nasse Gesicht ab. Dann öffnete sie Ellen die Tür.

»Ich glaube, du hast recht, wir sollten Kit entwöhnen«, sagte sie und lächelte dabei den Kleinen an. Kit griff nach dem Ausschnitt ihres Kleides und zog daran. »Sein Gebiß ist schon ganz schön sta …«

Die Gestalt, die da im Türrahmen lehnte, war nicht Ellen. Hinter Colin stand einer der Bediensteten aus der Küche, mit einem Teller voller Speisen. Celias fragender Blick wanderte von dem Teller zurück zu dem gutaussehenden Krieger. Verflixt, es war schon wieder soweit! Die Art, wie er sie betrachtete, verursachte ihr Herzrasen. Seine wilde Mähne aus dickem, schwarzem Haar, sein sauber rasiertes, bronzefarbenes Gesicht, das schimmernde Leuchten seiner grauen Augen, der breite, muskulöse Körper, der die Kleidung zu sprengen drohte …

»Ich habe dir heute mittag nicht ausreichend zu essen gegeben«, sagte Colin und grinste ironisch.

Es war gut, daß er diese Zeile vorher geübt hatte. Denn als er der Schönheit vor sich ansichtig wurde, konnte er nichts anderes denken als: Wie kann ein einfaches Kleid so sinnlich und provozierend, so köstlich und faszinierend wirken, wie an dieser Frau?

»Wo ist Ellen?« fragte Celia spitz und riß ihn damit aus seiner stummen Träumerei.

»Läßt du uns herein, oder sollen wir hier im Flur essen?« fragte Colin, der sich schnell wieder im Griff hatte.

Ohne eine Antwort abzuwarten, trat er über die Schwelle und streckte beide Hände nach dem Baby aus. Kit zögerte nur einen winzigen Augenblick lang, dann reckte er sich dem Krieger entgegen. Celia war so verblüfft über diese Reaktion, daß sie automatisch die Beine des Babys losließ. Colin preßte es an seine Brust.

Er ging zu einem Stuhl am Feuer und setzte sich. Kit wippte begeistert auf seinen Knien. Colin war ebenso erstaunt wie Celia, daß das Kind ihn ohne weiteres zu akzeptieren schien – und er freute sich darüber.

»Jean«, sagte Colin, ohne die Augen von dem Kleinen abzuwenden. »Setze die Speisen auf dem Bett ab und hol den guten Stuhl und die Bank aus meinem Zimmer.«

Celia beobachtete Colin und das brabbelnde Kind, während Jean tat, wie ihm geheißen. Einen Augenblick später, nachdem er die Speisen auf die Bank gestellt hatte, verließ der Diener das Zimmer und schloß die Tür hinter sich.

»Sie wollen dir also keine Milch mehr geben, hmmm, kleiner Mann?« fragte Colin und warf einen kurzen Blick auf Celias tief ausgeschnittenes Kleid. »Erzähl mir jetzt nicht, daß du irgendwo reingebissen hast, wo es nicht erlaubt war? Ich will dir mal etwas sagen, von Mann zu Mann. Frauen sind bei den kleinsten Sachen manchmal dermaßen empfindlich …«

»Gib mir das Kind, Colin Campbell«, sagte Celia und marschierte auf ihn zu. »Ich werde nicht untätig herumstehen und zusehen, wie du es verdirbst, mit deinem lächerlichen männlichen …«

Aber Colin stand hastig auf, und die schnelle Bewegung ließ das Baby laut auflachen.

»Das könnte meine einzige Gelegenheit sein, jemanden zu verderben«, gab er zurück und schirmte das Kind mit seinem Körper von Celia ab.

»Colin, gib mir sofort das Baby zurück«, befahl Celia. »Du jagst ihm Angst ein.«

Colin hielt den juchzenden Knaben hoch in die Luft, dann ließ er ihn wieder herunter und rieb sich an der kleinen Perlennase des Babys. Kit streckte ein Ärmchen aus und versuchte, nach den blitzenden, grauen Augen des Soldaten zu greifen. »Stimmt, er ist außerordentlich schüchtern, der Kleine. Genau wie seine Mutter.«

Als sie das hörte, schnappte Celia ihm endgültig das Kind aus dem Arm und preßte es an ihre Brust.

»Colin, ich habe dich gefragt, wo Ellen ist. Was tust du hier?«

Colin ignorierte ihre Fragen und begann, das Abendessen auf kleinere Teller zu verteilen. »Komm und setz dich neben mich. Du hast heute noch nicht allzu viel gegessen, nicht wahr?«

»Wenn ich mich recht erinnere, *Sir*«, antwortete Celia und rückte näher an ihn heran, »kann man Euch nicht trauen.«

»Celia ... Celia«, protestierte Colin. Sein Gesicht nahm einen bemitleidenswerten Ausdruck an. »Das schmerzt mich tief. Aber eigentlich brauchst du dir doch gar keine Sorgen zu machen. Der kleine Krieger hier wird dich schon beschützen.«

»Ich mache dich darauf aufmerksam, daß Kit tatsächlich aus einer sehr vornehmen Reihe von Kriegern stammt«, sagte Celia und wandte dem zappelnden Bündel in ihren Armen ihre Aufmerksamkeit zu.

»So vornehm wie ein Lowlander nur sein kann, in dessen Blut zu einem Viertel englisches Blut fließt«, lachte Colin und sagte zu dem Kind: »Nichts für ungut, kleiner Mann.«

»Eigentlich müßtest du vor ihm niederknien, du angeberischer, räuberischer Pfau.«

»Celia!« Colin griff nach ihren Schultern und drückte sie sanft in den Stuhl. »Setz dich.«

Bevor Celia Kit so halten konnte, daß sie eine Hand zum Essen frei hatte, begann Colin schon, sie zu füttern.

»Colin Campbell, ich bin kein Baby mehr«, sagte sie mit vollem Mund.

»Mir scheint, daß du im Moment beide Hände anderweitig brauchst.« Er grinste und deutete mit einem Kopfnicken auf das Baby, das mit einigem Erfolg damit beschäftigt war, die Bänder zu öffnen, die das Mieder ihres

Kleides zusammenhielten. »Nicht, daß ich etwas dagegen einzuwenden hätte.«

»Kit!« schalt Celia und kämpfte mit dem Kleinen.

»Kann ich dir helfen?« fragte Colin unschuldig.

»Ja, das kannst du«, antwortete sie. »Es wird höchste Zeit, daß du etwas Produktives tust.«

Sie hielt Kit auf Armeslänge von sich weg, aber Colin griff um das Kind herum und machte sich selbst an den Bändern zu schaffen.

»COLIN CAMPBELL!« rief sie, preßte das Baby schützend gegen ihre Brust und schlug seine Hände weg. »Du bist noch schlimmer als er!«

Colin lachte herzhaft, und Celia mußte unwillkürlich mit einstimmen, obwohl sie die gelösten Bänder eilig wieder zuband.

Colin schoß durch den Sinn, wie sehr er diese Art der Kameradschaft liebte. Er war eigentlich in Celias Zimmer gekommen, um mit ihr über den morgendlichen Angriff und über die Abtei von Argyll zu sprechen. Aber das alles erschien ihm jetzt kaum noch wichtig. Colin Campbell hatte niemals zu den Menschen gehört, für die das Vergnügen vor der Pflicht kam, aber er hatte auch noch nie das Zusammensein mit einer Frau so genossen, wie er es mit Celia tat.

»Ich wußte, daß es nicht vernünftig ist, mit dir zu essen«, schalt Celia und gab vor, wütend zu sein. »Gib mir den Löffel.«

Sie schnappte ihm das Besteck aus der Hand und gab es Kit, der es sich sofort in den Mund steckte und zufrieden darauf herumkaute.

»Ich würde doch gern wissen, womit du Ellen bestochen hast, damit sie dich das Abendessen hinaufbringen ließ.«

»Das war wirklich nicht allzu schwer«, antwortete Colin. »Sie ist unten und füttert Runt, der seine Hände seltsamerweise nur solange benutzen konnte, bis er Ellen sah. Ich weiß nicht, ob sie seine Genesung wirklich vorantreiben wird.«

»Ellen scheint Runt sehr zu mögen. Es war ihr recht wichtig, noch einmal nach ihm zu sehen. Geht es ihm mittlerweile besser?«

»Wenn Ellens hübsches Gesicht sich ständig über ihn beugt, wird er wahrscheinlich endlos brauchen, um zu genesen.«

Celia funkelte ihn mit gespielter Eifersucht an, was ihn kurzfristig zum Schweigen brachte. Dann räumte er ein: »Nicht, daß *ich* sie für besonders hübsch hielte, versteh mich nicht falsch. Sie ist eher Runts Typ.«

Celia berührte Kits weiches Haar mit dem Kinn. Sie gehörte nicht zu den Frauen, die sich selbst in den Vordergrund rücken, aber sie mußte ihn einfach fragen.

»Ach wirklich? Und was ist dein Typ?« flüsterte sie. Hoffte, es bereits zu wissen.

Colins Augen wanderten langsam von ihren kastanienbraunen Locken zu der seidigen Haut ihres Halses und ihrer Schultern hinunter. Er betrachtete die vollkommene Symmetrie der zum Teil enthüllten, weich gerundeten Brüste, ihre schlanke Taille und anschließend wieder die weibliche Fülle ihrer Lippen. Dann hielt er ihren Blick fest, mit einer Ernsthaftigkeit, die jegliche Auflehnung ihrerseits im Keim erstickte. Als er antwortete, war seine Stimme heiser.

»Du gefällst mir.«

Plötzlich wurde Celia bewußt, daß sie unter Colins zärtlichem Blick aufgehört hatte, zu atmen.

Colin ließ sich auf ein Knie nieder, legte einen Arm um das Baby in Celias Schoß und umarmte sie selbst mit dem anderen.

Keiner von beiden zögerte, als ihre Lippen sich trafen. Seit ihrem morgendlichen Erlebnis hatten beide immer wieder daran gezweifelt, ob das, was sie gefühlt und erlebt hatten, Wirklichkeit gewesen war. Doch jetzt war die Anziehung wieder zu spüren, heftig, lebendig, intensiver als je zuvor.

Im warmen Feuerschein zog Celia Colin noch näher zu

sich heran. Seine Lippen berührten sie, und allein schon das vermochte sie zu entflammen. Seine Stärke hüllte sie ein, durchflutete sie mit sanftem, zärtlichem Schmerz. Colins Griff wurde fester, sein Kopf war tief zu ihr hinabgeneigt, seine vollen Lippen öffneten sich über den ihren. Die köstliche Hitze seines Mundes war zärtlich, voller Zuneigung und vor allem voller Leidenschaft, nicht zu verbergen, zu ignorieren oder zu verleugnen. Celia hatte auch gar nicht die Absicht, dieses ... dieses etwas ... zu verleugnen, das sie beide zu verzehren drohte. Nein, sie wollte von ihm verschlungen werden, sich in seiner Güte und Stärke verlieren. Tief im Inneren wußte sie, daß sie angesichts ihrer lodernden Leidenschaft machtlos war.

Colin spürte, wie ihre Lippen sich öffneten, ihm in die samtige Süße ihres Mundes Einlaß gewährten. Er wollte sie umarmen, sie schützen, sie besitzen. Ihre Süße erregte ihn, quälte ihn, verursachte ihm Schmerzen, die mit jedem Augenblick köstlicher wurden.

Aber er wußte, daß dies nicht der rechte Augenblick war, seinen tiefsten, inneren Wünschen nachzugeben. Sie dachten wohl beide das gleiche, denn als sie sich trennten, lächelten sie gemeinsam auf das Kind hinunter.

Celias Geist und Körper waren dennoch in Aufruhr. Immer noch spürte sie Colins starke Hand auf ihrem Rücken. Ihre Lippen kribbelten noch immer von seinem Kuß. Ihr Körper schmerzte bis ins Innerste ihrer Weiblichkeit, schrie nach seiner Berührung, seiner warmen Stärke, nach der Erfüllung des Sehnens, das in ihr wuchs.

Celia blickte auf das Kind hinunter und schauderte verwirrt. Dem, was ihr Herz ihr zu empfinden und zu tun befahl, widersprachen ihre anderen Verpflichtungen – und Versprechen.

Colin zwang ihre Augen, ihn anzusehen. Als ihre Blicke sich begegneten, wuchs in ihm das Verlangen, ihr die Tiefe der Gefühle zu gestehen, die in seiner Seele aufwallten, der Gefühle für sie und für alle, die ihr nahestanden.

Colin versuchte seine Empfindungen zum Ausdruck zu

bringen, indem er sie wieder dicht zu sich heranzog. Leicht ließ er seine Lippen über die ihren gleiten, dann beugte er sich hinunter und küßte das weiche, rote Haar des Kindes.

Er hob den Kopf, um die vollen, zarten Lippen der Mutter noch einmal zu küssen. Er wollte Celia, aber er wußte, daß jetzt nicht der richtige Augenblick war. Zärtlich näherte er sich ihrem warmen Gesicht, aber beim Duft ihrer Haut war seine Leidenschaft erneut entbrannt. Plötzlich war die Qual zu heftig, er konnte sich nicht mehr beherrschen. Noch einmal beanspruchte er ihren Mund, verschlang sie vollständig und so besitzergreifend, daß es ihm selbst den Atem raubte. Doch dann löste er sich gewaltsam aus der Umarmung und erhob sich.

»Es fällt mir außerordentlich schwer, Celia«, murmelte er und trat einen Schritt zurück, »die Finger von dir zu lassen.«

Celia blickte unverwandt auf Kit hinab, aber Colin sah, wie ihr eine zarte Röte in die Wangen stieg.

»Aber ich freue mich schon jetzt darauf, diese ... Unterhaltung ... bald fortzusetzen«, schloß er und stolperte gegen die große Eichentruhe. Erstaunt blickte er sich um, dann lächelte er. »Hast du umgeräumt, Celia?«

»Ja ... gleich nachdem du und Alec hier in meinem Zimmer aufgetaucht seid, habe ich sie dorthin geschoben«, antwortete sie, noch immer ein bißchen benommen. »Ich weiß, daß ich damit niemanden aufhalten werde, aber ich wollte zumindest gewarnt sein, wenn ein Fremder versucht, auf diesem Weg einzudringen. Ich weiß immer noch nicht, wohin dieses Holzpaneel führt. Ich weiß noch nicht einmal, wie man es öffnet.«

»Wenn du uns genug vertraust, daß du mich die Truhe wegschieben läßt, dann zeige ich es dir.«

Celia nickte und Colin schob das Möbelstück mit Leichtigkeit quer durch das Zimmer bis an die gegenüberliegende Wand. Wenn sie damit noch einmal den Eingang versperrt, werde ich das Ding höchstpersönlich zu Kaminholz verarbeiten, dachte er. Mit einem Lächeln auf dem Gesicht kehrte er zurück und bedeutete Celia, ihm zum Kamin zu folgen.

Celia stand auf, setzte das Baby auf ihre Hüfte und ging zu ihm hinüber. Colin griff mit der einen Hand in die linke Seite der offenen Feuerstelle. Als sie sich hinunterbeugte, konnte sie erkennen, daß seine Finger einen fast unsichtbaren Spalt zwischen zwei Steinen ertasteten. Er zog einen Scheit so weit heraus, bis die Holzvertäfelung neben dem Kamin aufglitt. Colin nahm eine dicke Kerze vom Sims und entzündete sie am Feuer. Dann zog er die Öffnung im Paneel ganz auf, und sie traten hindurch.

Gespannt sah Celia den staubigen, schmalen Gang hinunter. Zu ihrer Linken konnte sie ein paar Stufen erkennen, die in der Dunkelheit verschwanden.

»Diese Stufen führen in denselben Durchgang, den wir heute morgen benutzt haben. Die Korridore bilden ein Labyrinth, in dem sich kein Außenstehender zurechtfinden kann, zumal sich viele der Türen nicht öffnen lassen, ohne das man ihr Geheimnis kennt.«

»Und wer kennt das Geheimnis?« fragte Celia.

»Mein Vater, Agnes und ich sind die einzigen, die wissen, wie man hier hinaufkommt. Dieser Eingang wird sonst nicht benutzt. Du bist hier wirklich ziemlich sicher.«

Celia wandte sich um und versuchte, an Colins massigem Körper vorbeizusehen. Sie entdeckte, daß die Wand ihres Kamins in den schmalen Korridor hineinragte. Auf der anderen Seite befand sich ein ähnlicher Vorsprung, hinter dem sie ebenfalls einen Kamin vermutete.

»Was ist hinter den beiden Kaminen? Gibt es dort auch noch einen Gang, von dem aus man auf diesen Korridor gelangen kann?«

»Nein«, antwortete Colin und führte sie an den Vorsprüngen vorbei.

»Und was liegt hinter der anderen Feuerstelle?«

»Mein Zimmer!«

»Dein Zimmer?« fragte sie mißtrauisch. »Und kommt man von dort aus auch in den Geheimgang?«

»Ja, durch diese Holzvertäfelung!« Er grinste, schob den Holzriegel beiseite und stieß das Paneel zu seinem Zimmer auf. »Ich unternehme gerne Führungen.«

Zögernd spähte Celia in den Raum des Kriegers, der sanft erleuchtet und gut beheizt war. Die reich verzierten Wandteppiche und das bequeme Mobiliar minderten die maskuline Atmosphäre des Gemachs in keiner Weise. Ihre Augen wanderten zu dem riesigen Bett, dessen dunkle Vorhänge zurückgezogen waren.

»Steht diese Führung sämtlichen Besuchern auf Kildalton Castle offen, M'lord?« fragte sie sarkastisch.

»Nein«, antwortete Colin mit einem Grinsen. »Nur dir.«

»Was sind diese geheimen Durchgänge doch für ein praktischer Zufall! Wie war das doch gleich, was du vorhin über meine Sicherheit gesagt hast?« fragte Celia und lächelte, bevor sie seinem gutaussehenden Gesicht den Rücken zukehrte. »Ich glaube, ich ziehe die Truhe doch wieder vor die Holzvertäfelung.«

Colin ergriff ihren Arm, bevor sie in ihr Zimmer zurückkehren konnte. »Ich werde nicht in dein Bett kommen, wenn du mich nicht einlädst«, sagte er und sah ihr direkt in die Augen. »Aber wenn du zu mir kommen willst, wird keine Truhe meine Tür versperren.«

Es war nur verständlich, daß er davon ausging, daß sie zu ihm kam – immerhin hätte Lady Caithness es bestimmt getan, dachte Celia.

Sie blickte zu ihm auf, aber so sehr sie sich auch wünschte, ihm alles zu erzählen, die Wahrheit zu enthüllen, die sie tief in ihrem Inneren verbarg, eine Wahrheit, die sie zu ersticken drohte, wußte sie, daß sie ihm jetzt nicht antworten konnte. Schweigend wandte sie sich um und trug das Baby zurück in ihr Zimmer.

Als sie bei sich angelangt war, begann Kit zu weinen. »Bist du hungrig, kleiner Mann?« fragte sie und versuchte ihrer

Erregung Herr zu werden, indem sie sich auf ihn konzentrierte. »Ich glaube, wir müssen erst einmal deine Windeln wechseln und dich fertig machen. Ellen kommt sicher bald zurück.«

Celia ging in Ellens Zimmer und holte ein paar frische Windeln und Kleider für ihn. Dann legte sie ihn aufs Bett, wobei sie bemerkte, daß das Paneel noch offenstand, Colin ihr jedoch nicht gefolgt war. Es war besser, jetzt nicht an ihn zu denken. Es war besser, überhaupt nicht zu denken. Geschäftig machte sie sich daran, dem Kind die nassen Windeln abzunehmen und es zu säubern. Als der Kleine nackt war, brabbelte er wieder fröhlich vor sich hin.

»Warum will jemand deinem Kind etwas zuleide tun?« Colins Stimme klang sanft und freundlich, trotzdem erschrak Celia. Sie blickte auf. Er stand jetzt mit dem Rücken zur Feuerstelle, und das Paneel, das in den Geheimgang führte, war verschlossen.

»Danvers hat ein Kopfgeld auf jedes männliche Kind in den Lowlands ausgesetzt.«

»Ein Kopfgeld?« sagte Colin mit einer Mischung aus Überraschung und Abscheu. »Was für einen Grund sollte er dafür haben?«

»Das kann ich nicht sagen«, antwortete Celia und hielt die Augen unverwandt auf das Kind gerichtet. »Ich habe es nur von zwei von Danvers' Leuten gehört, als wir aus Caithness Hall flohen.«

»Nun, wir sind hier nicht in den Lowlands, und es waren auch nicht Danvers' Leute, die Ellen und das Kind überfallen haben«, antwortete Colin scharf. Er spürte, daß Celia ihm nicht alles sagte. Mittlerweile hatte er ihre direkte Art schätzen gelernt. Wenn sie jetzt also seinen Blick mied, und ihr Körper merklich angespannt war, so konnte das nur daran liegen, daß sie nicht ganz aufrichtig war.

»Dann sag mir, wer sie waren«, erwiderte Celia nicht minder scharf.

Wie zwei Bullen, die sich mit den Hörnern ineinander verhakt hatten, weigerten sich die beiden, dem anderen irgend etwas von dem zu enthüllen, was sie wußten. Celia wollte die ihr Anvertrauten schützen, ihr Pflichtbewußtsein verbot ihr, offen zu sprechen. Und Colins Eigensinn war eine direkte Reaktion auf den ihren.

»Das kann ich nicht sagen«, wiederholte Colin Celias eigene Worte.

»Nun, dann finde ich es eben selbst heraus ... und zwar bald.«

»Von wem willst du es denn erfahren? Von deinem Freund in der Abtei von Argyll?«

»Was weißt du von Vater William?« Die Frage hatte sie aufgeschreckt.

»Wer ist Vater William? Und was hat er bei Argyll verloren?« Er wollte mit allen Mitteln etwas über die Verbindung erfahren, die zwischen ihr und der Abtei bestand.

Als Colin sich die Leichen der toten Angreifer angesehen hatte, war der Dorfpriester bei ihm gewesen. Er hatte den dritten Leichnam gleich wiedererkannt – es war einer der Soldaten der Brigade gewesen, die die Abtei beschützte. Und die einzige Verbindung zwischen der Abtei und dem Angriff auf Celias Kind war dieser Priester.

»Er war mein Beichtvater und mein Freund. Er ist ein Lehrer und ein Priester.« Celias Stimme klang immer ängstlicher. »Warum? Hast du irgend etwas gehört? Ist ihm etwas passiert?«

»Woher soll ich das wissen? Aber warum *sollte* ihm denn überhaupt etwas passiert sein? Er ist doch nur ein einfacher, kleiner Hofpriester. Warum sollte ihn jemand verfolgen?« fragte Colin barsch.

»Ich weiß es nicht, aber deine Übellaunigkeit ist unangebracht«, rief Celia. »Außer Edmund ist Vater William der einzige wahre Freund, den ich in den sechs langen und einsamen Jahren am Hof hatte. Er hat mich in Mathematik, Philosophie, Geschichte, Latein und sogar Griechisch unterrichtet – alles Dinge, die für Frauen eigentlich verboten sind. Er gehört ebensosehr zur Familie wie Edmund.«

Colin war klar, daß Celia ihm nichts Wesentliches sagen würde. Sie schien sich jedoch um den Priester aufrichtige Sorgen zu machen. Jetzt wandte sie ihre ganze Aufmerksamkeit dem Kind zu.

Er trat ans Fenster und blickte in die schwarze Nacht hinaus. Der eisige Regen wurde vom Wind gegen die Scheiben gepeitscht. Colin dachte nach. Vielleicht waren seine ursprünglichen Annahmen über sie falsch gewesen. Immerhin hatte sie ungeheure Schrecken erlebt, als sie auf Danvers' Soldaten getroffen war. Doch die Strapazen ihrer Flucht waren offensichtlich nichts gegen den Schmerz, den sie heute morgen empfunden hatte, als sie hörte, daß man versucht hatte, Kit anzugreifen.

Ja, sie verschwieg ihm ein paar wichtige Informationen. Aber sie glaubte, guten Grund dafür zu haben. Es hatte tatsächlich den Anschein, daß Edmund und dieser Priester ihre einzigen Vertrauten waren. Aber was war mit der Familie ihres Mannes? Warum halfen sie ihr nicht … und dem Caithness-Erben? Vielleicht war es das, dachte Colin. Vielleicht steckten ja *sie* hinter dem morgendlichen Angriff.

All das, was Celia etwas bedeutete, war in Gefahr. Aber um ihr helfen zu können, mußte er sie davon überzeugen, daß sie ihm vertrauen konnte. Er wollte es noch einmal versuchen.

Celia saß jetzt auf dem Bett und ließ das Kind auf ihren Handknöcheln herumkauen. Sie war tief in Gedanken und blickte erst mit sorgenvoller Miene auf, als Colin vor sie hintrat.

»Celia«, sagte er und suchte nach den richtigen Worten. »Ich möchte, daß du weißt, warum ich wütend bin. Ich bin verwirrt, weil ich die Gründe für den heutigen Angriff nicht verstehe. Ich bin für den Schutz meiner Leute und meiner Gäste verantwortlich, und ein Überfall wie dieser darf hier einfach nicht passieren. Meine Familie hat sich sehr angestrengt, um diesen Ort stark und sicher zu machen. Niemand darf Kildalton einfach angreifen, und schon gar nicht auf so feige Art und Weise wie diese Tiere heute morgen. *Niemand* greift Menschen an, die hier Schutz suchen!«

»Colin«, sagte sie und sah ihm geradewegs in die Augen. »Ich weiß wirklich nicht, wer diese Männer waren.«

»Ich glaube dir«, sagte er, setzte sich neben sie und ergriff ihre Hand. »Aber ich glaube auch, daß du mir ein paar Dinge nicht erzählst … vielleicht um die Menschen zu schützen, die du liebst. Ich respektiere das. Aber ich möchte mir dein Vertrauen verdienen … damit ich dir helfen kann, dich *und* sie zu schützen.«

Celia empfand Dankbarkeit und Zuneigung. Bevor sie jedoch Gelegenheit hatte, ihm zu antworten, hörte sie Geräusche.

Colin stand sofort auf und ging zum Kamin hinüber. Ellen klopfte leicht an die halb geöffnete Zwischentür und betrat den Raum. Sie warf ihrer Herrin einen verlegenen Blick zu. Sie wußte, daß sie länger weg gewesen war, als sie vorausgesagt hatte, aber Celias beruhigendes Lächeln vertrieb ihre Sorgen.

»Soll ich den Jungen jetzt nehmen, M'lady?« fragte Ellen mit leiser Stimme. Sie war sich der Anwesenheit des Laird deutlich bewußt.

»Ja, Ellen«, antwortete Celia und gab ihr das frisch gewickelte Kind zurück. »Er ist sauber und bereit fürs Bett. Wie geht es Runt?«

Ellens helle Haut überzog ein tiefes Rot. »Es … es geht ihm besser, M'lady.«

Celia stand auf und nahm Ellen liebevoll in den Arm. Dann führte sie sie zur Tür. »Sorge dafür, daß Runt die Pflege erhält, die er braucht.«

Nachdem Ellen sich mit Kit in ihr Zimmer zurückgezogen hatte, achtete Celia sorgfältig darauf, daß die Tür halb offen stehen blieb. Dann ging sie zum Kamin hinüber. Sie brauchte Colin nicht anzusehen, um zu wissen, daß seine Augen ihr folgten. Sie spürte, wie seine Anwesenheit das Zimmer beherrschte, ihre ganze Aufmerksamkeit verlangte. Aber sie wollte das Gespräch, das sie soeben unterbrochen hatten, keinesfalls wieder aufnehmen. Sie konnte ihm einfach nicht mehr sagen – so einfach war das.

Sie wollte ihn ansehen, sich jede Einzelheit seines Erscheinungsbildes einprägen: die Art, wie ihm das Haar auf die Schultern fiel, die Art, wie seine grauen Augen immer wieder die ihren suchten, die Art, wie sein Gesicht unwillkürlich jede seiner Stimmungen zum Ausdruck brachte, die Art, wie er dastand, die Arme über der breiten Brust verschränkt, wie er tief in Gedanken am Kamin lehnte. Aber sie stellte fest, daß sein Anblick sich bereits in ihr Bewußtsein eingebrannt hatte. Sie würde sein Bild ihr Leben lang im Herzen tragen … bis in alle Ewigkeit.

Celias Blick überwältigte ihn.

»Wenn du mich weiterhin so ansiehst«, flüsterte er lächelnd, »solltest du die Tür besser doch schließen.«

Celia errötete angesichts ihrer Taktlosigkeit, schüttelte aber den Kopf und lächelte.

»Dann werde *ich* sie eben schließen«, sagte er und richtete sich auf, als ob er seine Drohung wahr machen wollte.

»Colin, wage es ja nicht!« rief Celia und stellte sich ihm in den Weg.

»Mein Haus«, sagte der junge Laird und trat auf sie zu.

»Meine Türen«, fuhr er fort und machte einen weiteren Schritt.

»Meine Regeln«, flüsterte er, nahm sie in die Arme und preßte sie fest an sich.

»Also, weißt du«, sagte Celia und versuchte, so streng zu klingen wie sie konnte, »selbst Kit benimmt sich manchmal erwachsener als du.«

»Er muß ja auch nichts Verrücktes anstellen, um dir nahe zu sein«, sagte Colin und vergrub sein Gesicht in den Locken, die ihren Hals bedeckten.

Celia erschauerte. Er nahm ihr Ohrläppchen zwischen die Lippen und saugte sanft daran herum.

»Offensichtlich bist du ein armer, kleiner, vernachlässigter Junge«, lächelte Celia, stieß ihn entschlossen von sich und drehte ihn zur Tür. Sie mußte dem hier ein Ende setzen, bevor ihr Widerstand vollends erlahmte. »Aber jetzt wird es Zeit, daß du ins Bettchen gehst.«

Colin ließ in dramatischer Geste den Kopf hängen. An der Tür drehte er sich nochmals um und warf ihr einen schlauen Blick zu. »Du mußt aber gleich noch mal kommen, und nachsehen, ob ich auch vernünftig zugedeckt bin.«

»Raus!« rief sie und lachte. Dann drängte sie ihn auf den Flur hinaus und schloß seufzend die Tür.

Colin träumte, daß Kildalton angegriffen wurde. Die langen Kanonen, die auf den Zinnen der Schloßmauern standen, schossen auf die englischen Schiffe draußen auf See. Celia saß ganz in Weiß gekleidet zwischen roten Rosen in einem Garten, der seltsamerweise in der Südhalle angelegt worden war. Hinter ihr waren die Engländer her, aber sie hielt eine Distel in der Hand, die sie schützte. Als das englische Kanonenfeuer das Schloß erreichte, streckte Celia Colin die Distel entgegen. Der Kanonendonner wurde immer lauter. Colin streckte die Hand nach Celia aus, aber der Boden war schlüpfrig geworden, war mit dickem Schlamm bedeckt. Er konnte sie nicht erreichen – nur die Blume blieb in seiner Hand. Und dann war Celia fort. Wo sie gesessen hatte, war jetzt nur noch eine Rose – eine weiße Rose.

Der Rauch in der Halle wurde immer dichter, die riesigen Waffen dröhnten ihm in den Ohren. Immer und immer wieder …

Colin erwachte, weil jemand unaufhörlich an die Tür klopfte. Er sprang aus dem Bett, warf sich den Mantel über und öffnete die Tür. Draußen wurden gerade erst die grauen Schatten des Morgens sichtbar.

»M'lord, wir brauchen Euch unten am Hafen!« rief ein Krieger.

»Was ist passiert?« fragte Colin scharf, kehrte ins Zimmer zurück, schlang in Windeseile den Kilt um seine Hüften und gurtete sein Schwert um.

»Zwei Fischerboote mit Volk vom Festland sind im Hafen gelandet. Sie bitten um Asyl, und sie sagen, daß noch mehr kommen wollen.«

»Asyl vor wem?«

»Sie sagen, vor den Engländern. Es sind Frauen, Kinder und Verwundete dabei. Aber das ist noch nicht alles.«

»Was sonst noch?« fragte Colin.

»Sie scheinen anzunehmen, daß die Engländer hinter ihnen herkommen.«

»Einen Teufel werden sie tun.« Colin wirbelte an dem Krieger vorbei und die Treppenstufen hinunter in die Dunkelheit der Großen Halle. Er schrie seinen Männern und den nach und nach auftauchenden Dienern Befehle zu und stürmte dann aus dem Schloß, hinein in die wirbelnden, frühmorgendlichen Nebelschwaden.

Während der Nacht hatte der Wind den Regen gegen Celias Fenster gepeitscht; aber als sie aufwachte, schien es, als wüte der Sturm nun auch innerhalb der Schloßmauern. Geschrei und Chaos tönten aus der Großen Halle zu ihr hinauf. Celia warf sich ihre Kleider über und stürmte über den Flur bis zur Treppe. Dort erstarrte sie.

Die Halle wogte förmlich vor Menschen. Soldaten und Diener brachten verletzte Männer und Frauen herein. Der Lärm verängstigter, weinender Kinder füllte die Luft und wurde nur durch Lord Hughs Befehle übertönt.

Celia entdeckte Agnes, rannte die Stufen hinunter und bahnte sich einen Weg durch die Menge. Überall klaffende Wunden und Verbrennungen. Unwillkürlich erschauerte Celia, und kalter Schweiß brach ihr am ganzen Körper aus. Diese Zeichen kannte sie nur zu gut. Und sie kannte den Teufel, der dieses Leid verursacht hatte. So bald schon war er hier in den Westen gekommen? Stand er etwa bereits vor ihrer Tür?

»Celia, geht es Euch gut, Kind?« fragte Agnes und legte

ihr sanft die Hand auf den Arm. Sie hatte gesehen, wie die junge Frau beim Anblick der mit Brandwunden übersäten Bauern erbleichte. Agnes wußte, daß Celia so etwas schon einmal durchgemacht hatte, und sie tat ihr leid.

»Wer sind diese Menschen?« fragte Celia, die ihre Fassung schnell wiedererlangt hatte.

»Sie kommen aus dem Süden der Hauptinsel. Überwiegend Bauernvolk.« Agnes beschloß, sie nicht mit den unklaren Geschichten zu beunruhigen, die überall kursierten.

»Was ist passiert, Agnes?«

»Wir wissen es nicht genau, Herzchen. Colin, Alec und Euer Onkel sind im Augenblick unten im Hafen. Diese Leute sagen, daß noch mehr Schiffe kommen.«

Celia ließ ihre Augen durch den Saal schweifen. Viele Menschen brauchten noch Hilfe. Agnes' Leute waren bereits eifrig dabei, aber es gab mehr Verletzte, als sie versorgen konnten.

»Wie kann ich helfen?«

Agnes musterte Celia prüfend. Der klare, gerade Blick der jungen Frau zeigte ihr, daß sie sich wieder gefangen hatte. Agnes gab ihr ein Bündel sauberer Verbände, und Celia machte sich an die Arbeit.

Während der folgenden vier Stunden konnte Agnes immer wieder beobachten, wie Celia die Aktivitäten um sie herum in die Hand nahm. Große Schüsseln mit heißem Wasser wurden ständig aus der Küche in die Halle getragen. Schnell bewegte Celia sich zwischen den Verwundeten hin und her, säuberte Wunden, nähte tiefe Schnitte mit langen Nadeln und weißem Faden. Die Menschen mit Brandverletzungen wurden zunächst von ihrer verkohlten Kleidung befreit. Agnes sah, wie sanft und vorsichtig Celia die Salben, die man ihr gegeben hatte, auf die Wunden strich. Sie schien den Schmerz der Verwundeten förmlich in sich aufzunehmen, teilte das Leid der Menschen, die sie versorgte – und ihre Patienten schienen allein schon aus ihrer Berührung Stärke zu gewinnen

Erschöpft wischte sich Celia endlich das Blut des letzten

verwundeten Bauern, den sie versorgt hatte, von den Händen und setzte sich einen Augenblick lang zu den Kindern, die dicht zusammengedrängt neben der Tür hockten. Keine Eltern mehr, keine Heimat, keine Hoffnung auf eine Zukunft. Ein Alptraum, der ein Leben lang anhalten konnte.

Alec Macpherson betrat die Große Halle und ging zu Lord Hugh hinüber. Er betrachtete die leidenden Menschen, die im Schloß der Campbells Zuflucht gesucht hatten. Wie man in den Highlands seinem eigenen Vater vertraute, so vertraute das Volk an der Küste Colins Vater. Wie das Benmore Castle der Macphersons so würde auch Kildalton immer ein Zufluchtsort für die Bedürftigen sein. So war es schon immer gewesen, eine Tradition des Vertrauens, für deren Erhalt er und Colin ganz sicher auch weiterhin kämpfen würden.

Celia stand auf und eilte auf Alec und Lord Hugh zu, in der Hoffnung, mehr über die Situation zu erfahren. Sie erreichte sie gleichzeitig mit Agnes, und atemlos lauschten sie Alecs Bericht.

»Einige der Boote, die Colin ausgesandt hat, kehren soeben von der Hauptinsel zurück. Gott sei Dank folgen ihnen keine Soldaten. Die Engländer scheinen zunächst im Süden zu bleiben. Aber Eure Soldaten bei Oban sind in Habacht-Stellung.«

»Gut. Kommen noch mehr Verletzte?« fragte Lord Hugh.

»Nein. Bevor ich jedoch zum Schloß hinauflief, entdeckte ich noch ein kleines Boot, dessen Insassen nicht verletzt worden sind. Ein Priester ist bei ihnen …«

Ein Priester! dachte Celia aufgeregt. Ein Priester!

»Lord Hugh, ich möchte ins Dorf hinuntergehen«, sagte Celia, nachdem Alec seinen Bericht beendet hatte. Sie mußte herausfinden, ob es sich bei dem Priester um William Dunbar handelte.

»Colin hat darum gebeten, daß ein paar Decken und Nahrungsmittel für diese letzte Gruppe zur Kirche hinuntergeschickt werden«, antwortete Alec. »Ich will sowieso wieder zurück, um zu hören, ob es noch etwas Neues gibt. Ich kann Euch also begleiten, wenn Ihr wollt.«

Celia nickte und rannte in Windeseile in ihr Zimmer. Sie sah nach Ellen und Kit, berichtete rasch von den jüngsten Ereignissen und kehrte mit ihrem schweren Mantel wieder in die Große Halle zurück.

Ohne ein weiteres Wort brachen die beiden in Richtung Hafen auf.

Während sie die gewundene Steinstraßen hinab ins Dorf eilte, merkte Celia plötzlich, wie erschöpft sie war. Alec versuchte, das Schweigen zu brechen. Er suchte nach einem Thema, über das sie sich unterhalten konnten.

»Es beeindruckt mich immer wieder, daß Matrosen an wolkenverhangenen Tagen wie diesen nicht die Orientierung verlieren«, sagte er, als hinter dem Dorf der Hafen in Sicht kam.

»Das müssen sie … immerhin verdienen sie damit ihren Lebensunterhalt«, erwiderte Celia und versuchte erfolglos, durch den dichten Nebel an den Landungsstegen am Ende der Straße etwas zu erkennen.

»Euer Onkel hat mir erzählt, daß Ihr selbst ebenfalls eine erfahrene Seglerin seid.«

»Stimmt«, sagte Celia, die Alecs Worten nur halb lauschte.

»Er hat sogar gesagt, daß Ihr geradezu *hervorragend* segelt.«

»Mein Onkel prahlt gerne mit mir«, antwortete sie verlegen. »Ich habe jahrelang auf dem Schiff gelebt.«

»In meiner Familie drehte sich auch alles um Boote«, sagte Alec lächelnd. Und in der Tat hatte seine Familie ein Vermögen damit gemacht, Handelsschiffe wie die, auf denen Celia aufgewachsen war, auszurauben. »Aber mein Magen hat sich nie daran gewöhnen können.«

»Ach?« Celia hatte wirklich keine Lust, mit Alec Macpherson Vertraulichkeiten auszutauschen. Sie war in Gedanken viel zu sehr mit der gefährlichen Flut beschäftigt, die sich gen Norden bewegte. Sie fragte sich, was für Auswirkungen sie haben konnte. Wieder waren sie so nah. Wieder einmal ihr auf der Spur. Folgten ihnen unerbittlich.

Aber Alec ließ nicht locker. »Seid Ihr mit dem Hof auch viel gesegelt?«

»Nicht besonders«, antwortete Celia kurz angebunden. Ihre eigene Unfreundlichkeit überraschte sie. Er will doch nur nett sein, dachte sie, wahrscheinlich sollte ich ihn höflicher behandeln.

»Verständlich«, sagte Alec und seine Augen blitzten schelmisch. »Für Hofdamen gibt es dort zahlreiche nettere und geeignetere Freizeitbeschäftigungen.«

»Lord Alec«, antwortete Celia scharf, »immerhin hatte ich im letzten Sommer anläßlich der Feierlichkeiten zum Hochzeitstag des Königspaares Gelegenheit, bei einer Regatta das Boot der *Königin* zu navigieren.«

Alec war zum zehnten Hochzeitstag von König und Königin im letzten August auch bei Hof gewesen, aber anläßlich der Feierlichkeiten war man auch häufig und gern auf die Jagd gegangen, eine Tätigkeit, die Alecs Aufmerksamkeit stärker zu fesseln vermochte als alles andere. Das Gefolge des Königs hatte die Gäste von Linlithgow nach Stirling zur Jagd geführt. Danach war man nach Edinburgh zurückgekehrt, um den Rest der Festlichkeiten – einschließlich der Regatten – zu genießen. Alec jedoch war in Sterling geblieben, um noch eine Woche länger mit dem König zu jagen.

»Ihr müßt also auch davor schon viel gesegelt sein – um Euch darauf vorzubereiten.«

Alec war beeindruckt.

»Wir sind den Sommer über durchaus viel gesegelt, wenn auch nicht so häufig, wie ich mir gewünscht hätte«, antwortete Celia. »Aber es gab halt so viele verschiedene Feierlichkeiten. Überall passierte etwas.«

»Das möchte ich meinen«, sagte Alec. »Und seitdem ist

erst recht viel passiert.« Es war immer noch schwer zu glauben, wie viele Veränderungen Schottland in den vergangenen sieben Monaten hatte durchmachen müssen. Und wie die meisten Menschen hatte auch diese Frau sie mitgemacht. Sieben Monate, dachte Alec plötzlich.

»Wißt Ihr, Lady Caithness, meine Familie spricht in den höchsten Tönen von Euch«, sagte Alec und beobachtete sie scharf. »Ich wollte es Euch schon häufiger sagen… Es tut mir leid, daß ich nicht in Schottland war, als Ihr Ambrose auf Schloß Benmore besucht habt. Aber meine Eltern haben sich sehr über Euren Besuch gefreut.«

»Ich… äh… habe den Aufenthalt dort ebenfalls genossen.« Celia warf Alec einen Blick zu. Ausgerechnet, dachte Celia. Lady Caithness und die Macphersons. Es wurde Zeit, das Thema zu wechseln. »Aber Ihr interessiert Euch gar nicht fürs Segeln, nicht wahr, M'lord?«

»Ich werde leicht seekrank«, sagte Alec ruppig. Seine Aufmerksamkeit wandte sich jetzt dem Hafen zu, der direkt vor ihnen lag.

Als Celia Alecs Blick folgte, sah sie Colin mit einer Gruppe von Männern am Strand stehen, ziemlich in der Nähe des Landungssteges. Gestern war der Strand noch leer gewesen, jetzt wurde er zu einem Großteil von flachen Fischerbooten gesäumt. Celia entdeckte Edmund in der Nähe zweier Fischer, die gerade ein Boot an Land zogen. Auf dem Marktkreuz passierten sie vereinzelte Flüchtlinge, die an funkensprühenden Torffeuern kauerten. Alec ergriff Celias Arm und führte sie daran vorbei.

Als sie sich Edmund näherten, entdeckte sie, daß Vater William nicht unter den Ankömmlingen gewesen war. Celia war darüber gleichermaßen enttäuscht und erleichtert.

Colin entdeckte sie, löste sich von den anderen und kam schnell auf sie zu.

»Macht Ihr einen kleinen Spaziergang?« fragte er bissig, als er Alecs Hand auf Celias Arm liegen sah.

»Wohl kaum«, antwortete Celia kurz. »Ich bin hergekommen, um mit Edmund zu sprechen.«

Alec zog seine Hand zurück. Das grimmige Gesicht des Freundes hatte ihn verunsichert.

»Ich bringe dich hin«, sagte Colin brummig und versuchte, ihren Arm zu nehmen, wie Alec es getan hatte. Aber Celia schüttelte seinen leichten Griff ab.

»Das wird nicht nötig sein«, sagte sie. »Ich weiß, wo er steht.«

Verärgert darüber, wie die beiden Männer sie behandelten, schritt Celia forsch auf ihren Onkel zu. Sie hatte weder Lust auf Alecs launische Fragen noch auf Colins anklagende Blicke. Sie hatte genug eigene Probleme.

Jemand zupfte an ihrem Mantel, und Celia wirbelte herum.

»Gott sei Dank! Sie haben Euch nicht gefangen, M'lady.«

Celia brauchte einen Augenblick, um die Frau wiederzuerkennen.

»Eustace!« keuchte sie überrascht. Sie umarmte die Frau freudig. »Nein, Euer Mann und seine Verwandten haben die Jagd schon bald aufgegeben.«

»Diese niederträchtigen Pferdediebe meinte ich nicht, M'lady«, sagte die Frau bitter.

»Du kennst diese Frau?« fragte Colin, der Celia inzwischen eingeholt hatte.

»Ja. Sie hat sich über ihren Mann, einen Angehörigen des Gregor-Clans, hinweggesetzt, um zu verhindern, daß uns im Schlaf die Kehlen durchgeschnitten wurden.« Celia ergriff beide Hände der Frau. »Sie hat ihr Leben für uns aufs Spiel gesetzt. Sie ist eine treue Seele.«

»Und ich bin keine Gregor, M'lord«, sagte Eustace nachdrücklich. »Ich gehöre zu Eurem Clan.«

»Was ist mit Eurem Mann geschehen?« fragte Colin.

»Ich glaube, er ist in die Berge geflohen, als die englischen Soldaten kamen und nach dieser Lady hier suchten.« Eustace blickte von Celias schockiertem Gesicht zu den beiden Kriegern hinauf.

»Woher wißt Ihr, daß die Soldaten nach ihr suchen?« warf Edmund ein. Auch er hatte gesehen, wie die Frau sich Celia näherte. Und da er sie wiedererkannte, war er über den Platz zu ihnen gegangen.

»Ich habe die Soldaten reden hören, M'lord«, sagte Eustace und verbeugte sich vor dem Ritter. Sie würde ihm seine Freundlichkeit niemals vergessen. »Sie haben unser Bauernhaus für ihr böses Geschäft benutzt. Ich habe mich im Keller versteckt, nachdem mein Mann mich verlassen hatte, und so konnte ich hören, wie dieser englische Abschaum die Bauern gefoltert hat, um ihnen Informationen zu entlocken. Sie haben schrecklich geschrien, M'lord! So etwas habe ich noch nie gehört.«

Eustace schauderte bei der Erinnerung zusammen. »Sie waren auf der Suche Eurer Lady hier, M'lord.«

»Woher wißt Ihr, daß sie nach dieser Lady suchten?« wiederholte Colin Edmunds Frage. Er war drauf und dran, die Antworten aus ihr herauszuschütteln, aber er beherrschte sich angesichts ihres Elends.

»Zwei Tage lang hörte ich, wie der Anführer immer und immer wieder das gleiche fragte. Sie suchten eine dunkelhaarige Frau mit einem Kind, eine blonde Amme, einen großen Ritter und einen Priester. Er kannte sogar Euren Namen, M'lady.«

»Welchen Namen haben sie denn genannt?« fragte Alec und sah erst zu Celia und dann zu Edmund hinüber. Celias Gesicht war weiß wie Papier, während Edmunds Miene sich verhärtet hatte.

Eustace sah Celia an und antwortete dann vorsichtig: »Na … Lady … Celia! Sie suchten nach Lady Celia.«

»Ich bin froh, daß Euch kein Leid geschehen ist«, sagte Celia und sah die Frau dankbar an. »Wißt Ihr schon, wo Ihr unterkommen könnt?«

»Ja, M'lady. Meine Schwester wird mich aufnehmen. Sie wohnt hier in der Nähe … kurz vor der Dorfgrenze.«

»Ich werde noch einmal bei Euch vorbeischauen, bevor wir abreisen.«

»ABREISEN?« Colins laute Stimme dröhnte über den gesamten Platz.

Celia drehte sich um und sah ihm geradewegs in sein grimmiges Gesicht. Dann wandte sie sich ihrem Onkel zu.

»Edmund, bitte bring mich ins Schloß zurück.«

»Celia, wir müssen miteinander reden«, sagte Colin. Seine Stimme klang stählern und streng.

»Später«, antwortete Celia und wandte sich ab.

Doch Colin griff sie am Ellbogen, forderte ihre Aufmerksamkeit. »Worauf du dich verlassen kannst.« Er wandte sich zweien seiner Soldaten zu und wies sie an, Celia und Edmund bis zu den Schloßtoren zu begleiten.

Colin beobachtete, wie Celia in der Menge verschwand. Dann wandte er sich freundlich Eustace zu und lud sie ein, ins Schloß hinaufzukommen, nachdem sie sich bei ihrer Schwester eingerichtet hatte.

Die Frau zog sich zurück, und Colin sah seinen Freund an. Alec war offensichtlich zornig, doch Colin hatte keine Ahnung, was ihn so verärgert hatte. Er fragte sich, ob Alec etwas Neues von Edmund erfahren hatte.

»Was bekümmert dich?« fragte Colin und sah Alec aufmerksam ins Gesicht.

Alec blickte auf die Schiffe hinaus, die im Hafen ankerten.

»Ich habe etwas herausgefunden, das du vielleicht wissen solltest«, sagte er schließlich und wandte Colin den Blick zu. »Sie ist *nicht* Lady Caithness.«

KAPITEL 8

Ostern seid Ihr wieder zu Hause, flüstert uns der Bote aus dem Süden heimlich zu. Befehl des Königs … Ostern sind wir alle zu Hause. Aber das war einmal. Inzwischen ist der Bote fort. Inzwischen gibt Danvers die Befehle … Und wir marschieren nach Norden. Heute, morgen, übermorgen … wir tun, was er befiehlt.

»Ja«, antwortete Colin kühl. »Ich weiß.«

»*Was?*« fragte Alec verblüfft. »Seit wann?«

»Seit kurzem.«

Colin und Alec gingen hinunter zu den Fischerbooten, die umgekehrt im Sand lagen. Schwer lehnte sich Colin gegen eines von ihnen und blickte auf die graue, düstere See hinaus.

»Wie hast du es herausgefunden?« fragte der Macpherson Erbe.

»Der Priester, der erst ankam, nach dem du gerade ins Schloß zurückgekehrt warst, hat Edmund wiedererkannt«, erklärte Colin. »Er stammt aus einem Dorf, das zu den Caithness-Ländereien gehört. Wenn man dem Priester Glauben schenken darf, ist Edmund in den Lowlands tatsächlich eine Legende. Und der Priester kennt auch die wahre Lady Caithness. Er sagt, sie sei mit ihrem Kind in England.«

»Wer ist dann Celia?« fragte Alec.

»Er erzählte, daß Edmund kurz nach der Schlacht von Flodden mit einer Gruppe von Leuten auf Caithness Hall ankam, zu der auch seine Nichte gehörte, eine gewisse Lady Celia. Zumindest bestand kein Zweifel daran, daß sie vornehmer Herkunft war. Der Priester wurde vor der englischen Armee bis zur Küste getrieben, er hat also keine Ahnung, was mit ihnen geschah. Aber später, als er auf andere Flüchtlinge traf, hörte er, daß die Engländer nach einer Frau suchten, auf die ihre Beschreibung paßte. Genau wie diese Eustace gesagt hat. Mehr konnte er mir jedoch nicht berichten.«

»Also sind sie es, hinter denen die Engländer her sind«, dachte Alec laut.

»Von Anfang an war mir klar, daß etwas mit ihnen nicht stimmte«, fuhr Colin fort. »Ich wußte nur nicht, was es war. Und offen gestanden weiß ich es immer noch nicht. Aber wie bist du ihr auf die Schliche gekommen?«

Alec berichtete von der Lüge, die er Celia erzählt hatte, um sie während ihres Spazierganges zum Hafen auf die Probe zu stellen. Er wußte sehr genau, daß Lady Caithness Ambrose und seine Familie niemals besucht hatte. Außerdem unterschied sich Celia beträchtlich von dem Bild, das seine Brüder von ihr gezeichnet hatten.

»Aber ich stellte sie erst auf die Probe, als sie mir Grund für einen konkreten Verdacht gab«, sagte Alec und sah seinen Freund nachdenklich an.

»Was denn noch?« fragte Colin und erwartete das Schlimmste.

»Ich vermute, daß das Kind nicht ihr eigenes ist.«

»Was?« Jetzt war es Colin, der verblüfft dreinblickte. »Und warum glaubst du das?«

»Sie hat mir erzählt, daß sie bei den Feierlichkeiten zum Hochzeitstag des Königs im letzten Sommer an einer Regatta teilgenommen hat.«

»Ja und?« Colin war nicht klar, inwiefern das von Bedeutung sein sollte.

»Agnes hat aber gesagt, daß das Kind sieben Monate alt ist.«

Colin sah seinen Freund verständnislos an.

»Sieben Monate!« Alec grinste, während Colin nachrechnete. »Ich bin zwar kein Experte, was die weibliche Befindlichkeit kurz vor einer Geburt angeht, aber ich kann nur schwerlich glauben, daß sie im letzten Sommer gesegelt sein soll. Vielleicht hat sie ja tatsächlich an dieser Regatta teilgenommen... vielleicht war sie überhaupt nicht schwanger.«

Plötzlich keimte Hoffnung in Colin auf. Als er vorhin gehört hatte, daß Celia nicht diejenige war, die sie zu sein behauptete, hatte er Angst bekommen. Wenn Caithness nicht ihr Mann gewesen war, wer dann? Der Gedanke daran, daß sie einen lebendigen Ehemann haben könnte, hatte ihn bis ins Mark erschüttert. Tief im Herzen hatte er das Gefühl gehabt, daß sie gemeinsam jede Schwierigkeit meistern konnten... außer dieser.

Aber jetzt sah er einen Hoffnungsschimmer am Horizont aufleuchten. Wenn Kit nicht ihr Kind war, dann vielleicht...

»Was glaubst du, wer sie ist?« fragte Colin.

»Wahrscheinlich fragst du sie das am besten selbst.«

»Nein, sie hat bei uns Zuflucht gesucht, damit wir ihr helfen. Wenn ich sie zur Rede stelle, wird sie die Flucht ergreifen«, sagte Colin. Und tief im Herzen wußte er: Das war das Letzte, was er wollte. Sie bedeutete ihm jetzt schon mehr, als er sagen konnte.

»Was ist mit Edmund?«

»Wenn ich die Ehre dieses Ritters in Frage stelle, müßte ich darauf vorbereitet sein, daß er mich herausfordert«, antwortete Colin ruhig. »Und ich bin nicht bereit, einen alten Freund meines Vaters zu töten.«

»Nun denn, was können wir mit Gewißheit über sie sagen?« Im Geiste versuchte Alec, die Informationen, die ihnen bis jetzt zur Verfügung standen, zusammenzutragen und zu ordnen.

»Ehrlich gesagt wissen wir nur sehr wenig«, sagte Colin. »Und als ich mit meinem Vater über sie sprach, waren seine Antworten merkwürdig ausweichend. Das einzige, was ich wirklich weiß, ist, daß Edmund zum königlichen Gefolge gehörte, daß die Engländer Celia und das Kind quer durch die Lowlands verfolgt haben, und daß es Highlander gibt, die bereit sind, sie oder das Kind zu töten.«

Das war für Alec ausreichend, um sie zu mögen und sie

schützen zu wollen. Trotzdem spürte er, daß er sich nicht allein von Gefühlen leiten lassen durfte … vor allem auch um Colins willen nicht.

»Aber wir wissen nicht, welchen Grund sie hatte, sich als Lady Caithness auszugeben, nicht wahr?« fragte Alec. »Warum läuft sie davon? Wer ist sie? Ist das Kind von ihr? Und wenn nicht, wem gehört es dann?«

»Das weiß der Himmel«, antwortete Colin. »Auf dem Schlachtfeld von Flodden sind so viele Fürsten zu Tode gekommen, daß dieses Kind tausend verschiedene Väter haben könnte.«

»Warum wird sie dann von den Engländern verfolgt?« fragte Alec weiter.

»Und was hat ihr Freund, dieser Vater William, in der Abtei von Argyll zu suchen?« fügte Colin nachdenklich hinzu.

»Mir scheint«, schlußfolgerte Alec, »daß diese Frau – wer immer sie ist – nur Ärger macht, und daß du ohne sie besser dran wärst. Wenn sie nicht ehrlich zu dir ist, warum willst du sie dann nicht einfach ziehen lassen?«

»Diese Möglichkeit will ich ihr im Augenblick nicht geben.«

»Warum nicht?« fragte Alec. »Du hast doch schon genug um die Ohren, wenn du die Clans dazu bringen willst, den Kronprinzen zu unterstützen.«

»Das stimmt«, sagte Colin. »Ich habe übrigens heute morgen die Nachricht erhalten, daß Argyll auf sein Winterschloß zurückgekehrt ist, und ich will mit ihm darüber reden, wo er steht … und zwar bald.«

»Also werden wir dorthin reiten?«

»Ja, morgen oder übermorgen«, antwortete Colin. »Und während wir dort sind, werden wir alles über den Soldaten aus der Abtei in Erfahrung bringen, der an diesem Überfall beteiligt war.«

»Und wie wirst du dich Celia gegenüber verhalten?«

»Ich werde dafür sorgen, daß sie so lange auf Kildalton bleibt, bis wir zurückgekehrt sind.« Um dies zu erreichen, wollte Colin die Information über ihren Priesterfreund als Köder benutzen. »Wenn sie die Flucht ergreift, und die Engländer sie weiter verfolgen, werden noch mehr Menschen zu Schaden kommen. Wenn wir schon gegen Danvers und seine englischen Schlächter Krieg führen müssen, dann soll es hier sein.«

Innerlich empfand Colin jedoch ganz anders, als er Alec gegenüber zuzugeben bereit war. Er war von dieser Frau ungeheuer fasziniert und sicher, daß jene Celia, die sich hinter einer falschen Identität verbarg, die Frau sein konnte, nach der er sein Leben lang gesucht hatte. Deshalb konnte er nicht einfach zulassen, daß sie ihn jetzt verließ.

Celia und Edmund gingen den beiden Soldaten, die sie beschützen sollten, forsch voran. Celia sah ausschließlich auf die feuchten, glatten Pflastersteine, doch sie dachte an Colins finsteren Blick, ein Blick, der ihr das Blut in den Adern hatte gefrieren lassen.

Während sie den Hügel hinauf zum Ende des Dorfes ging, spürte sie ein Ziehen in der Brust, eine Enge, die ihr den Atem raubte und sie wie eine düstere Wolke umgab. Das Gefühl hatte Ähnlichkeit mit der Trauer über den Verlust eines geliebten Menschen. Sie schien ihren Traum vom Glück verloren zu haben. Den Traum, zu lieben und geliebt zu werden. Den Traum, von dem Celia wußte, daß er niemals Realität werden würde, nach dessen Erfüllung sie sich aber trotzdem sehnte.

»Argyll ist zurück«, sagte Edmund mit leiser Stimme, nachdem er sich umgesehen hatte, um sich davon zu überzeugen, daß die Soldaten außer Hörweite waren.

»Hast du das von Vater William gehört?« fragte sie und war sich schmerzhaft bewußt, daß es nun Zeit wurde, abzureisen.

»Ich habe eine Nachricht von Dunbar erhalten, aber ich habe sie noch nicht geöffnet«, antwortete er. »Der Fischer, den ich bezahlt habe, damit er die Botschaft zur Abtei bringt, sagte, daß der Earl gerade angekommen sei.«

»Lies mir den Brief vor, Edmund«, sagte Celia resigniert. Mittlerweile fiel es ihr schwer, die Tränen zurückzuhalten. Schon jetzt wurde ihr bewußt, wie schmerzhaft die Trennung von diesem Ort, von diesen Menschen... von Colin... werden würde.

Edmund erbrach das Wachssiegel, das das gefaltete Pergament zusammenhielt. Während er die Handschrift des Priesters zu entziffern versuchte, gingen sie weiter.

»Typisch Dunbar«, sagte Edmund ironisch. »Wir bitten ihn um eine deutliche Antwort, und er schickt uns ein Gedicht:

Wanderer, was schreitest du so allein,
nur Stock und Stein woll'n Begleiter dir sein;
aus deinem Fegefeuer, so schmerzhaft und schwer
komm her: Das bringt dir Wonne und Ehr'!
Von Argylls Schloß, der frohen Stadt,
bring' ich solch freudige Kunde satt.

Na ja, zumindest ist klar, was er uns sagen will. Wir werden noch morgen früh nach Argyll reiten.«

»Nein, Edmund«, sagte Celia und nahm ihm das Papier aus der Hand. »Da stimmt etwas nicht. Er warnt uns, er will, daß wir uns von dort fernhalten.«

»Wie kommst du darauf?« fragte Edmund verblüfft.

»William Dunbar ist ein Meister der Ironie«, antwortete Celia mit einem leichten Lächeln. »Wenn wir bei Hof Briefe ausgetauscht haben, bei denen wir vermeiden wollten, daß andere sie verstanden – sollten sie ihnen in die Hände fallen –, haben wir sie in Reimform geschrieben.«

»Ach ja?« Edmund sah immer noch nicht klarer.

»Wir beide wußten: Wenn wir vom anderen ein *Gedicht* erhielten, dann bedeutete die Nachricht das genaue *Gegenteil* von dem, was dort stand. Es war eine Art Geheimcode, und den benutzt er hier auch.«

»Was hat der Brief also zu bedeuten?«

»Sieh ihn dir genauer an«, sagte sie und deutete auf das

Blatt. »›Wanderer, was schreitest du so allein.‹ Er weiß, daß ich nicht allein bin. ›…aus deinem Fegefeuer, so schmerzhaft und schwer…‹ – er hat gehört, wie Eustace Kildalton Castle als wahres Paradies schilderte. Und was die ›freudige Kunde‹ betrifft, wann hätte Vater William wohl jemals freudig geklungen?«

»Wohl wahr«, schmunzelte Edmund.

»Die wahre Botschaft lautet also, daß Argylls Schloß keine allzu ›frohe Stadt‹ ist und daß er verhindern will, daß wir dorthin reiten.« Celia dachte weiter über den Text nach. Da war noch etwas, was sie an dieser Nachricht irritierte. Wenn Vater William den Argyll-Teil des Plans nicht mehr für gut hielt, warum war er dann nicht einfach nach Kildalton gekommen? Irgend etwas stimmte da ganz und gar nicht.

»Dann werden wir eben warten.« Edmund zuckte die Achseln. »Jetzt, da Argyll zurückgekehrt ist, werden sich die Probleme, die Dunbar sieht, vielleicht von selbst lösen.«

»Vielleicht. Aber wir haben jetzt noch ein Problem. Immerhin hat Eustace in Colins Gegenwart einige wichtige Informationen preisgegeben«, bemerkte Celia.

»Die Campbells brauchst du nicht zu fürchten, Celia. Im Augenblick müssen wir Dunbars Urteil über Argyll vertrauen. Bis er uns eine entsprechende Nachricht schickt, ist Kildalton der sicherste Ort für Kit.«

Colin Campbell fürchten? dachte Celia, als sie die Zugbrücke der dicken Schloßmauer passierten. Niemals. Celia wußte, daß sie ihm ihren Leib und ihre Seele gleichermaßen anvertraut hätte, wenn sie gekonnt hätte. Wenn sie doch nur gekonnt hätte.

Nachdem sie eine Stunde mit Kit und Ellen verbracht hatte, kehrte Celia in die Große Halle zurück. Es gab keine Neuankömmlinge, aber viele der Verletzten litten immer noch große Schmerzen. Kinder rannten zwischen den verwundeten Bauern umher, und die Geräusche, die sie und die Hunde von sich gaben, hellten die Atmosphäre im Saal etwas auf.

Celia ging von Gruppe zu Gruppe, sah nach den Wunden und Verbrennungen, sprach mit denen, die Kraft für ein Gespräch hatten, heiterte diejenigen auf, die sich aufheitern ließen und tröstete jene, die Trost brauchten.

Plötzlich sah sie ihn. Colin, der immer noch seinen schweren Ledermantel trug, stand zusammen mit seinem Vater in der Halle und unterhielt sich mit ihm. Sie beobachtete, wie seine Augen den Raum absuchten und an ihr haften blieben. Sie hatte sich gerade hingesetzt, um den Verband an der Schulter eines jungen Mannes zu erneuern. Sie versuchte, sich auf die Wunde zu konzentrieren, ein Schnitt, der außerordentlich sorgfältig genäht worden war. Die Wunde sah sauber aus.

Aber es hatte keinen Zweck. Seine Augen drangen bis in den Kern ihrer Seele vor. Sie konnte nicht anders: Sie mußte zu ihm hinübersehen. Er hatte den Kopf gewandt und sagte etwas zu Lord Hugh. Sein Gesicht war wie das einer Statue, und seine Augen waren eisig, als sie sich wieder auf sie richteten.

Diesen zornigen Blick konnte sie nicht länger ertragen. Sie senkte den Kopf und widmete ihre ganze Aufmerksamkeit wieder dem Patienten. Aber unwillkürlich fragte sie sich, ob Vater und Sohn über sie gesprochen hatten. Ihr graute vor der Unterredung, die Colin ihr angedroht hatte. Oh, wie sehr sie diese Lügen haßte! Und wie sehr sie mehr als alles andere den verächtlichen Ausdruck haßte, mit dem Colin sie am Hafen gemustert hatte!

Wahrscheinlich empfand er jetzt nur noch Abneigung für sie. Nun, da er wußte, daß sie den Feind vor die Tore seines Schlosses gelockt hatte. Nun, da er wußte, daß sie verfolgt wurde. Daß ihretwegen das Blut unschuldiger Highlander vergossen wurde. Wie sehr er sie verachten mußte!

Celia nickte dem jungen Mann zu, als sie seine Schulter fertig bandagiert hatte. Sie erhob sich und blickte zu der

Stelle hin, wo sie Colin zuletzt hatte stehen sehen, aber er war nirgends zu entdecken. Sie seufzte erschöpft und erleichtert, daß er ihr Gespräch offenbar noch aufgeschoben hatte.

Sie trat einen Schritt zurück, um einer älteren Frau Platz zu machen, die an ihr vorbeizugehen versuchte…

…und stieß auf eine menschliche Mauer. Sie erschrak, wußte aber, wer es war, noch bevor er sprach.

»Ich will jetzt mit dir reden.«

Seine Stimme sagte ihr eindeutig, daß er sich nicht vertrösten lassen würde.

Sie wandte sich um und sah ihn fragend an, hoffte wider alle Vernunft, ein Zeichen seiner Zuneigung, seiner Zärtlichkeit zu erkennen. Sie hoffte… Aber sein Gesicht war regungslos, enthüllte nichts. Er ergriff ihre Hand und erwartete, daß sie ihm folgte. Doch sie hielt ihn zurück.

»Wo bringst du mich hin?« fragte sie.

»An einen Ort, wo wir reden können… unter vier Augen«, sagte Colin. »Ich glaube, es gibt ein paar Dinge, über die wir uns unterhalten müssen.«

Ohne ein weiteres Wort brachte er Celia aus der Großen Halle in einen schmalen Gang, der in den älteren Teil des Schlosses führte. Auf dieser Seite war sie noch nie gewesen. Zu beiden Seiten des Ganges befanden sich zahlreiche solide Eichentüren.

Als Celia vor einiger Zeit aus dem Dorf zurückgekehrt war, hatte sie bemerkt, daß auf dem Flur zu ihrem Schlafgemach zwei Wachen postiert worden waren. Und auch hier, im alten Teil des Schlosses, kamen sie an Soldaten vorbei. Ein diensthabende Wachmann trat beiseite, so daß Colin eine schwere Holztür aufstoßen konnte. Celia folgte ihm in die Dunkelheit.

Bevor sie noch über die Schwelle trat, wußte sie, daß dies die Bibliothek der Campbells war. Der Geruch nach altem und neuem Pergament wehte in den Korridor wie ein flüchtender Geist. Aber dieser Geist fürchtete Celia nicht. Sie liebte den Duft. Er repräsentierte Weisheit und

Wissen. Und Geld! Nur die reichsten Fürsten Schottlands konnten sich Bücher leisten, dennoch hatten viele von ihnen beschlossen, auf den Luxus einer Bibliothek zu verzichten. Wozu gab es schließlich die wohlhabenden, alten Klöster? Doch seit James IV. ein Gesetz erlassen hatte, demzufolge die Söhne sämtlicher Lairds lesen lernen mußten, stieg der Wert von Büchern rapide.

Colin durchquerte die Bibliothek und hob den Holzriegel einer weiteren Eichentür in die Höhe. Er zog sie auf und führte Celia hinaus in das neblige Dämmerlicht Schottlands.

Sie standen auf einer breiten Steinterrasse, und der Anblick, der sich ihnen bot, war atemberaubend. Ein Garten, vielmehr eine Fläche, die früher einmal ein Garten gewesen war, breitete sich vor ihr aus, und hinter der Mauer am gegenüberliegenden Ende verloren sich die Linie der Kliffs und die krachenden Wellen des Firth im Nebel.

Die Terrasse wurde von zwei Steintreppen flankiert. Im Westen wurde der Garten von der Mauer der Südhalle begrenzt. Zu ihrer Linken bot eine hohe Steinmauer Sichtschutz vor den übrigen Nebengebäuden des Schlosses, ebenso wie vor den Übungsplätzen. Der Garten selbst war groß genug, daß eine Truppe bewaffneter Ritter mit Streitrossen darin hätte üben können. Er war gleichmäßig unterteilt von vier Hauptwegen, die von Holzpergolen überdacht wurden. Alle vier gingen von einem erhöht stehenden, steinernen Brunnen in der Mitte des Gartens aus. Die Symmetrie der Anlage war herrlich.

Doch die Beete waren mehr als vernachlässigt. Celia betrachtete die Holzgitter, die von wilden Kletterrosen umrankt wurden, die Rasenfläche, auf der die genau abgezirkelten Hecken und Bodendecker zu einem Knäuel aus Büschen und Unterholz herangewachsen waren. Auch die niedrigen Mauern, die in Steinbänke übergingen, waren früher einmal mit Gräsern oder Bodendeckern bepflanzt gewesen. Doch jetzt hatten sich dort riesige Unkrautflächen gebildet, auf die das Laub des vergangenen Sommers gefallen war.

Allerdings gab es ein paar Bäume in diesem Garten, die an Schönheit gewonnen hatten, obwohl sich niemand um sie kümmerte. In den vier Ecken stand jeweils ein riesiger Kirschbaum. Die Bäume hatten alle etwa die gleiche Größe und von dort, wo sie stand, konnte Celia die flaumweichen Knospen an den Zweigen erkennen, die sich schon bald öffnen würden.

Was Celia auf den Schiffen ihres Vaters am meisten vermißt hatte, was sie immer am meisten bedauert hatte, war, daß sie ohne Pflanzen leben mußte. Sie hatte immer von einem kühlen, grünen Plätzchen geträumt, wo sie sich inmitten der roten, blauen und gelben Frühlings- und Sommerblumen mit Freunden treffen konnte. Ein Refugium, in dem sie Zuflucht suchen konnte. Ein Ort der Einsamkeit, an dem man seltsamerweise trotzdem nicht allein war.

Celia fühlte sich hier sofort heimisch. Sie hätte nie vermutet, daß Kildalton Castle einen solchen Garten besaß, und fragte sich, warum er dermaßen vernachlässigt worden war.

Abrupt wandte sie sich zu Colin um. Warum hatte er sie hierhergebracht? Warum jetzt, wo sein Zorn alles zu sein schien, was von den wenigen kostbaren Augenblicken übrig geblieben war, die sie miteinander geteilt hatten? Der Krieger stand an der niedrigen Steinmauer am Rande der Terrasse und sah in den vernachlässigten Garten hinaus. Dann drehte er sich zu ihr um. Doch seine Augen blickten jetzt alles andere als kalt.

»Ich werde für ein oder zwei Tage wegmüssen«, sagte Colin einfach. »Ich möchte, daß du hierbleibst, bis ich zurückkomme.«

»Bleiben? Warum?« fragte sie. Zuerst verwirrte seine Bitte sie, doch dann übermannten sie all die Zweifel, die Schuldgefühle und das Leid, die sich in ihr aufgestaut hatten. »Warum? Habe ich dir und deinen Leuten nicht schon genug Mühe und Leid gebracht? Die Große Halle ist voller unschuldiger Menschen, die verletzt und heimatlos sind, nur weil ich an ihren Häusern vorbeigeritten bin. Weißt du nicht, daß hier das gleiche passieren kann?«

Celia ließ den Kopf auf die Brust sinken. Zwei Tränen tropften auf die Steinplatten zu ihren Füßen. Sie fühlte sich allein und verlassen, sie wagte nicht, ihn anzusehen, und die Kälte drang ihr bis ins Mark. Sie schlang die Arme um ihren Körper und hielt ihren Blick auf den Baum gerichtet, als sie weitersprach:

»Haßt du mich denn nicht? Wegen dem, was ich bin? Wegen dem, was ich getan habe?«

Colin zog seinen Mantel aus und legte ihn ihr um die Schultern. Dann zog er sie an sich, legte ihren Kopf an seine Brust und preßte seine Lippen auf ihr Haar.

»Dich hassen? Du hast es immer noch nicht verstanden, nicht wahr?« flüsterte Colin und rieb sein Kinn sanft gegen ihren Kopf.

Celia stieß ihn sanft zurück, bis sie ihm ins Gesicht sehen konnte.

In ihren Augen schimmerten Tränen.

»Celia, du liegst mir sehr am Herzen. Ich will, daß du und Kit in Sicherheit seid«, begann er. »Sieh dich um. Dieser Garten ist wie das Land der Campbells … wie Schottland selbst: ein Ort, wo das Leben von vorn beginnt, wo ein neuer Anfang gemacht werden kann … nein … muß.«

Er zog sie neben sich auf die niedrige Mauer am Rande der Terrasse. Er hielt ihre Hand fest in der seinen und legte sie in ihren Schoß.

»Und ich will, daß du mir hier Gesellschaft leistest«, fuhr er fort. »Daß wir einander kennenlernen. Ich will alles über dich erfahren, nicht nur flüchtige Einblicke haben, die du mir von Zeit zu Zeit gewährst. Und ich will, daß auch du mich kennenlernst, daß du mir vertraust. Wenn du hierbleibst, lernst du mich kennen. Dann wirst du mir vertrauen.«

Celia saß ganz still da, ihr Äußeres verriet nicht, welche

Stürme in ihrem Innern toben. Davon hatte sie immer geträumt. Es war mehr, als sie jemals zu hoffen gewagt hätte. Aber sie hätte auch nie geglaubt, daß das überwältigende Glück, das in ihr aufstieg, so schrecklich weh tun könnte. Als sie ihm antwortete, rannen ihr Tränen die Wangen hinunter.

»Colin, das alles wünsche ich mir ebenso sehr wie du. Bis ich dich traf, war mein Leben öd und leer. Die vergangenen Tage haben ihm einen Inhalt gegeben. Sie haben mir etwas geschenkt, das ich mein Leben lang in Ehren halten werde.«

Sie hielt inne, entzog ihm ihre Hand und rückte von ihm ab. Dann wandte sie sich leicht um und sah über den Garten hinweg auf die nebelverhangene See.

»Aber ich kann nicht«, sagte sie. »Ich werde dir nichts versprechen, was ich nicht halten kann. Du bedeutest mir zu viel. Ich will dir nicht noch größeres Leid zufügen, das garantiert folgen wird … wenn alles vorbei ist.«

»Vorbei? Warum vorbei?« fragte er. Etwas in Colin hatte sich bei ihren Worten verhärtet. »Celia, gibt es einen anderen?«

»Ja«, sagte sie mühsam. »Und nein.«

In Colins Gesicht arbeitete es vor Zorn und Enttäuschung. Celia sah, wie es vor Schmerz und Wut verdunkelt wurde. Er ballte die Hände zu Fäusten und wandte sich von ihr ab.

»Ich sage dir die Wahrheit«, sagte sie schnell und legte ihm die Hand auf den Arm. »Wenn du mich wirklich kennenlernen willst, dann mußt du mir jetzt zuhören. Aber du mußt mir versprechen, daß du es bei dem, was ich dir erzähle, belassen wirst. Bitte, versprich mir, daß du keine Fragen stellst.«

Colin sah sie an. Ja, er war wütend … und enttäuscht. Aber jetzt sah er den Schmerz in ihren schwarzen Augen. Sie behauptete, die Wahrheit zu sagen, aber konnte er ihr glauben? Eine innere Stimme sagte ihm, daß sie ihn nicht belog. Sie war ebenso erregt wie er. Er mußte sich anhören, was sie zu sagen hatte. Colin nickte ernst. »Ich verspreche es dir.«

Celia holte tief Luft und setzte sich wieder auf die Mauer. Colin stellte einen Fuß darauf und stützte sich mit dem Ellbogen auf dem Knie ab. Sein Blick wanderte von Celia über den Garten und kam schließlich an dem Baum neben den Terrassenstufen zur Ruhe.

»Ich war noch sehr jung, als meine Ehe arrangiert wurde. Aber mein zukünftiger Gatte ist ein Mensch, den ich immer gehaßt und verachtet habe, heute mehr denn je. Die Hochzeitspläne wurden kurz nach dem Tod meines Vaters gemacht … ich war zu dieser Zeit erst vierzehn und ein Mündel des Hofes, deshalb hatte ich in dieser Angelegenheit kein Mitspracherecht. Nur Edmund ist es zu verdanken, daß die Eheschließung hinausgezögert wurde. Er hat noch nicht einmal einem offiziellen Verlöbnis zugestimmt. Aber ich wußte, daß eines Tages die Zeit kommen würde, da auch mein Onkel mein Schicksal nicht würde verhindern können. Und als der Zeitpunkt immer näherrückte, ergriff ich die Flucht.«

Celia schwieg – sie war die Lügen so leid, sie war es leid, so zu tun, als sei sie jemand anders, sie war es leid, sich vor dem zu verstecken, den sie am meisten begehrte.

»Ich bin vom Hof geflohen, vor allem, um dieser Ehe zu entkommen, einem Schicksal, das für mich schlimmer ist als der Tod. Aber dennoch ist es ein Schicksal, dem ich wohl in diesem Leben nicht entkommen kann.«

Celias Augen hefteten sich auf die Steinplatten. Die Steine unter dem Zweig waren mit Flecken übersät. Dunkle Flecken … wie Blutstropfen. Wenn es eines gab, wovor sie Angst hatte, dann vor den Enthüllungen, die jetzt folgen würden.

»Und ich bin nicht diejenige, für die du mich hältst. Vielleicht bist du ja von dieser Frau fasziniert. Aber ich muß dir sagen: Ich bin nicht Lady Caithness. Das war nur eine Maskerade, um uns zu schützen. Die wahre Lady Caithness ist in England.«

Celia sah Colin in die Augen. Sie vertraute ihm, und Colin wußte es. Er würde ihr Vertrauen nicht erschüttern. Er liebte sie, schätzte sie wegen ihrer Aufrichtigkeit um so mehr, auch wenn sie ihm etwas sagte, das er bereits entdeckt hatte. Dieses Vertrauen machte ihre Gefühle noch kostbarer.

»Ich kenne mein Schicksal seit langem, und deswegen habe ich es vermieden, mich in jemanden zu verlieben. Das heißt: bis jetzt. Du hast all das verändert… du hast mein Vorhaben unmöglich gemacht. Aber mehr kann ich dir im Augenblick nicht sagen. Das ist alles, was du wissen darfst. Also laß mich … wie du versprochen hast …«

Ihre Worte trafen ihn wie ein Blitz. Sie liebten sich. Gegenseitig, ausschließlich, von ganzem Herzen. Sie *würden* diese Beziehung möglich machen. Das wußte er plötzlich.

Mit einem einzigen Ruck zog er sie hoch, preßte sie an sich. Sein Mund fand den ihren, ihre Lippen versengten einander mit einer Leidenschaft, die anders war als alles, was sie zuvor miteinander erlebt hatten. Celia hatte das Gefühl, daß ihre Seelen sich bereits ineinander verschlungen hatten. Daß ihre Körper das gleiche anstrebten. All die Unsicherheit, die sie verfolgt und gequält hatte, löste sich im Nebel des Gartens auf. Sie spürte, wie seine Zunge die warmen Winkel ihres Mundes erforschten, und sie reagierte. Sie wollte ihn umhüllen, ihn in sich aufnehmen, so tief wie eben möglich.

Colins Leidenschaft schien zu explodieren, und Celia kam nicht auf die Idee, sich zurückzuhalten. Die entfesselte Leidenschaft, die sie so lange gebändigt hatte, brach aus wie ein Vulkan. Ihre Finger griffen in sein Haar, zogen ihn näher, zwangen ihn, sie zu küssen. Sie wollte mehr von ihm. In ihrem Körper toste ein Feuer. Es raste durch ihre Adern. Ein solches Drängen hatte sie niemals zuvor erlebt, und nichts war von Belang, außer sich zu berühren, zu fühlen, zu schmecken. Sie konnte nicht genug von ihm bekommen.

Colin spürte, wie ein Inferno durch seine Lenden wütete. Celias ungezügelte Leidenschaft raubte ihm fast den Verstand – und seinen letzten Rest von Selbstbeherrschung. Er wollte sie am liebsten in dieser Sekunde dort, wo sie standen, nehmen, egal was für Konsequenzen das gehabt hätte.

Aber mitten durch seine heißglühenden Empfindungen bahnte sich ein anderer Gedanke den Weg nach oben.

Bei dieser einen, leidenschaftlichen Umarmung würde es bleiben. Sie gab sich ihm hin, jedoch nur für diesen einen Augenblick, das wurde ihm plötzlich klar.

Abrupt zog Colin sich zurück.

Er schlang die Finger in ihre dunklen Locken, blickte in ihre von Leidenschaft verschleierten Augen und zwang sich, die Worte auszusprechen, die er aussprechen mußte.

»Celia, dieser eine Augenblick reicht mir nicht. Sag mir, daß wir zusammengehören. Daß dies nur der Anfang ist.«

Tränen stiegen ihr in die Augen, und ihr Atem kam nur noch stoßweise.

»Colin, meine Zukunft gehört mir nicht. Schon lange nicht mehr«, flüsterte sie.

»Ich werde dich nicht gehen lassen. Es kann doch nicht dein Schicksal sein, jemanden zu heiraten, den du nicht liebst!«

Von solchen Worten hatte Celia lange Zeit noch nicht einmal zu träumen gewagt. Aber jetzt, da sie sie aus Colins Mund hörte, aus dem Mund des einzigen Menschen auf der Welt, der in ihr solche Gefühle, solche Empfindungen … Zuneigung … weckte …

War das alles nur ein Traum? Wenn ja, so sollte er niemals enden.

Aber die Art, wie er sie hielt, wie er sie berührte und mit ihr sprach … das war kein Traum. Seine Berührung und seine Worte ließen ihre Seele aufleuchten. Und sie glaubte ihm. Zum ersten Mal hielt Celia es für möglich, eine goldene Zukunft zu haben. Eine Zukunft!

Was würde diese Zukunft für sie bereithalten? Liebe, dachte sie. So, wie ihre Eltern sich einst geliebt hatten.

Träume miteinander zu teilen. In guten wie in schlechten Tagen. Trotzdem: Es gab noch so viele Hindernisse, die sie überwinden mußten.

»Colin, es gibt aber noch etwas ...« Sie suchte nach den richtigen Worten.

»Dann sag es mir, hilf mir, dich zu verstehen.« Sanft nahm Colin ihre Hände in die seinen.

Celia runzelte einen Augenblick lang die Stirn. Sie suchte nach einer Möglichkeit, ihn vor dem Pfad zu warnen, den sie beschreiten mußte. Ein Pfad, der sie vielleicht bald ins Schloß von Argyll führen würde, der sie überall hinführen konnte.

»Ich habe eine Aufgabe übernommen, die ich zu erfüllen gelobt habe. Und bis zu dem Zeitpunkt, da mir dies nicht gelungen ist, gehören mein Leben und meine Entscheidungen nicht mir.«

Colin fragte sich, ob Kit diese mysteriöse Aufgabe war. Er wollte ihr klar zu verstehen geben, daß er ihr helfen würde.

»Ich bitte dich nur um eines: Bleib noch ein paar Tage hier ... bis ich von dem Besuch beim Earl of Argyll zurückkomme ... dann will ich dir nach Kräften helfen. Zusammen können wir ...«

»Argyll ... du reitest nach Argyll?« Das war doch auch *ihr* Plan gewesen! Nach Argyll zu reiten. Herauszufinden, warum Vater William zögerte. Diesen Teil ihrer Reise vollenden.

»Ja. Ich habe gerade Nachricht erhalten, daß er in sein Winterschloß zurückgekehrt ist«, antwortete Colin. »Ich will mich gerne für dich nach deinem Freund, dem Priester, erkundigen.«

»Ich möchte mit dir gehen«, sagte sie und machte einen Schritt von ihm fort.

»Wohin ... zur Abtei?«

»Ja, um Vater William zu besuchen.«

»Warum willst du denn selbst gehen?« fragte Colin scharf. »Warum kann ich das nicht für dich erledigen?«

»Weil ich ihn selbst sprechen muß«, sagte Celia nach kurzem Zögern. »Colin, du hast mir versprochen, keine Fragen zu stellen. Bitte halte dich daran. Ich muß dich unbedingt begleiten. Mehr kann und darf ich dir nicht erzählen.«

»Nein, ich nehme dich nicht mit«, antwortete er unverblümt. Er nahm an, daß Celia nicht mehr über die Identität der Angreifer wußte, als sie gesagt hatte. Wahrscheinlich hatte sie keine Ahnung, daß zwischen den Angreifern und der Abtei, in der William Dunbar sich aufhielt, eine Verbindung bestand. Außerdem hatte sein Vater zuvor Bedenken hinsichtlich einer Allianz mit dem Earl of Argyll geäußert. Die vierzig Jahre, die er sich in den trügerischen Gewässern der schottischen Politik bewegt hatte, erlaubten ihm Einblicke, die Colin nicht einfach ignorieren durfte. Wenn Lord Hugh also recht hatte, dann war die Reise vielleicht gefährlich. Und auf keinen Fall wollte Colin Celia noch einmal in Gefahr bringen.

»Colin, du hast gerade gesagt, daß du mir helfen wirst«, sagte Celia verletzt. »Also nimm mich mit.«

»Ich kann nicht«, erwiderte er. »Diese Reise ist voller Gefahren, denen ich dich nicht aussetzen will.«

»Versuch nicht, mir zu erzählen, daß eine kurze Reise wie diese gefährlicher sein könnte, als die, die ich in den letzten Wochen hinter mich gebracht habe«, sagte Celia kurz angebunden. Doch sie wußte, daß sie sanfter mit ihm sprechen mußte, wenn sie ihn überzeugen wollte. »Außerdem stünde ich doch unter deinem Schutz.«

»Celia, wir werden durch die westlichen Highlands reisen. Die Menschen hier haben Frauen gegenüber eine ganz andere Einstellung als in den Lowlands. Hier lauern Gefahren, von denen du keine Ahnung hast. Was immer du vorhast, *ich* werde es für dich erledigen.«

»Das kannst du nicht«, antwortete sie sanft. »Ich werde dich nicht behindern. Ich kann für mich selbst sorgen. Ich bin auf Schiffen aufgewachsen, die kein Pirat anzugreifen wagte. Unter Männern, deren Ansichten von Frauen die der Highlander sicher verblassen ließen. Aber ich habe ein paar dringende Aufgaben, um die ich mich wirklich selbst kümmern muß.«

Colin wußte, daß Celia einen starken Willen besaß und daß sie fest entschlossen war. Er würde einen anderen Weg einschlagen müssen.

»Und was soll aus Kit werden?«

Natürlich war es Celia verhaßt, das Kind allein zu lassen, aber sie mußte unter allen Umständen mit Vater William sprechen. Edmund würde Kit schon beschützen, während sie fort war; dessen war sie sich sicher.

Die Engländer kamen näher, und Celia hatte das Gefühl, daß die Zeit langsam knapp wurde. Sie mußte den Grund für Williams Zögern erfahren. Und da Argyll wieder zurück war, hoffte sie auch, daß sie ihren nächsten Schritt tun konnte.

»Bei Ellen und Edmund geht es ihm gut. Du hast doch gesagt, daß wir nur ein oder zwei Tage fort sein werden.«

»Bevor wir uns darüber unterhielten, wußtest du doch noch nicht einmal, daß ich Argyll besuchen wollte. Ich verstehe diese plötzliche Dringlichkeit nicht! Hattest du etwa im Sinn, allein dort hinzureiten?«

»Colin«, antwortete sie, ging ruhig zu ihm hinüber und nahm seine Hand in ihre. »Ich kann dir einfach nicht sagen, was ich zu vollenden geschworen habe. Du hast vorhin gemeint, daß dieser Garten wie Schottland ist. Das stimmt. Und um die Früchte eines Gartens genießen zu können, muß man bestimmte Arbeiten erledigen. Vertrau mir.«

»So wie du mir vertraust?« Colin sah Celia geradewegs in die Augen. Sie erwartete mehr von ihm, als sie selbst zu geben bereit schien. Wie konnte er sicher sein, daß der Weg, den sie eingeschlagen hatte, der beste für sie alle war?

»Ich vertraue dir, Colin Campbell. Ich habe dir mehr erzählt, als ich eigentlich jemals jemandem hätte erzählen dürfen. Und das alles weißt du nur, weil ich an dich glaube. Und was ich jetzt tue, würdest du an meiner Stelle ebenfalls tun.«

Colin wandte sich um und richtete den Blick auf die beiden Bäume im hinteren Teil des Gartens. Die Kirschbäume würden bald blühen, wie es bislang in jedem Frühjahr gewesen war, seit seine Mutter sie vor langer Zeit gepflanzt hatte.

Was für seltsame Formulierungen sie benutzt, dachte er. ›... was ich zu vollenden geschworen habe‹ – eigenartig. Wer mochte hinter all dem stehen? Was war das für eine Aufgabe, die sie zu vollenden geschworen hatte? Viele Fragen wirbelten ihm durch den Kopf. Vielleicht würde er ja einige beantwortet bekommen, wenn er sie mit nach Argyll nahm.

Gut, er würde sie mitnehmen. Er würde jedoch für ihren Schutz sorgen müssen. Wenn Argyll in irgendeiner Weise mit dem Angriff zu tun hatte, wollte Colin zumindest verhindern, daß Celia eine leichte Zielscheibe war. Er würde mehr Vorkehrungen treffen müssen, als er ursprünglich geplant hatte.

»Celia«, sagte er und sah sie ernst an. »Wird der Earl of Argyll dich wiedererkennen?«

Celia war verwirrt. Sie war sich nicht sicher, worauf er mit seiner Frage hinauswollte.

»Hat er dich jemals gesehen? Würde er dich vom Sehen her kennen?«

»Nein. Zumindest nicht, wenn ich allein komme. Aber warum fragst du?« Celia ahnte, daß Colin beschlossen hatte, sie mitzunehmen.

»Es wäre wohl kaum klug, wenn du als Lady Caithness nach Argyll reiten würdest. Wir werden uns einen anderen Namen für dich ausdenken.«

»Da habe ich eine bessere Idee«, sagte Celia und lächelte. »Ich habe mich nämlich schon das eine oder andere Mal als Junge verkleidet.«

»Du? Als Junge?« Colin grinste. Das war das Ungeheuerlichste, was er je gehört hatte. Sie war so schön! Wie war es möglich, daß sie die weiche Haut, das kastanienbraune Haar, den sinnlichen Mund verstecken konnte? »Das halte ich für keine gute Idee. Vielleicht sind ja die Männer in den Lowlands mit Blindheit geschlagen, aber hier oben ist eine schöne Frau …«

»Ich sage dir, Colin, ich bin ein sehr überzeugender Junge.« Celia dachte an die vielen Male, da sie ihre Weiblichkeit wirkungsvoll versteckt hatte.

»Dein Körper ist viel zu gut gebaut für einen Jungen, Celia.« Er lächelte, trat zurück und betrachtete sie wohlwollend.

»Du wirst schon sehen«, antwortete sie sachlich. »Kleider können eine Menge verbergen.«

»In manchen Fällen ist das vielleicht gar nicht so schlecht«, antwortete er spöttelnd. »Aber manche Dinge sollte man besser nicht verbergen.«

Seine zweideutige Antwort ließ Celia tief erröten. »Ich gehöre aber zu denjenigen, die sich lieber bedecken.«

Colin grinste breit. »Dann sollte ich vielleicht der Mann sein, der dies tut.«

Celia stampfte angesichts seiner ungehörigen Äußerung mit dem Fuß auf. Er war ein hoffnungsloser Fall. »Aus irgendeinem Grunde habe ich den Eindruck, daß wir nicht über die gleiche Sache sprechen.«

»Doch, das tun wir«, antwortete er unschuldig. »Oder sprechen wir etwa nicht über deinen Körper?«

»Wir reden nicht über meinen Körper«, schalt Celia, »sondern von meiner Verkleidung.«

»Schade.« Colin seufzte. »Das war so ein erbauliches Thema. Wir werden uns etwas anderes überlegen müssen«, fuhr er kopfschüttelnd und mit einem Lächeln fort. »Davon läßt sich keiner zum Narren halten.«

»Sollte ich Alec zum Narren halten können«, schlug sie vor, »wärst du dann einverstanden, mich als deinen Knappen mitzunehmen?«

»Als meinen Knappen? Du wirst Alec nicht täuschen

können«, sagte er und lachte wieder. »Alec hat einen sechsten Sinn für Frauen. Er wird dich sofort erkennen.«

»Wenn du ihn nicht warnst, halte ich ihn zum Narren, das wirst du schon sehen«, sagte sie. »Wann fangt ihr morgen früh mit euren Waffenübungen an?«

»Vor Sonnenaufgang.«

»Gut, ich werde da sein.« Plötzlich bemerkte Celia, daß es schon dunkel geworden war.

»Ich werde dich nicht mit Alec Macpherson allein lassen«, sagte er, plötzlich wieder ernst.

»Das wirst du auch nicht müssen«, sagte sie zuversichtlich. »Aber ich habe jetzt noch eine Menge zu erledigen, um morgen früh bereit zu sein. Wenn du also deinen neuen Knappen Jack siehst, verrate mich nicht.«

Celia machte sich auf den Weg ins Schloß. Colin folgte ihm. Auf der ersten Treppenstufe hielt sie inne und drehte sich zu ihm um. Sie nahm den Mantel von ihren Schultern und gab ihn zurück.

»Danke, daß du mich hierhergeführt hast. Dieser Garten ist herrlich.«

Colin nahm ihr den Mantel ab und hielt ihre schlanken Finger dabei einen Augenblick lang fest.

»Das freut mich, Celia. Wir werden hier noch viel Zeit miteinander verbringen.«

Celia lächelte und ging weiter. Doch Colins Stimme hielt sie noch einmal auf.

»Noch eine Frage, bevor du gehst«, sagte er. »Du mußt mir nicht antworten, wenn du nicht willst.«

Sie stand ganz ruhig da, ihr Gesicht war auf diese Entfernung in der Dunkelheit nicht mehr zu erkennen.

»Wie heißt du?«

»Celia Muir«, flüsterte sie. Dann war sie fort.

Muir, dachte Colin verblüfft. Sie ist John Muirs Tochter!

KAPITEL 9

Warum bringt er uns immer weiter nach Norden? Je weiter wir in die Highlands vordringen, um so weniger können unsere Aasfresser erbeuten. Hier wird alles noch heftiger verwüstet als zuvor. Und mit jedem Tag entfernen wir uns weiter von England.

Langsam glaube ich, daß es nicht der König ist, dem wir dienen.

Als der Morgen graute, gelang es Colin, Alec auf das offene Feld zu locken, das er mit einer ausgewählten Zahl von Kriegern für seine Waffenübungen nutzte. Er ließ den Blick über den Platz schweifen. Zehn Krieger kämpften mit unterschiedlichen Waffen, Knappen und Pagen eilten geschäftig hin und her, um den Befehlen ihrer Herrn zu folgen.

Colin betrachtete die halbnackten Körper der Krieger, die trotz der beißenden Kälte des frühen Morgens vor Anstrengung schwitzten. Er sah die blitzenden Bögen der Langschwerter und Messer, die scharfen Klingen der Hellebarden und der Breitschwerter. Das war keine gute Idee, dachte er, denn plötzlich kam ihm in den Sinn, welchen Gefahren Celia auf diesem Übungsfeld ausgesetzt war.

Er konnte kaum glauben, daß er ihrem Plan zugestimmt hatte. Die Idee hatte ihn so überrascht und fasziniert, daß die möglichen Konsequenzen ihm nicht in den Sinn gekommen waren. Er machte die Runde unter den Soldaten und den Knappen, um sie aufzuspüren und der Sache ein Ende zu setzen. Aber sie war nirgends zu sehen. Erleichtert nahm er an, daß sie es sich vermutlich anders überlegt hatte.

In der Nacht hatte Colin lange Zeit nicht schlafen können, weil er an Celia Muir dachte.

Celia Muir, die Tochter von John Muir, dem berühmten Piraten und Sproß des gleichnamigen Fürstenhauses York. Wie klein doch die Welt war. Colin hatte Muir nie persönlich kennengelernt, aber er wußte, daß Hugh und Alecs Vater mit ihm zu tun gehabt hatten, als sie die Irische See untereinander aufteilten. Obwohl Muir vom englischen König die Erlaubnis erhalten hatte, französische Schiffe zu plündern und gleichzeitig seinen eigenen florierenden Handel aufrechtzuerhalten, war allgemein bekannt, daß er die feine Grenze zwischen Freibeuterei und Piraterie mehr als einmal überschritten hatte. Aber Celias Vater hatte sich immer an die Vereinbarung mit Hugh Campbell und Alexander Macpherson gehalten, Männern, die im Grunde genommen das gleiche taten wie er.

Kein Wunder, daß Celia sich so machtlos fühlte, wenn es um ihre Zukunft ging. Nach dem Tod ihres Vaters hatte der Tudor-König sein gieriges Auge auf Muirs riesiges Vermögen und seine Schiffsflotte geworfen, die der königlichen in nichts nachstand. Celias Vermögen war beschlagnahmt worden, und ihre Zukunft dem willkürlichen Ermessen der Könige anheimgestellt. Was hatte sie gesagt? Ein ›Mündel des Hofes‹ sei sie gewesen? Es handelte sich offensichtlich um den englischen Hof. Aber jetzt war sie in Schottland. Und was noch wichtiger war: Sie war hier bei ihm.

Colin war glücklich, daß sie ihm ihre wahre Identität enthüllt hatte. Zu wissen, wer sie war, vergrößerte seine Liebe zu ihr nur noch. Sie hatte Hab und Gut verloren, aber sie hatte den Scharfsinn und den Mut ihres Vaters geerbt.

Und sie besaß nicht nur Charakter, sondern auch Schönheit. Seit jener ersten Nacht hatte Colin ihr Bild keinen Augenblick lang aus seiner Seele verbannen können.

Alec ging zu den Waffen hinüber, wählte ein Breitschwert und ließ es ein paarmal durch die Luft schwingen. In diesem Augenblick rannte ein Knappe mit einem Paar schwerer Lederhandschuhe auf ihn zu. Colin beobachtete, wie der Junge Alec das Schwert aus der Hand nahm und einen Schritt zurücktrat. Alec zog sein Wams aus und entblößte seine breiten Schultern und die stählernen Muskeln. Colin lief zu ihnen hinüber. Alec und der Junge plänkelten scherzhaft miteinander.

»Moment mal«, schrie Colin. Die letzten Schritte rannte er und ergriff dann den Knappen am Ellbogen. Das Breitschwert fiel zu Boden, und der Junge wirbelte herum und sah seinen Herrn an. »Jetzt bist du aber weit genug geg ...«

Der Junge blickte ebenso erschrocken drein wie Alec. Die beiden sahen Colin an, als ob er den Verstand verloren hätte. Colin erkannte den Jungen und ließ seinen Ellbogen so plötzlich los, als sei er aus glühendem Eisen. Er suchte nach einer Erklärung, aber ihm fiel keine ein.

»Wollt ihr hier den ganzen Tag herumstehen?« fragte er die beiden schließlich mit scharfer Stimme, drehte sich auf dem Absatz um und schlenderte davon. Sie hat es wohl tatsächlich aufgegeben, dachte er.

Colin beobachtete seine Männer bei den Waffenübungen, griff hin und wieder ein, wenn er es für notwendig hielt. Alec arbeitete sehr hart und hielt gleich mehrere Jungen auf Trab, die ihm neue Waffen und etwas zu trinken bringen mußten. Mit dem einen oder anderen kreuzte er zuweilen die Klingen.

Nach den Waffenübungen kehrten die Krieger nach und nach in ihre Quartiere zurück, um sich aufs Frühstück vorzubereiten. Bald waren nur noch Alec und Colin und ein paar Knappen auf dem Übungsfeld, die damit beschäftigt waren, die Waffen wieder an ihren Platz zu schaffen.

Alec beendete sein Programm mit einem beeindrukkenden Schwung seines Schwertes. Dann reichte er das stählerne Kriegsgerät und seine Handschuhe einem Knappen und ging zu Colin hinüber.

»Du hast heute aber bemerkenswert schlechte Laune«, lachte er und schlug seinem Freund auf die Schulter.

»Wurdest du gestern abend wieder einmal von Lady Celia in Schach gehalten? Ihre Abwesenheit bei der Abendmahlzeit war höchst verdächtig.«

»Mach dir keine Gedanken um mich und Lady …«, begann Colin, während sie auf die Tür zugingen.

»Entschuldigung, M'lord«, rief ein Knappe. In der Hand hielt er Alecs Wams.

Alec drehte sich um, nahm das Hemd und zog es sich mit einer einzigen Bewegung über den Kopf. Colin stand ungeduldig da und dachte darüber nach, welchen Namen Celia für die Reise zum Schloß von Argyll wählen sollte. Auch fragte er sich, was er dem Earl für eine Begründung dafür nennen sollte, warum er eine Frau mitbrachte. Es gab viele Orte, wohin Colin sie gerne freiwillig hingenommen hätte, aber Argylls Ruinen gehörten nicht dazu. Doch jetzt gab es kein Zurück mehr. Er hatte ihr sein Wort gegeben. Wenn sie sich nicht tatsächlich anders entschieden hat und zur Besinnung gekommen ist, dachte er.

»Danke Junge«, sagte Alec. »Du hast dich gut geschlagen. Wie heißt du?«

»Jack, M'lord«, sagte der Knappe, wandte sich schnell um und trottete davon.

Colin stürzte hinter ihm her, packte ihn am Kragen und zog ihn zurück. »O nein, so leicht kommst du mir nicht davon«, rief er.

»Was ist heute nur los mit dir?« explodierte Alec, den das Verhalten des Freundes sehr befremdete.

Colin sah dem schmutzigen Knappen ins Gesicht. Ein alter Hut bedeckte Celias Haar. Ihre Kleider waren schmutzig, abgetragen und verbargen jeden auch nur noch so kleinen Hinweis auf weibliche Rundungen. Aber ihre Augen waren unverwechselbar.

»Hat es dir Spaß gemacht?« fragte er und blickte sie grimmig an.

»Wirklich, Colin, der Junge hat hart für mich gearbeitet«, sagte Alec verteidigend. Irgend etwas stimmt nicht mit ihm, dachte er. Sonst behandelt er junge Knappen niemals so. »Er ist stark und klug. Eines Tages wird ein guter Krieger aus ihm werden.«

»Danke, M'lord«, antwortete der Knappe dreist. »Aus Euch auch.«

Alec warf ihm einen verblüfften Blick zu. Er sah überhaupt nicht verängstigt aus. »Also, du kleiner …«

Alec hielt inne, als Colin in so lautes Gelächter ausbrach, daß es von den Schloßmauern widerhallte. Alec blickte von einem Gesicht zum anderen. Heute schienen alle den Verstand verloren zu haben.

»Alec«, sagte Colin und hatte plötzlich gar keine Sorgen mehr wegen der Reise. »Heute hat man uns beide zum Besten gehalten. Ich glaube, du solltest dir meinen neuen Knappen Jack einmal genauer ansehen.«

Alec warf Jack einen mißtrauischen Blick zu. Er sah aus wie alle anderen. Jung und eifrig. Aber seine Dreistigkeit würde ihn eines Tages bestimmt in die Bredouille bringen.

»Alec, das ist Celia«, sagte Colin schließlich und lächelte über Alecs verwirrtes Gesicht. »Und jetzt gehen wir frühstücken. Wir werden mit der Mittagsflut nach Argyll abreisen.«

Celia lächelte Alec strahlend an, als sie an ihm vorbeiging.

»Du wirst alt, Macpherson«, stichelte Colin. »Du verlierst langsam deinen Biß.«

»Ich habe die ganze Zeit über geahnt, daß es Celia war«, protestierte Alec lahm. Die beiden anderen grinsten ihn an. Wie konnte ich diese Augen und dieses Lächeln jemals übersehen, dachte er. »Ganz bestimmt. Ich wußte es.«

Aber Colin glaubte ihm nicht.

Sie würden gemeinsam nach Argyll fahren.

Um Mitternacht hatte Colin bereits ein Boot ausgesandt, um Argyll wissen zu lassen, daß sie bei Einbruch der darauffolgenden Nacht ankommen würden. Als Colin mit Alec, Celia und einer Truppe von fünfzig Männern in den

Hafen segelte, legte sich die Dunkelheit über das regendurchtränkte Land.

Alec war auf der kurzen Reise mehrere Male seekrank gewesen, obwohl der stetig fallende Regen die See ruhig und den Wind gleichmäßig gehalten hatte. Celia hatte ihm Gesellschaft geleistet und versprochen, daß sie ihm auf der Rückreise mit einer Medizin helfen würde, die sie im Orient kennengelernt hatte. Sie hatte jedoch erklärt, daß diese Medizin *vor* Auftreten der Seekrankheit zur Anwendung kommen müsse. Alec hatte sie nur angesehen wie ein Häufchen Elend und sich dann wieder über den Bootsrand gebeugt.

Celia war sich des Unterschiedes zwischen dem Dorf der Campbells und der Argylls wohl bewußt. Selbst wenn man das miserable Wetter und die dunkle Stunde mildernd in Betracht zog, stanken die schmutzigen, heruntergekommenen Hütten nach absoluter Verkommenheit und Armut. Dicht zusammengedrängt standen sie an dem steinigen Strand, der den kleinen Hafen umgab. Die mit Strohdächern bedeckten Torfhütten schienen zu demonstrieren, daß man sich mit der Fischerei kaum über Wasser halten konnte. Vor jedem Haus lag ein kleines Boot müßig auf dem Kiesstrand. Netze in verschiedensten Verfallstadien waren daneben ausgebreitet.

Die tropfnassen, heruntergekommen aussehenden Dorfbewohner, die sich am Strand versammelt hatten, starrten Colin und sein Gefolge wortlos an. Celia, die sich mit den anderen Knappen hinter Colin befand, sah in diese mageren, ausgezehrten Gesichter, und ihr wurde klar, daß sie den Mann, der fünf Monate im Jahr in seinem altmodischen Schloß über diesem Hafen residierte, nicht mögen würde.

Sie wateten über den schlüpfrigen Lehmpfad, der zum Schloß hinaufführte, und Celia dachte über ihre Situation nach. Es war gar nicht nötig, daß sie den Earl ins Herz schloß. Es ging schließlich nur darum, daß Huntly sie zu ihm geschickt hatte. Aber bevor sie irgend etwas unternahm, bevor sie sich Argyll zu erkennen gab, wollte sie auf jeden Fall Vater William aufsuchen und erfahren, was hinter seiner Nachricht steckte. Als sie die Blicke über das öde Land in der Umgebung des Schlosses schweifen ließ, konnte sie die Abtei nirgends entdecken. Sie nahm an, daß sie sich von ihr aus gesehen hinter Argylls kleinem Schloß befinden mußte. Celia fragte sich gerade, ob es in der kommenden Nacht möglich sein würde, in die Abtei zu gelangen, als Colin ihre Gedanken unterbrach.

»Halt dich ganz dicht bei mir«, sagte er leise. »Morgen werde ich dafür sorgen, daß du in die Abtei gelangst.«

Celia nickte und stapfte weiter den kleinen Hügel hinauf und auf die Zugbrücke zu, die über die schmutzige Grube rings um die Schloßmauern führte.

Innerhalb der Mauern erkannte Celia, daß das Hauptgebäude des Anwesens nicht viel größer was als Kildaltons Ställe, obwohl die beiden viereckigen Türme ihm ein bemerkenswertes und solides Aussehen verliehen. Eine tragbare Holztreppe führte vom Schloßhof zu der Haupttür hinauf, durch die man das Gebäude betrat.

Auf dem oberen Treppenabsatz stand ein magerer, großer Mann und blickte auf sie herab. Er war mit Fellen bedeckt, die seinen Körper lose umflatterten – wie Lumpen eine Vogelscheuche. Das Lächeln, mit dem er sie begrüßte, glich einer Grimasse.

Jetzt lerne ich also endlich Kits Onkel kennen, dachte Celia.

»Willkommen, Lord Campbell und Lord Macpherson! Kommt herein, kommt herein!«

Argylls Stimme hörte sich merkwürdig an. Zwar war es eine männliche Stimme, aber in Celias Ohren klang sie hohl. Vielleicht war er ja krank? Sein Erscheinungsbild ließ darauf schließen. Aber es steckte noch mehr dahinter. Ein Zittern …

Angst, dachte sie. Argyll fürchtet sich vor irgend etwas. Vor Colin vielleicht. Oder vor Alec. Sie konnte natürlich nicht sicher sein. Aber eines wußte sie genau: Er hatte Angst.

Sie sah sich um. Colin und Alec kamen ihr wie Fremde vor. Ihre Gesichter waren hart wie Stahl, und ihre Stimmen waren zwar höflich und förmlich, aber kaum freundlich zu nennen.

Celia und ein Teil des Gefolges betraten hinter den Kriegern Argylls Halle. Es handelte sich um einen hohen Raum, in dessen Mitte ein großes Kochfeuer brannte. Auf den Bänken an den Seitenwänden der verräucherten Halle saßen zahlreiche Soldaten und Diener. Frauen, die ausschließlich zur Unterhaltung der Männer anwesend waren, gingen umher und lachten über unverschämte Bemerkungen der Soldaten.

Als die Truppe der Campbells mit Argyll an der Spitze die Halle betrat, standen einige der Krieger auf, und der Lärm ließ etwas nach. Ansonsten aber ging die Zecherei unvermindert weiter. Nur die Frauen schienen sich ernsthaft für die Neuankömmlinge zu interessieren, und Celia beobachtete verärgert, wie ein paar von ihnen sich auf Colin zubewegten wie Bienen zum Honig.

Runts Bruder Emmet, der Colins ausgewählte Soldaten befehligte, stellte sich neben Celia. Colin hatte ihm die wahre Identität dieses Knappen enthüllt und ihn mit der Aufgabe betraut, ihr wie ein Schatten zu folgen und sämtliche Gefahren abzuwehren. Auf dem Schiff hatten sie sich miteinander unterhalten, und Celia war beeindruckt gewesen, wie sehr Emmet dem Clan der Campbells ergeben war.

Celia bemerkte, daß sie jetzt vollkommen von Emmet, Colin und Alec eingekreist war. Sie wollten kein Risiko eingehen. Kaum konnte sie sehen, wie Colin sich den Dirnen gegenüber verhielt.

Argyll rief seinen Dienern zu, daß sie am Kopftisch für Alec und Colin decken sollten, und die Ritter, die dort Platz genommen hatten, verzogen sich murrend. Colin ergriff den Arm des Earl und flüsterte ihm etwas ins Ohr, woraufhin Argyll einen seiner Haushofmeister heranwinkte.

»Oswald, vor dem Essen möchten unsere Gäste in die für sie vorbereiteten Zimmer geführt werden. Sorge dafür, daß in jedem Raum ein Krug mit frischem Wasser steht.« Der Earl warf Colin einen ironischen Blick zu. »Ich hoffe doch, daß Ihr Euch nicht in einen dieser Hofschranzen verwandelt habt, die häufiger als zweimal im Jahr baden.«

Colin lachte nicht, was Argyll keineswegs entging. Er wandte sich schnell um und ging zu seinem Platz am Tisch.

»Emmet... Jack...«, rief Colin. »Ihr kommt mit. Ich möchte, daß die Hälfte der anderen auf dieser Seite der Halle bleibt. Die übrigen sollten die Dirnen meiden, damit sich niemand die Syphilis holt.«

Oswald, ein rattengesichtig aussehender kleiner Mann, führte sie über eine gewundene Steintreppe in einen der beiden niedrigen Türme, die sich über dem Hauptgebäude des Schlosses erhoben. Oben angelangt, standen sie in einem feuchten, schmalen Korridor, von dem aus zwei Türen abgingen.

»Lord Macpherson, bitte dort«, sagte Oswald mit weinerlicher Stimme und deutete auf eine Tür. »Und Lord Campbell, hier hinein.«

Der Haushofmeister stieß die beiden Türen auf, drehte sich dann unhöflich auf dem Absatz herum und trat den Rückzug an.

»Haushofmeister«, befahl Colin. »Laß das Wasser *sofort* heraufbringen. Und eine Heizpfanne für jedes Zimmer.«

Celia sah, wie Oswald die Augen vor Colins grimmigem Blick abwandte und mit einem gemurmelten »Ja, M'lord« die Treppen hinunterlief.

»Emmet, ich möchte, daß du auf dem Treppenabsatz Wache hältst. Ich werde noch einen deiner Männer zu dir hinaufsenden.« Colin wandte sich um und spähte in das Zimmer.

Alec griff Celia am Arm und zwinkerte ihr zu. »Jack, mein guter Knappe«, sagte er, laut genug, daß Colin sofort aufhorchte. »Ich brauche jemanden, der mir beim Ablegen der Rüstung hilft.«

Colin warf ihm über Celias lächelndes Gesicht hinweg einen finsteren Blick zu. »Wenn du bei deiner Ausrüstung irgendwelche Hilfe brauchst, Macpherson, dann werde ich dir gerne höchstpersönlich helfen.«

Er ergriff Celias anderen Arm, löste Alecs Hand von ihrem Ellbogen und zog sie auf sein Zimmer zu.

»Emmet«, sagte er und nahm noch eine der Fackel von der Wand im Flur. »Deine Aufgabe besteht darin, meinen Knappen vor *jeglichem* Eindringling zu schützen – einschließlich dem aus dem Zimmer nebenan.«

Colin schloß die Tür hinter sich und durchquerte das Zimmer, wobei er die Fackel in einem Halter an der Wand neben dem Bett befestigte.

Schweigend beobachtete Celia, wie der Krieger jeden Zentimeter des kleinen Raumes untersuchte. Das einzige Möbelstück war das Bett. Ein schmaler Schießschacht in der Wand diente als Fenster. Vor der Öffnung hing ein Lederfetzen, der in der kalten Brise ständig gegen die Wand schlug.

Der Holzboden war mit Binsen bedeckt, aber nirgends waren die Binsen dick genug, daß eine Geheimtür darunter hätte verborgen sein können. Trotzdem inspizierte Colin die Dielenbretter, spähte unter das Bett und zum Fenster hinaus, dann ließ er die Finger über die Steinwände gleiten, offensichtlich auf der Suche nach einem anderen Eingang. Ihn zu beobachten, war für Celia außerordentlich lehrreich.

Als er seine Suche beendet hatte, wandte er sich um und hängte seinen durchweichten Mantel und die Satteltasche an einen der Nägel in der Nähe des Bettes.

Inzwischen konnte Celia Vater Williams Zögern, Kit früher als nötig hierherzubringen, durchaus verstehen. Das Schloß und seine Umgebung waren schmutzig, aber noch nachteiliger war der offensichtliche Mangel an Disziplin, den der Earl of Argyll durchgehen ließ. Celia fragte sich, ob er überhaupt in der Lage war, sich selbst zu beschützen… ganz zu schweigen von Kit. Es war kaum zu glauben, daß dieser Mann einmal mit einer Frau von so vornehmer Herkunft wie Kits Tante verheiratet gewesen war.

Celia hatte sie nicht gekannt; lange bevor sie nach Schottland gekommen war, hatte jene Frau Argyll geheiratet und den Hof verlassen, um in den Westen des Landes zu ziehen. Obwohl sie illegitimer Herkunft war, floß in ihren Adern das Blut des Königshauses, und sie hatte Argylls Haushalt Wohlstand und Ehre gebracht.

»Wie ich sehe, stehst du dem Earl nicht besonders nahe«, sagte Celia, die sich daran erinnerte, wie kurz angebunden Colin Argyll gegenüber gewesen war.

»Ich vertraue ihm nicht«, sagte Colin und zog seine leichte Rüstung aus. »Und du solltest es auch nicht tun.«

Colin kannte den Mann schon sein Leben lang und hatte ihn noch nie gemocht. Aber Argyll war ein Verwandter des Königs, und zu Beginn der Amtszeit von James IV. war er sein starker Arm im Westen gewesen. Während die Campbells sich vom Hof ferngehalten hatten, hatte Argyll bewußt die Straße der Macht gewählt. Als die Highlander Jahre zuvor offen gegen die Stuarts rebelliert hatten, vertrat Argyll die königliche Macht im Westen gewesen, während der Earl of Huntly für James den Kampf im Nordwesten der Highlands führte.

Seit Jahren erntete Argyll nun die Früchte seiner damaligen Loyalität, saugte das Land aus, führte ein Leben in persönlichem Luxus, dachte jedoch niemals an die Zukunft. Im Gegensatz dazu hatte Huntly seine Macht und sein Prestige benutzt, um ein besseres, ein vereinteres Schottland aufzubauen.

Gerade jetzt arbeitete Huntly daran, die Zukunft des jungen König James V. zu sichern. Das gleiche Ziel verfolgten auch die Campbells, die Macphersons und ein paar andere mächtige Clans. Nur deshalb war Colin auf Argylls Winterschloß gekommen war. Der Earl sollte ihm per Unterschrift bestätigen, daß er nicht vergessen hatte, wem seine Untertanenpflicht gebührte.

»Wir gehen doch noch wieder hinunter in die Halle, nicht wahr?« fragte Celia. Sie wollte unbedingt noch einmal Gelegenheit haben, Argyll in Augenschein zu nehmen. Ihr war durchaus klar, daß ihr Urteil sich einzig und allein auf den Zustand seines Anwesens und des Dorfes gründete, und das war nicht ganz fair. Erst wenn Huntly die Verhandlungen abgeschlossen hatte, würden sie und Kit hier auf Argyll wohnen müssen. Aber Celia wußte, daß sie nicht herkommen würde, solange sie nicht wenigstens das Gefühl hatte, in Sicherheit zu sein.

»*Ich* werde nach unten gehen«, antwortete Colin. »Du nicht. Wenn eine dieser Dirnen dir zu nahe käme, würde deine Identität sofort enttarnt werden. Und wer weiß, was dann geschähe.«

»Aber ...«

»Kein aber, Celia«, befahl er. »Wir werden morgen zu deinem geistlichen Freund aufbrechen. Aber bis dann hältst du dich zurück.«

Colin wollte nicht Gefahr laufen, sie im Tumult der überfüllten Halle aus den Augen zu verlieren. Aber er war mehr als nur um ihre Sicherheit besorgt. Er wußte, daß sie weder auf den Schiffen ihres Vaters, noch bei Hof jemals Zeugin dieser Art von Unterhaltung gewesen war, wie Argyll sie ihnen im Verlaufe des Abends wahrscheinlich bieten würde.

»Nun, jetzt weiß ich, warum Emmet wirklich da draußen steht«, antwortete sie eigensinnig. »Er soll mich hier oben festhalten.«

Celia wußte, daß Colin recht hatte, wenn er es für möglich hielt, daß sie dort unten enttarnt würde. In ihrer Verkleidung hatte sie schon viele Männer zum Narren gehalten, aber mit Frauen hatte sie in dieser Hinsicht keine Erfahrungen. Aber wie sonst konnte sie dem Earl nah genug kommen, um sich selbst ein Bild von ihm machen zu können?

»Ich will dich nicht einsperren, sondern dich beschützen, so gut es geht«, antwortete Colin und ging zu ihr hinüber. Er legte ihr die Hände auf die Schultern und sah sie aufmerksam an. Er mußte Celia unbedingt davon überzeugen, daß es besser war, in diesem Zimmer zu bleiben. Sie würde Emmet kurzerhand überlisten, wenn sie nicht von sich aus einverstanden war.

»Du hast mich gebeten, Dinge zu tun und Versprechen zu geben, ohne mir deine Gründe zu erklären«, sagte er. »Und ich habe getan, was du wolltest, weil ich deinem Urteil vertraue, und weil ich dich für eine intelligente, vernünftige Person halte, die niemals das Leben eines Menschen in Gefahr bringen würde, einschließlich deines eigenen. Jetzt bitte ich dich, *mir* ein Versprechen zu geben. Diesmal mußt du *meinem* Urteil vertrauen: In die Halle hinunterzugehen, ist eine außerordentlich schlechte Entscheidung.«

Celia wußte, daß Colin recht hatte. Von Anfang an war er großzügig gewesen, vertrauensvoll und liebevoll. Er hatte in ihr die Frau erkannt, die sie im Kern ihres Wesens war, und er hatte sie als solche akzeptiert. Nie hatte er auf die Gerüchte gehört, die über Lady Caithness in Umlauf waren. Das war einer der Gründe, warum sie ihn so sehr liebte. Liebe? dachte sie erstaunt. Liebe!

»Celia, hörst du mir überhaupt zu?«

»Ja ... du ... hast gesagt ...«

»Versprich es mir«, sagte Colin und schüttelte sie sanft. Er wollte jetzt ihre ganze Aufmerksamkeit.

»Dir *was* versprechen?« fragte Celia und erholte sich langsam von ihrer Erkenntnis. Sie sah in seine schönen, grauen Augen. Sie spürte seinen starken Griff an ihren Schultern, seine Finger verbrannten ihr Fleisch – auch durch die Schichten der Kleidung hindurch. Sie wünschte, daß er sie jetzt in den Arm nehmen würde ... sie küßte ...

»Versprich mir, daß du hier in diesem Zimmer bleibst«, wiederholte er. »Versprich mir, daß du nicht zu entkommen versuchst oder etwas ähnlich Törichtes unternimmst.«

Celia nickte bedächtig. Sie wollte ihm versprechen, daß sie für immer bleiben würde.

»Versprich es mir«, sagte er, und sein Gesicht war dem ihren jetzt ganz nah. »Sag es.«

»Ich verspreche es«, flüsterte Celia.

Colins Lippen berührten die ihren. Der Kuß war hart und endete viel zu schnell. Colin ließ langsam ihre Schultern los und sah liebevoll in diese schönen Augen und auf das beschmierte Gesicht herab. Dann lächelte er, wandte sich um und verließ den Raum.

Draußen im Gang warteten Alec und Emmet auf ihn. Bei seinem Anblick gluckten die beiden leise vor sich hin.

»Habt Ihr beiden ein Problem?« knurrte Colin.

»*Wir* haben kein Problem«, sagte Alec gutmütig. »Aber wir küssen ja auch nicht unsere Knappen. Weißt du, das ist eine ganz neue Seite an dir. Davon wußte ich bis heute ja gar nichts.«

Blitzartig wurde Colin klar, daß etwas von Celias schmutziger Tarnung an seinem Gesicht hängen geblieben war. Er versuchte, sich den Dreck abzuwischen. Lachend kamen Emmet und Alec ihm zu Hilfe.

Celia langweilte sich. Sie begann Colins Rüstung auf dem Boden neben dem Bett auszulegen. Ein leichtes Klopfen ertönte, und sie wandte den Kopf, um sich davon zu überzeugen, daß die Tür des Gemachs offen war. Sofort griff sie nach dem Schwert an ihrem Gürtel. Eine junge Frau trat ein, die eine große Schüssel mit Wasser trug. Sie warf Celia einen schnellen, abschätzigen Blick zu, dem ein leichtes Lächeln folgte, als sie die Schüssel in eine Ecke des Zimmers stellte. Ohne ein weiteres Wort ging sie wieder hinaus, schloß die Tür jedoch nicht hinter sich.

Draußen sah Celia Emmet stehen. Einen Augenblick später kehrte das Mädchen wieder zurück und schloß die Tür mit einem Fußtritt. Sie stellte eine heiße Kohlenpfanne neben das Wasser. Celia wartete darauf, daß das Mädchen das Zimmer wieder verlassen würde. Doch es beschäftigte sich angelegentlich mit dem Torf für das Feuer und warf dabei hin und wieder einen Blick in Celias Richtung.

Diese Magd brauchte ja ewig! Celia gingen die Langsamkeit und die prüfenden Blicke des Mädchens schon auf die Nerven, als es endlich aufstand und Celia fragte: »Soll ich bleiben oder lieber später noch einmal wiederkommen?«

»Bleiben?« fragte Celia verblüfft. »Wozu?«

Das Mädchen zog die Augenbraue in die Höhe und warf ihr einen koketten Blick zu. Sie ging auf das Bett zu und begann, ihren schmutzigen Kittel in die Höhe zu ziehen.

»Wir haben noch etwas Zeit, bevor Euer Herr hinaufkommt. Es sei denn, daß Ihr es vielleicht noch niemals gemacht habt?« Das Mädchen hielt inne und beobachtete seine Beute amüsiert. »Nun?«

»Natürlich«, stotterte Celia, die jetzt verstand, warum Colin so besorgt gewesen war.

»Nein, ich wette, Ihr habt es noch nicht gemacht. Aber Ihr könnt mich als erster ausprobieren, bevor Euer Herr es tut.«

»Euch ausprobieren?« fragte Celia scharf. »Ihr glaubt, Colin Campbell wird es mit Euch treiben?« Sie würde ihm die Augen auskratzen, wenn er auf diese Idee käme!

»Warum? Hältst du mich etwa für nicht gut genug für deinen Herrn?« fragte das Mädchen keß.

»Genau«, sagte Celia. »Niemand auf diesem Schloß ist gut genug für Lord Colin Campbell.«

»Das stimmt vielleicht im Augenblick noch. Aber nicht mehr lange«, sagte das Mädchen prahlerisch.

Aus ihrer Zeit am Hof wußte Celia, daß Unterhaltungen wie diese immer die besten Informationen einbrachten.

»Dummes Gerede«, höhnte sie deshalb. »Dein Earl wird niemals in der Lage sein, eine Lady hierher zu locken, zumindest nicht eine von der Sorte, wie *mein* Herr sie gewöhnt ist.«

»Sicher kann er das. Er hat es sogar schon getan. Wir erwarten jeden Tag die Ankunft einer wirklich vornehmen Dame.«

»Und wo soll die wohnen?« fragte Celia und sah sich um. Sie lachte in sich hinein. Schließlich war *sie* die ›vornehme Dame‹, von der die junge Frau gesprochen hatte. »Etwa in diesem Abfallhaufen? Dieses Schloß ist so schmutzig und heruntergekommen, daß keine wirkliche Lady es auch nur einen Tag lang hier aushalten würde.«

»Aber es stimmt trotzdem. Und in der Küche erzählt man sich, daß die Lady sogar bleiben wird. Mein Earl will sie nämlich veranlassen, ihn zu heiraten.«

»Das ... kann er gar nicht!« Diese Information behagte Celia überhaupt nicht. Ihre bisher nur gefühlsbedingte Abneigung gegen Argyll hatte soeben einen Anlaß gefunden. Aber konnte Vater William das wissen?

»Und ob. Es geht das Gerücht, daß diese Lady viel Geld hat, deshalb wird der Earl sie zwingen, ihn zu heiraten. Und mit ihrem Geld wird er das Schloß aufmöbeln, so daß es hinterher noch schöner aussieht als der Ort, wo Ihr herkommt, Jüngelchen.«

Celia spürte, wie sich in ihrer Kehle ein Kloß bildete, der sie beinahe zu ersticken drohte. Sie mußte dieses Mädchen jetzt los werden.

»Raus hier, du gemeine Tochter einer leprakranken Hafenhure«, rief sie und zog das Schwert zur Hälfte aus der Scheide. »Mein Herr hat mit dir und deinesgleichen nichts zu schaffen.«

Das Mädchen wandte sich um und floh aus dem Zimmer, überrascht über den heftigen Ausbruch des Knappen.

Celia lehnte sich schwer gegen die Steinwand des Turmzimmers und sank dann zu Boden. Die ganze Zeit über hatte ihre einzige Sorge der Sicherheit Kits gegolten. Nie hatte sie erwartet, daß seine Freiheit eine lebenslange Kerkerhaft für sie selbst bedeuten konnte. Der ursprüngliche Plan lautete, Kit nach Argyll zu bringen und dort auf Huntly zu warten. Sie wußte, Huntly würde ein Komplott wie das, von dem sie gerade gehört hatte, nie unterstützen.

Celias Rücken straffte sich. Argyll hatte schon einmal einer Frau zunächst ihr Vermögen und dann ihren Lebenswillen geraubt – sie würde ganz sicher nicht sein zweites Opfer sein.

Noch bevor die Tür ganz auf war, hatte Celia sich schon aus dem großen Bett gerollt. Sie war hellwach und hielt das Schwert in der Hand. Sie verschmolz mit den dunklen Schatten, die die Bettvorhänge im flackernden Licht der Kohlenpfanne warfen, und versuchte, die große Gestalt zu erkennen, die gerade ins Zimmer trat.

»Äh … Jack … ich bin's, Colin«, flüsterte Colin in die Dunkelheit. »Schneid mir nicht die Kehle durch, bevor sich meine Augen nicht an dieses Licht gewöhnt haben.«

Celia lächelte und trat aus dem Schatten hinaus.

Colins Herz machte einen Satz. Selbst im Dämmerlicht war Celia eine Schönheit. Sie hatte die Knappenkleidung ausgezogen. Statt dessen trug sie jetzt eines seiner Hemden als Nachtkleid. Er hätte nie gedacht, daß etwas so Reizloses wie sein eigenes Hemd sich in etwas derart Exotisches und Verführerisches verwandeln konnte.

Celia hatte den Schmutz abgewaschen, der die Schönheit ihres Gesichts verborgen hatte, und ihre Augen funkelten wie schwarze Diamanten.

»Was tust du hier?« fragte sie überrascht.

»Das da unten ist nicht die Art von Gesellschaft, wie ich sie liebe. Aber verdammt, warum mußtest du dich waschen?« grollte er. Colin hatte geglaubt, sein Verlangen vielleicht zügeln zu können, solange sie aussah wie Jack, aber jetzt durchlebte er bereits wieder Höllenqualen.

»Nicht waschen? Mach dich nicht lächerlich. Ich war schmutzig. Außerdem habe ich dich gefragt, was du hier tust«, sagte sie. »Ich nahm an, daß du heute nacht das Zimmer mit Alec teilst.«

»Ich würde es vorziehen, mit dir zu schlafen statt mit Alec«, scherzte Colin und kam zum Bett hinüber. »Außerdem hat Argyll uns soeben hinaufbegleitet. Es wäre sehr schwierig gewesen, ihm zu erklären, warum mein Knappe sein eigenes Zimmer bekommt, während Alec und ich uns eine Kammer teilen.«

»Aber ... das ... wir ... ist nicht schicklich«, stotterte sie. Plötzlich war sie sehr verlegen. Die Unausweichlichkeit dieses Augenblicks traf sie mit ungeheurer Wucht. Am Tag zuvor war Celia fast bereit gewesen, sich ihm völlig hinzugeben. Aber heute, da die Geräusche einer wilden Orgie die Treppe heraufdrangen, war sie alles andere als bereit, jene Freuden kennenzulernen, nach denen sie sich sehnte, die sie aber ebenso ängstigten. Sie zog Colins Hemd vorn fester zusammen, doch dann ließ sie es wieder los, denn ihr wurde klar, daß ihre Figur nur um so deutlicher zu sehen war.

»Ich will mein Hemd zurück haben«, sagte er plötzlich und begab sich auf die gegenüberliegende Seite des Bettes.

Bevor sie über eine Antwort nachdenken konnte, flüsterte er mit Nachdruck: »SOFORT!«

»Das geht nicht«, flüsterte sie ebenso nachdrücklich zurück. »Ich habe es in deiner Satteltasche gefunden. Eigentlich hatte ich gehofft, dort etwas Eßbares zu finden, aber das Hemd war das einzige, was ich gebrauchen konnte.«

»Wie schade«, sagte er und legte das Schwert ab. »Das bedeutet, wenn etwas zu essen darin gewesen wäre, hättest du jetzt gar nichts an.«

Sie warf ihm über das Bett hinweg einen warnenden Blick zu.

»Colin, du hast doch wohl nicht allen Ernstes die Absicht, mit mir im gleichen Bett zu schlafen!«

»Natürlich«, antwortete er. »Im Schloß von Kildalton wirst du keine finden, aber Highland-Zecken haben hier fast die Größe kleiner Hunde, und sie saugen einen menschlichen Körper aus bis auf den letzten Blutstropfen.«

Colin blickte sich mit dramatischem Gesichtsausdruck um, bevor er fortfuhr. »Und diese schäbige Hütte ist davon förmlich verseucht.«

Celia spielte mit. Sie sprang mitten aufs Bett, zog die

nackten Füße unter ihren Körper und spähte mit gezücktem Schwert in der Hand auf den dunklen Boden.

»Rutsch rüber«, befahl Colin. »Und leg das Schwert weg, das wirst du heute nacht nicht brauchen.«

Sie schlängelte sich zur anderen Bettseite und lehnte das Kurzschwert unten dagegen. Dabei beobachtete sie jede seiner Bewegungen genau.

Colin setzte sich mit dem Rücken zu ihr auf die Bettkante und entledigte sich seiner Stiefel. Ohne aufzustehen zog er das Hemd über den Kopf.

Celia blickte mit weit aufgerissenen Augen auf den breiten, herrlichen Rücken, die scharf gemeißelten Muskeln, die gezackte Narbe, die vom Außenrand seiner rechten Schulter bis zur Mitte seines Rückens lief...

»Sieh mich nicht so an, oder ich ...«, sagte er drohend.

Celia errötete vor Verlegenheit darüber, daß sie erwischt worden war. »Ich habe dich nicht angesehen«, sagte sie eilig. Aber gleichzeitig streckte sie die Hand aus und berührte seinen Rücken. Mit den Fingern fuhr sie über die Narbe. »Woher hast du die?«

Colins Rücken straffte sich, da ihre Finger Schockwellen intensiver Lust durch seinen Körper sandten.

»Von unser ... Gastgeber«, sagte er mit zusammengebissenen Zähnen.

»Argyll?« fragte Celia erstaunt. »Wie ist das passiert?«

»In jedem Jahr versammeln sich die Clans und veranstalten Spiele ... Wettkämpfe«, antwortete Colin. »Als ich vierzehn war, kämpfte ich zum ersten Mal bei den Männern mit. Argyll war zu diesem Zeitpunkt in der Blüte seiner Jahre. Ich schlug ihn, aber er griff mich mit seinem Schwert an und behauptete, daß ich ihn durch meine Prahlerei in seiner Ehre verletzt hatte.«

»Und? Hast du wirklich geprahlt?« fragte sie und ließ ihre Hand erneut über das breite weiße Band gleiten, das ihm den Tod hätte bringen können.

Colin wandte sich halb zu ihr um. »Natürlich. Ich war doch erst vierzehn.«

Er sah sie über die Schulter hinweg an. Sein Verlangen wuchs mit jedem Augenblick, da ihre Finger auf seiner Haut verharrten. Ihr Gesicht war sehr nachdenklich, während sie die alte Wunde betrachtete. Der Ausschnitt des Hemdes entblößte einen Teil ihres Körpers, als sie sich auf dem Bett nach vorn beugte, und was Colin in der Dunkelheit nicht erkennen konnte, das ergänzte er durch seine lebhafte Fantasie.

Ein großes, rundes Medaillon hing an einer Kette um ihren Hals. Im Dämmerlicht sah er, daß es mit drei dreieckig angeordneten, schwarzen Steinen besetzt war, von denen einer größer war als die anderen beiden. Aber es war nicht Celias Schmuck, der Colin am meisten interessierte.

Als er sich vollends zu ihr umdrehte, fuhr Celias Hand zurück, als ob sie sich verbrannt hätte. Schnell rutschte sie wieder auf ihre Seite des Bettes, faltete die Hände im Schoß und senkte den Blick.

»Celia«, sagte Colin mit heiserer Stimme. »Du sollst nicht aufhören, mich zu berühren. Mehr als alles andere wünsche ich mir, dich in den Armen zu halten, dich zu küssen, deine weiche Haut zu spüren. Ich möchte den Teil von dir entdecken, nach dem ich mich sehne. Ich will dich lieben.«

Celia spürte, wie ihre Atmung aussetzte. Eine ungeheure Hitze raste durch ihren Körper, entflammte sie. Colins Worte allein ließen sie vor Verlangen entbrennen. Aber die Woge der Lust, die von ihr Besitz ergriff, verunsicherte sie – diese Gefühle waren ihr vollkommen fremd. Ihr Leben war so lange so … beherrscht und selbstgenügsam gewesen!

Und dann der Ort, an dem sie sich befanden! Das schäbige Winterschloß des Earl of Argyll war wohl kaum die geeignete Umgebung, in der sie Colin Campbell zum ersten Mal lieben wollte.

Doch ihr fehlten die Worte. Sie wußte nicht, wie sie ihm ihre Gefühle klar machen sollte. Sie wollte ihn, aber nicht jetzt, nicht hier.

Colin betrachtete sie. Wie ein Engel hockte sie auf dem Bett, die Hände im Schoß ineinander verkrampft, die Wangen hochrot, die Augen bestrebt, ihn nicht anzusehen. Sie sah verängstigt aus, unsicher – aber wovor hatte sie Angst? Vor ihm? In diesem Augenblick kam sie ihm so unschuldig vor, so wenig bereit, so jungfräulich. Sie war sechs Jahre lang am Hof gewesen, aber in Colin verdichtete sich der Verdacht, daß er der erste Mann war, den sie jemals näher kennengelernt hatte. Und so sehr er sie begehrte, so sehr allein ihr Anblick ihm die Beherrschung raubte: Er wollte, daß sie verstand, daß er sie niemals zu etwas zwingen würde. Zeit und Geduld würden dazu führen, daß sie ihn ebenso sehr begehrte wie er sie. Und er wollte sie, nicht nur für heute nacht, nicht für kurze Zeit. Er wollte sie für alle Ewigkeit an seiner Seite haben.

»Celia, ich werde keinen Vorteil aus unserer Situation ziehen«, sagte Colin beruhigend. »Es wird sich noch eine bessere Gelegenheit auftun.«

Ihre Augen hefteten sich voller Dankbarkeit auf ihn.

»Aber dann mußt du mir wenigstens ein bißchen helfen«, sagte er mit einem kleinen Lächeln.

»Was soll ich tun?« fragte Celia eifrig.

»Kriech unter die Decke«, befahl Colin.

Sie huschte mit einer schnellen Bewegung unter die Decke und zog sie bis zum Kinn hinauf.

»Bleib auf deiner Seite des Bettes«, fuhr er fort. »Berühre mich nicht. Sieh mich nicht an. Denk noch nicht einmal an mich. Verstehst du?«

Sie nickte, grinste und wandte ihm den Rücken zu. Er zog sich weiter aus.

»Und eins sage ich dir: Irgendwann wirst du dafür bezahlen«, sagte er lächelnd und kroch ebenfalls unter die Decke.

Die kalte Brise des Frühlingsmorgens strich über Colins nackte Schulter, von der die Decke heruntergerutscht war.

Er lag noch im Halbschlaf, als er sich näher an den warmen Rücken neben ihm kuschelte.

Ihm war weder bewußt, daß ihr Bein zwischen dem seinen lag, noch daß sein Arm ihren Körper umschlang. Celias Kopf lag auf seinem Arm, und ihr Rücken war dicht an seine Brust gedrängt. Das Hemd, das sie trug, war hinaufgerutscht, und die Haut ihrer Beine berührte warm die seine.

Colins Hand ruhte auf ihrer vollen, runden Brust, und als er sich bewegte, reagierte Celia auf seine Umarmung, indem sie ihren Körper näher an den seinen drängte.

Colins Hand strich leicht über ihre empfindliche Brustwarze, und sie verhärtete sich auf der Stelle.

Als er spürte, wie Celia auf seine unbewußte Berührung reagierte, war Colin plötzlich hellwach. Sie hatten sich offenbar während der Nacht wie von einem Magneten angezogen aufeinanderzubewegt.

In ihrem Traum trieb Celia auf einem goldenen Meer. Das Boot war voller bunter Blumen, die die Luft mit ihrem berauschenden Aroma erfüllten. Sie lag auf einem Bett aus Gold, und am blauen Himmel über ihr trieb nicht eine einzige Wolke. Sie spürte, wie eine warme, sanfte Brise durch das Leinen drang, das ihren Körper umhüllte. Plötzlich merkte sie, daß ein Mann an ihrer Seite war – daß er sie im Arm hielt, sie berührte.

Sie spürte, wie sie von ihm angezogen wurde. Während die eine Hand sie festhielt, streichelte die andere ihr Gesicht, ihren Nacken. Dann glitt sie weiter nach unten, und Celia bäumte sich seiner Hand entgegen. Sie bemerkte genau, wie sich das weiche Leinen an die Haut ihrer Brüste schmiegte. Ihre Brustwarzen hoben sich den Fingerspitzen entgegen, die den empfindlichen Punkt umkreisten und Wellen der Lust tief in ihren Körper trieben.

Mittlerweile war Colin unglaublich erregt. Celias warmer Körper preßte sich immer fester gegen den seinen. Ihr Duft vermischte sich mit der frischen Brise, die durch die winzige Fensteröffnung hereingelangte, und Colin war überwältigt von der Mischung aus Zärtlichkeit und Verlangen, die er für diese Frau empfand, die so zufrieden in seinen Armen lag.

Seine Hand fuhr fort, ihre Brüste zu erforschen, er umspannte die Fülle der einen, dann wanderte er zu der anderen hinüber, preßte sie sanft zusammen, so daß sie scharf einatmete. Er schob das schwere Medaillon beiseite.

In Celias Traum erschienen Seevögel, die weit oben ihre Kreise zogen – wilde, blendend weiße Flecken an dem strahlend blauen Taghimmel. Seine Hand verließ ihre Brüste und bewegte sich an ihrem Bauch hinunter auf ihre Hüften zu, wo das Hemd endete. Er hob das zarte Gewebe, und seine Finger glitten wieder hinauf, über die weiche Haut bis zu den herausfordernden Hügeln. Heftige Schauer durchzuckten ihren ganzen Körper, als er ihre steil aufgerichteten, harten Brustwarzen massierte.

Celia hatte das Gefühl, daß seine köstliche Wärme und Nähe sie förmlich umhüllten. Der Zauber seiner Hände hatte sie geweckt. Sie verspürte keine Angst mehr, nur noch intensives Verlangen und Vorfreude, als seine Lippen die weiche Kurve ihres Nackens liebkosten. Heiß lagen sie auf ihrem Hals, und Celia reckte sich ihm entgegen. Ihre Haut schien mit seinen Lippen zu verschmelzen. Er bedeckte sie mit heißen Küssen. Sanft und vorsichtig nahm er dann ihr Ohr zwischen die Lippen und saugte daran herum.

Sie keuchte nur ein einziges Wort: »Colin ...«

»Ich bin hier, Geliebte«, flüsterte er.

Durch diese einfachen Worte, die so natürlich über seine Lippen kamen, eröffnete er ihr eine neue Welt. In Colins Armen fühlte sie sich sicher, geborgen, begehrt.

Colin wollte Celia lieben – jetzt. Er wollte mit ihr Freuden teilen, die sie noch nie zuvor erlebt hatte. Er wollte die Leidenschaft entfesseln, die in ihrem Innern toste.

Celia drehte sich langsam in seinen Armen um, sah ihn an, öffnete sich seiner zärtlichen Berührung noch mehr.

Ihre Lippen trafen sich in der weißglühenden Hitze des Verlangens, suchten einander zu schmecken, zu erforschen, zu verschlingen. In den Tiefen ihres Mundes pulsierten ihre unersättlichen Zungen in einem berauschten Tanz der Liebe.

Colin hörte einen Laut, der aus seiner eigenen Kehle kam, ein leises Grollen, von dem er wußte, daß es alsbald sämtliche anderen Geräusche ausblenden würde. Aber während dieses Zeichen seiner tosenden Leidenschaft in ihm wuchs, wollte er auch Celia in die luftigen Höhen der Ekstase entführen. Er versuchte, sich auf sie zu konzentrieren, eine Aufgabe, die seine ganze Disziplin erforderte. Er ließ die Lippen bis zu ihrem Kinn wandern, zeichnete mit dem Mund und der Zunge einen heißen Pfad, der ihren Hals hinab und dann tief in den Ausschnitt ihres Hemdes hinunterführte. Schließlich gelangte er in das Tal zwischen ihren Brüsten.

Er quälte Celia, indem er durch das dünne Leinen des Hemdes hindurch an einer Brustwarze saugte. Celia stöhnte und bäumte sich ihm entgegen.

Ihr Körper bebte, als er die Brust wieder losließ und seine Hand ihren Bauch hinunter bis zu dem kleinen seidig-schwarzen Dreieck an der Mündung ihrer Schenkel bewegte. Instinktiv hoben sich ihre Lippen den seinen noch stärker entgegen, langsam öffneten sich ihre Beine, während seine Finger ganz sacht die empfindliche Knospe und die Falten darunter erforschte, die schon feucht vor Verlangen waren. Rote und weiße Blitze zuckten vor ihren Augen, und Celias Atem kam nur noch stoßweise. Ihr Körper begann in einem Rhythmus zu pulsieren, der ihr fremd war … und doch seltsam vertraut.

Celia kämpfte das drängende Gefühl nieder, das sie hinwegzufegen schien. Verzweifelt wünschte sie sich, seine Haut mit den Fingerspitzen zu ertasten, seinen Körper dicht an sich zu pressen, ihm die gleichen Freuden zu schenken, die er ihr bereitete. Erneut verschmolzen ihre Lippen miteinander. Seine Hand streichelte ihre Hüften und wanderte zu den straffen Rundungen ihres Hinterteils, dann zog er sie fest gegen die erigierte Präsenz seiner Männlichkeit.

Celia keuchte, als sie die pulsierende Härte an ihren Schenkeln spürte. Mit so etwas war ihr Körper noch nie in Berührung gekommen.

»Du hast nackt geschlafen«, stieß sie hervor, und die Empfindungen, die sie durchfluteten, erregten sie immer mehr. Sie ließ die Finger über seine muskulöse Brust gleiten.

Colin hielt inne. Ihre Worte hatten das schwirrende Grollen in seinem Kopf noch gerade durchdringen können. Er legte ein Bein über sie, hielt sie jedoch weiterhin neben sich und preßte das Knie gegen ihre seidige Weiblichkeit. Zögernd hob er kurz darauf den Kopf und sah in Celias engelhaftes Antlitz. Sie blickte schockiert, fragend und neugierig drein. Er wollte diesen Augenblick so lange wie möglich hinauszögern, ihn auskosten.

»Hmmm ... gefällt dir das?« brummte er. Seine Hand und sein Bein preßten sie weiterhin an sich.

Celia war von dem pulsierenden Speer überwältigt, der sich so intim gegen ihren Bauch preßte. Sie nickte vorsichtig.

»Ja, Colin ...«, flüsterte sie und zögerte. »Aber ich habe auch Angst.«

»Warum?« fragte er geistesabwesend und liebkoste die seidige Haut ihres Rückens.

»Weil es das erste Mal für mich ist«, antwortete sie, die Augen auf seinen Mund gerichtet.

»Ich wußte, daß du noch Jungfrau bist«, sagte er. Voller Übermut zwang er sie, ihn anzusehen.

»Woher?« fragte sie ernsthaft und legte beide Hände an seine Brust. »Wie kommst du darauf?«

»Weil du schon häufig Gelegenheit hattest, mich zu überfallen, aber du hast es nicht getan ... noch nicht.«

Celia rollte Colin auf den Rücken, und er ließ es zu, indem er sein Bein zurückzog. Sie legte sich auf ihn und stütze sich mit den Ellbogen auf seine Brust. Ihr Halsband baumelte herab, und das Medaillon lag auf seiner Haut.

»*Dich* überfallen?« rief sie aus und lächelte auf ihn hinab. »*Das* ist es also, was du gewohnt bist?«

»Wenn du diejenige bist, die mich überfällt, könnte ich mich leicht daran gewöhnen.«

»Du hast meine Frage nicht beantwortet«, sagte Celia, nahm sein Gesicht in die Hände und küßte ihn auf die Lippen. Währenddessen stieß ihre Hüfte sanft gegen seine erregte Männlichkeit, und er stöhnte auf. Ihr Mund senkte sich abermals auf den seinen hinab, und sie küßte ihn leicht, knabberte an seinen vollen Lippen, ihre Zunge schoß hervor, um ihn zu necken und zu quälen.

»Du spielst mit dem Feuer, Frau«, sagte er, und seine Stimme war rauh vor Leidenschaft.

Sie lächelte und fuhr mit ihrem Liebesspiel fort. Sie wußte, was kommen mußte, und zum ersten Mal in ihrem Leben wollte sie es.

Sie trieb Colin zum Wahnsinn, und er genoß es. Aber er verlor die Kontrolle. Das Grollen in seinem Kopf schloß nun tatsächlich jeden weiteren Laut aus. Ihre kastanienbraunen Locken umgaben ihre Gesichter wie ein seidiger Vorhang. Seine Finger strichen über ihren Rücken, über die weiche Wölbung ihres Pos, über das feste Fleisch ihrer Schenkel. Ihre Hüften bewegten sich im Gleichklang. Sie küßte ihn. Er wollte in sie eindringen ... jetzt ... er wollte ihr Innerstes berühren.

Mit einer einzigen Bewegung rollte er sie auf den Rücken und bedeckte sie mit seinem Körper. Er ergriff ihre Hände, legte sie über ihren Kopf, hielt sie dort fest. Dann starrte er auf sie hinunter. Seine Augen waren voller heißer Sehnsucht.

Plötzlich hörte Celia Stimmen im Flur und wandte den Kopf. Colin schien den Lärm gar nicht wahrzunehmen.

»Colin!« flüsterte sie drängend. »Colin! Hör doch!«

Colins Augen wurden sofort klar, als die Stimmen auch zu ihm durchdrangen. Emmet sprach am lautesten. Er schien zwar nicht bedroht zu werden, versuchte aber offensichtlich, seinen Herrn darauf aufmerksam zu machen, daß sie nicht mehr allein waren. Colin ließ Celias Hände los und griff nach seinem Schwert. Als er sich von ihr zurückgezogen hatte, setzte Celia sich im Bett auf. Er warf ihr einen Blick zu und sah, daß auch sie schon ihr Schwert in Händen hielt.

Einen Augenblick lang horchten sie auf die Stimmen. Alec schien mittlerweile ebenfalls dabei zu sein.

»Es ist dieser verdammte Argyll«, murmelte Colin und entspannte sich. »Er war allzu zuvorkommend bei unserem Gespräch gestern abend. Und jetzt kommt er schon in den frühen Morgenstunden mit einem Schreiber aus der Abtei, daran besteht kein Zweifel. Und aus irgendeinem Grund will er uns möglichst schnell loswerden.«

Celia stieg aus dem Bett. Sie wollte unbedingt verhindern, daß jemand merkte, daß sie eine Frau war.

Colin streckte den Arm aus, ergriff ihr Handgelenk und zog sie aufs Bett zurück. »Ich will dich, Celia.«

»Jetzt nicht, Colin! Argyll ...«, flüsterte sie und sah besorgt zur Tür.

»Zur Hölle mit Argyll!« sagte er und lächelte über ihre Besorgnis.

»Aber die Tür!« beharrte sie. »Man kann sie nicht verriegeln!«

»Ich weiß, Liebes«, antwortete er und liebkoste ihre Wange. »Aber unsere Zeit *wird* kommen, glaube mir!«

Zur Tür gewandt rief Colin rauh: »Ich bin gleich da!« Celia hörte, wie die Stimmen im Flur leiser wurden.

Er ließ sie los und griff nach seinem Schwertgurt, der auf dem Boden lag. Als er sich aufrichtete, erblickte er Celias nackten Rücken. Sie zog sich gerade das Hemd über den Kopf. Ihre weichen Kurven, die milchweiße Haut, die schönen Beine, die endlos lang zu sein schienen ... Colin hielt für einen Augenblick voller Bewunderung inne und beobachtete, wie Celia wieder in die Kleider des Knappen schlüpfte.

Dann zog auch er sich an und schnallte das Schwert um. Er trat zu ihr hinüber, drehte sie zu sich um. Gerade hatte sie den riesigen Hut aufgestülpt, der so viel von ihrer Schönheit verdeckte.

»Heute abend sind wir wieder zu Hause«, sagte er leise und küßte sie. »Halte dich während des heutigen Tages immer in der Nähe von Emmet auf. Ich werde dich zur Abtei bringen, wenn ich mit Argyll fertig bin.«

Celia nickte und hielt ihm erneut die Lippen entgegen.

In Argylls Großer Halle war keine Spur des gestrigen Gelages mehr zu sehen. Celia war Emmet die steinerne Treppe hinuntergefolgt. Colin saß bereits unten zwischen den Campbell-Kriegern, die hier gemeinsam frühstückten. Ein Geistlicher mittleren Alters in brauner Wollkutte mit Pelzbesatz hockte zusammen mit Colin, Alec und Argyll am Kopftisch, hörte der immer feindseliger werdenden Diskussion schweigend zu und fingerte nervös an den Perlen, die an der Seidenkordel um seine Taille befestigt waren. Argyll hat wohl selbst nach dem Abt gesandt, dachte Celia. Sie betrachtete die Gesichter der Männer, Colin sah kühl und äußerst beherrscht aus, während er dem Earl seine Forderungen vortrug. Argyll selbst wurde immer erregter, bis er schließlich abrupt aufstand und sich in der Halle umsah. Sämtliche Augen waren auf die Anführer gerichtet.

Argyll beugte sich über den Tisch, sprach mit leiser Stimme ein paar Worte, drehte sich dann auf dem Absatz um und ging auf die Steintreppe am anderen Ende der Halle zu. Der Abt folgte ihm auf den Fersen, aber Colin flüsterte Alec erst etwas ins Ohr, bevor er ihnen nachging. Alec kam zu Celia und Emmet herüber.

»Wir werden uns jetzt in Argylls Gemächer zurückziehen, um die Dokumente schriftlich zu fixieren und zu unterschreiben«, sagte er ernst und deutete auf die Tür, durch die Argyll verschwunden war. »Behalte alles gut im Auge, Emmet.«

Dann tat Alec so, als ob er dem ›Knappen‹ an Emmets Seite ebenfalls Anweisungen erteilen wollte. »Ihr seht heute äußerst hübsch aus, Jack«, flüsterte er kaum hörbar, »ohne den ganzen Schmutz auf Eurem Gesicht.«

Celia konnte den Impuls, ihr Gesicht mit den Händen zu bedecken, kaum unterdrücken. Sie hatte vergessen, es sich mit Schmutz einzureiben, um ihre Verkleidung zu vollenden! Sie senkte den Blick, und als Alec durch die Halle ging, zog sie ihren Hut noch tiefer ins Gesicht.

»Argyll ist wohl etwas verstimmt über die Strafbedingungen, die Lord Colin in die Vereinbarung mit aufnehmen lassen will«, sagte Emmet mit leiser Stimme.

»Strafbedingungen?« fragte Celia. Ich könnte mir im Moment durchaus einige geeignete Strafmaßnahmen für den Earl of Argyll denken, dachte sie. Bevor er mich zwingt, ihn zu heiraten, würde ich ihn umbringen.

»Argyll muß zahlen, wenn er sich nicht an die Vereinbarungen hält«, erklärte Emmet.

»Und was für eine Vereinbarung ist das, Emmet?« fragte Celia, plötzlich neugierig geworden.

»Es geht darum, den Kronprinzen der Stuarts zu unterstützen, M'lady … äh … Jack«, stotterte Emmet.

Erleichterung durchflutete Celias Körper. Das hätte sie sich mittlerweile denken können. Nachdem sie gesehen und gehört hatte, was Colin Campbell für ein Mensch war, hätte sie wissen müssen, daß Colin von allein das Richtige für Schottland tat. Colin schützt und unterstützt den Stuart-Prinzen, dachte sie glücklich. Wie würde Argyll sich letztlich wohl verhalten?

»Colin versucht also, Argyll zur Zusammenarbeit zu bewegen?« fragte Celia. »Ich dachte, Argyll hätte sich sowieso der Sache der Stuarts verschrieben. Er ist doch immerhin mit dem Königshaus verwandt.«

»War … er *war* mit ihm verwandt, als seine arme Frau noch lebte«, berichtete Emmet und ließ die Augen über den Saal schweifen. »Argyll gegenüber hegt Ihr offensichtlich die typischen Lowlander-Illusionen. Er hat dort alle hinters Licht geführt. Wir allerdings sehen ihn so, wie er ist.«

»Bitte, Emmet, erzähl mir mehr.« Offensichtlich war Runts Bruder eine gute Quelle für Informationen. »Was weißt du noch über ihn?«

»Ich weiß, daß niemand hier draußen auch nur einen Finger krumm machen würde, um ihm zu helfen. Der Earl of Argyll hat sich nur einer Sache verschrieben … sich selbst. Er kennt keine Loyalität und keine Ehre. Wenn er überhaupt etwas unternimmt, dann nur innerhalb eines Wolfsrudels. Er hat keinen Mumm in den Knochen. Als er mit den anderen Stammesfürsten auf Dunvegan Castle weilte, hat er gegen Lord Colin die Partei der anderen ergriffen. Gestern abend hingegen hat er nicht den leisesten Widerspruch verlauten lassen. Ich sage Euch, in den Highlands gibt es niemanden, der ihm vertraut, und das aus gutem Grund. Selbst seine eigenen Leute verabscheuen ihn.«

»Auf wen kann er sich denn dann überhaupt verlassen? Ich meine, wenn Gefahr droht … zum Schutz?«

»Er pflegt für die Dienste anderer zu bezahlen«, sagte Emmet und blickte sich in der heruntergekommenen Halle um. »Vielleicht nicht für alle, die Ihr hier seht, aber wahrscheinlich für die meisten. Doch es kostet eine Menge Gold, sich diese Art von Loyalität zu kaufen. Wie Ihr wißt, hat er schon einmal reich geheiratet. Er mußte es tun … die Gehöfte seiner Untertanen werfen nicht genug Gewinn ab. Und wie ich ihn kenne, wird er es noch einmal versuchen … reich zu heiraten, meine ich. Die arme Frau tut mir jetzt schon leid.«

Ich werde es ganz sicher nicht sein, dachte Celia. Wenn er sie jedoch erst einmal in seiner Gewalt hatte, würde er ihr sicher nicht glauben, wenn sie ihm erzählte, wie es um ihr Vermögen stand. Sie schauderte, wenn sie darüber nachdachte, was geschehen würde, wenn Argyll dann herausfand, daß ihr Vermögen durch das Versprechen des Tudor-Königs gebunden war, sie mit diesem englischen

Mörder zu verheiraten. Sie fragte sich, wie lange sie in der Gewalt eines Mannes wie Argyll überhaupt überleben würde. Und dann gab es auch immer noch diesen mörderischen englischen Teufel, dachte sie. Wo mochte er jetzt sein? Würde er die Jagd auf sie und Kit jemals aufgeben? Doch das war im Augenblick keineswegs ihre dringendste Sorge. Argylls Loyalität stand in Frage. War er sogar schlau genug gewesen, um Huntly zum Narren zu halten?

Plötzlich hatte Celia das Gefühl, beobachtet zu werden. Sie spähte unter der Krempe ihres Hutes hervor und sah, daß ein Mann, der ihr gegenüber am anderen Ende des Saales saß, sie musterte. Ihre Blicke trafen sich einen Augenblick lang, bevor er den seinen abwandte. Doch Celia hatte den Funken des Wiedererkennens in seinen Augen gesehen. Ihr wurde ganz heiß vor Angst, daß ihre Verkleidung womöglich nichts genützt hatte. Und irgendwie kam ihr der Mann bekannt vor. Er war wie ein Highlander gekleidet, trug einen Bart und hatte Ähnlichkeit mit einem Frettchen.

Doch dann wurde ihre Aufmerksamkeit von ganz anderen Geschehnissen gefesselt. Eine große Gruppe von Argylls Männern bedrängte einen einzelnen, den sie in ihre Mitte genommen hatte.

»Ihr kommt mit uns, Priester«, raunzte ein ruppiger Bursche.

»Aus welchem Grund legt Ihr Hand an einen Mann Gottes?« antwortete eine Stimme, die Celia sofort wiedererkannte.

Sie packte Emmets Arm. »Emmet, du mußt sie aufhalten!«

Emmet sah sie fragend an.

»Diese Stimme ... gehört meinem Freund Vater William«, flüsterte sie drängend. »Er ist derjenige, den ich hier treffen wollte.«

Emmet stand auf und trat auf die Gruppe zu. Die Krieger der Campbells taten es ihm gleich, so daß sich die Bänke neben Celia leerten.

»Was wollt Ihr von diesem Priester?« fragte Emmet laut.

Die Soldaten wandten sich den Campbell-Kriegern zu.

»Das ist nicht Eure Sache«, antwortete einer, und ein anderer Mann löste sich aus der Gruppe, die sich mittlerweile langsam auf die Tür zu bewegte. Es war ein großer, stämmiger, schweinsköpfiger Mann mit Kropf und einem pockennarbigen Gesicht.

Mit einer Hand deutete Emmet auf die Tür, und ein Dutzend seiner Männer schnitt Argylls Soldaten den Weg zum Ausgang ab. Emmet hatte schon zuvor dafür gesorgt, daß einige der Krieger sich in strategisch günstigen Positionen innerhalb der Halle positionierten. Wenn es hart auf hart kam, konnten sie innerhalb weniger Sekunden die Kontrolle übernehmen.

»Ich mache es aber zu meiner Sache«, sagte er und behielt die potentiellen Gegner genau im Auge. Mit Ausnahme der Gruppe vor ihm saßen alle anderen Argyll-Männer immer noch auf den Bänken und betrachteten die Szene mit sorgloser Heiterkeit. Es machte den Eindruck, als würde es sie kaum interessieren, wer in diesem Konflikt die Oberhand behielt.

»Er wird in der Abtei benötigt«, spie der Anführer von Argylls Soldaten hervor. Sein Befehl lautete, den Priester beiseite zu schaffen, bevor er Kontakt mit den Campbell-Leuten aufnehmen konnte. Diese neugierige Ratte hat schon die ganze Zeit hier herumspioniert, dachte er. Dumm war nur, daß sie das erst heute entdeckt hatten. Sonst hätten sie ihm einfach ein Schwert ins Kreuz stoßen und diese Konfrontation vermeiden können.

»Gibt es denn in dieser Abtei nicht schon genug Priester?« antwortete Emmet.

Trotz der frühen Stunde hat der Mann sein Pulver wohl schon verschossen, dachte Celia, als sie feststellen mußte, daß er ziemlich verzweifelt nach einer Antwort suchte.

»Ich will mit dem Priester reden«, forderte Emmet und schritt zu den Männern hinüber.

Die Gruppe teilte sich fast unwillig, und Emmet stand

bald einem drahtigen, kleinen Mann gegenüber, dessen Hände von zwei Soldaten festgehalten wurden. Der grimmige Funke in seinen Augen war voller hemmungsloser und leidenschaftlicher Verachtung. Er trug zwar die Kleider eines Priesters, aber Emmet fand, daß sein Körper die Energie eines Kriegers ausstrahlte.

Emmet musterte die Männer, die ihn festhielten, und erkannte einen von ihnen sofort wieder. »Ich hätte nicht gedacht, daß ich Euch noch einmal wiedersehen würde«, sagte er grimmig und sah zornig in das Gesicht des Mannes, dem er nach dem Angriff auf ihre Gäste und seinen Bruder gefolgt war.

»Ich… ich weiß nicht, wovon Ihr sprecht«, sagte der Mann. »Ich habe Euch noch nie im Leben gesehen.«

»Nun, ich freue mich, Euch mitteilen zu dürfen, daß von diesem Leben nicht mehr allzu viel übrig ist«, rief Emmet drohend. »Wenn ich mit Euch fertig bin, werdet Ihr wünschen, ebenfalls tot zu sein, genau wie Eure drei Freunde, die ihr auf Kildalton zurückgelassen habt.«

Als der Mann vor Emmet zurückwich, streckte der hochgewachsene Soldat den Arm aus, zog den Priester aus dem Kreis der Krieger heraus, bevor Argylls Männer reagieren konnten, und kehrte mit ihm zu Celia und den anderen Campbell-Männern zurück. Aus dem Augenwinkel sah Celia, wie ein Diener durch die Tür am Ende der Halle entwischte. Das hier kann sich als tödliche Falle für uns alle entpuppen, dachte Celia erschrocken. Sie warf einen Blick auf die Tür, durch die vor geraumer Zeit Colin und Alec verschwunden waren. Ihr blieb nicht allzu viel Zeit, sie zu warnen. Schnell lief sie durch den Saal auf die Tür zu. Argylls Männer ignorierten sie; sie beobachteten die Konfrontation inzwischen mit wachsendem Interesse. Sie hörte noch, wie Emmet auf die rauhen Flüche des pockennarbigen Anführers reagierte, dann lief sie die Treppe hinauf, die zu den Gemächern des Earl führte. Emmet hatte Celia aus dem Augenwinkel beobachtet. Er erriet ihre Absicht und bedeutete einem seiner Männer sofort, ihr zu folgen. Colin hatte schließlich befohlen, sie keine Sekunde aus den Augen zu lassen.

Auch Dunbar sah Celia durch die Tür verschwinden, die in Argylls Turmgemächer hinaufführte. Sie ahnt nicht, wie gefährlich es hier für sie ist, dachte er sorgenvoll und lief ebenfalls hinterher.

Das Hämmern an der Tür ließ die drei Lairds hochschrekken, aber nur der Abt und sein Schreiber sprangen vom Tisch auf. Argyll machte eine Handbewegung, und der Schreiber öffnete die Tür.

»Vater William…«, stammelte der junge Geistliche, bevor der drahtige Dunbar ihn beiseite stieß. Colins Krieger war ihm mit gezogenem Schwert direkt auf den Fersen.

»Wo ist Celia?« schrie Dunbar die Lairds an. Er ließ den Blick durch das elegante, mit Holzpaneelen verkleidete Zimmer wandern. Celia war nirgends zu sehen.

Colin und Alec schossen von ihren Bänken hoch. Nur ein Blick auf das Gesicht des Priesters reichte aus, und Colin wußte, daß etwas geschehen war.

»Warum glaubt Ihr, daß sie hier ist?« antwortete er jedoch mit erzwungener Ruhe. Er sah seinen Krieger an und wartete auf eine Erklärung.

»Was hat diese Unterbrechung zu bedeu…«, bellte Argyll, bevor Colins Mann noch Gelegenheit hatte, etwas zu sagen.

»Was habt Ihr mit ihr gemacht?« unterbrach ihn der Priester scharf und zog ein Schwert unter seiner Robe hervor.

»Nicht, William…«, schrie der Abt und wich von dem Tisch zurück.

Das ist also Vater William, dachte Colin. Und Celia ist in Gefahr.

»Sie war in der Halle«, schrie er und drängte sich an dem Priester vorbei.

»Wir sind ihr hier herauf gefolgt, M'lord, und es gibt

keine andere Tür, durch die sie gegangen sein kann«, rief Colins Krieger und rannte hinter seinem Herrn in den Flur hinaus. Dunbar und Alec folgten ihnen auf dem Fuße.

Colin entdeckte, daß sich an der Treppe, die zum oberen Teil des Turms führte, doch noch eine Tür befand. Sie war verriegelt. Er schob den Riegel hoch, und Alec zog sie auf.

»Ich sehe mir den Turm an«, rief Alec und verschwand mit gezücktem Schwert auf den dunklen Stufen. Colins Krieger folgte ihm.

In diesem Augenblick tauchte Emmet im Flur auf, und Colin wandte sich zu ihm um.

»Ist Celia wieder nach unten gekommen?« schrie Colin seinen Mann mit panischer Stimme an.

»Natürlich nicht, M'lord«, gab Emmet zurück. »Sie wollte doch zu Euch!«

Colins Augen irrten umher. Er fürchtete das, was er nicht sah. Alec kehrte aus dem oberen Teil des Turms zurück und schüttelte den Kopf.

O mein Gott, dachte Colin entsetzt. Sie haben sie.

KAPITEL 10

Es geht das Gerücht im Feldlager, daß wir im Norden Verbündete haben. Sie sagen, es handelt sich um einen mächtigen Stammesfürsten. Ich weiß es nicht. Ich weiß nur, daß diese wilden Hügel über uns aufragen und daß dieses teuflische Wetter aus dem Nichts über uns hereinbricht.

Wenn wir Freunde im Norden haben, dann wohl, weil sie uns nicht kennen. Was sind das nur für Menschen?

Die steinerne Wendeltreppe war dunkel.

Als sie von der Halle aus dort hinkam, brauchten Celias Augen einen Augenblick, um sich an die Düsternis zu gewöhnen, aber sie stürmte ohne stehen zu bleiben hinauf. Wenn Argylls Diener bei seinen Soldaten Alarm auslöste, konnten in der Halle alle Campbells abgeschlachtet werden. Colin mußte es sofort erfahren. Niemand wußte, wie Argyll sich verhalten würde, besonders angesichts der Tatsache, daß einer der Männer, der Kit und Ellen angegriffen hatte, in seiner Halle erkannt worden war.

Das Treppenhaus roch modrig und feucht, so daß Celia der Gedanke kam, daß dieser Turm älter sein mußte als der, in dem sie und Colin geschlafen hatten. Wie seltsam, dachte sie, als sie den Flur erreicht hatte. Warum hat Argyll seine Gemächer nicht in den neueren Turm verlegt? Was ist an diesem hier so Besonderes?

Der kleine Flur, der von der Treppe fortführte, war ebenfalls dunkel, nur eine einzige Fackel hing an der Wand neben der vor ihr liegenden Tür. Und wie gräßlich der Wandteppich daneben aussieht, dachte sie. Sie ging auf die Tür zu.

Der Schlag des Schwertknaufs traf sie von hinten und kam völlig unerwartet.

Celia taumelte, benommen von dem Schock. Der Arm eines Mannes umfaßte ihren Hals und zerrte sie grob auf die Wand zu.

Sie versuchte, den Nebel in ihrem Kopf zu vertreiben und spürte gleichzeitig, wie der Wandteppich beiseite geschoben wurde und an ihrem Gesicht vorbeistrich, während man sie dahinterzerrte. Nur undeutlich war sie sich bewußt, daß eine Tür geöffnet wurde. Dann stieß man sie auf den schmutzigen Holzboden.

Celia rappelte sich auf und torkelte auf die Gestalt zu, die gerade hastig versuchte, die Tür zu verriegeln. Sie taumelte in ihren Angreifer hinein und bewirkte so, daß er den Riegel fallen ließ und sich wütend zu ihr umwandte. Es war der frettchengesichtige Mann, den sie zuvor in der Halle gesehen hatte, und er packte mit eisenharter Hand ihre Kehle und drückte sie gegen die Wand, wobei ihr der Hut vom Kopf rutschte.

»Wenn Lord Danvers nicht so erpicht auf seine Braut wäre, Lady Muir«, zischte ihr eine rauhe Stimme ins Ohr, »dann würde ich Euch die Kehle auf der Stelle durchschneiden.«

In diesem Augenblick wurde Celia klar, wo sie ihn schon einmal gesehen hatte. Und sie wußte, daß es Danvers' Mann war.

Der Frettchengesichtige zerrte sie grob von der Wand weg und stieß ihren Kopf dann erneut gegen den Stein. Ein paar Sekunden lang war sie von Lichtblitzen förmlich geblendet, und ein sengender Schmerz zuckte durch ihr Hirn.

»Aber danach wirst du tun, was *ich* dir sage, du drekkige Dirne«, flüsterte er ihr grimmig ins Ohr. »Denn wenn Lord Danvers mit dir fertig ist, gehörst du mir.«

Die Nähe dieses abscheulichen Mannes drohte Celia schier zu ersticken. Er zerrte sie rücksichtslos durch das kleine Zimmer, sein schraubstockartiger Griff quetschte noch immer ihre Luftröhre zusammen. Sie merkte, daß ihre Knie unter ihr nachgaben.

Wenn sie Colin doch nur noch erreicht hätte! Er weiß noch nicht einmal, daß Argyll hier den Feind beherbergt. Ob noch mehr von denen auf diesem Schloß sind? dachte sie. Ob sie sich in den dunklen Ecken versteckten und warteten? Verzweifelt dachte sie daran, daß Colin nur einen Raum weiter war, dachte an die Menschen unten in der Großen Halle und an Dunbar. Wie lange würde es dauern, bis man sie vermißte? Sie wußte, daß sie nie ohne sie fortsegeln würden. Colin würde das Schloß sicher gründlich durchsuchen, bis er sie gefunden hatte. Sie mußte also nur durchhalten.

Der Mann lockerte seinen Griff, als sie die gegenüberliegende Wand erreichten, und sie bekam wieder Luft. Dann hörte sie, wie die Holzvertäfelung geöffnet wurde. Plötzlich traf sie die entsetzliche Erkenntnis, daß Argyll in diesem alten Turm wohnte, weil es hier einen Geheimgang gab.

Furcht erfaßte sie. Colin würde sie nie finden, wenn dieses Tier es schaffte, sie durch die Öffnung zu zerren. Es wäre das Ende.

Das konnte sie nicht zulassen. Nicht ohne Kampf. Nicht jetzt, da sie der Möglichkeit, sich Danvers' heimtückischen Plänen zu entziehen, so nahe war. Sie mußte kämpfen. Adrenalin durchströmte sie. Celia schlug ihren Kopf mit aller Gewalt zurück in das Gesicht ihres Entführers. Unwillkürlich öffnete er seinen Griff, und Celia ließ sich zu Boden fallen und rollte fort. Sie tastete verzweifelt nach ihrem Schwert. Ihr Kopf pochte, und sie hatte das Gefühl, die ganze Szene von außerhalb zu beobachten. Die Fähigkeit, sich koordiniert zu bewegen, schien ihren Gliedmaßen völlig abhanden gekommen zu sein. Sie gehorchten ihr nicht. Sie war unfähig, die Waffe gegen ihren Angreifer zu zücken.

Durch den Nebel vor ihren Augen erkannte Celia, daß der Mann sich jetzt mit erhobenem Schwert auf sie stürzte, aus Mund und Nase blutend. Sie wich ihm aus – und plötzlich schien der Raum aus den Nähten zu platzen.

Colins Schwert schlitzte dem Frettchengesichtigen den Hals auf, bevor er überhaupt reagieren konnte. Die Gewalt des Schlages schleuderte den Engländer an die gegenüberliegende Wand, wo er schwer gegen das Holzpaneel stürzte und sein Leben in letzten Krämpfen aushauchte.

Der Raum war inzwischen voller Menschen, aber Celia sah nur Colin, der sich neben sie kniete.

»Celia … Gott sei Dank …«, sagte er und streichelte ihr Gesicht. In der Dunkelheit des Zimmers konnte er nicht erkennen, wie schwer sie verletzt war. Aber er sah den kleinen Blutfleck, der sich unter ihrem Kopf auszubreiten begann.

Celia umfaßte seine Hand. Ihr Griff war stark, so daß er die Hoffnung hatte, daß sie nicht lebensgefährlich verletzt war.

»Als ich erfuhr, daß du vermißt warst, da …«

»Argyll … Verräter … Danvers«, murmelte Celia. Sie mußte ihn warnen, denn sie spürte, wie sie das Bewußtsein verlor.

»Emmet«, rief Colin über die Schulter. »Hol Argyll!«

Colin sah wieder auf Celia hinunter. Man hatte eine Fackel ins Zimmer gebracht, so daß er jetzt erkennen konnte, daß sich hinter ihrem rechten Ohr eine große Beule bildete. Ihre Augen versuchten, sich auf ihn zu konzentrieren, aber die Lider flatterten rastlos über die schwarze Iris. Colin drehte ihren Kopf leicht zur Seite und fand die Wunde am Hinterkopf.

Dafür wird Argyll bezahlen, dachte er zornesbrodelnd.

Dunbar kniete sich neben ihn und betrachtete prüfend Celias Verletzungen. Colin sprang auf.

»Sie wird es überleben«, sagte der Priester und wandte den Blick zu Colin hinauf. »Es hat sie schon schlimmer erwischt.«

In diesem Augenblick stürmte Emmet herein, ein junger Krieger folgte ihm.

»Er ist fort«, rief Emmet.

»Was ist mit dem Abt?« fragte Colin.

»Tot. Ebenso wie der Schreiber«, antwortete Emmet. »Er hat sie ermordet.«

»Wie konnte er nur entkommen?« spie Colin dem jungen Soldaten entgegen. »Du solltest doch im Flur Wache halten!«

»Er ist nicht über den Flur geflohen, M'lord«, antwortete der Krieger.

Colin hörte, daß Celia erneut etwas murmelte und kauerte sich wieder neben sie.

»Sie sagte ›Geheimgang‹ und deutete in diese Richtung dort«, erklärte Dunbar und wies auf das Paneel, vor dem der tote Angreifer lag.

Colin stürmte auf die Holzvertäfelung zu und schob den Körper beiseite. Dann machte er einen Schritt zurück und trat mit aller Gewalt gegen das Holz. Es zersplitterte, und dahinter wurde eine dunkle Öffnung sichtbar. Colin steckte den Kopf hindurch und entdeckte eine Leiter, die in einen schwarzen Tunnel hinunterführte. An der anderen Seite dieser Wand liegt Argylls Zimmer, dachte er. Wahrscheinlich ist er auf diesem Wege nach draußen gelangt.

»Alec«, sagte er. »Ich möchte, daß du bei Celia bleibst.«

Alec nickte, und Colin wandte sich an seine Männer. »Ihr sichert die Halle ab und schickt einen Boten zu unseren übrigen Männern«, befahl er. »Ich werde Argylls Verfolgung aufnehmen.«

Er nahm die Fackel und tauchte in die Öffnung hinab. Unten angekommen hielt er das Licht in den Tunnel: Er war niedrig, langgestreckt und feucht. Mit dem Schwert in der Hand platschte er zu einem schmalen Holzpaneel hinüber, das er mit Leichtigkeit aufdrücken konnte. Dahinter fand er sich in einer Art Steinkasten wieder. Die Wände ließen sich nicht bewegen, aber der große Stein, der als Decke diente, glitt mit Leichtigkeit zur Seite. Er zog sich hoch, kletterte hinaus und stand nun in einer Krypta. Er ließ den Deckel des Grabes wieder zugleiten.

»Ruhe in Frieden«, murmelte er.

Als Colin auf eine kurze Treppe zuging, sah er aus den Augenwinkeln in einer Ecke hinter dem größten Steingrab etwas glitzern: Metall, in dem sich der Schein seiner Fackel widerspiegelte. Der Krieger ging schnell darauf zu und blieb dann verblüfft stehen. Eine Waffe lugte unter einer Wolldecke hervor. Colin schlug sie zurück. Hunderte neue englische Hellebarden waren hinter dem Grab gestapelt. Ihre Klingen glitzerten bedrohlich im Licht der Fackel.

Englische Hellebarden in Argylls Schloß.

Das Donnern von Pferdehufen erschütterte mit einemmal das unterirdische Gewölbe. Colin wandte sich um und rannte auf die Stufen zu, die in eine leere Kapelle hinaufführten. Er riß die Eichentür nach draußen auf und stürmte in den Schloßhof, geradewegs in die Staubwolken hinein, die bei der Flucht von Argyll und einer großen Gruppe seiner Männer aufgewirbelt worden war.

Er schrie seinen eigenen Kriegern, die gerade aus dem Hauptgebäude geströmt kamen, ein paar Befehle zu. Dann schoß er zu den Ställen hinüber, nur um festzustellen, daß sie leer waren. Als er wieder herauskam, war sein Gesicht zornig.

»Diesen Bastard kriegen wir noch«, murmelte er, als seine Krieger bei ihm angekommen waren.

»Das Hauptgebäude ist sicher, M'lord«, sagte Emmet. »Wir haben dort ein paar Dutzend von Argylls Männern gefangengenommen. Sie hatten gar nicht den Wunsch, zu kämpfen.«

»Was ist mit dem Tor und den Türmen?«

»Wir kamen dort an, gerade als Argyll mit seinen Mannen hindurchritt«, sagte der Krieger. »Aber es ist uns nicht gelungen, sie rechtzeitig zu schließen.«

»Ich möchte, daß auch das Dorf und die Abtei gesichert werden«, sagte Colin zu ihm. »Wir nehmen alles, was der Verräter zurückgelassen hat. Was ist mit den anderen Kriegern, die uns letzte Nacht die Küste hinaufgefolgt sind?«

»Denen habe ich schon eine Nachricht geschickt«, sagte Emmet. »Sie werden in etwa einer Stunde hier sein.«

Colin war Lord Hughs Rat gefolgt und hatte Vorsichtsmaßnahmen ergriffen. Einer Abordnung seiner Truppe war der Befehl erteilt worden, ihnen an der Küstenstraße entlang zu folgen, bereit, jederzeit zuschlagen zu können.

»Zu spät«, sagte Colin bitter. »Er wird direkt ins Innere des Landes reiten, um unsere Männer bei Oban zu umgehen, und wahrscheinlich wendet er sich nach Süden in Richtung Lowlands ... und trifft sich mit diesem englischen Hund Danvers.«

»Wir haben den vierten Angreifer in das Turmzimmer über Argylls Gemach gebracht«, bemerkte Emmet jetzt mit grimmigem Lächeln. »Er war äußerst bereit, mit Euch zu reden, nachdem er einen Blick in die Folterkammer geworfen hatte, die der gute Earl dort hat errichten lassen.«

Sofort machte sich Colin auf den Weg in das Gebäude, Emmet folgte ihm dicht auf den Fersen.

»Emmet, ich will, daß du die Dorfbewohner freundlich behandelst. Wenn möglich, sollen sie auf unserer Seite stehen, wenn Argyll zurückkommt. Und er *wird* zurückkommen.«

»M'lord«, sagte Emmet. »Wenn Ihr mit den Leuten sprecht, werdet Ihr feststellen, daß sie bereits auf unserer Seite sind.«

Celia saß mit zur Seite geneigtem Kopf auf einem Stuhl in Argylls Gemach, als Colin durch die Tür trat. Auf dem Weg ins obere Turmzimmer hatte er unbedingt noch kurz bei ihr vorbeisehen müssen. Nachdem der Abt und sein Schreiber hinausgetragen worden waren, hatte Dunbar ihr den Kopf verbunden, und sie konnte ihn nun gegen die Lehne des Stuhls stützen. Als sie Colin eintreten hörte, öffnete sie die Augen und lächelte schwach.

»Hast du ihn erwischt?« fragte sie.

»Nein. Er ist davongekommen.« Colin wollte sie weder mit den Details über Argylls Flucht noch mit Einzelheiten über seinen Verrat belasten, von dem sie offensichtlich ohnehin schon wußte.

»Warum legst du dich nicht hin?« schalt er sanft und kniete vor ihr nieder.

»Wir haben alles versucht«, antwortete Alec, der auf einer Bank am Tisch neben ihr saß. »Aber sie war unter gar keinen Umständen bereit, sich in Argylls Bett zu legen.«

»Ich verstehe. Wir werden dich also nach Kildalton zurückschaffen müssen.« Colin lächelte und ergriff ihre Hand.

»Nichts würde mir besser gefallen«, antwortete Celia dankbar und zuckte sogleich vor Kopfschmerzen zusammen. »Langsam bin ich die Gastfreundschaft des Earl of Argyll leid.«

»Wir werden gehen, sobald die Männer da sind, die Emmet dabei helfen sollen, dieses Schloß zu halten.«

»Colin«, fragte sie. »Hast du die Leichen des Abtes und seines Schreibers schon zur Abtei zurückbringen lassen?«

»Noch nicht«, antwortete er und sah sie fragend an. »Aber ich wollte es gleich veranlassen. Warum?«

»Ich möchte aus ihrer Apotheke ein paar Blätter des gemeinen Nachtschattens haben. Und dann brauche ich noch eine Schüssel mit warmem Wasser«, sagte sie. »Für Alec.«

»Für Alec?« lächelte Colin. »Bist du krank, Macpherson?«

»Nein, ich bin nicht krank«, blaffte dieser und wurde rot vor Zorn.

»Laß ihn in Ruhe, Colin«, warf Celia erschöpft ein. »Es ist gegen seine Seekrankheit.«

»Nach dem, was du durchgemacht hast, machst du dir Gedanken über ...«

Mit sanftem Blick brachte Celia ihn zum Schweigen.

»Na gut, Celia. Wenn sie das Kraut haben, dann bekommen wir es auch«, sagte Colin lachend. »Aber ich bin nicht sicher, ob ich überhaupt möchte, daß Alec keine ... Fehler mehr hat.«

»Und, Colin«, sagte Celia und warf einen Blick auf den Priester, der neben ihr stand. »Das ist mein Freund, der Hofdichter William Dunbar. Er hat mich gewarnt, daß ich hier Schaden nehmen könnte.«

»Eine Warnung, die du natürlich sehr ernst genommen hast«, sagte Colin und streichelte sie.

Dann erhob er sich und betrachtete den mageren kleinen Geistlichen, der vor ihm stand. Er streckte die Hand aus, und plötzlich wurde ihm voller Überraschung klar, welchen Namen Celia da gerade genannt hatte. Vater William ist William Dunbar, dachte er.

»Seid Ihr der gleiche Lowland-Dichter«, fragte Colin und die Andeutung eines Lächelns strafte seinen grimmigen Blick Lügen, »der gleiche William Dunbar, der den Highland-Dichter Kennedy in einem öffentlichen Wettstreit vor dem ganzen Hof zum Gespött gemacht hat?«

Die dichterischen Beleidigungskriege zwischen Kennedy und Dunbar waren in ganz Schottland bekannt. Nur ein kleiner Teil der Dichtungen war veröffentlicht und mit Zustimmung des Königs im Jahre 1508 gedruckt worden. Die Campbells besaßen ein solches Exemplar, und Colin hatte über den Austausch spitzzüngiger Bemerkungen schon herzlich gelacht.

»Wettstreit ...«, sagte Dunbar und breitete abwehrend die Hände aus. »Es ging doch nur um Worte.«

»Worte – etwas, woran es Vater William nicht mangelt«, Alec grinste. »Vertrau auf mein Urteil, ich höre ihm jetzt schon seit einer halben Stunde zu.«

»Nun, etwas Wortwitz kann nicht schaden, um die Atmosphäre auf Kildalton Castle aufzuheitern«, sagte Colin. »Ich nehme an, Ihr werdet mit Celia auf mein Schloß kommen.«

»Ja«, sagte der Priester. »Ich möchte das Mädchen begleiten.«

»Wir werden Euch einen herzlicheren Empfang bereiten, als den, der Euch hier zuteil wurde«, sagte Colin freundlich.

»Ich danke Euch«, antwortete Dunbar. »Selbst ein Leprakranker wäre in diesem Sündenpfuhl wohl willkommener gewesen als ein Priester.«

Colin grinste und wandte sich nun wieder Celia zu. Er sah auf sie hinunter, ihr Blick hielt den seinen fest, und beide verloren sich in der Tiefe der Gefühle, die sie füreinander hegten. Es gab so vieles, das noch nicht gesagt worden war, aber sie wußten, daß die Zeit dafür kommen würde.

»Wir kehren bald nach Hause zurück«, sagte Colin, beugte sich über sie und küßte ihre Stirn.

Als Colin sich wieder umdrehte, sah er in Alecs überraschtes und in des Priesters schockiertes Gesicht. Er bedeutete Alec, ihm zu folgen, und gemeinsam traten sie auf den Flur hinaus.

»Celia hat mir gesagt, wer sie ist«, sagte Alec, während sie die Steintreppe hinaufstiegen.

»Ach ja?« fragte Colin. »Und wie kam das?«

»Während Dunbar ihre Wunde säuberte, begannen Celia und er von den verschiedenen Gelegenheiten zu berichten, bei denen sie schon einmal verletzt worden ist«, fuhr Alec fort. »Wußtest du, Colin, daß sie sich immer als Knappe verkleidet hat, um an den Waffenübungen der Krieger des Königs teilnehmen zu können? Und einmal, als sie mit dem Herrscher auf Falkland waren, wäre sie fast ...«

»Schweig, Alec«, unterbrach ihn Colin. »Ich will nichts davon hören. Im Moment jedenfalls nicht. Du weißt doch, daß diese Hunde heute versucht haben, sie zu entführen.«

»Worum geht es eigentlich bei der ganzen Geschichte, Colin?« fragte Alec nachdenklich.

»Vielleicht kann eine kleine Unterhaltung mit Argylls Handlanger ja Licht in die Sache bringen«, antwortete dieser mit Nachdruck.

Alec blieb stehen und sah seinem Freund ins Gesicht.

»Stell dir das vor! John Muirs Tochter«, sagte er augenzwinkernd. »Sie ist wirklich eine außergewöhnliche Frau, Colin.«

»Vergiß es, Macpherson«, sagte Colin drohend, doch ein glückliches Lächeln umspielte seine Lippen.

»Du meinst es also tatsächlich ernst?« fragte Alec erstaunt. »Ist es möglich, daß Colin Campbell endlich die passende Frau gefunden hat?«

Colin erwiderte den Blick des Freundes. »Ja, Alec, ich habe meine Frau gefunden.«

»Verdammt«, grinste Alec. »Und dabei ist sie mir mittlerweile so ans Herz gewachsen! Sie kümmert sich sogar um mein Wohlbefinden. Sag mir Bescheid, wenn sie sich entschließt, dich fallenzulassen.«

»Laß uns gehen«, sagte Colin und stieß den Freund die letzten Stufen hinauf. »Wir haben noch einiges zu erledigen. Ich werde dich übrigens nicht mehr mit ihr allein lassen.«

Die Geständnisse des Argyll-Mannes sprudelten heraus, ohne daß sie Druck auf ihn hätten ausüben müssen. Der Frettchengesichtige hatte auf Danvers' Befehl hin ein paar Männer geschickt, die Argyll auf so viele Schlösser im Westen verteilt hatte wie möglich. Sie alle hatten die gleichen Anweisungen – das Kind zu töten und die Lady gefangen zu nehmen … lebendig.

Als Argylls Männer aus Kildalton zurückgekehrt waren, hatte der Mann gehört, wie der Earl dem Engländer, der von der Abtei aus sein Unwesen trieb, gesagt hatte, daß er nicht wolle, daß das Kind getötet werde. Sie brauchten doch sowieso nur zu warten, ihre Opfer würden schon von selbst nach Argyll kommen.

Diese Informationen paßten zu dem, was Colin sich bereits gedacht hatte. Das einzige, was er noch nicht wußte, war, warum Danvers Celia haben wollte. Offensichtlich hatte der Frettchengesichtige Celia wiedererkannt und den Plan gefaßt, sie zu seinem Herrn zu bringen. Aber wieso? Die Engländer machten sich wirklich außerordentliche Mühe wegen ihr.

Wenn sie wieder auf Kildalton waren, beschloß Colin,

dann würde ihm Celia den Rest der Geschichte anvertrauen müssen. Es wurde langsam Zeit.

Die Truppe der Campbell-Männer aus Oban war angekommen. Sie waren für eine mögliche Belagerung des Argyll-Schlosses ausgerüstet. Colin gab umgehend den Befehl, mit der Neuorganisation in Dorf, Schloß und auf den Höfen im Umland zu beginnen.

Am frühen Nachmittag legten sie endlich den kurzen Weg in den Hafen zurück, um die Reise nach Kildalton anzutreten. Celia mußte sich der Aufmerksamkeit aller drei Männer in ihrer Umgebung förmlich erwehren. Ihr ging es immer besser – sogar der pulsierende Kopfschmerz ließ langsam nach. Ganz sicher brauchte sie nicht getragen zu werden, und das machte sie ihnen deutlich klar.

Schnell hatte sich bei den Menschen von Argyll herumgesprochen, was passiert war. Viele hatten sich im Dorf versammelt, um den neuen Laird zu sehen. Sie alle wußten, was die Herrschaft eines Campbell bedeuten konnte, und viele knieten nieder, als Colin vorüberkam.

Sobald sie auf dem Schiff waren, strich Celia den Absud, den sie aus dem gemeinen Nachtschatten bereitet hatte, auf einen Stoffetzen, den sie Alec mit einer Lederkordel ans Ohr band. Colin beobachtete die beiden und lachte.

»Bist du sicher, daß du ihm das Ding nicht lieber über das Auge legen willst?«

Doch voller Verblüffung mußten sowohl Alec als auch Colin feststellen, daß es funktionierte.

Die Reise nach Kildalton schien endlos zu dauern – zumindest Colin empfand das so. Alec ließen die Bewegungen des Schiffes diesmal völlig unbeeindruckt, und so mußte Celia sich seinen und Dunbars Aufmerksamkeiten widmen und war keine Minute mit Colin allein. Er stand am Ruder des Schiffes und betrachtete sie: eine Schönheit mit einem Verband um den Kopf, die in Jungenkleidern steckte. Unwillkürlich erschauerte er bei dem Gedanken, was ihr alles hätte passieren können, wenn er nicht die Spuren entdeckt hätte, die ihre schleifenden Füße auf dem staubigen Boden hinterlassen hatten.

Er hatte jegliche Selbstbeherrschung verloren, als er durch die Tür brach und sah, wie bedrohlich der Engländer sich über sie beugte. Dies war seine Frau, und er würde sie beschützen.

Jetzt wollte er sie einfach nur noch von diesem schrecklichen Ort fortbringen. Mit ihr allein sein. Er wollte dafür sorgen, daß es ihr gut ging und sie in Sicherheit war.

Aber um sofort mit ihr allein sein zu können, hätte er Alec und diesen Priester Dunbar irgendwo einschließen müssen. Wenn sie Macpherson das nächstemal im Boot mitnahmen, würde er Celia vorschlagen, daß sie ihm den Fetzen über den Mund band.

Am Hafen wartete man bereits mit Fackeln auf sie. Behende wie Männer, die nur halb so alt waren wie sie, kletterten Hugh und Edmund aus den kleinen Booten die Schiffswand hinauf. Hughs Gesicht leuchtete vor Stolz, als er Colin umarmte, und Edmund umarmte Celia liebevoll. Dann nickte er Dunbar zur Begrüßung zu.

Der Ritter hielt die Arme um seine Nichte geschlungen und dachte bei sich, daß er langsam alt und schwerfällig wurde. Obwohl er wußte, daß Celia durchaus imstande war, sich selbst zu schützen – ja, obwohl er sie sogar ermutigt hatte, ihre Fähigkeiten in der Kriegskunst bei den Waffenübungen am Hof von König James zu vervollkommnen –, konnte er den Gedanken kaum ertragen, daß sie verletzt wurde oder auch nur in Gefahr geriet. Sie war alles, was er auf dieser Welt noch hatte.

Hugh und Colin traten, gefolgt von Alec, zu Celia und ihrem Onkel. Edmund ließ seine Nichte los, ergriff Colins Hand und drückte sie herzlich.

»Danke, daß Ihr sie sicher zurückgebracht habt«, sagte er.

Hugh näherte sich Celia mit väterlichem Lächeln und nahm sie in seine starken Arme.

»Nun, Colin«, dröhnte er, wobei er Celia weiterhin fest im Arm hielt. »Eine erfolgreiche Reise für uns alle. Laßt uns schnell ins Schloß zurückkehren, damit ihr uns alle Einzelheiten erzählen könnt. Und wir müssen Huntly und den anderen Fürsten eine Nachricht schicken und sie von Argylls Verrat informieren.«

»Ja, Vater«, sagte Colin. »Aber zuerst möchte ich dafür sorgen, daß Agnes Celia unter ihre Fittiche nimmt. Wie du siehst, hat sie einiges einstecken müssen.«

Zärtlich blickte Hugh in ihr erschöpftes Gesicht, bemerkte aber, daß ihre klaren, schwarzen Augen im Licht der Fackeln blitzten. »Ich glaube nicht, daß sie mehr einstecken mußte, als die Tochter des alten John Muir vertragen kann.«

Celia warf Colin und Edmund einen zornigen Blick zu und fragte sich, wer von beiden ihr Geheimnis enthüllt hatte. Colin sah ebenso überrascht aus wie sie. Sie blickte zu Lord Hugh auf, und plötzlich schämte sie sich ihrer Lüge. Wenn er die ganze Zeit über ihre Identität Bescheid gewußt hatte, dann war diese ganze Caithness-Scharade zudem völlig umsonst gewesen.

»Ich wußte, wen Edmunds Schwester geheiratet hatte«, sagte Hugh und lächelte wohlwollend. »Wir kennen uns schon seit vielen Jahren.«

»Habt Ihr meinen Vater denn auch gekannt, M'lord?« fragte Celia, die sich von ihrem Schrecken langsam erholt hatte.

»Ja, allerdings.« Lord Hugh lachte und warf den umstehenden Männern amüsierte Blicke zu. »Aber ich denke, wir sollten diese kleine Unterhaltung aufschieben, bis Agnes sich Eure Verletzungen angesehen hat.«

»Lord Hugh«, sagte Colin förmlich und zog den Priester näher zu sich heran. Er hatte bis zu diesem Zeitpunkt schweigend neben Edmund gestanden. »Ich habe die seltene Ehre, Euch eine Berühmtheit vorstellen zu dürfen.«

»Berühmtheit!« explodierte Lord Hugh. Edmund hatte ihn über die Identität des Neuankömmlings bereits ins Bild gesetzt. »Du meinst doch nicht etwa diesen armseligen Abklatsch eines Hans-Wurst-Priesters, der sich da neben euch versteckt? Nicht diese geistlose Lowland-Hofschranze, die jede Gelegenheit wahrnimmt, den guten Namen eines Highland-Clans in Schottland in den Schmutz zu ziehen?«

»Doch, Vater«, antwortete Colin und grinste, als er sah, wie Dunbar vor Zorn kochte. »Das ist William Dunbar.«

»Dann Willkommen auf Kildalton Castle«, donnerte Hugh herzlich und packte den Geistlichen an den Schultern.

»Danke Euch für den wohl formulierten Willkommensgruß, M'lord«, antwortete Vater William und musterte den großen Laird mißtrauisch. »Ich denke, daß auch der Name der Campbells in den Werken *irgendeines* armen Dichters Unsterblichkeit finden wird.«

»Wollt Ihr damit andeuten«, konterte Hugh drohend, aber mit einem Augenzwinkern in Celias Richtung, »daß wir Eure nächsten Opfer sein werden?«

»Ja, M'lord.« Dunbar lächelte verbindlich.

»Gut«, sagte Hugh und schlug dem Priester auf den Rücken. »Dann erwartet uns zu Ostern ja eine recht fröhliche Feier. Nochmals Willkommen auf unserem Schloß.«

* * *

Als sie aus einem der kleinen Boote kletterte, die sie zum Anleger brachten, war Celia beinahe überwältigt, wie sehr sich die Männer um sie bemühten. Doch ihre Erschöpfung wuchs, und ihr Kopf hatte wieder schmerzhaft zu pochen begonnen. Voller Müdigkeit konzentrierte sie sich auf ihre nächste Aufgabe: die gepflasterte Straße durch das Dorf zum Schloß zu erklimmen.

Am Hafenbecken und auf dem Marktkreuz standen jede Menge Menschen herum, und sie dachte daran, wie anders nun alles für die Leute werden würde, die bislang im Schatten von Argylls Schloß gelebt hatten.

Die Frage, ob Argyll zurückkehrte, würde sich sehr bald beantworten, dachte sie. Er hat offensichtlich keine Ahnung, was für ein Schurke Danvers ist.

Bei dem Gedanken an das Böse, das Danvers repräsentierte, begann es in ihrem Kopf noch heftiger zu dröhnen, und die Umgebung verschwamm vor ihren Augen. Celia streckte die Hand aus, um sich an Edmunds Arm abzustützen.

Das nächste, woran sie sich erinnern konnte, war, daß sie in Colins Armen lag. Vor ihr ragten die Mauern von Kildalton Castle auf. Er trug sie ohne jede Anstrengung. Edmund, Hugh und die anderen flatterten um sie herum und gackerten wie alte Hennen. Ihre Gesichter waren voller Sorge. Aber alle schienen erleichtert, daß sie das Bewußtsein wiedererlangt hatte.

»Colin, laß mich runter«, verlangte sie und kämpfte schwach gegen seinen Griff an. »Ich kann alleine laufen.«

»Ach tatsächlich?« sagte er liebevoll und drückte sie fester gegen seine breite Brust. »Dann muß es wohl eine andere Frau gewesen sein, die eben am Marktkreuz in Ohnmacht gefallen ist.«

»Ich bin nicht in Ohnmacht gefallen«, sagte sie, obwohl sie wußte, daß er recht hatte. »Ich mußte mich einfach nur wieder daran gewöhnen, nicht mehr auf dem wackligen Boot zu stehen, das ist alles.«

»Ach so«, sagte Colin lachend. »Und danach, nehme ich an, wolltest du einfach nur ein kurzes Nickerchen machen.«

»Stimmt genau«, antwortete sie und kuschelte sich an seine Schulter. »Und jetzt fühle ich mich richtig ausgeruht. Du kannst mich also runterlassen.«

»Nein.«

»Warum nicht?« fragte sie und sah ihn an.

»Weil ich die Situation genieße«, antwortete Colin. »Leg deinen Kopf wieder an meine Schulter.«

»Warum?«

»Weil dies der erste Augenblick ist, da ich dich für mich habe, seit wir Argyll verlassen haben. Weil ich ... ach, hör auf, so viele Fragen zu stellen.« Er sah sie drohend an.

Celia schlang die Arme um seinen Nacken und kuschelte ihr Gesicht an seinen Hals. »Bitte laß mich runter«, gurrte sie.

»Vergiß es«, antwortete Colin lächelnd. »Vor morgen früh wirst du den Boden nicht mehr mit den Füßen berühren.«

»Nur weil ich ein paar Schläge auf den Kopf bekommen habe, glaubst du, daß du mich einschüchtern kannst«, flüsterte sie schläfrig.

»Dich einschüchtern?« antwortete er mit leisem Lachen. »Na ja, darüber sollte ich vielleicht einmal nachdenken.«

»Das würdest du nicht wagen«, ereiferte sie sich und sah ihm erneut in die Augen.

»Aber sicher würde ich das«, sagte er, weiterhin grinsend.

»Du würdest was?« Das Gespräch begann sie zu verwirren.

»Dich so lange einschüchtern, bis du mich wieder da anfangen läßt, wo wir heute morgen unterbrochen wurden«, flüsterte Colin leise und küßte sie leicht.

»Colin, psst!« murmelte sie erschrocken und packte ihn am Kinn.

Sie kämpfte sich in seinen Armen hoch und blickte ihm über die Schulter, fürchtete, daß jemand seine Worte vielleicht gehört hatte. Aber die anderen waren ein paar Schritte zurückgefallen, und niemand schien ihn gehört zu haben. Außerdem war es bereits dunkel geworden.

Sie entspannte sich wieder – doch da traf Colins Mund den ihren so schnell, daß sie noch nicht einmal Gelegenheit hatte, dagegen zu protestieren. Er wollte nur einen flüchtigen Kuß, aber ihre Reaktion machte ihn wild vor Verlangen. Ihre Hände legten sich um seinen Nacken und zogen seinen Kopf weiter nach unten. Ihr Mund ergab sich dem Druck seiner suchenden Lippen. Sie küßten sich, tief, innig, dann ließen sie voneinander ab. Beide wußten, daß sie aufhören mußten.

»Ich brauche dich wohl gar nicht einzuschüchtern«, flüsterte er. Mittlerweile hatten sie die Zugbrücke erreicht, die in den Schloßhof führte. »Ich muß dich nur küssen.«

»Ich mag die Art, wie du mich küßt«, murmelte Celia und lehnte den Kopf wieder an seine Schulter. Sie spürte seinen Herzschlag, der mit dem ihren im Gleichklang war.

»Das andere wird dir auch gefallen, meine Geliebte«, flüsterte er und legte das Kinn leicht auf ihren verbundenen Kopf.

Agnes hatte schon die ganze Zeit über nach den ihren Ausschau gehalten, und kaum hatten sie die Vordertreppen erreicht, als sie auch schon zu ihnen hinausstürmte. Wenn Celia geglaubt hatte, daß die Männer schon ziemlich viel Wind um ihre Verletzung machten, dann hatte sie sich geirrt. Agnes veranlaßte Colin, Celia direkt in ihr Zimmer zu bringen. Während des ganzen Weges hinauf schalt sie ihn wegen seines Egoismus, daß er die junge Frau mit auf diese Reise genommen, und sie dadurch solchen Gefahren ausgesetzt hatte. Als Celia versuchte, sie zu unterbrechen, um Colin zu verteidigen, hielt er sie mit einem Augenzwinkern ab.

Agnes stieß die Tür zu Celias Zimmer auf, und Colin trug sie direkt zum Bett und legte sie ab.

Aber sogleich sah sie zu der offen stehenden Verbindungstür zum Zimmer von Ellen und Kit hinüber, rollte sich vom Bett herunter und verschwand in der dunklen Kammer.

Ellen saß auf dem einzigen Stuhl im Zimmer, und Kit schlief an ihrer Brust. Ihre Augen leuchteten vor Freude, als sie Celia sah, aber voller Sorge betrachtete sie den Kopfverband. Celia ging zu ihr hin, legte ihr eine Hand auf die Schulter und streichelte Kits Haar und seine Wange mit der anderen.

»Wie geht es ihm?« flüsterte Celia.

»Er ist so kräftig und gesund wie eh und je«, antwortete Ellen leise. »Ich wollte ihn gerade in seine Wiege legen.«

Celia nahm Ellen das Baby aus dem Arm und drückte es an ihre Brust. Sie hatte Kit wirklich vermißt, trotz all der Aufregung. Sanft legte sie ihn in die Wiege und deckte ihn mit einer weichen Decke zu. Dann lächelte sie Ellen noch einmal zu und schlich auf Zehenspitzen zur Tür.

Ellen folgte ihr in das andere Zimmer und ließ die Tür offen, damit sie Kit hören konnte, falls er wach wurde.

»M'lady«, sagte sie, erschrocken über das Blut, das durch den Verband hindurch am Hinterkopf sichtbar wurde. Das hatte sie in der Dunkelheit des anderen Zimmers nicht erkennen können. »Geht es Euch gut?«

»Natürlich geht es ihr gut«, antwortete Colin, der am Kamin lehnte. »Sie hat nur nach einer Möglichkeit gesucht, den Weg vom Dorf bis hierher nicht zu Fuß zurücklegen zu müssen.«

»Also Colin«, schalt Agnes. »Wenn du nicht sofort nett zu ihr bist...«

»Nett?« fragte Colin, wobei er Celia keine Minute aus den Augen ließ. »Ich habe sie gerade vom Hafen bis hierher getragen. Und den halben Weg lang hat sie sich in meinen Armen gewunden wie ein Fisch.«

»Raus hier«, befahl Agnes und schob den Krieger zur Tür.

»Ich verlasse das Zimmer nur unter Protest, Celia. Und ich komme zurück«, sagte Colin über Agnes' Kopf hinweg. Dann hatte sie ihn endlich auf den Flur hinausgeschoben.

»Männer! Also wirklich!« rief Agnes aus und kehrte lächelnd zu Celia zurück. »Aber es soll uns im Augenblick egal sein. Ellen, hilf Celia, diese schmutzigen Kleider auszuziehen. Ich habe ein hübsches heißes Bad für Euch vorbereitet, meine Liebe. Und während Ihr es genießt, werde ich mich um Eure Wunden kümmern.«

Celia setzte sich im Bett auf. Agnes hatte tatsächlich vor dem lichterloh brennenden Feuer einen Zuber für sie aufstellen lassen. Aber das war nicht alles. In Celias Abwesenheit hatte Agnes ein paar Möbel ins Zimmer bringen lassen: einen Tisch, der mit spitzenverziertem Leinen bedeckt war, und auf dem eine Schüssel voller Früchte stand, gleich neben dem Abendessen, das ebenfalls für sie bereit stand; einige große Sessel mit Seidenkissen und eine zweite große Kleidertruhe. Diese stand mit geöffnetem Deckel neben der anderen an der Wand. Aus beiden quollen Kleidungsstücke hervor, die Agnes für sie ausgesucht hatte.

Celia bemerkte amüsiert, daß keines der Möbelstücke die Holzvertäfelung in irgendeiner Form blockierte.

»Agnes«, sagte sie herzlich. »Ihr habt dieses Zimmer wunderhübsch hergerichtet. Jetzt fühle ich mich hier richtig heimisch.«

»Ich hatte so sehr gehofft, daß es Euch gefallen würde.«

»Gefallen? Es ist herrlich!« sagte Celia. »Aber Agnes, macht Euch doch meinetwegen bitte nicht so viel Umstände. Es wäre mir viel lieber, wenn ich Euch eine Hilfe sein könnte.«

»Ich wußte, daß Ihr das sagen würdet«, antwortete Agnes erfreut. »Meine Liebe, es wird höchste Zeit, daß Ihr Euch hier tatsächlich wie zu Hause fühlt. Und wenn es Euch morgen wieder besser geht, werden wir gleich damit anfangen.«

Celia warf Ellen einen Blick zu. Vielleicht konnte die ihr ja Aufschluß darüber geben, was Agnes meinte. Aber Ellen errötete nur und wandte den Kopf ab.

»Und jetzt wird nicht mehr geredet«, befahl Agnes, »bis Ihr im Badezuber sitzt.«

Mit Ellens Hilfe zog Celia die nassen Kleider aus und stieg in die Wanne. Jasminduft wehte ihr entgegen, und sie verschmolz mit dem warmen Wasser, während Agnes vorsichtig den Verband von ihrem Kopf löste. Sanft tupfte sie das getrocknete Blut von Celias Haar, wobei sie den Stoff in eine Schale mit Flüssigkeit tauchte, die nach Kräutern roch. Sorgfältig überprüfte die ältere Frau die Wunde und säuberte sie. Vorsichtig strich sie dann Celias Haar zurück und betrachtete die große Beule, die von der Masse kastanienbrauner Locken fast verborgen war.

»Die Schläge auf den Kopf sollten Euch wohl nur betäuben, aber die blauen Flecken an Eurem Hals zeigen eindeutig tödliche Absichten von seiten des Angreifers.«

»Stimmt«, antwortete Celia. »Ein Engländer, und dazu noch ein besonders rücksichtsloser.«

»Nun, ich hoffe, jemand hat den Bastard getötet.«

»Colin.«

»Das überrascht mich nicht«, sagte Agnes. »Colin hatte schon immer den Impuls, diejenigen zu schützen, die ihm am Herzen liegen.«

Celia bewegte sich sanft in dem warmen Wasser und dachte über Agnes' Worte nach. Colin hatte ihr seine Zuneigung offen gezeigt, hatte keinen Hehl daraus gemacht, daß er sie anziehend fand – und das vor aller Augen. Celia erinnerte sich an Vater Williams schockiertes Gesicht. Ihr liebevoller Umgang miteinander hatte ihn offensichtlich überrascht.

Sie würde mit ihm über Colin reden müssen. Vater William war immer außerordentlich kritisch im Hinblick auf potentielle Verehrer für Celia gewesen. Er glaubte, daß die passende Partie für sie noch nicht geboren worden sei… daß sie gar nicht existieren könne. Und die ganzen Jahre über hatte sie ihm in gewisser Weise sogar zugestimmt. Aber jetzt… jetzt war alles anders. Colin war anders.

Vorsichtig kämmte Agnes Celias gewaschenes Haar aus. Als die junge Frau fertig war, half sie ihr in ein frisches Nachtgewand und einen Überwurf. Celia roch das feine Lavendelaroma der Stoffe. Angesichts der Fürsorge, die Agnes ihr angedeihen ließ, wurde ihr ganz warm ums Herz. Sie trank etwas Wein und beobachtete, wie Agnes die Diener anwies, den Waschzuber und die nassen Leinentücher hinauszutragen.

Ellen war bereits zu Kit zurückgekehrt, als Agnes Celia nötigte, zu Abend zu essen. Doch vorher wollte Celia ihr noch ihre Geschichte beichten.

»Agnes, es gibt etwas, das Ihr wissen solltet«, begann sie langsam. »Und ich möchte diejenige sein, von der Ihr es erfahrt.«

»Was ist los, meine Liebe?« antwortete die ältere Frau besorgt.

»Ich bin nicht diejenige, die ich zu sein vorgebe. Mein wahrer Name ist Celia Muir, nicht Lady Caithness. Auf unserer Reise in die Highlands mußten wir uns vor Lord Danvers, dem englischen Feldherren, schützen, der hinter mir her ist. Indem ich Lady Caithness' Identität annahm, glaubte ich, weniger Aufmerksamkeit erregen. Aber ich möchte diese Scharade nicht länger aufrechterhalten. Es tut mir leid, daß ich Euch betrogen habe.«

»Meine Liebe, es gibt nichts, was Euch leid tun müßte«, sagte Agnes herzlich. »Wir leben in unruhigen Zeiten, und eine Frau muß sich und diejenigen, die sie liebt, schützen, so gut es geht. Wir alle mögen Euch um Eurer selbst willen, und nicht wegen irgendeines Namens.«

»Aber es steckt mehr dahinter, Agnes«, sagte Celia. »Danvers ist das personifizierte Böse, er ist ein Schlächter, und dieses Böse bedroht meinetwegen nun auch Euch.«

Sie hielt inne, suchte nach den richtigen Worten.

»Ich sollte seine Frau werden, Agnes. Nicht aus freiem Willen, sondern auf königlichen Befehl.«

Agnes legte ihre Hand auf Celias.

»Was ist das für ein König, der einer Frau befehlen kann, solch einen Dämon zu heiraten?« fragte sie sanft. »Derlei Befehlen leisten wir hier oben niemals Folge.«

Sie umarmte Celia liebevoll.

»Ihr habt in Eurem jungen Leben schon so viel durchgemacht, Kind. Nehmt nicht das Leid der ganzen Welt auf Eure Schultern. Es wird Zeit, daß Ihr die Vergangenheit hinter Euch laßt und in die Zukunft schaut.«

Celia spürte, wie ihr Tränen in die Augen traten, weil die ältere Frau sie tatsächlich ohne Fragen akzeptierte und verstand.

»Agnes ...«, begann sie.

»Genug davon, Celia«, unterbrach Agnes sie. »Jetzt seid Ihr hier, und darüber sind wir froh. Und nun erzählt mir von Euren Abenteuern im Schloß von Argyll.«

Celia schilderte ihr, was sich dort zugetragen hatte und spürte, wie sich das Unbehagen, das das Geständnis ihr bereitet hatte, langsam verflüchtigte. Dann ertappte sie sich dabei, wie sie lang und breit Colins heldenhaftes Verhalten beschrieb. Agnes bemerkte voller Freude, daß die junge Frau in ihrer Erzählung wieder und wieder von Colin sprach.

Und schon bald ergriff sie selbst das Wort: Sie erzählte Geschichten aus Colins Jugend und seinen frühen Mannesjahren, und Celia lauschte hingerissen. Agnes war wie eine Mutter für ihn gewesen, folglich verspürte sie jetzt auch mütterlichen Stolz.

Celia fragte sich, wie Colin als Kind wohl gewesen sein mochte. Heute war er so männlich – groß, muskulös, wettergegerbt – und es fiel ihr schwer, sich ihn als kleinen Jungen vorzustellen. Und doch, manchmal sah er so jungenhaft aus ...

»Es ist sehr traurig, daß seine Mutter niemals Gelegenheit hatte, ihn zu einem erwachsenen Mann heranwachsen zu sehen«, fuhr Agnes fort, als ob sie Celias Gedanken erraten hätte. »Sie wäre so stolz darauf, was aus ihm geworden ist.«

Agnes' Augen wurden feucht, und Celia drückte ihre Hand.

»Vermißt Ihr sie sehr?« fragte Celia.

»Im Laufe der Zeit immer weniger«, antwortete Agnes und erwiderte den Druck, bevor sie Celias Hand losließ. »Aber als Colin noch klein war, vermißte ich sie ganz fürchterlich.«

»Das muß eine schwere Zeit für Euch gewesen sein.«

»Am Anfang gab es Zeiten, in denen ich drauf und dran war, nach Frankreich zurückzukehren«, sagte Agnes lachend. »Hugh kann ein sehr schwieriger Mann sein, wißt Ihr.«

»Wie der Vater, so der Sohn?« Celia grinste.

»Wahrscheinlich.« Agnes lachte. »Aber wirklich, meine Liebe, Colin hat auch sehr viel von seiner Mutter geerbt.«

»Sie muß ein wundervoller Mensch gewesen sein.«

»Constance war wirklich eine bemerkenswerte Frau«, begann Agnes. »Sie hatte einen scharfen Verstand, sie war sehr mitfühlend und eine großzügige Freundin.«

»Ich bin sicher, sie empfand auch viel für Euch«, antwortete Celia.

Während sie sich derart vertraut miteinander unterhielten, wurde Agnes klar, daß es schon sehr, sehr lange her war, seit sie sich bei einem Gespräch mit einer anderen Frau so entspannt gefühlt hatte. Im Grunde seit dem Tod von Colins Mutter. Sie war Agnes' Freundin gewesen, aber diese Beziehung hier barg außer Freundschaft noch mehr in sich. Zwischen ihr und Celia bildete sich ein Band, wie Agnes es nur mit Colin verbunden hatte. Während sie neben der jungen Frau saß, ging ihr auf, warum jeder auf Kildalton sich so sehr zu Celia hingezogen fühlte. Nach allem, was sie gehört und gesehen hatte, wußte sie, daß ihr Herz rein und verständnisvoll, stark und mutig, offen und großzügig war. Constance Campbell hätte sie bestimmt gern zur Tochter gehabt.

Agnes brachte Celia zu Bett. Bevor sie ging, legte Celia ihr die Hand auf den Arm.

»Agnes, ich möchte Euch noch etwas von Frau zu Frau fragen«, begann sie zögernd. »Warum hat Colin nie geheiratet?«

»Er hat auf jemanden wie Euch gewartet, Celia.«

»Nein, ernsthaft«, beharrte Celia und errötete über ihre eigene Plumpheit. »Bestimmt hat mehr als nur eine Frau von ihm geträumt.«

»Und mehr als nur ein Vater«, antwortete Agnes. Manch ein Laird hatte Colin Campbell als Weg betrachtet, seiner Familie sowohl den sozialen als auch den finanziellen Aufstieg zu ermöglichen. Agnes war heute noch stolz darauf, wie es Colin immer gelungen war, die Kuppelversuche der Väter zu vereiteln und gleichzeitig dafür zu sorgen, daß der Ruf der jungen Frauen ebensowenig ruiniert war wie ihre Zukunft. »Das Vermögen und die gesellschaftliche Stellung der Campbells haben so manch einen in Versuchung geführt, aber Colin hat auf die große Liebe gewartet.«

Wohlwollend lächelte Agnes auf Celia hinunter und drückte ihr sanft die Hand. Dann verließ sie das Zimmer.

Celia war ganz weh ums Herz. Eine nagende, leere Trauer, die in einer Sekunde all das Glück zerstörte, das dort herangewachsen war. Plötzlich schienen die anstrengenden Ereignisse dieses Tages sie zu erdrücken.

Sie hatte Colin Campbell nichts zu bieten außer ihrer Liebe.

Wie konnte sie nur einen Augenblick daran denken, daß Colin sie vielleicht heiraten wollte? Er hatte es niemals auch nur erwähnt, und Celia hatte ihm niemals auch nur den leisesten Hinweis gegeben, daß sie sich ein Eheversprechen von ihm wünschte.

Aber Celia liebte Colin. Sie liebte ihn mit einer Inbrunst, die sie zu verbrennen drohte. Sie liebte ihn mehr als ihr eigenes Leben, er war der einzige Mann, den sie jemals gewollt hatte. Sie wußte, daß sie ihm ihren Leib und ihre Seele hingeben würde – solange er sie haben wollte.

Aber da war noch etwas. Celia wußte, daß andere Menschen ihre Liebe zu Colin mißdeuten und ihr andere Motive unterstellen konnten. Aber für Celia war diese Liebe, diese Leidenschaft stark und rein. Sie konnte nicht zulassen, daß dieses Gefühl vom Verdacht anderer Menschen, daß es sich um Opportunismus handeln könnte, befleckt wurde. Sie war nicht auf sein Vermögen aus. Nein, sie würde so lange bei ihm bleiben wie möglich, aber sie würde sich niemals gestatten, darauf zu hoffen, daß er sie heiratete.

Nur wenige Augenblicke, nachdem Agnes gegangen war, fiel Celia in tiefen, heilsamen und traumlosen Schlaf.

Doch als Colin leise an ihre Tür klopfte, erwachte sie noch einmal kurz. Kaum hob sie den Kopf von ihrem Kissen.

»Wer ist da?« rief sie leise.

Colin stieß die Tür auf und spähte in die Dunkelheit.

»Hast du es aufgegeben, deine Tür zu verriegeln?« flüsterte er.

»Komm herein, Colin«, sagte sie und ließ den Kopf wieder sinken.

Als der Krieger an ihr Bett trat, schlief Celia fast schon wieder. Colin setzte sich neben sie und betrachtete ihr Gesicht, das vom Schein des flackernden Feuers sanft beleuchtet wurde. Ihre Augen öffneten sich kurz, und sie lächelte ihn an. Dann nahm sie seine Hand und hielt sie an die Lippen.

»Hast du deine Boten ausgesandt?« fragte sie mit träger Stimme.

»Ja«, sagte Colin und streichelte ihr Gesicht. »Aber ich bin nicht gekommen, um darüber mit dir zu sprechen.«

»Hmm?« antwortete sie, und konnte die Augen nicht länger offenhalten.

»Ich bin gekommen, um mit dir über dich und mich zu sprechen.«

Sie murmelte im Halbschlaf und machte zwischen jedem Wort eine Pause: »Du? Ich? Liebst du mich? Ich liebe dich.«

Colin nahm ihre Hände fest in die seinen. Er wußte, daß diese Worte von Herzen kamen. Und ihr engelhaftes Gesicht zeigte, wie sicher und geborgen sie sich an seiner Seite fühlen mußte.

»Celia«, sagte er leise.

»Hmmm?«

»Ich liebe dich.«

»Hmmmm.« Dieser befriedigte Seufzer sagte Colin alles, was er wissen wollte. Sein ganzes Leben lang hatte Colin immer wieder Gelegenheit zum Heiraten gehabt. Junge, manchmal noch recht kindliche Töchter von Lowland Lairds, von Highland-Stammesfürsten, sogar von französischen Adeligen. Meist waren es Frauen gewesen, die perfekt auf die Rolle als Ehefrau und Mutter vorbereitet worden waren. Beides war gut so. Aber Colin hatte es nie gereicht. Er wollte eine Freundin, eine Geliebte, eine Gefährtin, die einen wachen Verstand besaß, und die sich nicht fürchtete, ihn auch zu benutzen. Er wollte eine gleichberechtigte Partnerin, die seine Träume in bezug auf seine Leute und sein Land nicht nur teilte, sondern auch verwirklichen half.

Er hatte schon daran zu zweifeln begonnen, daß eine solche Frau überhaupt existierte... bis jetzt. Er sah auf Celia hinab.

Schon im ersten Augenblick, da er sie gesehen hatte, hatte Celia ihn aus dem Gleichgewicht gebracht. Es war nicht Alec gewesen, der rücklings auf dem Boden gelandet war, sondern Colin. Vielleicht hatte Alec ihr Schwert an der Kehle gespürt, aber es war Colin, dem ihre Leidenschaft, ihr Verlangen, ihre Liebe das Herz durchbohrt hatte.

Colin saß eine Weile stumm im schwindenden Licht des glimmenden Feuers und dachte über den Lauf des Lebens nach, der ihn zu diesem Augenblick, zu dieser Frau geführt hatte. Nichts von allem hätte er anders machen wollen. Plötzlich konnte er sich keine Zukunft mehr ohne sie vorstellen.

Das war die Frau, nach der er gesucht hatte. Er würde sie niemals wieder gehen lassen.

»Ich habe lange auf dich gewartet«, flüsterte Colin der schlafenden Celia zu und streichelte ihr Haar und ihr weiches Gesicht. Dann beugte er sich über sie und küßte sie sanft.

Seine Worte waren leise, aber deutlich.

»Heirate mich.«

KAPITEL 11

Eine unheilige Vereinigung von Dämonen. Diese verschlagenen Schotten mit ihrem ausgezehrt aussehenden Earl sind angekommen, und wir haben ihn mit Danvers zusammen gesehen. Mit seiner verwerflichen Truppe sind wir jetzt tausend Mann, eine Armee auf der Jagd, und das ganze Land ist unser Opfer. Es geht das Gerücht, daß dieses Land, das wir durchkämmen und ausbeuten, plündern und brandschatzen, diesem Schotten, Argyll, gehört. Aber trotzdem morden wir weiter. Und ich beobachte Danvers, wie er höhnisch lächelt, weil Argyll das Gesicht abwendet.

Wir treffen die Wahl selbst ... Wir wählen auch unsere Dämonen selbst.

»Nun ja, ich bin froh, daß Ihr nicht an Heirat denkt, Celia«, sagte Dunbar. »Immerhin seid Ihr schon über zwanzig und weit darüber hinaus, zu einer guten Ehefrau geformt werden zu können.«

»Gute Ehefrau? Geformt?« explodierte Celia. »Erstens, fangt nicht wieder an, mir Eure altmodischen Ansichten darüber, wie eine verheiratete Frau sich verhalten soll, zu schildern. Zweitens habe ich gerade gesagt, daß ich nicht die Absicht habe, Colin zu heiraten. Ich bin nicht nach Kildalton gekommen, um mir einen Ehemann zu angeln. Und obwohl eine Frau keinen besseren Gatten finden kann als Colin Campbell, habe ich unsere Mission nicht vergessen. Außerdem hat er mich nicht gefragt und wird es wahrscheinlich auch nicht tun.«

Celia stand am Fenster ihres Zimmers und spürte, wie das warme Sonnenlicht ihre Schultern liebkoste. Edmund und Vater William waren schon früh an ihrer Tür gewesen, hatten ihr Frühstück gebracht und sich mit ihr unterhalten wollen. In der vorherigen Nacht war sie derart vom Schlaf übermannt worden, daß sie sich jetzt fragte, ob Agnes ihr wohl etwas verabreicht hatte, damit sie Ruhe fand. Sie konnte sich nur vage daran erinnern, daß Colin hereingekommen war und sich neben sie gesetzt hatte, aber vielleicht war es ja auch nur ein Traum gewesen.

»Das sind aber unheilige Worte für einen Priester«, attackierte Edmund Dunbar bissig. »Ein Mitglied des Klerus, das jungen Menschen ein Leben in Sünde empfiehlt!«

»Ich empfehle weder sündige Pfade«, erwiderte Vater William grimmig, »noch spreche ich über junge Menschen.«

»Dann werde ich wohl langsam senil«, gab Edmund zurück. »Worüber redet Ihr ...«

»Ich spreche von Eurer Nichte, alter Narr«, antwortete der Priester erzürnt. »Aber wahrscheinlich werdet Ihr tatsächlich langsam senil. Ist ja auch kein Wunder bei all den Schlägen, die Ihr im Laufe Eures Lebens auf den Kopf bekommen habt.«

»Wenn Ihr von Celia sprecht: Also ich finde, daß sie eine hervorragende Ehefrau abgeben würde ...«

»Ich kenne sie, seit sie vierzehn Jahre alt ist«, unterbrach Dunbar. »Und ich weiß, daß sie mutiger ist als die Hälfte der jungen Männer, die bei Flodden überlebt haben, und ganz bestimmt ist sie intelligenter als die andere Hälfte. Wollt Ihr allen Ernstes behaupten, daß es in Schottland noch irgendeinen Laird gibt, der noch einen Funken Selbstachtung im Leib hat und trotzdem bereit ist, eine Frau zu akzeptieren, die ihm in jeder Weise überlegen ist? Unmöglich.«

»Ihr kennt Colin Campbell nicht, Priester«, rief Edmund mit Nachdruck.

»Nein, aber ich weiß, daß die Campbells zu den wohlhabendsten Clans in Schottland gehören. Seine Mutter war königlichen Blutes ... Französin, ich weiß ... aber trotzdem königlich. Wenn Colin sich eine Frau sucht, dann sicherlich eine, die auf der gleichen sozialen Ebene steht wie er.«

»Celia *steht* mit ihm auf einer gesellschaftlichen Ebene«, explodierte Edmund. »Sie hat vielleicht kein Vermögen mehr, aber sie stammt von Königen ab. Von Bruce selbst! Sie ist ...«

»Entschuldigt«, warf Celia ein, die nichts mehr davon hören wollte. »Aber haben wir nicht gerade über Kits Situation gesprochen?«

»Über Kits Situation gibt es nichts mehr zu sagen«, antwortete der Priester. Er war immer noch erregt wegen Celias Beziehung mit dem jungen Campbell-Erben. Er war Celias Beichtvater und Hauslehrer gewesen. Er hatte beobachtet, wie ihr wacher Verstand heranblühte. Dunbar liebte diese junge Frau wie seine eigene Tochter. Er würde nicht untätig dabeistehen und zusehen, wie eine kurzzeitige Romanze mit dem mächtigen Colin Campbell sie ins Verderben stürzte. Wie gut, daß er wenigstens *jetzt* hier war, rechtzeitig genug, um Edmunds törichte Blindheit in bezug auf Celia und Colin auszugleichen. Zwar hatte sie am Hof vieles gesehen, aber in Herzensangelegenheiten war sie noch immer so unschuldig wie ein kleines Kind.

»Doch, es gibt noch einiges zu bereden, Vater William«, widersprach Celia sanft. »Wenn ihr mich fragt, ihr beiden verhaltet euch wie ein paar überängstliche Glucken, die sich wegen eines einzigen Kükens herumstreiten.«

Celia wußte, wie sehr diese beiden Männer sie liebten, aber im Augenblick sollten sie sich lieber alle auf Kit konzentrieren.

»Gut«, stimmte der Priester grollend zu. »Aber es gibt wirklich nicht viel zu sagen. Ich habe eingewilligt, hierzubleiben, bis Edmunds Nachricht Huntly erreicht, aber wir haben keinen Grund, den Campbells Kits Identität preiszugeben.«

Am Abend zuvor hatten Colin und Lord Hugh Huntly und den anderen Fürsten, die sich in Stirling versammelt hatten, ihre Botschaft geschickt. Vater William und Edmund hatten es ihnen gleich getan. Colin hatte den beiden einen forschenden Blick zugeworfen, ihnen aber keine Fragen gestellt.

»Wollt Ihr damit sagen, daß Ihr den Campbells nicht traut?« fragte Edmund.

»Ich mißtraue ihnen nicht«, antwortete Dunbar. »Aber warum sollten wir eine Frage beantworten, die nicht gestellt wurde?«

Das vermochte Celia schwerlich zu bestreiten. Wie konnte sie ihm ihr Bedürfnis erklären, sich Colin anzuvertrauen, ihm alles zu erzählen, was sie bedrückte? Wenn er Kits Identität kennen würde, hülfe er dem Jungen bestimmt, das zurückzuerobern, was von Rechts wegen ohnehin ihm gehörte. Tief im Herzen wußte sie, daß sie es ihm hätte sagen sollen, aber sie würde Vater Williams Urteil akzeptieren. Sie würde warten, bis Colin nach Kit fragte. Aber ihre Gefühle konnte sie nicht verschweigen.

»Colin ist vertrauenswürdig, Vater«, sagte sie und ergriff die Hand des Priesters. »Darauf schwöre ich jeden Eid, und wenn mein Leben davon abhängt.«

Als Celia und Ellen mit Kit die breiten Treppenstufen zur Großen Halle hinunterstiegen, bemerkte Celia, daß die Flüchtlinge nicht mehr da waren – die Hunde hatten wieder ihre Plätze eingenommen. Bear lief mit wedelndem Schwanz auf sie zu. Celia lächelte das Tier an und nahm seinen Kopf in die Hände.

»Celia!« rief Lord Hugh, als er die Frauen und das Kind sah. Er hatte eigentlich nach draußen gehen wollen, um die Vorbereitungen zur Verteidigung des Schlosses zu beaufsichtigen, aber das konnte warten. Mit einer Handbewegung bedeutete er den Männern, die ihn begleiteten, schon nach draußen vorzugehen. »Was macht Euer Kopf heute, mein Kind?«

»Agnes hat eine heilende Hand, Lord Hugh«, antwortete sie mit breitem Lächeln. »Ich habe fast den ganzen herrlichen Morgen verschlafen.«

Er kniff Ellen in die Wange, und Kits Faust umklammerte einen seiner Finger.

»Habt Ihr schon etwas gegessen?« fragte er, wieder an Celia gewandt. »Ich bin nach einem ordentlichen Kampf immer hungrig, und ich bin sicher, daß wir in der Südhalle etwas für Euch finden werden.«

»Danke, M'lord«, lachte Celia. »Ich habe gegessen. Wir wollten jetzt in den Schloßhof gehen und die Sonne genießen.«

»Glaubt mir, Kind, das wird Euch keinen Spaß machen«, sagte Hugh. »Ich war schon vor ein paar Stunden draußen. Colin hat den ganzen Platz in völliges Chaos verwandelt. Fast könnte man meinen, daß dieser miese Argyll bereits an das Vordertor geklopft hätte.«

»Oh«, sagte Celia. »Dann sollten wir vielleicht nicht im Weg herumstehen.«

Hugh dachte einen Augenblick lang nach, dann hellte sich seine Miene auf.

»Ich habe eine Idee, Mädchen.« Er lächelte und führte Celia ans andere Ende der Halle. »Es gibt einen Ort in diesem Schloß, den ich fast fünfundzwanzig Jahre lang nicht betreten habe, aber ich denke, es wird langsam Zeit …«

»Der Garten mit den Kirschbäumen, M'lord?«

Hugh warf ihr einen überraschten Blick zu.

»Die Kirschb …«, begann er. »Na so was! Colin hat Euch also den Garten seiner Mutter gezeigt!«

»Ja, Lord Hugh, das hat er«, antwortete Celia unsicher. »Ich hoffe, daß Ihr nichts dagegen habt. Ich hatte nicht die Absicht, hier als Eindringling …«

»Eindringling? Unsinn!« dröhnte er, und seine Augen leuchteten. »Ich wußte gar nicht, daß der Junge so viel gesunden Menschenverstand besitzt. Kommt, es wird Zeit, daß ich diese Bäume einmal wiedersehe.«

Hugh geleitete sie durch die Gänge des alten Schlosses und dann durch die Bibliothek auf die Steinterrasse. Der erschrockene Blick des Wachmanns, der zur Seite sprang, um Lord Hugh durchzulassen, zeigte ihr, wie lange er nicht mehr in diesem Teil des Anwesens gewesen war.

Celia blieb zurück und beobachtete Hughs Gesichtsausdruck, als er den Garten betrachtete. Die vier Bäume standen in voller zartrosafarbener und weißer Blüte. Seine Augen spiegelten das Strahlen des Sonnenlichts wider, das die blauen Wellen hinter den Gartenmauern beschien, und Celia war klar, daß er sich nach jahrelanger Abwesenheit, den Erinnerungen an seine geliebte Frau hingab.

»Diese Bäume sind ganz schön gewachsen, seit ich sie zum letzten Mal sah«, murmelte der Laird leise. Sie standen für ein paar Augenblicke schweigend da, während er das ganze Bild in sich aufnahm – die symmetrische Gartenanlage, den Brunnen in der Mitte, die wilden, ungepflegten Bäume und Blumenbeete. Seine Augen wanderten zu der mit Unkraut überwucherten Bank an der äußeren Wand hinüber, die der Lieblingsplatz seiner Frau gewesen war. Viele Nachmittage hatte sie hier verbracht und Colin die Fabeln Robert Henrysons und französische Geschichten von Rittern und ihren Damen vorgelesen.

»Es tut mir leid«, flüsterte Celia und legte ihm eine Hand auf den Arm. Derweil ging Ellen mit Kit die Stufen hinunter und in den Teil des Gartens, der durch die Mauern windgeschützt war. »Ich wollte Euch nicht traurig machen …«

»Pssst, Celia«, sagte Hugh leise. »Es wurde höchste Zeit, daß ich einmal herkomme. Und ich kann mir keine bessere Begleitung dafür denken.«

»Danke, M'lord.« Sie errötete und sah in den Garten hinaus. »Die Anlage ist unglaublich schön.«

»Ja«, antwortet er. »Colins Mutter war eine erstaunliche Frau.«

Seite an Seite gingen sie die Stufen hinab und wanderten über die zugewucherten Wege.

»Als Colins Mutter starb«, erzählte Hugh, »habe ich den Garten geschlossen. Ich konnte mich aus irgendeinem Grund einfach nicht überwinden, ihn noch einmal zu betreten. Und ich konnte auch den Gedanken nicht ertragen, daß jemand anders hierher kam. ›Aus irgendeinem Grund‹ ... das ist eigentlich gar nicht wahr. Ich kenne den Grund. Dieser Garten war ein Teil von ihr. Die Anwesenheit eines anderen Menschen hätte ihn besudelt. Ich wollte nicht, daß jemand dort saß, wo sie gesessen hatte. Dort ging, wo sie gegangen war.«

Hugh wanderte zu dem runden Brunnen in der Mitte und setzte den Fuß auf die Stützmauer.

»Dieser Garten gehörte ihr. Sie war gerne hier. Sie liebte es, die Anlage zu planen, darin zu arbeiten, sie zu genießen ... sie mit anderen zu teilen. Und ich liebte *sie* ... liebe sie ... immer noch. Ich konnte den Gedanken nicht ertragen, daß dieser Ort sich verändert, wächst, anders wird. Oh, ich weiß, daß er sich verändern mußte – aber ich wollte es nicht sehen.« Er hielt inne und sah zu Ellen hinüber, die in der Nähe der Terrassenstufen mit Kit spielte. »Ich weiß, daß Colin sich immer wieder hergeschlichen hat ... und ich habe nie versucht, ihn daran zu hindern. Für ihn ist dieser Garten eine Art Zufluchtsort, denke ich. Ein Ort voller guter Erinnerungen.«

Hugh blickte die junge Frau an, die schweigend neben ihm stand. Celia besaß die gleiche verhaltene Stärke, die gleiche Intelligenz, das gleiche starke Bewußtsein ihrer eigenen Identität wie seine Constance. Colin wäre ein Narr, wenn er sich diese Frau entgehen ließ. Aber Colin war kein Narr, das wußte Hugh!

»Es gibt etwas, das Ihr über die Campbells wissen solltet. Wir sind vielleicht ziemlich harte, übellaunige Banditen, aber wenn wir eine Frau lieben, dann ist es für immer. Es ist, als ob man die Frau findet, die das Schicksal für einen bereitgestellt ... auserwählt ... vorbestimmt hat. Und wenn wir sie finden, dann wissen wir, daß diese Frau unser genaues Gegenstück ist, diejenige, die uns anvertraut wird ... für alle Ewigkeit.«

Celias Blick ruhte auf einem der farbenprächtigen Kirschbäume. Wie herrlich mußte es sein, so sehr zu lieben … und geliebt zu werden. Unwillkürlich wanderte ihre Hand zu ihrem Medaillon hinauf. Es war das einzige, greifbare Erinnerungsstück, das sie von der Liebesbeziehung ihrer Eltern besaß. Celia vermutete, daß deren Liebe auch so gewesen war, wie Lord Hugh es gerade geschildert hatte. Selbst nach so vielen Jahren als Witwer hatte ihr Vater nach Celias Mutter gerufen, bevor er starb. Er hatte ihr Gedächtnis in Ehren gehalten und hatte Celia immer wieder von ihrer Güte, ihrer Stärke und ihrer Schönheit berichtet.

»Ich weiß, daß Euer Vater für Eure Mutter genauso empfand«, sagte Hugh, der ihre Gedanken erriet.

»Gestern abend habt Ihr erwähnt, daß Ihr meinen Vater kanntet«, sagte Celia zögernd.

»Ja, ich kannte ihn«, antwortete Hugh mit einer Grimasse. »Wir haben … Geschäfte … miteinander gemacht.«

»Ach ja?« antwortete Celia überrascht. »Ich kann mich nicht daran erinnern, jemals auf Kildalton Castle gewesen zu sein. Das muß in der Zeit gewesen sein, bevor ich mit ihm unterwegs war.«

»Wahrscheinlich«, fuhr Hugh fort. »Edmund hat uns vor etwa fünfzehn Jahren zusammengebracht, denke ich.«

»Aber da *bin* ich schon mit ihm als Witwer zur See gefahren!«

Hugh lachte. »Ein Kind, das mit einem Rudel Piraten reist? John Muir hat dem Hause York aber wirklich gründlich mißtraut.«

»Warum sagt Ihr ›Piraten‹?« rief Celia entrüstet. »Sie waren gute Seeleute.«

»Ja, Mädchen«, stimmte Hugh zu und warf ihr einen forschenden Blick zu. »Abgesehen von meinen eigenen Männern hatte John Muir die besten Seeleute um sich geschart, auf die ein Piratenanführer nur hoffen konnte.«

»Nein«, widersprach sie erneut. »Mein Vater war ein ehrbarer Mann, ein Kaufmann, den man respektierte. Er war kein …«

Celia sah ihn an und verstummte. Plötzlich ergab alles

einen Sinn. In all den Jahren, die sie mit ihrem Vater zusammen gesegelt war, waren seine Schiffe niemals angegriffen worden, noch nicht einmal wenn sie sich – wie die Matrosen es nannten – in »gefährlichen Gewässern« befunden hatten. Aber sie hatten sich über ihren Kopf hinweg immer zugelächelt, wenn sie derlei Äußerungen machten. Sie hatten niemals Angst gehabt, noch nicht einmal, wenn sie wieder einmal Kanonenfeuer in der Ferne hörten und später ein unbemanntes, fahruntüchtiges spanisches Schiff fanden, dessen Frachtraum voller Beute war, von der ihr Vater ihr erzählte, daß die Spanier sie in der neuen Welt gestohlen hatten.

Wie blind kann doch ein Kind sein, dachte sie. Sie haben nur die Beute eingeladen, die seine anderen Schiffe gekapert hatten. Jetzt wußte sie, warum der Name ihres Vaters so bekannt war. Er war kein Kaufmann gewesen, sondern ein Dieb. Respektiert? Er wurde wohl eher gefürchtet.

»... ein Dieb«, wiederholte sie laut, zu Tode erschrocken. »Mein Vater war ein gemeiner Dieb.«

»Nein, ein Dieb war er nicht, Mädchen«, murmelte Hugh und ergriff ihre Hand. »Und gemein war er schon gar nicht. Er war ein ehrenhafter Mann. Ein Pirat? Ja. Und lange Zeit segelte er mit der Zustimmung des alten König Henry VII. Aber in jenen Tagen war die Grenze zwischen Piraten und dem, was die Männer des Gesetzes heute als ›Freibeuter‹ bezeichnen, kaum vorhanden. Damals waren nur wenige von uns im Geschäft ... ich selbst arbeitete mit Alexander Macpherson zusammen. Wir haben die Irische See unter uns aufgeteilt und die Feinde unserer Könige ausgeplündert. Aber Ihr wart damals noch sehr jung. Es ist nur natürlich, daß Euer Vater Euch nichts erzählt hat. Ihr solltet nicht schlecht von ihm denken, und er beschützte Euch, so gut es ging.«

Celia schwieg für einen Augenblick, bevor sie ihm antwortete.

»Ich habe meinen Vater geliebt, und ich weiß, daß er mich auch geliebt hat. Wir standen uns so nahe, wie ein

Vater und ein Kind sich nur nahestehen können. Aber diese Seite seines Lebens... ich war ein Teil all dessen, aber ich habe es nie durchschaut. Es niemals vermutet. Ich habe plötzlich das Gefühl, nicht allzu viel über meine Familie... über mein Leben zu wissen.«

Hugh setzte sich auf die Mauer des Brunnens und zog Celia neben sich.

»Ich will Euch erzählen, wie alles begonnen hat. Wahrscheinlich wißt Ihr schon einiges, aber ich möchte Euer Bild von Eurem Vater etwas zurechtrücken. Ich will Euch die Wahrheit über Eure Familie erzählen...«

»Euer Vater war der zweitälteste Sohn eines Zweiges der Familie von York, der geschlagen, versöhnt und dann wieder geschlagen wurde, als Henry Tudor dem alten buckligen König Richard von York die Krone abjagte. Als Henry König wurde, hatte er kein Geld, und die Familie von York war ihm immer ein Dorn im Auge. Die Spanier und Franzosen plünderten erbarmungslos die englische Küste, was seine Situation noch zusätzlich verschlimmerte.

Als zweitältester Sohn einer Familie, die nun zu den politischen Außenseitern gehörte, hatte John Muir kein Interesse daran, untätig herumzusitzen und vom Vermögen seiner Vorfahren zu leben.

Also ging Euer Vater zu dem neuen König und bot ihm seine Dienste an. Er wollte die Spanier und die Franzosen aus den englischen Gewässern vertreiben, und König Henry gab ihm freudig die Erlaubnis dazu. Schließlich war es ihm lieber, wenn das Haus York an seiner Seite kämpfte statt gegen ihn. Und Euer Vater bekam dadurch Gelegenheit, seinen eigenen Weg in der Welt zu finden.

Innerhalb kurzer Zeit wurde sein Erfolg auf See für alle Beteiligten ein sehr einträgliches Geschäft. Henrys Schatzkammer füllte sich mit spanischem Gold, und Euer Vater baute mit seinem Anteil der Beute eine Handelsflotte auf. Es ist wohl unnötig zu sagen, daß seine Schiffe auf hoher See niemals angegriffen wurden. Aber er plünderte selbst weiterhin fremde Schiffe, die die englischen Gewässer kreuzten. Und seine Furchtlosigkeit war allgemein bekannt.

Mittlerweile war der Reichtum Eures Vaters für niemanden mehr ein Geheimnis. Er besaß Ländereien in England und eine Schiffsflotte, die König Henrys bei weitem übertraf. Als er Eure Mutter kennenlernte und beschloß, sie zu heiraten, war seine Familie dagegen, weil sie die Tochter eines schottischen Ritters und Abkömmlings von Robert the Bruce war. König Henry war ebenfalls dagegen. Nicht genug, daß John ihrer aller Taschen gefüllt hatte – sie wollten auch ein Mitspracherecht bei der Wahl der passenden Frau. Die Ehe ist für viele Familien heutzutage noch in erster Linie ein Geschäft – und das gilt für England und Schottland gleichermaßen.

Sie regten sich ungeheuer darüber auf, daß er eine schottische Frau heiraten wollte. Seine hochnäsige Yorker Familie betrachtete dies als eine Verbindung unter ihrer Würde. Und Henry empfand die Ehe als Bedrohung, weil er befürchtete, daß Muirs Loyalität nun nicht mehr ausschließlich ihm, sondern dem schottischen Volk gelten würde.

Aber Euer Vater stellte sich gegen alle. Er heiratete Eure Mutter, aber er vergaß niemals, wie man sie brüskiert hatte.

Und er liebte sie. Man erzählt sich, daß er vor der Hochzeit den Sultan der Ottomanen aufsuchte und ihm die größten Saphire abkaufte. Eure Mutter soll die Steine immer in einem Anhänger um den Hals getragen haben.

Ich lernte Euren Vater durch Edmund kennen, als er sein Schicksal bereits selbst in die Hand genommen hatte. Er war mächtig genug, um Henrys Anweisungen zu ignorieren, wenn sie ihm gerade nicht paßten. Er fühlte sich niemandem mehr verpflichtet, weder dem König noch seiner eigenen Familie. Eure Mutter war damals schon verstorben, doch Euer Vater vertraute immer noch niemandem. Ich nehme an, deshalb hat er Euch die ganzen

Jahre über bei sich behalten. Ich bin sicher, daß er Angst um Euer Leben hatte, und befürchtete, daß sie Euch für ihre eigenen Zwecke einspannen würden, wenn Ihr ihnen jemals in die Hände fielet.

Eines solltet Ihr noch wissen, Celia: Euer Vater war ein ehrenhafter Mann. Wir teilten die Irische See unter uns auf, weil er das Gefühl hatte, daß er seine eigene Familie angriff, wenn er gegen die Schotten kämpfte. Henry hatte recht gehabt – die Loyalität Eures Vaters war geteilt, und zwar wegen der Liebe zu Eurer Mutter ... und zu Euch.

Euer Vater und ich mochten uns sofort und hielten bis zu seinem Tod Verbindung miteinander. Er war ein ehrlicher Mann, und er hat unsere Vereinbarung niemals verletzt, obwohl seine Macht an der Westküste mit jedem Jahr größer wurde.«

Voller Zuneigung sah Lord Hugh Celia an. Er wußte, wenn John noch am Leben gewesen wäre, wäre er sehr stolz auf seine Tochter, auf die Frau, die aus ihr geworden war.

»Euer Vater ist in England gestorben«, sagte Hugh. »Wie kam es, daß Ihr ein Mitglied des schottischen Hofes wurdet?«

»In England war es ihr zu langweilig«, grollte eine Stimme von der anderen Seite des Brunnens.

Colin war aus dem Dorf zurückgekommen, wo er Vorbereitungsmaßnahmen zur Befestigung getroffen hatte. In der Südhalle war er auf Runt getroffen, der ihm berichtet hatte, wo Lord Hugh hingegangen war. Colins Augen hatten sich ungläubig geweitet.

Schließlich war er in den Garten gegangen, wo Celia und Hugh saßen und sich so vertraulich unterhielten wie zwei alte Freunde. Sein Vater schien sich sehr wohl zu fühlen, so daß Colin zögerte, die beiden zu stören.

Beim Klang von Colins Stimme schrak Lord Hugh zusammen. Celia hatte gesehen, wie er in den Garten kam und sich ruhig hinsetzte, während sein Vater sprach. Sie hatte das Gefühl, daß Colin bereits alles wußte, was Hugh erzählte.

»Nach dem Tod meines Vaters«, antwortete Celia laut genug, daß auch Colin es verstehen konnte, »machte der englische König mich zum Mündel des Hofes, so daß er die Schiffe und das Land meines Vaters annektieren und bis zu meiner Eheschließung seinen Profit daraus ziehen konnte. Als ich an diesen düsteren Hof kam, kannte ich dort niemanden.«

»Wo war Edmund?« fragte Colin.

»Er ist bei König James für mich eingetreten, weil er noch vor mir wußte, daß mein Schicksal besiegelt war.«

Celia starrte ins Leere.

»Dieser Hof war ein trostloser Ort. Jeder wußte, daß der alte König im Sterben lag. Er hatte seine jungen Jahre damit verbracht, die Krone zu sichern und seine Schatzkammern zu füllen. Aber als ich an den Hof kam, war er schon nur noch ein kranker, alter Griesgram, und die Stimmung in seiner Umgebung war entsprechend.

Ich war in frischer Luft aufgewachsen, und meine Gefährten waren Männer der Tat gewesen. Jetzt wurde ich in einen Salon gesperrt, und die Frauen behandelten mich wie ein Monster. Sie quälten mich mit geistlosen Aufgaben, von denen sie behaupteten, daß ich sie lernen müsse, um einmal eine gute Ehefrau abzugeben. Sie waren entschlossen, mir Dinge beizubringen, an denen ich kein Interesse hatte.

Dann, eines Tages, wurde ich meinem zukünftigen Ehemann vorgestellt, einem treuen Soldaten, den der König mit einer Ehefrau und deren Vermögen zu belohnen gedachte …«

Celia blickte Colin über den Brunnen hinweg an.

»Es war Lord Danvers«, sagte sie deutlich. »Damals schon war er ein grausamer, ungehobelter, abstoßender Mann. Ich haßte ihn vom ersten Augenblick an. Ich wußte, daß ich fliehen mußte, also ging ich zu den einzigen Menschen, mit denen ich verwandt war: zu den Yorks.

Ich erinnere mich noch sehr gut, wie grob sie waren. Sie sagen mir, daß ich Danvers heiraten müsse. Daß ich von Glück sagen konnte, daß der König mir jemanden zum Mann geben wollte, der einen so hohen gesellschaftlichen Rang hatte wie Danvers. Daß ich mich privilegiert fühlen konnte, wenn er einen Wildfang wie mich überhaupt haben wollte, eine Frau, die zudem noch ›eine halbe Schottin‹ war. Ich wußte nun aus eigener Anschauung, warum mein Vater sie gehaßt hatte.

Ich kehrte an den Hof zurück, aber ich fühlte mich elend, und ich machte jedem, mit dem ich Kontakt hatte, das Leben zur Hölle. Sechs lange Monate ging das so.

Dann kam Edmund zurück. Er hatte eine Art Handel mit James geschlossen. König Henrys Tochter Margaret war seit fünf Jahren Königin von Schottland, und ich sollte ein Jahr lang zu ihrem Gefolge gehören, bevor ich Danvers heiratete.«

Celia lächelte grimmig, als sie an diese Zeit zurückdachte. »Sie waren überglücklich, mich los zu werden. Wahrscheinlich dachten sie, daß ein Jahr an einem ›wilden‹ Ort wie Schottland mich lehren würde, den englischen Hof mehr zu schätzen. Edmund sagte damals, daß König Henry nur deshalb zustimme, weil er dadurch noch ein weiteres Jahr in den Genuß der Erträge aus meines Vaters Vermögen käme.«

»Hatten sie denn keine Angst, daß Ihr nicht zurückkehren würdet?« fragte Hugh.

»Danvers schon. Aber er war der einzige. Sie waren sicher, daß ich zurückkehren würde, denn alles, was ich besaß, blieb so lange in König Henrys Besitz, bis ich Danvers heiratete.

In jenem ersten Jahr, das ich bei Königin Margaret in Schottland weilte, starb König Henry, und sein Sohn, der neue König Henry, bestieg den Thron. Wie Ihr wißt, konnten sich James und er über gar nichts einigen, und das ging so bis zu dem Tag, da James auf dem Schlachtfeld von Flodden starb. Deshalb bin ich nie zurückgekehrt.

Obwohl Königin Margaret durchaus bereit war, mich nach England zurückzuschicken, habe ich gehört, daß es ihrem Bruder, König Henry, gleichgültig ist, ob ich zurückkehre oder nicht. Er verwaltet alles, was mein Vater für mich vorgesehen hatte, und er hat es sicher nicht eilig, sich von dem Vermögen zu trennen. Danvers hingegen ist jetzt seit sechs Jahren hinter meinem Erbe her. Vor zwei Jahren kam er sogar nach Edinburgh – angeblich als Abgesandter des Königs, aber in Wirklichkeit war er meinetwegen da.«

Celia wandte sich Colin zu.

»Dieser frettchengesichtige Mann auf Argylls Schloß, war Danvers' rechte Hand, als er an den Hof der Stuarts kam.«

Dann sprach sie wieder zu Lord Hugh.

»Ich habe jedoch niemals in Erfahrung bringen können, warum König James sich dermaßen dafür eingesetzt hat, mich aufzunehmen. Er konnte dadurch nichts gewinnen.«

Hugh lächelte sie vielsagend an. »Ihr dürft mich beim Wort nehmen, Mädchen. James hatte für alles seinen Grund. Und ich bin sicher, wenn die Zeit reif ist, wird Edmund es Euch sagen.«

Hugh erhob sich und sah sich erneut in dem verwahrlosten Garten um.

»Colin«, donnerte er, »nennst du das einen Garten? Du brauchst eine Frau, die solche Angelegenheiten vernünftig in die Hand nimmt, mein Junge.«

»Celia denkt, daß die Hand einer Frau an das Heft eines Schwerts gehört«, antwortete Colin. »Kannst du dir vorstellen, was für einen Schaden sie hier anrichten würde?«

»Alles, was sie hier täte, wäre wahrscheinlich eine Verbesserung«, antwortete Hugh und legte Celia den Arm um die Schultern.

»Na ja, ich habe mich schon bemüht, sie als verantwortliche Gärtnerin einzustellen, aber wir sind uns über die Vertragsbedingungen noch nicht einig.«

»Die Bedingungen?« sagte Hugh und lachte. »Bei Gott, Mann, gib ihr, was sie haben will.«

Colin wandte sich Celia zu. »Nun? Was meinst du?«

»Ich habe keine Ahnung, wovon ihr überhaupt sprecht… wie üblich.«

»Über den Garten«, antworteten die beiden Campbells im Chor.

Celia blickte von einem lächelnden Gesicht zum anderen. Sie wußte genau, daß Lord Hugh sie mit seinem Sohn verkuppeln wollte. Aber über Colins Absichten war sie sich noch im Unklaren. Am besten so tun, als hätte ich den Doppelsinn der Worte nicht mitbekommen, dachte sie.

»Wenn Ihr es ernst meint, würde ich diesen Garten gern in Ordnung bringen … zumindest so lange, wie ich hierbleiben kann.«

»Colin, das mußt du in den Vertrag einfließen lassen«, sagte Hugh. »Ein zusätzlicher Anreiz für Euch, Celia, könnte vielleicht sein, daß ich mich freiwillig für die schwere Arbeit zur Verfügung stelle.«

»Was bedeutet, daß er auf einer der Bänke sitzen und dich herumkommandieren wird«, sagte Colin grinsend.

»Ich habe eigentlich noch nicht allzu viele Klagen über die Befehle, die ich in den vergangenen vierzig Jahren gegeben habe, gehört.«

»Natürlich nicht. Jeder, der sich beklagt hat, wurde in einem ruderlosen Boot auf See ausgesetzt.«

»Ganz genau«, schimpfte Hugh. »Und dich hätte ich ebenfalls aussetzen sollen, als ich noch Gelegenheit dazu hatte.«

»Dann wäre aber auch keine Frau, die so schön ist wie Celia, jemals hier gelandet.«

»Ach, du denkst also, daß ich nach Kildalton gekommen bin, nur um dich kennenzulernen?« fragte Celia anklagend und blickte in Colins lachende Augen.

»Sagt es ihm, Celia. Ihr seid nach Kildalton gekommen, um *mich* kennenzulernen«, sagte Hugh und zog sie schützend an sich.

Aber Colin reagierte schnell und entzog sie ihm sofort. »Ein einziger Vormittag im Garten, und du glaubst, du könntest mir meine Frau ausspannen.«

Celia jubilierte innerlich. Zwar scherzte er mit seinem Vater, aber er hatte sie als ›seine Frau‹ bezeichnet! Und *das* schien er ernst zu meinen. Celia blickte zu dem jungen Krieger auf, der ihr Gesicht genau beobachtete.

»Oder bist du nicht ›meine Frau‹?« fragte Colin und zog sie liebevoll an sich.

»Ich dachte, ich sei die Gärtnerin«, antwortete sie scherzhaft.

»Meiner Erinnerung nach waren die beiden Aufgaben immer miteinander kombiniert«, warf Hugh lächelnd ein. »Aber ich glaube, es wird Zeit, daß ich Ellen und Kit mit hineinnehme, damit Ihr beide die Details des ›Anstellungsvertrages‹ ausarbeiten könnt.«

Ohne ein weiteres Wort wandte Hugh sich um und ging um den Brunnen herum auf die Terrasse zu und bedeutete Ellen, ihm zu folgen. Celia wollte hinter ihm her laufen, aber Colin hielt sie sanft zurück.

»Warte«, flüsterte er.

Die Frühlingssonne breitete eine schimmernde Decke aus Diamanten über der wogenden blauen See hinter den Gartenmauern aus. Durch die Wände vor dem Wind geschützt, setzte sich Celia neben Colin und schwelgte einen Augenblick lang in der Wärme, die ihren Körper ebenso umhüllte wie ihre Seele. Ihre Augen wanderte über die Blumenbeete, doch plötzlich blieben sie auf einem kleinen Farbfleck haften.

»Colin, sieh doch«, rief Celia aus. »Krokusse! Jetzt beginnt die neue Jahreszeit.«

»Durch dich hat der Frühling früher denn je begonnen«, antwortete Colin.

»Ich wette, unter diesem Gestrüpp verbergen sich die herrlichsten Blumen«, seufzte sie und deutete auf die verwahrlosten Beete.

»All die Schönheit ist nicht endgültig verborgen, Celia«, sagte er, trat hinter sie, schlang die Arme um ihren Körper und vergrub sein Gesicht in ihren Locken.

Colin spürte, wie Celia erschauerte, als ihre Körper einander berührten.

»Wie geht es deinem Kopf?« fragte er, hielt sie jedoch weiterhin fest. Endlich konnte er das Verlangen befriedigen, sie zu berühren. Den ganzen Morgen über hatte er sich danach gesehnt.

»Hmmm... gut... meinem Kopf geht es viel besser.« Celia genoß die Umarmung sehr.

»Du hast mir noch keine Antwort auf die Frage gegeben, ob du meine Frau bist«, flüsterte er.

»Die Antwort ist ja, Colin«, sagte Celia sanft. »Ich habe nie einem anderen gehört.«

Colin umarmte sie fester, spürte, wie heißes Verlangen seine Lenden durchzuckte. Eine seiner Hände fand den Weg in ihren Mantel und berührte Celias runden Anhänger.

»Was ist das?« fragte Colin, zog das Medaillon heraus und betrachtete es. »Sind das die legendären Juwelen des Ottomanen?«

»Nur ein Erinnerungsstück an meine Mutter«, antwortete Celia und blickte auf das Andenken hinab. »Es ist das einzige, was ich von ihr habe.«

»Die einzigen schwarzen Saphire, die genauso groß und dunkel sind wie diese, sind deine Augen«, sagte Colin mit leiser Stimme.

Er ließ das Medaillon los und umarmte sie heftig, wobei er ihre festen Brüste durch das Gewebe ihres weichen Wollkleides spürte. Celias Körper bäumte sich seiner Berührung entgegen, verschmolz mit seiner innigen Umarmung.

»Ich bin gestern noch in dein Zimmer gekommen«, murmelte er liebevoll.

»Ich wußte nicht, ob es stimmte oder nur ein Traum war«, gab sie zurück und liebkoste seine Handrücken.

»Du warst so schön, in deinem dünnen Nachthemd im Bett«, flüsterte Colin und gab ihr einen sanften Kuß in den Nacken.

»Du hast mir beim Schlafen zugesehen?« fragte Celia überrascht.

»Das Feuer beleuchtete deine herrlichen, weiblichen Rundungen ...«

»War ich denn nicht zugedeckt?« Celia drehte sich in seinen Armen um und sah in seine faszinierenden grauen Augen.

»Deine weiche, elfenbeinfarbene Haut war zu betörend, als daß ich die Hände von dir hätte lassen können.« Colin zog sie an sich. Seine Hände umspannten ihre Taille.

»Du hast mich berührt? Während ich schlief?« fragte sie entgeistert und legte beide Hände auf seine Schultern. Sie suchte in seinem Gesicht nach dem Beweis, daß er nur scherzte.

»Die Bänder, die dein Nachthemd zusammenhielten, ließen sich sehr leicht lösen.« Während eine Hand weiterhin die ihre umspannte, schob sich die andere in ihren Mantel – liebkoste ihren Rücken, ihre Seite, ihre Brust.

»Du ... du hast mir das Nachthemd aufgebunden?« fragte Celia, ergriff seine Hand und hielt sie still.

»Ich habe bei dem obersten Band begonnen, es fiel auseinander ...«

»Das stimmt nicht!«

»Dann das nächste ...«

»Hast du etwa Agnes veranlaßt, mir etwas in den Wein zu schütten?«

»Dann löste ich das letzte, und es enthüllte ... enthüllte ...« Colin schloß die Augen.

»Ja? Enthüllte was?«

»Ich konnte mich nicht zurückhalten. Ich nahm dich in die Arme ...«

»Ich war nicht bei Bewußtsein!«

»Ich preßte deinen seidigen Körper an mich ...«

»Das hättest du nicht getan. Das *hast* du nicht getan.« Dessen war sie sich sicher. Na ja, zumindest *beinahe*.

»Du hobst mir deine Lippen entgegen ...«, sagte Colin, und sein Mund näherte sich dem ihren.

»Ich war eingeschlafen!«

»Du hast mir zugeflüstert, daß ich dich nehmen soll ...«

»Das habe ich nicht! Daran würde ich mich erinnern«, rief sie aus.

»Dir beizuwohnen ...« Seine Lippen waren jetzt nur noch einen Atemzug von den ihren entfernt, drohten, sie jeden Augenblick zu verschlingen.

»Das würde ich nie tun!«

»Dich in Höhen der Leidenschaft zu führen, die du noch nicht kanntest ...«

»Das wäre nicht allzu schwierig.« Sie zuckte die Achseln, und ihre Lippen umspielte ein Lächeln.

»Und ich tat es«, schloß er mit völlig verzücktem Gesicht.

»War es befriedigend für Euch, M'lord?«

»Ja. Bis ich aufwachte«, berichtete Colin in beiläufigem Ton, dem die Sinnlichkeit des vorherigen Augenblicks völlig fehlte.

»Dann warst du letzte Nacht gar nicht in meinem Zimmer?« fragte sie herausfordernd.

»Glaubst du?« fragte Colin neckisch.

»Du hast das alles nur geträumt«, beharrte sie.

»Wirklich?« fuhr er mit verführerischer Stimme fort.

»Natürlich.«

»Woher weiß ich dann, wie viele Bänder dein Nachthemd hat?«

Immer noch standen sie in inniger Umarmung. Celia senkte nachdenklich den Kopf. Plötzlich blickte sie zu ihm auf, hochrot und sehr verlegen. Drei.

Als Colin sie losließ, lachte er so schallend, daß er all ihre Zweifel vertrieb.

»Ich bin tatsächlich gestern noch in dein Zimmer gekommen, aber du bist sofort eingeschlafen«, sagte er, zog sie zwei Schritte zu einer Bank und setzte sie auf seinen Schoß.

»Du bist ein Biest, Colin Campbell.«

»Und du bist im Schlaf sehr redselig.«

»Bin ich nicht«, leugnete Celia hastig. »Was soll ich denn gesagt haben?«

»Du erinnerst dich wirklich nicht daran?«

»Natürlich tue ich das, du gemeiner Kerl, aber ich will, daß du es noch einmal wiederholst.«

»Erinnerst du dich *daran*?« fragte er.

Colins Kuß war ein zartes, süßes Versprechen, das sie in Erregung versetzte. Sie schlang die Arme um seinen Nakken und zog ihn näher zu sich heran.

Sie öffnete die Lippen und spürte den Druck seines Mundes. Er streichelte ihre Unterlippe mit der Zunge und den Zähnen. Leicht neigte sie den Kopf, um ihm entgegenzukommen, doch sein Mund strich über ihre Wange und knabberte sacht an dem weichen Fleisch unter ihrem Ohr. Die sinnlichen Empfindungen, die plötzlich durch ihren Leib pulsierten, ließen sie erschauern.

»Erinnerst du dich daran, daß du mir gesagt hast, daß du mich liebst?« flüsterte er, und ihre Brust hob sich, als sein Atem ihr Ohr streichelte. Zärtlich küßte er die Wunde an ihrer Schläfe.

Celia nahm sein Gesicht in die Hände und führte seine Lippen zu den ihren.

Einen Augenblick lang verharrte er so, doch dann drang seine fordernde Zunge in sie ein und schmeckte die Süße ihres Mundes. Sie spürte, wie er in die tiefsten Winkel vordrang. Ihre Zungen bewegten sich im Tanz wachsender Sinnenfreude. Auch sie tauchte in seinen Mund hinab, spürte ihn, schmeckte ihn, liebte ihn. Dann ergriffen seine starken Hände ihre Schultern und schoben sie von sich fort.

»Du *liebst* mich«, sagte er mit tiefer Stimme, und sein Blick verlor sich in den ebenholzschwarzen Untiefen ihrer Augen.

»Ja, Colin. Ich liebe dich.«

Celia wünschte sich, vollständig mit ihm zu verschmelzen. In seinen schützenden Armen zu liegen. Von ihm geliebt zu werden. Sie lehnte die Stirn gegen seine vollen Lippen.

»Celia, sieh mich an«, sagte er. Sie hob den Kopf. »Celia, ich liebe dich. Ich will dich heiraten. Ich will, daß du meine Frau wirst.«

Niemals hatte sie erwartet, diese Worte zu hören. Sie war wie gelähmt. Überwältigt. Bebte vor Freude. Dieser Mann dort war plötzlich ihre ganze Welt.

Er liebte sie. Er wollte sein Leben mit ihr teilen, eine Einheit der Körper, der Seelen, der Zukunft. Plötzlich traten ihr Tränen in die Augen und rannen ungehindert die Wangen hinunter.

»O Colin.«

Colin küßte die salzigen Tropfen fort und schloß ihr die Augenlider mit seinen weichen Lippen. Fest nahm er sie in die Arme, und Celia vergrub ihr Gesicht an seinem Hals.

»Bevor du herkamst, war ich wie diese Küste hinter der Mauer«, begann er. »Mein Leben war rauh, es gab nichts, das es veredelte – aber ich fühlte mich trotzdem wie der Fels in der Brandung. Als du dann kamst, verwandelte sich mein Leben in die schimmernde See, die gegen die Felswände schlägt, überraschend, erregend, machtvoll – aber auch rhythmisch, zuverlässig. Du bist die formende Kraft. Du gibst mir Sicherheit und Stärke.«

Colin spürte, wie sich ihr weicher Körper an ihn kuschelte.

»Celia, ich liebe alles an dir. Von dem Augenblick an, da ich dich zum ersten Mal sah, wurde mir etwas in meine Seele eingebrannt. Deine Erscheinung in dem mondbeschienenen Zimmer, so wild und geheimnisvoll, so schön und furchtlos. Die Art, wie du mich ansahst, das Feuer, das in deinen Augen glühte.«

Celia blickte lächelnd zu ihm auf.

»Und ich befürchtete in jener ersten Nacht, daß du mich

hinauswerfen wolltest«, lachte sie. »Gib es zu. Das wolltest du zuerst auch.«

»Warum sollte ich einen Engel hinauswerfen?«

»Du hast mich nicht angesehen, als ob ich ein Engel wäre, Colin Campbell.«

»Ich war überrascht, daß du deine Flügel und deinen Heiligenschein nicht dabei hattest.«

»Wenn du so respektlos über himmlische Wesen sprichst, solltest du dich vor ihren zornigen Blitzen in acht nehmen.«

»Der Himmel ist vollkommen klar, Celia«, sagte Colin und blickte zu dem tiefen Blau hinauf, das nur von ein paar weißen, vorbeiziehenden Wölkchen durchbrochen wurde. »Aber wenn du dir Sorgen um das Wetter machst, können wir auch in mein Zimmer hinaufgehen und unsere Diskussion dort beenden.«

Innerlich zitterte Celia vor Erregung, aber lächelnd schüttelte sie den Kopf.

»Ich dachte, du bist heute beschäftigt.«

»Mit dem Augenblick, da ich diesen Garten betrat, war es mir unmöglich, meinem Tagwerk weiterhin nachzugehen.«

»Ich halte dich von dringenden Sachen ab«, sagte sie und versuchte, von seinem Schoß hinunterzurutschen.

»Kommst du mit mir ins Dorf?« fragte Colin und hielt sie zurück.

»Wäre ich dir dort denn nicht im Weg?«

»Wahrscheinlich«, sagte er und lächelte. »Und das ist genau da, wo ich dich haben will. Wo wir übrigens gerade davon sprechen …«

»Ja?« antwortete sie züchtig und tat, als hätte sie ihn nicht verstanden.

»Heute abend«, murmelte Colin zweideutig.

»Heute abend?« Celia errötete.

»Heute abend werden wir dem Clan unsere Absichten bekannt geben …«

»Colin, nicht beim Abendessen. Ich muß … erst einmal …« Celia stolperte über die Worte, die ihr nicht über die Lippen kommen durften. Sie mußte an Kit denken. Dunbars Äußerungen hallten in ihrem Kopf wider. Unwillkürlich fragte sie sich, ob Colin ihr gerade einen Heiratsantrag gemacht hatte, weil er jetzt wußte, wer sie war und was sie durchgemacht hatte. Um sie vor dem Schlächter Danvers zu schützen. Ja, sie wußte, daß er sie liebte … aber eine Heirat? Vielleicht versuchte er ja nur, das zu tun, was er für das Beste für sie hielt?

»Celia, ich habe so lange auf dich gewartet«, sagte Colin sanft. »Ich kann auch noch einen Tag länger warten.«

Voll feuriger Leidenschaft berührte sie seinen Mund. Ihre Begierde entzündete sich erneut an der Hitze ihrer Umarmung, und sie vereinigten sich in einem leidenschaftlichen Kuß.

Plötzlich zog Colin sich zurück. Sein Blick heftete sich auf sie.

»Willst du bis zur Hochzeitsnacht warten?« flüsterte er heiser. Er mußte jetzt fragen, solange er noch die Disziplin aufbrachte, ihren Wunsch zu respektieren. Aber er wußte nicht, wieviel von dieser lustvollen Qual er noch ertragen konnte. Wenn es nach ihm ginge, würde die Hochzeit noch heute stattfinden.

Celia blickte zu ihm auf. Jede Faser ihres Körpers schmerzte vor Verlangen nach seiner Berührung. Sie zwang sich, genau darüber nachzudenken, vernünftig zu sein. Aber ihr Geist und ihr Körper sagten ihr immer wieder dasselbe. Langsam schüttelte sie den Kopf.

»Wann?«

»Sehr bald«, flüsterte sie.

Colin schloß bei ihren Worten die Augen, verspürte jedoch den Zwang, sie sofort wieder zu öffnen.

»Es fällt mir schwer, dich aus den Augen zu lassen.«

William Dunbar erging es genauso, wenn auch aus anderen Gründen. Er war besorgt gewesen, als Celia, Ellen und Kit morgens verschwunden waren, und Edmunds offensichtlicher Leichtsinn machte ihn nur noch nervöser. Als

Celia schließlich an Colins Seite in der Südhalle erschien, wurde sein Mißtrauen nur noch größer.

Celia verkündete, daß sie mit dem jungen Krieger ins Dorf gehen wolle, und Vater William erklärte sich sofort bereit, die beiden zu begleiten.

»Als Anstandsdame?« platzte Celia ungläubig heraus. »Vater William, das meint Ihr nicht ernst!«

»Doch«, gab der Priester zurück. »Ich halte das für …«

»Eine hervorragende Idee«, beendete Colin den Satz für ihn.

Celia und Vater William sahen ihn irritiert an.

»Es gibt uns die Gelegenheit, einander besser kennenzulernen.« Colin zuckte die Achseln und fuhr mit einem leichten Lächeln in Celias Richtung fort: »Wir wollen außerdem doch nicht, daß irgend jemand glaubt, wir trieben etwas Unschickliches dort, nicht wahr?«

Celia errötete unwillkürlich und wandte ihr Gesicht schnell Agnes zu, die durch die Halle auf sie zu eilte.

»Celia, meine Liebe«, begann diese, ergriff ihre Hände und sah sich Celias Wunde an. »Habt Ihr noch Kopfschmerzen?«

»Nein, Agnes«, antwortete die junge Frau. »Heute geht es mir gut. Wirklich.«

»Und du bist ganz sicher, daß du dich nicht doch ein bißchen wirr im Kopf fühlst?« fragte Colin mit ernster Stimme.

»Sie war in ihrem ganzen Leben noch nicht wirr im Kopf«, ereiferte sich der kleine Priester streitlustig.

»Ruhig, ihr beiden!« schalt Agnes. »Ihr solltet es heute wirklich nicht übertreiben, Kind. Ihr müßt ein bißchen ruhen. Schließlich wollt Ihr doch nicht die Aufregungen verpassen, die heute abend noch auf Euch warten.«

»Stimmt«, sagte Colin und ergriff Celias Ellenbogen.

Celia wandte sich ab, versuchte, die Röte in ihrem Gesicht zu verbergen. Sie fühlte sich durchaus etwas wirr, wie Colin es formuliert hatte. Was soeben geschehen war und was noch kommen sollte, hatte sie aus der Bahn geworfen. Es fiel ihr schwer, ruhig und gelassen dreinzublicken. »Was denn für Aufregungen, Agnes?«

»Wie, hat Colin Euch noch nichts gesagt?« fragte diese. »Die Männer arbeiten momentan am Hafen, um die neuen Kanonen in die Schiffe einzubauen. Hugh sagt, daß sie sie vor Sonnenuntergang noch ausprobieren wollen.«

»Das würde ich gerne sehen«, sagte Celia. »Und ich verspreche Euch, Agnes: Wenn ich müde werde, gehe ich zurück und ruhe mich aus.«

»Na gut, Liebes«, gab sie nach, bevor sie sich mit strenger Miene Colin zuwandte. »Aber du mußt auf sie aufpassen, und zwar besser als an diesem abscheulichen ... Ort ... von Argyll.«

Colin zog die Augenbrauen hoch, und sofort stimmte Vater William in Agnes' Tadel ein: »Ich bin froh, daß hier wenigstens *eine* ein bißchen gesunden Menschenverstand beweist«, grollte er.

»Ich werde sie einfach nicht mehr aus den Augen lassen«, stimmte Colin fröhlich zu.

»Es ist ein Fehler, Mädchen mehr beizubringen, als das, was sie als gute Ehefrauen und Mütter wissen müssen«, predigte Dunbar, nachdem Colin ihm seine Pläne für die Dorfschule dargelegt hatte.

Verblüfft riß Celia die Augen auf und sah den Priester an. Schließlich hatte sie schon mehr als einmal gehört, daß Vater William genau das *Gegenteil* behauptet hatte. Doch dann lächelte sie, denn plötzlich wurde ihr klar, was er vorhatte: Er wollte Colin auf die Probe stellen, und der Grund dafür war sie.

Gemeinsam näherten sie sich dem Dorf. Bear lief ihnen voran. Colin war schnell ausgeschritten, bis er begonnen hatte, über die Veränderungen im Dorf und über die Schule zu sprechen. Da war er langsamer geworden, so daß Celia und Vater William endlich bequem in der Nachmittagssonne neben ihm hergehen konnten.

»Ein Fehler, Mädchen zu unterrichten?« wiederholte

Colin, den die Äußerung des Priesters verwirrte. »Vater, Ihr seid ein gebildeter Mann. Ich nehme an, daß Ihr selbst doch bei Hof den einen oder anderen Schüler hattet.«

»Natürlich«, antwortete Dunbar. »Ich habe sogar Alexander, den Sohn des Königs unterrichtet, bevor er nach Rotterdam ging, um bei Erasmus weiterzustudieren.«

»Habt Ihr jemals Mädchen unterrichtet?« fuhr Colin fort, wobei er Celias Arm leicht drückte. Schließlich wußte er genau, daß der Priester Celia ausgebildet hatte.

»Nun, ein paar«, antwortete Dunbar ausweichend.

»Und was habt Ihr diesen Mädchen beigebracht?« beharrte Colin. »Was macht eine gute Ausbildung für diese zukünftigen ›Frauen und Mütter‹ aus?«

»Ach, nicht der Rede wert«, sagte Dunbar überheblich. »Die herkömmlichen Dinge eben.«

Celia wandte ihr Gesicht dem Priester zu, damit dieser sehen konnte, wieviel Vergnügen ihr seine ungeheuerlichen Äußerungen bereiteten.

»Oh, ich verstehe«, sagte Colin. »Diese Mädchen sind also zu Euch gekommen, um zu lernen, wie man einen Haushalt führt.«

»Ganz bestimmt nicht«, gab Dunbar zurück. »Es waren Kinder aus vornehmsten Häusern. Ich habe sie unterrichtet – in Englisch und Französisch. Und in Religion.«

»Und in sonst gar nichts, Vater?«

Celia dachte daran, was sie alles von Vater William gelernt hatte: störrisch wie ein Maulesel zu sein, abwechslungsreicher zu fluchen als die Matrosen ihres Vaters und sich hochnäsig und distanziert zu verhalten, wenn sich einem die seichten Jünglinge des Hofes näherten.

»Hmm, noch ein paar andere Dinge, wenn ich mich recht erinnere«, antwortete der Priester. »Was sollten sie denn Eurer Meinung nach lernen?«

»Kein Latein oder Griechisch?« fragte Colin.

Doch, dachte Celia. Vater William hatte sie in Latein, Griechisch, Gaelisch und Französisch ausgebildet, bis sie die Sprachen flüssig sprechen, lesen und schreiben konnte.

»Wofür brauchen Mädchen denn Latein oder Griechisch?« fragte Dunbar unbehaglich. »Zu viel Lektüre kann in einer jungen Frau gefährliche Sehnsüchte wachrufen.«

»Sehnsüchte? Und kommt schon, Vater, keine Mathematik? Und was ist mit Logik?« fuhr Colin fort, der den Priester nicht vom Haken lassen wollte. »Keine antike Philosophie? Keine Geschichte?«

Doch, das auch. Durch die Lektüre von Boetius hatte Celia zu akzeptieren gelernt, daß sogar die langweiligste Stunde noch einen Zweck haben konnte.

»Und welchen Nutzen hat ein Mädchen aus all dem?« platzte Vater William heraus. »Ich sage Euch eines, mein Junge. Es ist erwiesen, daß derlei Themen die Moral einer Frau untergraben. Es ist falsch, wenn sie annimmt, über die gleichen intellektuellen Fähigkeiten zu verfügen wie ein Mann.«

»Ihr glaubt, daß sie gar nicht die gleichen intellektuellen Fähigkeiten besitzen kann?« fragte Colin.

Jetzt warf Celia dem Priester einen drohenden Blick zu.

»Selbst wenn«, antwortete Dunbar und ignorierte sie. »Was ist dadurch gewonnen? Wir müssen immerhin auch an ihre Zukunft denken.«

»Zukunft? In welcher Hinsicht?«

»Durch eine gute Ausbildung ist sie als Frau nicht mehr begehrenswert. Kein Ehemann würde das bei seiner Frau akzeptieren.«

Celia war es langsam leid. Sie wollte endlich wissen, was *Colin* dazu zu sagen hatte.

»Da kann ich nicht zustimmen. Ich denke, daß Ihr eine falsche Vorstellung davon habt, welche Art Frauen wir Männer brauchen.«

»Ach, tatsächlich? Warum sagt Ihr mir dann nicht, was richtig ist.«

Colin sah Celia an, während er nach den richtigen Worten suchte.

»Frauen sollten für Männer Seelengefährtinnen sein«,

begann er sanft und ließ keine Sekunde von Celias Gesicht ab. »Sie sollen nicht nur das Bett, sondern das Leben mit ihnen teilen. Sie sollen nicht nur ihre Kinder großziehen, sondern auch ihre Träume verwirklichen helfen.«

Dieser junge Mann ist wirklich außerordentlich charmant, dachte Dunbar, dem die zärtlichen Blicke der beiden nicht entgangen waren. Und was er sagt, klingt vielversprechend.

»Warum sollte eine Frau denn dafür eine vernünftige Erziehung benötigen?«

»Aus dem gleichen Grund, warum ein Mann eine vernünftige Erziehung braucht«, antwortete Colin und wandte seine Aufmerksamkeit dem bärbeißigen Geistlichen zu. »Wir alle sollten die Sprachen kennen, damit wir Sokrates, Horaz, Vergil und sogar Ovid verstehen können. Wir alle sollten Geschichte und Logik und Mathematik erlernen, damit wir erfahren, woher wir kommen und wer wir sind. Dies sind die Grundpfeiler der Erziehung, die uns ein Wissen um unseren Wert als Mensch vermittelt – und damit die Wurzel der Selbstachtung.«

Die drei waren jetzt am Hafen angelangt. Dunbar trat vor Colin hin und legte die Hand auf seinen Arm. Er mußte zugeben, daß Edmund in bezug auf Colin Campbell recht gehabt hatte. Seine Wertvorstellungen waren alles andere als alltäglich, und seine Visionen gingen weit über seine eigene Nasenspitze hinaus. Er war ebenso intelligent wie stark, und würde Celia in jeder Hinsicht ein würdiger und ebenbürtiger Partner sein.

»Würde Euch das denn nicht abschrecken?« fragte der Priester. »Eine Frau, die intelligent, gebildet und ebenso diszipliniert ist wie ein Mann?«

Colin verstand nun, daß Vater Williams Äußerungen genau auf diesen Punkt ihrer Unterhaltung abgezielt hatten. Der Krieger blickte auf den streitbaren, kleinen Priester hinab und wußte plötzlich, warum er Celia so am Herzen lag. Er hatte sich voll und ganz der Aufgabe verschrieben, sie zu beschützen.

»Nein«, antwortete Colin. »Sie ist die Frau, auf die ich gewartet habe.«

Er nahm Celias Hand und hielt sie fest.

»Dann nehme ich an, daß ich Euch das folgende eigentlich gar nicht sagen muß, mein Junge«, schloß Dunbar. »Frauen wie sie sind nur schwer zu finden.«

»Das ist wahr«, antwortete Colin und bedachte die Frau an seiner Seite mit einem zärtlichen Blick. »Das braucht Ihr mir wirklich nicht zu sagen.«

Vater William nahm ihre ineinander verschlungenen Hände in die seinen.

»Nun, Celia, unsere Reise ist zwar noch nicht vorbei, aber seit Linlithgow Castle haben wir ganz sicher schon den Großteil der Wegstrecke zurückgelegt.«

* * *

»Lady Celia«, flüsterte Ellen durch die Tür zum Nachbarzimmer. »Darf ich hereinkommen?«

»Natürlich, Ellen«, antwortete Celia, die am Fenster stand und beobachtete, wie die vier Campbell-Schiffe im rotglühenden Sonnenuntergang an der Küste entlangsegelten. Colin hatte ihr gesagt, daß sie die Kanonen auf die gezackten Kliffs südlich vom Schloß richten würden. Sie konnte erkennen, daß sich sämtliche Bewohner des Schlosses auf der Außenmauer versammelt hatten, von der aus man Ausblick auf das Meer hatte.

Ellens helle Haut ist ja noch blasser als sonst, dachte Celia. Die Frau war mitten im Zimmer stehengeblieben und rang die Hände. Offensichtlich bedrückte sie etwas.

»Was ist los, Ellen?« fragte Celia sanft, nahm ihre Begleiterin an die Hand und führte sie zu den Stühlen am Fenster.

»Ich habe mich gefragt ... ich wußte nicht ...« Ellen hielt inne. Die Worte schienen ihr im Halse steckenzubleiben. Verlegen mied sie Celias Blick und sah unverwandt in ihren Schoß. »M'lady, werden wir noch länger auf Kildalton bleiben?«

»Warum Ellen?« fragte Celia schnell. »Ist etwas nicht in Ordnung?«

»Nein, M'lady«, antwortete Ellen und hob den Kopf. »Eher im Gegenteil.«

Celia lächelte die junge Witwe an. Jetzt verstand sie!

»Hat es irgend etwas mit Runt zu tun, Ellen?« fragte sie sanft.

»Ich möchte nicht, daß Ihr glaubt, daß ich meinem Eid nicht Folge leiste, M'lady ...«

»Also *ist* es Runt«, unterbrach Celia sie lächelnd.

»Ja, Lady Celia«, bekannte Ellen und senkte den Blick erneut. »Seit wir hier sind, hat er uns beschützt, und ... wir haben einige Zeit zusammen verbracht ... dann ... wurde er verletzt ... und ...«

»Aber jetzt ist doch alles wieder gut«, sagte Celia liebevoll. »Wir sollten dankbar sein, daß es ihm besser geht, Ellen.«

»Stimmt, M'lady, ich habe mir solche Sorgen um ihn gemacht«, stieß Ellen hervor. »Kein Mann hat bisher eine solche Verletzung für mich in Kauf genommen. Er mag mich wirklich, M'lady.«

»Hat er dir bereits seine Absichten erklärt?«

»Ja, er hat mich heute nachmittag gefragt«, flüsterte Ellen. Bei dem Gedanken daran leuchtete ihr Gesicht vor Freude.

»Und was hast du ihm geantwortet?« fragte Celia sanft und nahm Ellens eiskalte Hand.

»Ich habe ihm gesagt, daß ich ihm noch keine Antwort geben kann«, antwortete sie mit enttäuschtem Blick.

»Liebst du ihn, Ellen?«

»Ja, M'lady«, gab die junge Frau zu. »Ich hätte nie gedacht, daß ich nach dem Tod meines Kindes überhaupt noch einmal Liebe empfinden könnte. Aber jeden Tag für Kit zu sorgen, zu spüren, daß der Kleine mich braucht, hat mich wieder aufgerichtet. Und dann: hier zu sein auf

Kildalton… Runts Aufmerksamkeiten… Lady Celia, ich habe das Gefühl, wieder zu leben. Es ist fast, als hätte ich zum ersten Mal ein Zuhause…«

Celia beugte sich vor und umarmte Ellen. Sie konnte ihr so gut nachfühlen, was sie empfand.

»Ellen, ich verspreche dir eines. Wenn Runt der Mann ist, den du liebst, dann werde ich dafür sorgen, daß du bei ihm bleiben kannst. Ich weiß nicht, was die Zukunft für uns bereit hält. Ich weiß nicht, wie lange wir hierbleiben werden. Aber ich werde dafür sorgen, daß du diese Gelegenheit, glücklich zu sein, nicht verpaßt.«

Celia hatte noch nicht zu Ende gesprochen, als Ellen schon zu weinen begann. Sie umarmten sich innig, und Celia spürte, daß auch ihr Tränen die Wangen hinunterströmten.

Celia hatte sehnsüchtig und unruhig darauf gewartet, daß Colin zurückkehrte.

Sie saß im Dämmerlicht vor dem Kamin und horchte auf das Knacken der glimmenden Holzscheite und die gelegentlichen Geräusche aus der Südhalle. Im Raum herrschte eine Art von Kälte, die das Feuer nicht zu vertreiben vermochte. Sie zog die nackten Füße unter sich. Dann verlor sich ihr Blick in der Glut des langsam verlöschenden Feuers.

Nachdem Colin Celia und Vater William wieder ins Schloß geführt hatte, war er zu den Schiffen in den Hafen zurückgekehrt, um dort ein letztes Mal Hand anzulegen. Lord Hugh, Alec und Edmund waren allesamt an Bord der Schiffe, die die Küste entlangsegelten, und alle, einschließlich Colin, waren immer noch auf dem Wasser, als Celia, Ellen und Vater William mit Agnes in der Südhalle Platz nahmen.

Celia hatte Ellen das Kind abgenommen, damit sie sich neben Runt setzen konnte, und er hatte auch gleich einen Platz neben sich für sie freigemacht. Celia beobachtete die beiden, und was sie sah, bestätigte alles, was ihr Ellen zuvor erzählt hatte.

Nachdem Ellen in ihr Zimmer zurückgekehrt war, war Jean mit einer Ladung Holz und Torf für das Feuer gekommen, und seine vertraute Freundlichkeit erinnerte Celia daran, wie sehr ihre eigene Stellung auf Kildalton sich doch verändert hatte. Irgendwie war es Agnes gelungen, den Haushalt über Celias Stellung aufzuklären. Jean behandelte sie nicht mehr wie einen Gast – sein Geplapper über die Aufregung der gesamten Schloßbewohner und der Leute im Dorf klang wie das Gerede eines langjährigen Vertrauten.

Wie Ellen fühlte auch Celia sich hier inzwischen zu Hause. Es lag nicht nur an der Gastfreundschaft, sondern auch an dem Gefühl, von jedermann angenommen zu werden, insbesondere von Hugh und Agnes.

Und das alles verdankte sie Colin. Er hatte sie vor einem schrecklichen Schicksal auf dem Schloß von Argyll bewahrt, er hatte ihr all die Dinge gegeben, die sie sich für ihr Leben erträumt hatte. Und er hatte sie bedingungslos akzeptiert und dafür gesorgt, daß es jeder wußte.

Aber was hatte sie ihm im Gegenzug dafür gegeben?

Als der dröhnende Kanonendonner erklang, waren Celias Gedanken bereits in die Vergangenheit gewandert. Auch damals hatte sie häufig entferntes Donnergrollen vernommen. Es war Teil ihrer Kindheit gewesen, einer Zeit, in der sie noch an ihren Vater geglaubt hatte. Dieser Glaube, dieses besondere Vertrauen war aus der gegenseitigen Liebe erwachsen, die Vater und Tochter füreinander empfanden. Und bis zu seinem Tod hatte nichts dieses Vertrauen erschüttert.

Aber heute nachmittag, während ihres Gesprächs mit Lord Hugh, war Celia mit der Realität ihrer Kindheit konfrontiert worden – und das hatte sie tief getroffen.

Celia dachte an Edmund, der all die Jahre an ihrer Seite

gewesen war, der für sie gesorgt hatte, sie bewacht hatte. Die ganze Zeit über hatte auch er die Wahrheit über ihren Vater gekannt. Er hatte ihr niemals auch nur einen Verdacht erlaubt, der die kostbaren Erinnerungen hätte beflecken können. Aber die Erinnerung an die Liebe und das Vertrauen, die sie für grenzenlos gehalten hatte, waren durch die Worte, die sie von Lord Hugh gehört hatte, ganz plötzlich getrübt worden.

Aber wenn sie jetzt darüber nachdachte, wußte Celia, daß er nicht anders hatte handeln können. Schließlich war sie ein Kind gewesen! Er hatte sein Bestes für sie getan. Und daraus durfte sie ihm jetzt keinen Vorwurf machen. Aber sie wußte, daß es an der Zeit war, von Edmund die ganze Wahrheit zu erfahren.

Das Gedonner riß nicht ab, Colins Mannen überprüften immer wieder die Reichweite und die Genauigkeit der neuen Kanonen. Celia wurde klar, daß sie Colin im Moment genau das gleiche antat, was ihr Vater ihr angetan hatte. Mit einer Ausnahme: Colin war kein Kind mehr, und er würde ihr nicht vergeben.

Tief im Innern wußte Celia, was sie ihm für seine Liebe zurückgeben konnte – zurückgeben *mußte*. Sie hatte ihm nur wenig zu bieten – ihr Herz ... und ihr Vertrauen. Ihr Herz besaß er schon. Jetzt war es an der Zeit, ihm auch ihr Vertrauen zu schenken.

Die einzige Wahrheit, die Colin immer noch nicht kannte, mußte enthüllt werden. Er war ein Teil ihres Lebens, und würde die Aufgabe, die auf ihren Schultern lag, mit ihr teilen.

Es wurde Zeit. Sie mußte ihn sehen.

Die Männer kehrten erst lange nach Einbruch der Dunkelheit von den Schiffen zurück. In der Südhalle folgte der erfolgreichen Kanonenprobe eine ausgelassene Mahlzeit. Colin entnahm dem Gespräch zwischen Agnes und Vater William, daß Celia sich bereits zurückgezogen hatte. Agnes versicherte ihm, daß es Celia gut ging, daß aber die

Hektik des Tages ihre Genesung nicht gerade beschleunigt habe. Sie brauche jetzt Ruhe, mahnte sie.

Colin stand vor dem riesigen Feuer in seinem Zimmer. Jean und die anderen hatten gerade den Waschzuber hinausgetragen, in dem er gebadet hatte. Der große Krieger schlang sich das Leinentuch um die Hüften. Er kniete vor dem Kamin nieder und warf geistesabwesend ein paar Torfstückchen ins Feuer. Er dachte daran, was für ein Gesicht Celia gemacht hatte, als er sie bat, seine Frau zu werden. Wie er es liebte, wenn sich ihr gesamtes Gefühlsleben darin spiegelte! Niemals hatte eine Frau so viele unterschiedliche Gefühle in ihm hervorgerufen: Er hatte das Bedürfnis, sie in den Armen zu halten, sie zu trösten, zu beruhigen, zu beschützen, aber gleichzeitig wollte er sie nehmen, wollte das Fieber des Verlangens in ihr erkennen, wollte die Wildheit wecken, die in ihr schlummerte. Er wollte ihren weichen Körper unter dem seinen spüren, wollte erleben, wie sie sich im Rhythmus des Liebestanzes unter ihm bewegte, wie sie gemeinsam die Höhen der Ekstase erklommen.

Colin spürte einen stechenden Schmerz in den Lenden, als er an Celia dachte. Er wußte, daß ihm die Nacht ohne sie lang werden würde.

Da öffnete sich das Paneel links neben dem Kamin.

Celia sah im Schein des Feuers ein leeres Zimmer vor sich. Sie blickte zu dem großen, von Vorhängen verdeckten Bett hinüber. Es war nicht zu erkennen, ob Colin schon schlafen gegangen war.

Leise rief sie seinen Namen und trat ins Zimmer. Alle weiteren Worte blieben ihr im Halse stecken, als sie ihn sah.

Der Anblick, wie er da neben dem Feuer stand, löschte jeden vernünftigen Gedanken in ihrem Kopf aus. Schimmerndes, zerzaustes, schwarzes Haar umrahmte sein markantes Gesicht. Die sehnigen Muskeln seiner breiten

Schultern und seiner Brust schienen sich im Schein des flackernden Feuers ständig zu bewegen. Sein Oberkörper verjüngte sich zu einem flachen, harten Bauch. Braune, muskulöse Waden sahen unter dem eng anliegenden, weißen Leinentuch hervor.

Colin sah wirklich großartig aus.

Celia sog unwillkürlich die Luft ein. In der Stille des Zimmers klang das Geräusch so scharf, daß es den ganzen Raum zu erfüllen schien. Plötzlich konnte sie an nichts anderes mehr denken als daran, wie es sich wohl anfühlen mochte, wenn er sie nun an sich preßte.

Colin brauchte nur einen Augenblick, um zu erkennen, daß ihr Verlangen dem seinen gleich kam. Celia war in sein Schlafzimmer gekommen. Endlich waren sie allein. Diese Erkenntnis fegte jedes Zögern beiseite. Er trat schnell auf sie zu und nahm sie stürmisch in die Arme.

»Celia, du bist da«, flüsterte er und hielt sie ganz fest. Es schien, als wolle er sichergehen, daß sie kein Traum war, daß sie wirklich mit Fleisch und Blut anwesend war.

Ihr leichter, frischer Duft entzündete eine geradezu schwindelerregende Leidenschaft in ihm. Sie war so überwältigend, daß Colin sich wie berauscht vorkam. Er beugte sich über sie, und ihre Lippen trafen sich in einer Feuersbrunst des Verlangens, teilten sich leicht. Er drang mit der Zunge in ihren Mund ein, suchte nach dem Geschmack, der seinen unersättlichen Hunger irgendwie zu stillen vermochte.

Colins Kraft war atemberaubend. Celia versuchte, ihn noch näher zu sich heranzuziehen. Ihre Lust war so groß, daß sie ihr ganzes Sein erfüllte. Ihre Hände waren überall – berührten, ertasteten, liebkosten die kraftvollen Muskeln seines Rückens, seiner Arme. Sie bäumte sich auf, preßte ihre Lippen gegen die seinen. Plötzlich löste er sich aus ihrem Kuß, und sie spürte, wie seine starken Hände ihre Handgelenke packten und sie zu beiden Seiten ihres Körpers festhielten.

»Celia, von diesem Augenblick habe ich geträumt«, flüsterte er, und seine Hände glitten unter die Falten ihres Überwurfs. Er fiel zu Boden.

Sie wollte ihm sagen, wie sie empfand, wollte über ihre Träume sprechen, aber sie konnte nur die Augen schließen und erschauerte, als sie spürte, wie seine Finger sich sanft an ihrem Nachthemd zu schaffen machten und die Bänder lösten. Zärtlich glitten seine Finger über die Haut an ihrem Schlüsselbein. Er gab ihr einen zarten Kuß.

Celia spürte, wie er den Stoff sacht auseinanderschob und die weichen Kurven zwischen ihren Brüsten liebkoste.

Das dritte Band war kaum offen, als seine vollen Lippen ganz leicht die ihren berührten. Seine Stimme klang tief und heiser, als er sie am Kinn packte.

»Sieh mich an, Frau.«

Sie blickte in die graue Tiefe seiner Augen. Sie waren voller Leidenschaft, voller Verlangen, voller Liebe.

»Jetzt gehören wir endlich zusammen«, sagte er.

Colin ließ seine Hände unter den weichen Kragen des Nachtkleides gleiten. Sanft schob er das weiße Leinen über ihre seidenweichen Schultern, und schon glitt es hinab.

Colin trat einen Schritt zurück, um ihre strahlende Schönheit voll in sich aufzunehmen.

»Du bist eine Göttin«, flüsterte er heiser.

Selbst im Licht des Feuers konnte er die heftige Röte erkennen, die auf ihren Wangen brannte. Ihr schlanker Körper war perfekt geformt, ihre Haut war weich und schimmerte golden. Seine Augen nahmen die unglaubliche Schönheit dieser Frau in sich auf, die nun ihm gehören sollte. Sie machte keinen Versuch, ihren Körper vor ihm zu verbergen. Ebensowenig wie sie ihr Herz vor ihm verbergen wollte.

»Colin«, flüsterte sie. »Ich bin ein Mensch aus Fleisch und Blut… und ich gehöre dir.«

Der Krieger ging zu ihr hin, nahm sie zärtlich in die Arme und trug sie mühelos durch das Zimmer zum Bett. Von dem Augenblick an, da er sie berührte, wurde er von wilder, ungezügelter Leidenschaft übermannt, die ihm förmlich den Verstand raubte. Ihre Lippen schienen sein Gesicht zu verbrennen.

Colin legte sie sanft in die weichen Kissen und ließ sich neben ihr nieder. Sein Mund nahm den ihren gefangen, und die zarte Berührung seiner Hände ließ Celia vor Vorfreude erschauern. Er hob den Kopf und blickte voller Liebe und Zärtlichkeit auf sie hinab.

Die Hitze seiner Brust auf ihrer Haut traf sie wie ein Peitschenhieb. Sie schob eine Haarsträhne zurück, die ihm ins Gesicht gefallen war. Ganz zart fuhr sie mit der Hand die Linie seines Kinns nach, dann ließ sie sie über die Muskeln seiner Schulter und seines Armes hinunterwandern.

Ihre Berührung ließ ihn erschauern. Er küßte sie aufs neue – ihre Lippen, ihr Kinn. Seine Zungenspitze wanderte ihre Kehle entlang und dann in das Tal zwischen ihren Brüsten. Er hörte sie keuchen, als er ihre Brustwarze fest in den Mund nahm.

Colins Hand wanderte ihren Bauch hinab und erreichte die Mündung ihrer Schenkel. Sie bäumte sich auf, und seine Finger suchten die warme Öffnung, schürten mit sanften Bewegungen das wütende Feuer in ihrem Innern. Ein weißglühender Blitz fuhr direkt von seinen Lippen in ihr Fleisch, das unter seiner Berührung zu vibrieren schien. Eine Welle pulsierender Hitze ergriff Besitz von ihrem Körper, während seine kundigen Finger die empfindliche Knospe ihrer innersten Weiblichkeit streichelten.

Colin hörte das leise Wimmern der Lust, das sich ihr entrang. Er spürte, wie ihre Hände in sein Haar griffen, wie sie ihn abwechselnd zu sich heranzog und dann wieder fortstieß. Er konzentrierte sich auf ihren Höhepunkt, auf ihre keuchenden Atemzüge, und versuchte seine eigene wachsende Erregung unter Kontrolle zu halten.

Mit einer schnellen Bewegung entledigte sich Colin schließlich des Handtuchs, das seine Lenden bedeckte, und legte sich über sie. Instinktiv öffnete sie die Beine, um ihn in sich aufzunehmen. Sanft drang er in sie ein, bis seine pulsierende Männlichkeit die dünne Membran ihrer Jungfernschaft berührte. Er hielt inne, blickte in ihre von der Leidenschaft verschleierten Augen.

»Halt dich an mir fest«, murmelte er und ließ die Hände unter ihr Gesäß gleiten.

Er spürte, wie ihre Hände sich in seinen Rücken krallten und konnte einfach nicht länger warten. Tief stieß er in sie.

Celia schrie auf, als sie den scharfen Schmerz spürte, der nach seinem Eindringen ihren Körper durchzuckte. Sein ganzes Gewicht lag auf ihr und verhinderte jede Bewegung.

»Halt still, Geliebte«, sagte er mit zusammengebissenen Zähnen, denn er mußte sein überwältigendes Verlangen zügeln, sich zurückzuziehen und wieder und wieder in die herrliche Enge einzudringen. »Tut mir leid, daß es weh getan hat. Warte, es geht vorüber.«

Für kurze Zeit hatte Celia das Gefühl, außerhalb ihrer selbst zu stehen. Sie war so schockiert, daß sie keinen Schmerz empfand. Aber dann schien eine völlig andere Macht von ihr Besitz zu ergreifen. Das dringende Verlangen, sich im Rhythmus der Liebe unter ihm zu bewegen, ließ sich nicht länger bezwingen.

Auch Colins Lust wuchs. Er küßte sie wild, als ihre Hüften zu kreisen begannen. Die Enge ihrer Weiblichkeit war gleichzeitig herrlich und qualvoll. Sie bäumte sich ihm entgegen, zog ihn tiefer in sich hinein.

Wellen weißer, pulsierender Hitze drohten Celia zu verbrennen. Sie war sich des wilden, alles verschlingenden Tanzes ihres Körpers nicht mehr bewußt. Ihre Nägel krallten sich in seinen Rücken, in seine Schultern, während ihr Mund von ihm Besitz ergriff.

Colin zitterte von der Anstrengung, die seine Zurückhaltung ihm abverlangt hatte. Langsam zog er sich aus ihren Tiefen zurück, doch dann spürte er erneut, wie sie sich ihm entgegenbäumte. Er stieß in sie, wieder und wieder, und ihre Körper wogten in einem wilden Crescendo aus Liebe, Leidenschaft und Erleichterung.

Ihr Höhepunkt kam mit der Gewalt eines Erdbebens, und sie klammerten sich aneinander, vereint in der kristallklaren Sphäre, in der Geist und Körper zusammenklingen.

Ein ganzes Zeitalter lag in diesem Augenblick, da sie sich nicht mehr voneinander lösen konnten. Nach langer Zeit zog sich Colin endlich sanft aus ihr zurück und rollte sich auf die Seite.

Als er wieder zu Atem gekommen war, küßte er sie zart auf die Stirn, die Lider, die Wangen, das Kinn, die Lippen.

»Ich liebe dich, Celia. Es tut mir leid, daß ich dir weh tun mußte.«

»Ach was, Colin«, murmelte sie leise, und in ihren schwarzen Augen glomm der Funke der Leidenschaft. »Mir tut es ja auch nicht leid.«

»So schmerzhaft wie heute wird es nie wieder sein«, sagte er und streichelte ihr seidiges Haar. »Es wird nur besser werden, glaube mir.«

»Dann sterbe ich«, antwortete sie, und ihr Lachen perlte durch die nach Liebe duftende Luft. Sie sah ihn an, und plötzlich wurde ihr Gesicht ganz ernst. »Colin, ich hoffe, daß ich dir das nächste Mal ebenso viel Freude bereiten kann, wie du heute mir.«

Colin lachte laut auf. Es war absurd, daß sie befürchtete, ihm keine Lust bereitet zu haben.

»Niemals zuvor habe ich so empfunden wie heute nacht. Ich hatte das Gefühl, als käme ich aus einem dunklen Tunnel ins Licht. Du hast eine Leidenschaft in mir geweckt, über die ich keine Kontrolle mehr hatte. Mir Freude bereiten? Bei Gott, Geliebte, das hast du, du hast mich berauscht, ... mich zu deinem Sklaven gemacht.«

Celia stieß ihn von sich, so daß er auf dem Rücken landete, beugte sich über ihn und lächelte auf ihn hinab.

»O Colin«, sagte sie voller Emotionen. »Ich liebe dich so sehr! Heute nacht kam ich her, um mit dir zu reden, aber... ich brauchte dich nur einmal anzusehen... wie du dort standest... so schön... nackt...« Celias Hand wanderte erst über seine Brust, dann über seinen harten Bauch, anschließend weiter zu seinem Nabel und noch tiefer. »Ich will alles lernen. Und alles über dich wissen.«

Als ihre Finger seine Männlichkeit erreichten, hörte sie, wie Colin scharf den Atem einsog. Jetzt war ihr Mund auf dem seinen, sie küßte ihn, kostete seinen Hals, seine Brust. Sie dachte an die Wonne zurück, die er ihr bereitet hatte, und liebkoste seine Brustwarzen mit der Zunge. Colin stöhnte, als ihre Hand ganz sacht seine pulsierende Erregung umfaßte. Plötzlich war Celias Gesicht über dem seinen, ihre Augen funkelten boshaft.

»Jetzt sollten wir uns unterhalten«, sagte sie.

Er aber ergriff ihre kastanienbraunen Locken und rollte sie auf den Rücken.

»Morgen ... wir werden morgen reden.«

Beim ersten Sonnenstrahl, der durch das Fenster kroch, tastete Colin nach der warmen Fläche neben ihm. Langsam hob sich der graue Nebel des Schlummers, und ihm wurde klar, daß Celia nicht mehr neben ihm lag.

Er setzte sich abrupt auf und zog die schweren Vorhänge auseinander, die ihm den Blick auf das Paneel versperrten. Der Eingang war verschlossen, und sie war fort.

Einen Augenblick lang fragte sich Colin, ob die Nacht zuvor Wirklichkeit gewesen war. Ob sie tatsächlich zu ihm gekommen war. Ob sie beide tatsächlich jene unglaubliche, wilde Leidenschaft überkommen hatte. Aber tief im Innern wußte er, daß sie in diesem kostbarsten Augenblick seines Lebens wirklich und wahrhaftig bei ihm gewesen war.

Er legte sich in die weichen Kissen zurück und spürte plötzlich, wie ein nagender Schmerz, ein Gefühl gähnender Leere in ihm wuchs. Er kam sich töricht vor – wie ein pubertierender Schuljunge –, sich nach einer Frau zu sehnen, die im Zimmer nebenan war! Colin lächelte zu dem dunklen Baldachin hinauf und schloß die Augen. Er vermißte sie.

Bear wartete auf Celia, als sie die Treppen hinunterkam und die Große Halle betrat. Er wedelte wild mit dem Schwanz und begrüßte sie begeistert, wie er es sich mittlerweile zur allmorgendlichen Gewohnheit gemacht hatte. Sie griff nach seinen Ohren, küßte ihn auf die Schnauze und ging zur Südhalle. Sie freute sich, als sie sah, daß die Sonne durch die offenen Tore hereinströmte. Wieder ein schöner Tag.

Colins Anblick trieb ihr sogleich die Röte in die Wangen. Doch sie war nervös. Ihr Wunsch, bei denen zu sein, die sie liebte, wurde von der Scheu überlagert, daß jemand vielleicht eine Veränderung bei ihr feststellen könnte.

Deshalb blieb sie zunächst im Türrahmen stehen. Dann entdeckte sie einen Fremden, der bei Lord Hugh, Colin, Edmund und Alec am Tisch saß. Colin hob den Kopf, sah sie und sprang auf. Sie trafen sich in der Mitte der Halle, und als Colin ihre Hände in die seinen nahm, errötete sie erneut aufs heftigste. Alle Augen waren auf sie gerichtet.

»Du hast heute morgen aber eine gesunde Gesichtsfarbe«, flüsterte er. »Hast du gut geschlafen?«

Celia antwortete nicht, aber sie grub ihre Fingernägel tief in seine Handfläche. Colin reagierte sofort und nahm ihre Hand fest zwischen die seinen.

»Ich bin schon wieder brav«, gab er nach. »Übrigens, wir haben Besuch.«

Sie sah den Mann an, der sich jetzt von seinem Platz erhob. Er kam ihr bekannt vor, obwohl sie sicher war, daß sie ihn noch nie zuvor gesehen hatte. Die hübschen, jungenhaften Züge waren von einer leuchtenden, roten Narbe entstellt, die vom rechten Auge über seine Stirn lief und in dem üppigen braunen Haar verschwand. In seinen Augen las sie, daß er sie erkannte. Ein Ausdruck der Überraschung und der Bewunderung glitt über sein Gesicht.

»Lady Celia«, sagte Colin und hielt sie besitzergreifend am Arm. »Ich würde Euch gern mit Alecs jüngerem Bruder, mit Ambrose Macpherson bekannt machen.«

Nun wurde ihr klar, warum Ambrose ihr so bekannt

vorgekommen war. Celia wußte zwar, daß Alecs Brüder am Hof gewesen waren, aber sie war sicher, daß sie sie nie kennengelernt hatte.

»Ich kenne Lady Muir«, antwortete Ambrose herzlich.

»Ach ja?« platzte Celia heraus. Seine Antwort erstaunte sie. »Ich bin sicher, daß wir uns noch nicht vorgestellt wurden, M'lord.«

»Doch, M'lady«, fuhr Ambrose fort. »Ich gehörte zu denen, die bei der Regatta anläßlich der Feierlichkeiten im vergangenen Sommer in Eurem Kielwasser segelten. Ich hatte Euch schon vorher einige Male gesehen, aber Ihr hattet für Eure Bewunderer nie einen Blick übrig. Aber verzeiht meine Überraschung, daß ich Euch hier sehe! Am Hof erzählt man sich, daß Königin Margaret Euch nach England geschickt hat.«

»Die Pläne haben sich geändert«, antwortete Celia ausweichend.

Colin führte Celia an den Tisch und setzte sich neben sie. Auch Ambrose nahm wieder Platz und beugte sich vor, um sich weiter mit Celia unterhalten zu können.

»M'lady, ich habe diesen Gentlemen gerade Neuigkeiten von jemandem überbracht, mit dem wohl auch Euch unangenehme Ereignisse verbinden.«

»Ihr kennt Danvers, Celia?« fragte Alec und reckte den Hals, um ihr Gesicht beobachten zu können.

»Ja, Alec«, sagte sie ruhig. »Unglücklicherweise.«

»Das tut sie in der Tat«, rief Ambrose voller Bewunderung. »Ich war bei einem ihrer Zusammentreffen Zeuge.«

Ambrose wandte sich Lord Hugh zu. »M'lord, wenn Ihr gestattet, würde ich gerne darüber berichten. Während eines Turniers, das der König in Stirling abhielt – ich glaube, es ist jetzt zwei Jahre her – kam dieser englische Satan namens Danvers an unseren Hof, wahrscheinlich um den englischen König bei den Festlichkeiten zu vertreten.«

Celias Rücken versteifte sich bei diesen Worten. Sie kannte die Geschichte natürlich nur allzu gut, und war alles andere als glücklich darüber, sie hier und jetzt noch einmal hören zu müssen. Dankbar lächelte sie Colin zu, als dieser ihre Hand ergriff.

»Während der Wettkämpfe«, fuhr Ambrose fort, »schlug Danvers den jüngeren Bruder des Earl of Huntly.«

»Stimmt«, unterbrach ihn Lord Hugh. »Ich habe davon gehört. Statt zu akzeptieren, daß der Junge sich ergeben wollte – immerhin hatte er keine Waffe mehr –, hat ihn dieser englische Hund zusammengeschlagen. Er wäre an den Verletzungen fast gestorben, nicht wahr?«

»Ja, Hugh«, bestätigte Edmund. »Aber er hat sich erholt und ist jetzt als erwachsener Mann ein erheblich besserer Kämpfer als damals ... und ein erfahrenerer.«

»Nach der Schlägerei«, fuhr Ambrose fort, »zog dieses Schwein Danvers dem blutenden und bewußtlosen Jungen seinen Stahlmaschen-Handschuh aus und versetzte ihm noch einen heftigen, unmännlichen Tritt. Dann bestieg er sein Pferd und ritt auf die Haupttribüne zu, wo Königin Margaret mit dem König und ihrem Gefolge saß. Er trat direkt vor sie hin und bat sie, dieses Unterpfand der ›Dame seines Herzens‹ geben zu dürfen.«

Colin spürte, wie Celia vor Zorn erzitterte. Sie sah unverwandt auf die Tischplatte.

»Die Zuschauer waren alle sehr still geworden, voller Abscheu und Scham über sein Verhalten bei diesem Wettkampf. Doch gleichzeitig wollten alle natürlich wissen, wer diese Frau wohl sein mochte. Die Königin nickte, also stieg Danvers vom Pferd und kletterte auf die Tribüne. Dann blieb er vor Lady Muir stehen und reichte ihr den Handschuh.«

Ambrose hielt in seiner Erzählung inne, gerade lang genug, um einen Schluck aus seinem Becher zu trinken. In der Südhalle war es jetzt vollkommen still. Jeder wartete gespannt darauf, daß er weitersprach.

»Danvers schien eine Ewigkeit dort zu stehen. Die Aufmerksamkeit der Menge war nur auf sie gerichtet. Da erhob sich Lady Muir, nahm ihm den Handschuh aus der Hand und peitschte ihm damit so heftig ins Gesicht, daß ihm das

Blut von der Wange tropfte. Doch damit nicht genug, sie spuckte ihn auch noch an, drehte sich dann auf dem Absatz um und ließ Danvers vor dem kichernden König und inmitten einer wild jubelnden Menge stehen.«

Auch unter den Zuhörern in der Halle Kildaltons erhob sich plötzlich großer Jubel. Man ließ die Frau, die mit gerötetem Gesicht neben dem jungen Laird saß, hochleben. Celia wurde von Campbell-Kriegern umringt, und alle gratulierten ihr, als ob sich der Vorfall gerade eben erst ereignet hätte.

Celia blickte zu Colin hoch, verblüfft über die spontane Reaktion seiner Leute. Sein Blick war voller Stolz, und sie seufzte erleichtert und froh auf.

Kurze Zeit später begann sich die Halle zu leeren.

»Colin«, sagte Celia leise und zog ihn beiseite. »Hättest du etwas dagegen, wenn ich heute morgen in den Garten hinausginge?«

»Das ist jetzt unser Garten, Celia«, antwortete Colin leise.

»Kommst du bald nach?« Celia hatte nicht vergessen, daß sie ihm noch ihr letztes Geheimnis schuldete.

»Nachkommen? Was habt Ihr denn mit mir im Sinn, Lady Muir?« fragte Colin zweideutig.

»Hör auf damit«, antwortete sie und errötete schon wieder. »Wirklich, du kannst immer nur an das eine denken.«

»Und *dir* ist es heute morgen noch nicht in den Sinn gekommen?« fragte Colin und zog die Augenbraue hoch.

»Doch Colin, das ist es«, gab Celia zu und blickte ihn unverwandt an.

Wieder spürte er einen scharfen Stich in seinen Lenden. Er wollte sie, jetzt und für immer.

»Wenn du es nicht zu eilig hast, hinauszukommen«, begann Colin boshaft, »hätten wir vielleicht sogar noch ein paar Augenblicke Zeit, um ... über die Neugestaltung des Gartens zu sprechen ... in meinem Zimmer.«

Bevor Celia ihm antworten konnte, traten Ambrose und Alec an ihre Seite.

»Lady Celia«, sagte Ambrose. »Ihr wißt ja gar nicht, wie

sehr ich mich gefreut habe, Euch nun doch noch kennenzulernen. Alle Eure Bewunderer waren von Herzen traurig, als sie hörten, daß Ihr nach England abgereist …«

»Ähem …«, räusperte sich Alec in dem Versuch, seinen Bruder zu bremsen. »Ich will dir ja nicht in die Parade fahren, Ambrose, aber ich bin sicher, daß du derlei Bewunderung auch für andere Damen am Hof verkündet …«

»Aber keine ist wie Lady Celia, Alec«, protestierte Ambrose. »Ich habe immer …«

Er verstummte, als Colin näher an Celia herantrat und ihre Hand in die seine nahm. Das grimmige Stirnrunzeln auf dem Gesicht des Kriegers sprach Bände, und Ambrose wurde klar, daß er sich auf sehr gefährlichem Terrain bewegte.

»Ich habe immer … gedacht, daß Lady Muir die beste Seglerin ist, gegen die ich jemals verloren habe.«

Celia sah Colin an und hätte fast laut aufgelacht.

»Sie ist nicht nur eine hervorragende Seglerin, Ambrose«, warf Alec ein und versuchte, die Unterhaltung in andere Bahnen zu lenken. »Sie hat auch bemerkenswerte Kenntnisse in Sachen Heilkunst. Wahrscheinlich könnte sie sogar Leprakranke heilen. Jedenfalls hat sie mich von der Seekrankheit befreit!«

»Das kann doch nicht sein, Alec!« rief Ambrose unsicher.

»Doch«, bestätigte Colin. »Seit ihm Celia ihre Medizin verabreicht hat, war Alec häufiger auf meinen Booten als an Land.«

»Wenn die Gentlemen mich jetzt entschuldigen wollen, ich habe für heute genug über meine guten Taten gehört. Vielen Dank.«

Colin begleitete sie zur Tür.

»Ich komme dir nach, sobald ich mich mit der Ratsversammlung und Ambrose besprochen habe«, versprach er. »Offensichtlich darf ich dich nicht allzu lange allein lassen, jetzt, da so viele neue Rivalen hier auftauchen.«

»Du hast auf der ganzen Welt keinen Rivalen, Colin«, antwortete Celia leise.

Colin drückte sanft ihre Hand.

Die Tautropfen auf den Pflanzen glitzerten wie Juwelen im strahlenden Sonnenlicht. Als Celia sich die wuchernden Pflanzen und die allgemeine Verwahrlosung genauer ansah, dachte sie, daß hier mit einem scharfen Gartenmesser einiges erreicht werden konnte. Das war jetzt genau die richtige Ablenkung für sie.

Ellen und Kit blieben kurz bei ihr, und sogar Runt schloß sich ihnen an, half Celia mit dem Gestrüpp, das sie ausrodete, und plauderte liebevoll mit Ellen.

Im Laufe der Zeit, stellte Celia fest, daß Runt das Gestrüpp neben einem heckenartigen Gebilde an der Gartenmauer ablegte. Sie schob das Geäst mühsam auseinander und entdeckte dahinter eine kleine Eichentür, die schwer verriegelt und mit Moos bedeckt war.

»Ich hatte vor, das Gestrüpp durch diesen Durchgang auf den Übungsplatz zu bringen, M'lady«, sagte Runt, der hinter Celia getreten war.

»Eine gute Idee, Runt. Ich hätte mir denken können, daß es noch einen anderen Eingang zum Garten gibt. Warum hauen wir die Hecke nicht einfach ab?«

»Wir müssen zuerst Lord Hugh fragen, ob wir die Tür öffnen dürfen, M'lady.«

»Warum? Was befindet sich denn dahinter?« fragte Celia erstaunt.

»Der kleine Garten um die Familiengruft, M'lady«, antwortete er. »Dort ist Colins Mutter begraben.«

Celia hatte bis zu diesem Augenblick noch nie über die letzte Ruhestätte von Lady Campbell nachgedacht. Plötzlich wünschte sie sich, mehr über diese Frau zu erfahren. Selbst jetzt, fünfundzwanzig Jahre nach ihrem Tod, wurde sie offensichtlich immer noch verehrt. Und warum auch nicht, dachte Celia; sie hatte einen Sohn hervorgebracht, der sowohl stark als auch liebesfähig war. In Colin erkannte Celia nicht nur Hughs Stärke und seinen Mut wieder, sondern auch Eigenschaften wie Mitgefühl, Verständnis, Vertrauen und Liebe, die er wohl von seiner Mutter geerbt hatte.

Die Sonne stand inzwischen hoch am Himmel, und Celia hörte, daß Kit quengelig wurde. Sie kehrte zu Ellen zurück und fragte Runt, ob er etwas dagegen hätte, Ellen auf ihr Zimmer zu begleiten. Diese Aussicht heiterte Runt sichtlich auf.

»Ich komme bald nach«, neckte Celia sie.

Mehr als eine Stunde später war Celia immer noch bei der Arbeit. Durch die Sonne und die Anstrengung war ihr heiß geworden, und sie hatte die Ärmel aufgekrempelt. Ihre Hände waren zerkratzt von den Dornen und schmutzig von der kalten, nassen Erde. Gesicht und Kleid waren in einem ähnlichen Zustand.

Aber der Garten sah schon jetzt völlig verändert aus. Sie richtete sich auf, reckte sich und blickte stolz auf den riesigen Haufen Äste, den sie aus den Rosenbüschen und Hecken herausgeschnitten hatte. Die Blumenbeete in dem Teil des Gartens, wo Ellen und Kit gespielt hatten, sahen ebenfalls bereits viel ordentlicher aus. Selbst das Kräuterbeet nahm bereits Form an. Aber noch gab es viel zu tun, und Celia freute sich sehr darauf.

Sie betrachtete gerade den Kirschbaum neben der Terrasse, dessen Frühlingskleid aus Weiß und Rosa leuchtete, als sie Colin heraustreten sah. Celia lächelte strahlend und machte einen Schritt auf ihn zu. Doch das Lächeln gefror auf ihren Lippen, denn sie bemerkte, daß Zorn seine Stirn umwölkte.

Alle Ängste, all die Unsicherheit, die sie überwunden zu haben glaubte, seit sie hier auf Kildalton war, lebten in dieser Sekunde wieder auf. Der Blick in Colins Augen brachte das trostlose, leere Gefühl zurück, mit dem sie so lange hatte leben müssen.

»Du hast es mir nicht gesagt«, grollte er anklagend. »Warum hast du es mir nicht gesagt?«

»Colin, ich ...«, begann sie hilflos.

KAPITEL 12

Er hat es uns nur gesagt, weil in der Truppe Unzufriedenheit herrscht. Jetzt beginnt die Saatzeit, und trotzdem bewegen wir uns immer noch weiter in Richtung Norden. Unser Unmut wächst, und einige denken sogar an Meuterei. Also sagt uns dieser Teufel endlich, worum es geht. Schnappt Euch das Kind. Oder die Frau. Sie wird uns das Baby zum Tausch gegen sich selbst anbieten. Und dann kehren wir nach Hause zurück. Auf Befehl des Königs kehren wir dann nach Hause zurück.

Er behauptet viel, wenn der Tag lang ist, dieser Teufel.

Ambrose hatte Lord Hugh und seinen Mannen Neuigkeiten gebracht. Nicht nur, daß Danvers und Argylls Männer sich in den Highlands zusammengeschlossen hatten. Es wurde auch ein Kind vermißt. Ambrose erzählte, daß die Königin über den Verbleib des Kronprinzen keinen Aufschluß geben konnte. Das gab ihnen Anlaß zur Sorge, denn niemand außerhalb ihres Haushalts hatte das Kind in den letzten beiden Monaten gesehen. Ambrose berichtete, daß es sogar Gerüchte gab, die Königin habe den Prinzen zu ihrem Bruder nach England geschickt. Aber aus England kamen keine Nachrichten, aus denen auch nur andeutungsweise ersichtlich gewesen wäre, daß der Prinz sich dort befand.

Was die Menschen allerdings wußten, war, daß Huntly und die anderen Fürsten mit dem englischen König in Friedensverhandlungen standen, in deren Folge die Sicherheit und die Souveränität des Prinzen garantiert werden sollte. Aber der Aufenthaltsort des kleinen Jungen war nicht bekannt.

Ambrose hatte seinen Bericht noch nicht beendet, als Colin bereits wußte, wo sich das Königskind aufhielt. Es war nicht allzu schwierig gewesen, die Teile dieses Puzzles zusammenzufügen.

* * *

»Er ist der Kronprinz«, sagte Colin heiser und mit zusammengebissenen Zähnen. »Nicht wahr?«

Sein Gesicht war dunkel vor Zorn. Die Muskeln um sein Kinn arbeiteten. Celia spürte wie sich ihr Herz schmerzhaft zusammenzog.

»Ja, Colin«, sagte Celia ruhig. »Das stimmt.«

»Warum hast du mir das nicht gesagt?« schrie er und packte ihre Handgelenke.

»Ich wollte es dir sagen«, wehrte sie sich. Sein Griff schmerzte, aber sie war entschlossen, ihn auszuhalten. Sie hatte schließlich durchaus die Absicht gehabt, es ihm zu erzählen. Trotzdem hatte er jedes Recht, wütend zu werden.

»Aber du hattest es damit offensichtlich nicht besonders eilig«, spie Colin hervor, ließ sie los und wandte sich von ihr ab. »Warum hast du ihn überhaupt hergebracht?«

»Wir hatten eigentlich andere Pläne … ursprünglich. Colin, laß mich doch …«

»Und wie bin *ich* dann plötzlich zum Teil eures Planes geworden?« unterbrach Colin sie. Sein Zorn konnte nicht darüber hinwegtäuschen, wie verletzt er war.

»Es gab keinen … Plan … in bezug auf dich, Colin«, sagte sie mit leiser Stimme. Sein Blick schmerzte sie tief.

»Und du erwartest, daß ich dir das nach all den Lügen noch glaube?« antwortete er höhnisch. »Von Anfang an hast du mir wichtige Informationen vorenthalten. Alles, was mit dir zu tun hatte, war entweder ein Geheimnis oder eine Lüge.«

»Du mußt glauben, was dein Herz dir sagt«, rief sie aus und sah ihn schmerzerfüllt und ungläubig an.

»Du wagst es, *mein* Herz zu erwähnen?« gab Colin zornig zurück. »Du hast mich benutzt. Du hast meine Familie und meine Leute für deine gewinnsüchtigen Zwecke eingespannt.«

Also darauf lief es hinaus. Gewinnsucht. Wie der Vater, so die Tochter. Das war es, was er von ihr dachte. Und von ihrem Vater.

»Das stimmt nicht«, antwortete Celia kalt. »Aber ich versichere dir, ich werde nicht das Risiko eingehen, daß du noch einmal diesen Eindruck hast.«

Sie wollte an dem wütenden Laird vorbeistürmen, aber er hielt sie fest und wirbelte sie wütend herum.

»Du gehst nirgendwo hin, bis ich nicht weiß, wer dich für deine ... Dienste bezahlt«, rief er zornig.

Die Gewalt, die hinter Colins Worten steckte, verblüffte sie, und sie brauchte einen Augenblick, um zu begreifen, worauf er mit seiner Anschuldigung hinaus wollte. Dann aber stieg ihr die Zornesröte ins Gesicht. Ihre freie Hand schoß hervor, und sie versetzte ihm einen heftigen Schlag ins Gesicht.

»Du Schwein!« rief sie, und Tränen strömten ihr über die Wangen. »Und ich habe geglaubt, daß du anders bist! Mich kann man nicht kaufen, und ich bin nicht gewinnsüchtig! Und ich habe auch den Prinzen nicht entführt, um ein Lösegeld zu erpressen.«

Sie zerrte ihren Arm aus Colins Umklammerung und rannte auf die Terrasse zu. Bevor sie jedoch die Stufen erreichte, überholte Colin sie und wirbelte sie erneut herum, damit sie ihn ansah.

Diesmal jedoch blitzte Celias Messer bedrohlich zwischen ihnen, und Colin ließ sie schnell wieder los. Dann aber ignorierte er die Waffe und blickte in ihr tränenüberströmtes Gesicht.

»Wenn es nicht so ist, wer oder was steckt dann dahinter?« fragte er. Plötzlich war er sich seiner Sache nicht mehr ganz sicher. Doch immerhin hatte sie ihm kein Vertrauen geschenkt. Warum nicht? Welches Spiel spielte sie mit ihm?

»Wer hinter all dem steckt? Der Earl of Huntly und

jeder deiner verdammten Stammesfürsten, die der schottischen Krone treu geblieben sind«, schnappte sie. Ihr Körper bebte vor Zorn.

Colin erschrak. Sollte er ihr tatsächlich Unrecht getan haben? Celia wäre am liebsten vor seinen kalten, grauen Augen davongelaufen. Aber sie wußte, daß dies das Ende ihrer Beziehung bedeutet hätte. Dann würde es keine Zeit mehr für Erklärungen geben. Haß und Schmerz würden alles andere verdrängen. Das konnte sie nicht zulassen. Sie liebte ihn so sehr.

»Du meinst, Huntly hat dich veranlaßt, den Prinzen seiner Mutter, der Königin, zu entwenden?« Das war so ungeheuerlich, daß er es kaum glauben konnte. War das Verrat? Oder eher Patriotismus?

»Wir haben Kit nicht entwendet, sondern ihn gerettet! Königin Margaret wollte ihn nach England schicken, damit er dort eine ›standesgemäße Erziehung‹ bekommt, und zwar am Hofe ihres Bruders. Bei König Henry.«

Einen Augenblick lang hielt Celia inne und blickte in Colins Antlitz. Er sah jetzt nicht mehr ganz so zornig aus wie vor ein paar Minuten. Sie widersetzte sich nicht, als Colin ihr sanft das Messer aus der Hand nahm. Noch immer zitterte sie jedoch vor Zorn, und wilder Schmerz durchzuckte sie.

»Du weißt, was das bedeutet … standesgemäße Erziehung …«, fuhr sie fort. »Er hätte sein Leben lang im Gefängnis gesessen … wobei man sich fragen kann, wie lange er überhaupt gelebt hätte. Und ich sollte ihn begleiten … Kit im Gefängnis … ich bei Danvers.«

Celia starrte vor sich hin. Der Verlust, den sie gerade erlitten hatte, schnitt ihr ins Herz, quälte ihre Seele. Sie trauerte. Colins Worte klangen ihr noch in den Ohren. Sie hatte ihn betrogen. Und er würde ihr niemals vergeben.

Zwei Möwen zogen in der Sonne jenseits der Mauern ihre Kreise, umtanzten einander in luftiger Höhe.

Auch Colin fühlte sich elend. Warum war er solch ein Narr gewesen? Warum hatte er gleich das Schlimmste annehmen müssen? Nachdem er von ihren Bewunderern, von ihrem Ruhm, von ihrer Unabhängigkeit als Frau gehört hatte, war er unsicher geworden. Und diese Unsicherheit hatte seine Gedanken und seine Gefühle gesteuert. Als er Ambroses Bericht hörte, hatte er vorschnelle Schlüsse gezogen. Er hatte nach einem Grund gesucht, warum diese wunderschöne Frau ihn allen anderen vorzog. Und dann hatten Ambroses Worte der Sache einen törichten Sinn ergeben. Ja, sie hatte ihn gewählt, weil er ihr den größten Schutz bieten konnte. Mit seiner Hilfe würde sie noch schneller und leichter ans Ziel kommen.

Aber wie sehr hatte er sich doch geirrt! Sie war bereit gewesen, alles aufs Spiel zu setzen – ihr Leben, ihr Glück, ihre Zukunft –, um die schottische Krone und Schottlands Zukunft zu sichern.

Sie war bereit, den Tod zu erdulden, um das Leben des Kindes zu retten, das Danvers mit allen Mitteln ermorden wollte.

Colin nahm ihre Hand in die seine. Sie widersetzte sich nicht.

»Celia«, begann er sanft. »Warum hast du mir nicht vertraut?«

»Ich habe dir vom ersten Tag an vertraut. Aber ich konnte dir die Wahrheit nicht enthüllen. Ich stand unter Eid, aber ich glaubte, daß Kit hier in Sicherheit war. Ich hätte nie gedacht, daß sie uns hier finden würden. Ich wollte nicht, daß Runt oder jemand anders verletzt wird.«

»Du konntest doch nicht wissen, daß Danvers seine Spione überall hatte! Und Runt wird wieder gesund werden. Aber findest du nicht, daß ich hätte wissen sollen, daß der Kronprinz von Schottland unter meinem Dach lebt? Unter meinem Schutz?«

»Es hätte keinen Unterschied gemacht, wenn du es gewußt hättest«, antwortete Celia und blickte in seine sorgenvollen, grauen Augen. »Ich kenne dich besser, als du glaubst. Selbst wenn Kit der letztgeborene Sohn des ärmsten Bauern in ganz Schottland wäre, hättest du ihn beschützt wie einen König ... oder wie dein eigenes Kind.«

Colin lächelte und nahm sie fest in die Arme.

»Du kennst mich wirklich, Celia«, sagte er und preßte sie an sich.

»Ja, Colin Campbell«, antwortete sie. »Und jetzt kenne ich auch noch eine andere Seite von dir.«

»Wir hören niemals auf, uns zu verändern, Liebes«, sagte Colin nachdenklich. »Und wir hören nie auf, zu lernen.«

»Du warst sehr grausam zu mir, Colin«, flüsterte Celia, als ihr Gesicht schon an seiner Brust lag.

»Du hast mir schließlich kein Vertrauen geschenkt«, konterte er schmerzerfüllt.

»Das stimmt, und es hat mich sehr belastet, weil ich wußte, daß du mein Schweigen als Betrug werten würdest«, antwortete sie, und erneut traten ihr Tränen in die Augen.

»Es war kein Betrug«, verteidigte Colin sie gegen seine eigenen Anklagen. »Du hattest einen Eid geleistet, den Kronprinzen zu schützen. Aber ich wußte nicht, auf wessen Seite du stehst. Deine Unabhängigkeit, sogar Ambroses Aufmerksamkeiten haben mich verunsichert.«

»Das ist nur zu verständlich.«

»Nein«, antwortete Colin kurz und schüttelte den Kopf. Er sah auf die Frau in seinen Armen hinab. »Auch ich muß noch vieles lernen. Ich werde zu schnell wütend, wenn die Dinge nicht so laufen, wie ich es will.«

»Du meinst, daß du verwöhnt und verzogen bist?« neckte ihn Celia und lächelte vorsichtig zu ihm hinauf.

»Ja, Geliebte«, bekannte Colin zögernd. »Und ich kann nicht besonders gut teilen.«

»Aber ich dachte, die Campbells seien die großzügigsten Lairds in ganz Schottland«, sagte sie und schlang die Arme um seine Taille.

»In bezug auf das, was mir gehört, bin ich sehr besitzergreifend«, brummte er liebevoll.

»Ach ja?« konterte sie in scheinbar ungläubigem Ton.

»Ja, Celia, und dich will ich schon gar mit niemandem teilen«, sagte Colin ernst. »Niemals.«

»Willst du mich denn immer noch, Colin?« fragte sie, und ihre Augen glitzerten in der Nachmittagssonne.

»Aber ja, meine Celia«, antwortete er. »Ich liebe dich.«

»Colin, ich liebe d …«, begann sie, doch sein atemberaubender Kuß machte es ihr unmöglich, weiterzusprechen.

Sie klammerten sich aneinander. Beide genossen das Bewußtsein, daß ihre Liebe ihnen über einen Abgrund hinweggeholfen hatte, der sie beinahe ihr gemeinsames Glück gekostet hätte.

Er legte das Kinn auf ihren Kopf, und sein Blick fiel auf den Garten. Er hatte bislang noch nicht einmal bemerkt, wie viele Veränderungen Celia an diesem einzigen Morgen bereits bewirkt hatte.

Er wollte gerade eine Bemerkung dazu machen, als er feststellte, daß Celias Haar voller Zweige war. Er lächelte, trat einen Schritt zurück und betrachtete sie genauer.

Ihr Gesicht war von Schmutz, Schweiß und Tränen inzwischen ganz verschmiert. Er nahm ihre Hände und breitete ihre Arme aus, um ihr Kleid zu betrachten, das ebenfalls völlig verschmutzt war.

»Du warst heute morgen ja schon sehr fleißig«, sagte er und gluckste.

»Gefällt es dir?« fragte sie und deutete mit ausladender Geste auf den Garten. »Es ist erst der Anfang, aber …«

»Wunderschön«, sagte er, womit er jedoch nicht den Garten meinte. Sein Blick ruhte unverwandt auf der Frau, deren Schönheit von den Auswirkungen ihrer Arbeit nicht ein bißchen beeinträchtigt worden war. Ihr Gesicht war offen und strahlte jetzt inneren Frieden aus. Zum ersten Mal war sie frei von der schweren Bürde ihres Geheimnisses, ihrer Sorgen und Ängste.

Sie bemerkte, daß er ihre Arbeit keines Blickes würdigte. Also stemmte sie die Hände in die Hüften und runzelte scheinbar zornig die Stirn.

»Du siehst ja noch nicht einmal hin, Colin«, schalt sie.

»O ja, doch, das tue ich«, antwortete er. »Und ich sehe genau das, was ich sehen will.«

Einen Augenblick lang wurde Celias Gesicht nachdenklich. Dann nahm sie ihn bei der Hand und führte ihn zu einer Steinbank unter den Blüten des Kirschbaumes.

»Colin, ich möchte, daß du mich als diejenige siehst, die ich bin«, sagte sie und hielt seine Hand in ihrem Schoß fest. »Und ich will, daß du alles weißt, was mich bewegt.«

Celia holte tief Luft und dachte an die vergangenen beiden Jahre. Sie fragte sich, wie sie beginnen sollte.

Colin saß geduldig da. Die neue Ebene, die ihre Beziehung erreicht hatte, gab ihm Sicherheit.

»Mein Leben bei Hof war sehr einsam«, erzählte Celia. »Vor dem Ereignis, das Ambrose heute morgen geschildert hat, gehörte ich zu Königin Margarets Gefolge, aber das auch nur offiziell. Ich stand der Königin nie besonders nahe. Sie hat kein Geheimnis daraus gemacht, daß sie mich eigentlich nicht in ihrer Nähe haben wollte. Oft genug sagte sie, daß ich in England mit dem Mann verheiratet sein sollte, den ihr Vater für mich ausgewählt hatte ... genauso wie sie in Schottland mit dem Mann verheiratet war, den ihr Vater für sie vorgesehen hatte. Für Margaret wurden Ehen arrangiert, die Liebe hielt sie für eine Illusion. Aber ich gehörte nun einmal zu ihrem Gefolge, und scheinbar hatte die Königin nicht die Macht, das zu ändern. Es war, als stünde ich unter dem Schutz des Königs selbst. Ihre offensichtliche Antipathie gegen mich machte mich unter den anderen Frauen zur Außenseiterin. Keine der Hofdamen wollte etwas mit mir zu tun haben. Aber in gewisser Weise war das ein Segen, weil ich dadurch bei Vater William studieren, oder als Knappe verkleidet mit Edmunds Soldaten an den Waffenübungen teilnehmen konnte. Doch es war nur geborgte Zeit, und das wußte ich. Die Realität konnte mich jeden Augenblick einholen.

Und dann, vor zwei Jahren, veranstaltete der König jenes Turnier, an dem auch Danvers teilnahm. Ich glaubte, daß nun die Zeit gekommen sei, da ich mit ihm nach England zurückkehren mußte. Gott weiß, daß ich versuchte, mich in mein Schicksal zu fügen. Aber als ich sah, wie er sich verhielt – wie ein Bauer, nur viel gewalttätiger, ohne jegliche Ritterlichkeit oder auch nur ein bißchen Anstand –, flutete all der Widerwille, der sich bis dahin in mir aufgestaut hatte, durch meinen Körper. Ich schlug ihn nicht, damit man mir zujubelte, sondern um meinem Haß, meinem Zorn und meinem Abscheu Luft zu machen.

Aus irgendeinem Grund wurde es Danvers jedoch nicht gestattet, mich nach dem Turnier mit nach England zu nehmen, und bald darauf reiste er ab.

Danach veränderte sich mein Leben bei Hof. Plötzlich nahmen Menschen von mir Notiz, die mich vorher nie eines Blickes gewürdigt hatten. Und so lernte ich den Earl of Huntly kennen. Nach dem Turnier gab er sich die größte Mühe, daß ich am Hof akzeptiert wurde. Mir wurde klar, daß ich einen Gönner gefunden hatte.«

»Hatte er die Absicht, eine Ehe innerhalb seiner eigenen Familie für dich zu arrangieren?« fragte Colin neugierig.

»Nein, jeder wußte, daß ich Danvers so gut wie versprochen war. Und außerdem hatte ich seiner Familie nichts zu bieten.«

»Celia«, antwortete Colin und nahm ihre Hände in die seinen. »Alle Reichtümer der Welt können nicht aufwiegen, was du an menschlichen Qualitäten mitbringst.«

»Nicht jeder schätzt mich so sehr wie du, Colin.«

»Da irrst du dich, Geliebte«, lächelte Colin. »Aber ich habe dich unterbrochen.«

»Huntlys Einfluß ist es zu verdanken, daß ich langsam das Gefühl bekam, in Schottland eine Heimat gefunden zu haben. Ich begann zu erkennen, daß die Geschichte Schottlands und die meine miteinander verwoben waren. Ich betrachtete den Kampf gegen die englische Unterdrückung als meinen eigenen. Bei beiden ging es um Unabhängigkeit. Während dieser Zeit lernte ich viel über mein Erbe, über die Geschichte Schottlands, über die Stuarts. Ich sah, daß das Ziel der Stuarts darin bestand, Schottland zum autonomen Staat zu machen, zu einem Staat, in dem jeder die Möglichkeit haben sollte, selbst über sein Leben zu bestimmen.«

»Es stimmt, was du sagst, Celia«, warf Colin ein. »James' Vater, sein Großvater und sein Urgroßvater hatten bereits alle den gleichen Traum. Doch die Highlander haben sie immer bekämpft. Erst unter James schlossen sich auch die Westinseln und die Highlands dieser Sache an. Er war ein starker König, und mit wenigen Ausnahmen sind die Stammesfürsten der Highlands ihm treu ergeben gewesen.«

»Aber wie du weißt«, fuhr Celia fort, »änderte sich alles, als der König auf dem Schlachtfeld von Flodden fiel. Edinburgh war Ende des letzten Sommers von der Pest heimgesucht worden, also zog der Hof an den Palast von Linlithgow. Die Königin hatte sich der Entscheidung des Königs widersetzt, gegen ihren Bruder zu Felde zu ziehen. Bevor er also zurückkehrte, um seine Truppen bei Edinburgh zu sammeln, nahm die Königin nur ihre engsten Vertrauten mit in das Schloß von Stirling und ließ Kit zurück. Der Earl of Huntly sollte die Streitkräfte bei Linlithgow anführen, und dort waren auch Edmund und ich.

So lange ich lebe, werde ich niemals die Tage vergessen, die den Neuigkeiten von Flodden folgten. Die wenigen Männer, die sich zurückschleppen konnten, überbrachten uns die Namen der Toten … Freunde und Nachbarn, Väter und Brüder. Und dann die Schreie und das Wehklagen der Frauen, der Alten und der Kinder … mein Gott, Colin, es war entsetzlich. Der Anblick der verstörten Witwen … ihr Elend … ihre Kinder, die sich an ihre Kleider klammerten, die Babys, die in ihren Armen lagen und weinten …«

Celia hielt inne, überwältigt vom Schrecken der Erinnerung.

Auch Colin erinnerte sich an den vergangenen Oktober. König James hatte ihn seinem Vetter, dem Fürst von Albanien, zur Hilfe geschickt. Er sollte gegen die englische Invasion in Frankreich kämpfen. Zuerst hörte er von einem überwältigenden Sieg der Schotten über die Engländer. Aber dann, drei Tage später, vernahmen sie die Wahrheit über die katastrophalen Verluste. Der König war tot, ebenso wie ein Großteil des schottischen Adels. Und Tausende der jungen und besten schottischen Krieger waren an einem einzigen, blutigen Nachmittag ums Leben gekommen.

Colin war von Schuldgefühlen überwältigt worden, die auch heute noch an ihm nagten. Er ließ seine Augen über die Gartenmauern hinaus zum Horizont wandern. Wenn er doch nur dort gewesen wäre. Wenn er doch nur …

»Wir erhielten eine Nachricht von Argyll«, fuhr Celia fort und zog damit seine Aufmerksamkeit wieder auf sich. »Er war einer der wenigen Earls, die das Gemetzel überlebt hatten, und er wollte auf sein Schloß in die Highlands zurückkehren. Er ließ uns ausrichten, daß der König verwundet worden sei, und daß man ihn nach Edinburgh geschafft habe.«

Doch keiner hatte mit Gewißheit sagen können, was wirklich mit ihm geschehen war. Statt dessen gingen immer wieder Gerüchte am Hof ein, daß man den König vom blutdurchtränkten Schlachtfeld hatte fortreiten sehen. Daß er entführt wurde war, als er auf dem Weg nach London war. Keiner wußte etwas Genaues.

Huntly brauchte nur zwei Tage, um seine Streitkräfte zu sammeln und in den Südosten des Landes zu ziehen. Er wußte, daß er das Schloß von Edinburgh würde sichern müssen, falls die englischen Schlächter nun die Invasion in Schottland planten. Und wenn das Leben des Königs in Gefahr war, wollte er in seiner Nähe sein. Als er jedoch in Edinburgh ankam, war die Stadt bereits dem Erdboden gleichgemacht worden. Doch immerhin zogen sich die Engländer zurück, weil er sich näherte.

In der Nacht, bevor seine Armee den Palast von Linlithgow verließ, kam eine Nachricht von der Königin. Darin stand zu lesen, daß sie sich Sorgen um unsere Sicherheit mache. Sie forderte, daß der Kronprinz nach Stirling gesandt werden solle. Huntly rief Edmund zu sich und verkündete ihm, daß die Königin befohlen hatte, daß ich den bewaffneten Wachmann begleiten und ebenfalls am nächsten Morgen nach Stirling abreisen solle.

Aber das alles ergab keinen Sinn. Die Königin hatte mich noch nie in ihrer Nähe haben wollen. Es gab keinen Grund, warum sie jetzt so sehr um meine Sicherheit besorgt war. Mißtrauisch ging Edmund zum Hauptmann der Wache, einem Mann, der gerne schon mal einen über den Durst trank und der Edmund außerdem noch einen Gefallen schuldig war, weil er ihm mehrfach die Haut gerettet hatte. Jedenfalls erfuhr Edmund von ihm, daß sein mündlicher Befehl lautete, ›diese Muir‹ und den Prinzen nicht nach Stirling, sondern nur bis Falkirk zu begleiten, wo wir von einer anderen Eskorte übernommen werden sollten.

Edmund wußte genau, was das zu bedeuten hatte. Huntly ebenso. Die Königin wollte ihr eigenes Kind den Engländern übergeben! Später erfuhr ich, daß es Lord Danvers war, der den Hinterhalt bei Falkirk anführte.

Huntly mußte jetzt schnell handeln. Er konnte den Befehl der Königin nicht öffentlich mißachten, und er mußte in den Südosten marschieren, um Edinburgh zu verteidigen. Er veranlaßte also Edmund, mich und Vater William holen zu lassen.

Wir sollten mit dem Prinzen vorläufig nach Caithness Hall in die westlichen Lowlands reisen. Edmund wußte, daß Lady Caithness und ihr Kind schon seit Monaten in England waren, und wir hatten erfahren, daß Lord Caithness gefallen war. Also beschloß Huntly, daß wir auf Caithness Hall warten sollten, bis Argyll mit seinen Männern dort ankam und uns sicheres Geleit geben konnte. Wir sollten so tun, als ob Kit mein Kind sei. So viele unserer Krieger waren bei Flodden gefallen – eine Witwe mit Kind würde also ein ebenso trauriger wie alltäglicher Anblick sein.

Vater William war derjenige, der uns Ellen zuführte. Wir flohen also mit dem Prinzen nach Westen, wobei wir um Falkirk und Stirling Castle einen weiten Bogen machten. Unsere ersten Wochen auf Caithness Hall verliefen ziemlich ereignislos, und ich verbrachte so viel Zeit mit Kit, daß ich ihn fast schon wie mein eigenes Kind liebte.

Aber bald darauf hörten wir Geschichten von Danvers' blutigen Massakern. Ich weiß, daß er mit seinem Beutezug begann, als in Falkirk niemand auftauchte. Außerdem erhielten wir von Huntly die Nachricht, daß der König tot war. Die Königin hatte zudem noch nicht öffentlich verkündet, daß der Prinz vermißt wurde. Sie schien Zeit schinden zu wollen – vielleicht wollte sie ihre Macht festigen, vielleicht hatte sie auch einen anderen Grund. Möglicherweise hoffte sie auch, daß Danvers das Kind finden würde. Ich weiß es nicht. Aber Huntlys Botschaft ließ keinen Zweifel daran, daß niemand wußte, wo wir waren – außer Kits Onkel, dem Earl of Argyll. Wenn wir irgend etwas bräuchten, sollten wir ihm eine Nachricht zukommen lassen.«

»Argyll hat viele Menschen hinters Licht geführt«, bemerkte Colin, und die Schärfe in seiner Stimme verriet, wie zornig er war. »Er muß Danvers eine Nachricht geschickt haben, daß du auf Caithness Hall warst.«

»Ja«, antwortete Celia, der diese Verbindung erst jetzt aufging. »Damals dachten wir nur, daß es Zufall war, weil Danvers eben das ganze Land ausplünderte und zerstörte.«

»Von Caithness aus wolltet Ihr also ursprünglich nach Argyll flüchten?« fragte Colin.

»Ja. Wir haben Argylls Winterschloß nur deshalb nicht sofort aufgesucht, weil wir gehört hatten, daß er sich im Norden der Highlands bei einer Versammlung der Stammesfürsten aufhielt. Als Kit dann auch noch krank wurde, machte Edmund den Vorschlag, nach Kildalton zu gehen und Vater William voraus in die Abtei von Argyll zu schicken. Er sollte uns eine Nachricht zukommen lassen, sobald der Earl zurückgekehrt war.«

»Den Rest kenne ich, glaube ich«, sagte Colin, legte den Arm um sie und zog sie zu sich heran.

»Nicht alles«, antwortete Celia und setzte sich wieder aufrecht hin. »Während wir auf Argylls Schloß waren, hörte ich ein Dienstmädchen damit prahlen, daß er vorhatte, mich zur Ehe zu zwingen. Wegen des Geldes, sagte sie, was aber eigentlich keinen Sinn ergibt.«

»Nun, dieser Plan war jedenfalls von vorn herein zum Scheitern verurteilt«, antwortete Colin fest. »Du gehörst zu mir, Celia.«

Celia blickte in seine warmen Augen, die ihr so viel von seinem Charakter, seiner Selbstsicherheit, seinen Gefühlen enthüllten. Dann betrachtete sie abwesend den Garten.

»Colin, was letzte Nacht geschehen ist, war herrlich, einfach unbeschreiblich ...«

»Ja«, unterbrach er sie. »Und vor uns liegt noch ein ganzes Leben voller solcher Nächte, mein Herz.«

»Bitte ...« Sie stotterte, war verlegen wegen dem, was sie sagen wollte – und doch nicht sagen wollte. »Du bist durch nichts an mich gebunden, auch nicht durch die letzte Nacht. Ich bin von selbst in dein Zimmer gekommen ... du brauchst nicht ... ich würde nie ...«

Sanft hob Colin ihr Kinn, bis Celia ihn ansehen mußte. Zärtlich berührten seine vollen Lippen die ihren. Obwohl er nur flüsterte, waren seine Worte voller Gefühl.

»Ich liebe dich, Celia«, sagte er und streichelte ihre Wange. »Das ist es, was mich an dich bindet.«

Celia ergriff Colins Hand und sah ihm tief in die Augen.

»Colin, ich bringe nichts mit in diese Ehe. Ich habe kein Geld, keinen Namen und keine Ausbildung, die einer Ehefrau zur Ehre gereichen würde ...«

»Celia, du hast alles, was ich brauche«, antwortete er und erwiderte ihren Blick. »Du bist alles, was ich jemals wollte.«

»Aber ... aber ... du weißt doch, daß ich dich nicht heiraten kann«, sagte sie, wandte den Blick ab, versuchte, sich auf die Wirklichkeit zu konzentrieren, auf die Gefahr, in der Kit immer noch schwebte, auf die Bedrohung, die immer noch über ihren Häuptern schwebte.

»Ich weiß, daß du es kannst«, sagte er und zwang sie erneut, ihm in die Augen zu sehen. »Ich weiß, daß du es dir ebenso sehr wünschst wie ich.«

»O Colin«, platzte Celia unglücklich heraus und sprang auf. Sie machte ein paar Schritte, dann blieb sie stehen, wandte ihm den Rücken zu und schlang die Arme fest um ihre Mitte. »Es ist unwichtig, was ich will. Ich habe … immer noch eine Mission zu erfüllen. Ich trage Verantwortung für Kit, und ich kann nicht daran denken … ich weiß nicht, was geschehen wird …«

Colin stand auf, trat hinter sie und umarmte sie. Er rieb die Wange über ihr seidiges Haar. Dann drehte er sie um und ergriff ihre Hände.

»Er ist auch mein König«, sagte er. »Als der Prinz bei seiner Geburt gesalbt wurde, habe ich ihm als meinem Lehnsherrn einen Treueid geleistet, mit dem ich mich verpflichtet habe, ihm zu dienen und ihn zu beschützen. Unser Eid macht uns zu Verbündeten, aber unsere Liebe macht uns unbesiegbar. Unsere Mission besteht darin, so lange für seine Sicherheit zu sorgen, bis Huntly sein Leben und seinen Thron gefestigt hat. Es ist vorherbestimmt, daß wir zusammen sind. Und wie alles andere, mit dem wir im Verlauf unseres Lebens konfrontiert werden, werden wir in dieser Angelegenheit jedes Hindernis überwinden und unsere Aufgabe gemeinsam zu einem erfolgreichen Ende führen.«

»Aber da ist immer noch Danvers«, sagte sie unglücklich. »Er weiß jetzt, wo wir sind. Ich kenne ihn, Colin. Vielleicht gibt er ja die Suche nach Kit auf, wenn Henry ihm einen entsprechenden Befehl erteilt, aber mich wird er niemals aufgeben. Er haßt mich. Ich habe seinen Stolz verletzt. Er wird nicht nachgeben, bis er mich gefunden hat.«

Colin schwieg einen Augenblick lang und überdachte

seine Antwort sorgfältig. Er würde nicht zulassen, daß sie für den Rest ihres Leben vor dem Bösen davonlief, das sie heimgesucht hatte. Sie würde niemals mehr weglaufen müssen.

»Dann werden wir es zulassen, daß er dich findet ... und zwar hier«, sagte Colin fest. »Ich will, daß er herkommt, Celia. Es wird höchste Zeit, daß er für all die Verbrechen, die er in diesem Land begangen hat, bezahlt, und daß er und ich einander kennenlernen.«

»Colin, er ist böse«, antwortete Celia schnell. Das war das Letzte, was sie wollte: den Zorn von Danvers auf das Haupt der unschuldigen Leute von Kildalton – und auf Colins Haupt – herabzurufen. »Er kämpft nicht mit fairen Mitteln. Er benutzt Hinterhalte. Er setzt Spione ein ...«

»Celia, vertrau mir«, sagte er beruhigend. »Wir werden bereit sein und ihn erwarten. Kildalton ist die stärkste Festung der gesamten Westinseln. Wir werden erfahren, wenn er einen Tagesmarsch oder eine Tagesseereise von uns entfernt ist, und wir werden dafür sorgen, daß er den Kopf von selbst in die Schlinge legt.«

Ein Hoffnungsschimmer zeigte sich am Horizont – aber nur einen Augenblick lang. Die Gefahren ängstigten sie einfach zu sehr. Doch trotzdem wußte sie, daß Colin recht hatte. Die einzige Möglichkeit, wie man Danvers aufhalten konnte, war die, ihn zu stellen ... und zu töten.

»Celia, wir wissen nicht, was die Zukunft uns bringen wird. Wir können uns nur so gut es geht darauf vorbereiten.«

Celia nickte. »Ich weiß, Colin. Aber wenn die Zeit gekommen ist, mußt du dich daran erinnern, daß dies auch mein Kampf ist.«

»Ja, ich werde daran denken.« Colin blickte auf ihre zierliche Gestalt hinab. Erst wenn Danvers tot zu seinen Füßen lag, würde er Celia in die Nähe dieses Feindes lassen. Er lächelte ihr zu.

»Du bist ein Lügner, Colin Campbell« – sie lächelte zurück –, »aber ein charmanter.«

»Dann wirst du mich also heiraten?« fragte er.

»Ja, Colin«, flüsterte Celia, verschmolz mit seiner Umarmung und legte das Gesicht an seine Brust.

»Zusammen, meine Geliebte«, schnurrte er sanft, »kann uns nichts mehr aufhalten.«

»Zusammen, mein Geliebter«, wiederholte sie und reckte ihm die leicht geöffneten Lippen entgegen.

Die Vereinigung ihrer Lippen, eine Geste, die so zeitlos ist wie die Liebe, besiegelte ihren Bund. Jeder spürte die Wärme des anderen, sie standen aneinandergeschmiegt – *zwei* Körper, *zwei* Seelen, *zwei* Herzen … *eine* Zukunft.

Die freudige Nachricht von ihrer Verlobung brachte an diesem Nachmittag den gesamten Haushalt in Aufruhr. Die Begeisterung, die der Ankündigung folgte, wurde nur noch von dem Chaos übertroffen, das sich aus der Tatsache ergab, daß Colin die Zeremonie schon am Ostermontag erfolgen lassen wollte. Agnes und Ellen weinten, während Alec Celia scherzhaft ›zur Vernunft‹ zu bringen versuchte. Lord Hugh erstickte sie beinahe in einer Umarmung. Bei Vater Williams Drohung, während der folgenden Tage noch die Anstandsdame zu spielen, lachten alle nur. Aber der wichtigste Mensch von allen wußte es noch gar nicht. Edmund war mit Alecs Bruder ins Dorf gegangen, und Celia und Colin erwarteten sehnlichst seine Rückkehr.

Für einen Mann, der sich sonst eher in Zurückhaltung übte, war Edmunds Reaktion ziemlich außergewöhnlich. Seine feuchten Augen und die bebenden Hände zeugten von der großen Freude, die er empfand. Er gratulierte ihnen überschwenglich. Schließlich setzten sich alle gemeinsam in die Südhalle.

»Celia«, sagte Edmund feierlich, nachdem sich die erste Aufregung endlich gelegt hatte. »Dein Vater wäre überglücklich darüber gewesen.«

Er hielt inne und wählte seine nächsten Worte sorgfältig.

»Wir müssen allerdings noch über ein paar Dinge miteinander reden. Dinge, die deinen Vater betreffen. Und darüber, was er dir hinterlassen hat.«

»Dann lasse ich euch beide jetzt allein«, sagte Colin und wollte sich entschuldigen. Er wußte, daß Edmund wie ein Vater für Celia war und ihnen etwas Zeit unter vier Augen zustand.

Celia brachte es jedoch nicht über sich, ihn gehen zu lassen. Sie hielt ihn am Arm fest.

»Edmund, ich möchte, daß Colin hierbleibt und zuhört«, sagte sie leise und wartete auf Edmunds Nicken, bevor sie weitersprach. »Lord Hugh hat mir bereits vieles über meinen Vater erzählt. Ich weiß, was er getan hat.«

»Dann weißt du ja, daß er ein großer Mann war«, antwortete Edmund.

»Ich weiß nur, daß er ein Pirat war, ein Kaufmann... und ein liebender Vater.«

»Dann solltest du auch erfahren, daß es viele bedürftige Menschen gab, die von der Stärke und der Großzügigkeit deines Vaters profitiert haben«, sagte Edmund. »Er hat die Westküste von England und Wales befriedet. Die erleichterten Küstenbewohner konnten zum ersten Mal seit Generationen in Ruhe leben und ihren Geschäften nachgehen, ohne die plündernden Spanier und Franzosen fürchten zu müssen.

Aber nicht nur seinen Landsleuten hat er geholfen. Wohin ihn sein Weg auch führte, überall wirkte er Gutes. Für John Muir gehörte es zur Aufgabe eines Ehrenmannes, Lebensmittel und Wasser in von Hungersnöten heimgesuchte Gebiete zu schaffen, und zwar von Irland bis hin zur Westküste Afrikas. Diese Unternehmungen brachten ihm keinen Gewinn ein. Er bestritt sie ausschließlich aus eigenen Mitteln.«

Edmund blickte Colin an. »In vielerlei Hinsicht haben eure beiden Väter einiges gemeinsam.« Colin nickte bestätigend.

»So sehr Lord Hughs Interesse sich auf Colin konzentriert, so wichtig war Celia für John. Der große Unterschied bestand nur darin, daß Colins Vater Kildalton besaß, und Schottland seine Heimat war, während John Muir als ein Mann ohne Vaterland über die Meere fuhr. Im Grunde genoß er diese Freiheit – er traf seine Entscheidungen, ohne von egoistischen Regierungen Beschränkungen auferlegt zu bekommen. Aber er machte sich Sorgen um deine Sicherheit. Das war der Grund, warum er dich immer mitnahm, nachdem deine Mutter verschieden war.

Dein Vater ahnte, daß nach seinem Tod all seine Besitztümer ... und du selbst ... König Henry in die Hände fallen würden. Also dachte er über eine Möglichkeit nach, so viel von seinem Vermögen für dich beiseite zu schaffen, wie er konnte. Es liegt nun alles sicher verwahrt in einer Abtei in Irland. Dieser Schatz übersteigt bei weitem den Wert der Schiffsflotte, die Henry konfisziert hat – und der Danvers immer noch hinterher lechzt. Er wollte nicht, daß du etwas davon weißt, bis du einen Punkt in deinem Leben erreicht hattest, da du dein eigenes Schicksal bestimmen konntest. Was deine Zukunft anbelangte, hatte er vor jedem Angst – vor König Henry, vor seiner eigenen Familie und vor jedem Kandidaten, der aus reiner Geldgier um deine Hand anhalten würde. Auf dem Sterbebett bat er mich, dich nach Kräften zu beschützen und nach Schottland zu bringen. Zu James' Gerechtigkeitsempfinden hatte er immer noch mehr Vertrauen als zu Henrys.

Als Henry dich also in das Netz des englischen Hofes einzuspinnen versuchte, ging ich zu James und erzählte ihm die Wahrheit. Er hatte von den Gerüchten über John Muirs Schatz gehört. James war ein guter Mann, aber auch ein gewitzter Geschäftsmann. Er wollte, daß dieses Vermögen in Schottland blieb, deshalb nahm er dich auf. Er hatte niemals die Absicht, dich wieder zurückzuschicken, und als der alte König Henry starb, ignorierte er einfach die Vereinbarung, die er im Hinblick auf dich mit ihm getroffen hatte. Aber er wollte dich auch keinesfalls zwingen, einen seiner Favoriten zu heiraten. Er wußte, daß du dir letztendlich selbst einen guten Partner aussuchen würdest.«

Edmund blickte auf die ineinander verschlungenen Hände der beiden jungen Menschen.

»Und er hatte recht. Das ist dir gelungen.«

Das Abendessen fiel sehr viel üppiger aus, als es eine Woche vor Ostern sonst üblich war. Im Schloß herrschte ungeheure Aufregung. Der gesamte Campbell-Clan kam herbei, um dem jungen Laird alles Gute zu wünschen – und um einen bewundernden Blick auf die Braut zu werfen. Colin war fast den ganzen Abend lang beschäftigt. Er mußte die komischsten Ratschläge und Sticheleien über sich ergehen lassen, wie die Tradition es für den Bräutigam vorsah. Agnes wiederum hatte den Frauen des Clans Celia vorgeführt, als ob sie ihre eigene Tochter wäre. Irgendwann zwischendurch hatten sie dann die Köpfe zusammengesteckt, um die Hochzeit zu planen. Ihnen blieb weniger als eine Woche Zeit, um ein Fest zu organisieren, für dessen Vorbereitung man normalerweise Monate gebraucht hätte. Eine schwindelerregende Vorstellung.

Celia schlief beinahe schon, als sie hörte, wie sich die Tür in der Holzvertäfelung öffnete. Sie schlug die Augen auf und beobachtete, wie Colin zu ihrem Bett herüberkam. Sie war froh, ihn zu sehen, denn in der überfüllten Halle hatte sie noch nicht einmal die Gelegenheit gehabt, ihm gute Nacht zu sagen. Er legte den Finger auf ihre Lippen, dann hob er seine lächelnde Braut hoch und ging mit ihr auf die geöffnete Holzvertäfelung zu. Celia kuschelte den Kopf an seine Schulter.

»Wenn du nicht vorsichtig bist«, flüsterte sie, »gewöhne ich mich noch daran, auf diese Weise transportiert zu werden.«

»Es ist eine alte Highland-Sitte, die Braut über die Schwelle zu tragen«, antwortete er milde.

Als sie an der Wand angelangt waren, versuchte er, sich

durch die Öffnung zu zwängen, aber der Durchgang war zu eng. Er stieß an die Wände und fluchte. Celia kicherte.

»Autsch!« rief sie und lachte.

»Still!« brummte er. »Ich werde dich über diese Schwelle tragen... und wenn ich diese verdammte Wand niederreißen muß.«

»Sitte oder nicht Sitte«, schimpfte sie, wobei sie ein ebenso grimmiges Gesicht schnitt wie er, »mußt du mich denn unbedingt kaputtquetschen, um dein Ziel zu erreichen?«

Schließlich gelang es ihm doch, sie durch die Tür in den Korridor zu tragen. Mit ungeschickten Bewegungen schloß er das Paneel und wandte sich dem Lichtschein zu, der durch den Zugang aus seinem Zimmer drang.

Bald darauf lag eine zufriedene, wenn auch leicht lädierte Celia in Colins Armen auf dem großen Bett. Ihre seidige Haut ruhte an seinem warmen Körper, und ihre Augen schlossen sich halb. Sie war ruhig und entspannt. Schläfrig liebkosten ihre Finger seine sehnige Brust.

»Celia?« sagte Colin sanft.

»Ja?« antwortete sie und stützte sich mit einem Ellenbogen auf seine Brust.

Sein schwarzes Haar lag zerzaust auf dem Kissen, und sein Gesicht war friedlich. Seine grauen Augen sahen im Dämmerlicht liebevoll zu ihr hinauf. Er streckte die Hand aus und spielte mit den dunklen Locken, die ihr Gesicht umgaben.

»Vater William hat heute abend gesagt, daß er morgen mit uns reden will«, sagte er.

»Worüber?« murmelte sie, beugte sich hinunter und küßte ihn. Dann legte sie das Ohr auf seine Brust und horchte auf den Schlag seines starken Herzens. Sie ließ ihre Hand über die glatte Haut seines Bauchs gleiten und lächelte, als sie vernahm, wie das Pochen heftiger wurde. Colin holte tief Luft, bevor er fortfuhr.

»Ich glaube, er möchte uns auf die Ehe vorbereiten und

mit uns über unsere … ehelichen Pflichten sprechen. Nicht, daß ich das für nötig hielte, aber entweder wird es Vater William oder der Erzbischof.«

»Der Erzbischof?« fragte sie zögernd.

»Ja, Geliebte. Er wird früh am Ostermontag eintreffen. Und glaub mir, seine Rede wird etwas strenger ausfallen als die von Dunbar.«

»Du glaubst doch nicht, daß Vater William irgend etwas vermutet?« fragte sie.

»Zweifellos!« antwortete Colin neckend. »Vermutet? Natürlich. Billigt? Hmmm … ich werde ihn morgen fragen.«

»Colin! Das wirst du nicht!« explodierte sie. »Du bringst das Thema besser nicht zur Sprache!«

Er lachte, hob sie hoch und rollte sie auf den Rücken. Dann legte er seinen Kopf auf *ihre* Brust und horchte auf ihr Herzrasen, als seine Hand über den bebenden Samt ihres Bauches glitt. Er hob den Kopf und sah sie lächelnd an.

Celia nahm sein Gesicht in die Hände und streckte ihm die Lippen entgegen. Der folgende, ausgiebige Kuß war ebenso quälend wie befriedigend. Dann legte er ihren Kopf auf das Kissen zurück, strich ihr die schwarzen Locken aus der Stirn und liebkoste ihre Wange, ihr Kinn. Währenddessen sprachen seine Augen die Sprache der Liebe.

»Celia«, flüsterte er leise. »Willst du mich eigentlich noch immer … nun, da du eine wohlhabende Frau bist?«

»Ja, Colin Campbell«, sagte sie zärtlich. »Meine Liebe währt ein Leben lang. Unser Reichtum, unsere Macht und unsere gesellschaftliche Stellung haben nichts damit zu tun.«

»Ich hoffe, daß du weißt, daß ich mich unschuldig in dich verliebt habe«, antwortete er. »Bevor ich überhaupt eine Ahnung hatte, wer du warst, wußte ich schon, daß ich dich heiraten wollte. Ich wußte, daß ich den Rest meines Lebens mit dir verbringen wollte.«

»Das weiß ich, Colin«, flüsterte sie. »Nichts von außen Kommendes kann das jemals ändern.«

Colin versiegelte ihre Lippen mit einem Kuß, hungrig, suchend, alles verschlingend. Und sie erwiderte ihn mit einem Feuer, das dem seinen gleich kam. Und als es einmal entzündet war, wuchs ihre Leidenschaft ins Unermeßliche, wogte und brannte, bis zu jenem unkontrollierbaren Augenblick der Ekstase, in dem sie sich atemlos aneinander klammerten und sich von der Woge der Liebe davontragen ließen.

KAPITEL 13

Welcher König hat uns hergeschickt? Ich bin diese Highlands so leid! Hier haben wir nichts zu suchen. Und die Schotten scheinen das Elend, das wir über sie bringen, gar nicht zu spüren. Wir setzen sie sogar als Spione ein.

Aber ich glaube, daß ich England niemals wiedersehen werde. Heute nacht reite ich mit meiner Begleitung und einem verschlagen dreinblickenden Schurken des abtrünnigen Gregor-Clans nach Westen. Wahrscheinlich werde ich hier im Westen sterben, auf der Suche nach der Frau, von der sie sagen, daß wir sie dort finden werden.

»Gott hat die fleischliche Lust geschaffen.«

Unter dem blühenden Kirschbaum schritt der alte Priester vor den Verlobten auf und ab.

»Meine heutige Aufgabe besteht darin, euch beide die Position der Kirche zu diesem Thema deutlich zu machen«, fuhr er fort. »Obwohl meine eigenen Studien ergeben haben, daß Christus selbst recht wenig zu diesem Thema zu sagen… na ja, vielleicht ist meine eigene Ansicht ja im Augenblick nicht so wichtig.«

Vater William hielt inne. Er hätte nie gedacht, daß er diese Predigt einmal vor Celia und ihrem zukünftigen Mann halten würde. All diese dumme Einmischung in die natürlichen Regungen von Mann und Frau. Lächerlich.

»Der einzige Grund, warum Gott… diese Lust… geschaffen hat, besteht darin, für den Fortbestand Seines Volkes auf der Erde zu sorgen.«

»Warum, Vater William«, unterbrach ihn Colin, »hat Er dann auch den Heiden und den Ungläubigen erlaubt, Kinder in die Welt zu setzen?«

»Colin, ich mag Euch«, nörgelte Dunbar gutgelaunt.

Vielleicht kam ja bei dieser Rede doch noch das Richtige heraus. »Aber wenn Ihr auf diese Weise weiterdiskutiert, haben wir bald ein Problem miteinander. Ich will nicht, daß Ihr versucht, mich mit theologischen Streitgesprächen vom Thema abzubringen. Aber ... gut ... um Eure Frage zu beantworten – das geschieht, um die Missionare auf Trab zu halten. Wo war ich stehengeblieben?«

»Fleischliche Lust, Vater«, sagte Colin hilfsbereit, und Celia, die neben ihm auf der Bank unter dem Kirschbaum saß, versetzte ihm einen heftigen Knuff in die Seite.

»Ja«, fuhr der Priester fort und nahm seinen ursprünglichen Gedankengang wieder auf. »Der heilige Paulus hatte zu diesem Thema eine Menge zu sagen, viel zu viel, wenn man bedenkt, daß er ein alter Junggeselle war. Aber unabhängig davon habe ich eine Liste für euch zusammengestellt, wann, wo und wie Ihr den ... äh ... also ... den Akt ... äh ... genießen und vollziehen sollt.«

»Eine Liste, Vater?« fragte Celia ungläubig und betrachtete die lange Pergamentrolle, die ihr Lehrer gerade vor ihren Augen öffnete. Sie war sicher, daß Vater William sie bis zu einem gewissen Grad necken wollte, aber der Umfang der Rolle war bemerkenswert.

»Celia, Ihr überrascht mich!« schalt Dunbar und unterdrückte ein Lächeln. »Da sitzt Ihr vor mir, noch nicht einmal verheiratet, und stellt bereits meine Autorität in Frage.«

»Entschuldigt, Vater William. *Ihr* seid eine Autorität in Sachen fleischlicher Lust?« fragte Colin unschuldig. Celia versuchte, ihr Lachen zu verbergen und tat, als müsse sie husten.

»Ja, natürlich! Ich habe viel Literatur darüber gelesen«, explodierte Vater William und fuchtelte mit dem Finger vor ihrer Nase herum. »Ihr nehmt dieses Thema offensichtlich nicht ernst genug.«

»Es tut mir leid, Vater«, fügte Colin hinzu. »Ich werde Euch nicht noch einmal unterbrechen. Bitte sprecht weiter.«

»Schon besser«, grollte der Priester, breitete das Pergament aus und begann, ihnen daraus vorzulesen. Das würde ihnen gefallen. »Also, nachdem ihr drei Tage lang verheiratet seid ... und vorher keine körperliche ... gibt es ein paar Bedingungen, die ihr jedesmal, bevor ... äh ... nun ja ... bevor der Akt erfolgt, erfüllen müßt.«

Vater William hielt inne und sah die beiden jungen Leute an, die Hand in Hand vor ihm saßen. Jetzt waren sie ganz aufmerksam.

»Also«, fuhr er fort, »Ihr werdet in der Hölle schmoren, wenn ihr an jeglichem Festtag miteinander schlaft. Das gleiche gilt für sämtliche Fastentage. Auch an Pfingsten dürft ihr euch nicht lieben. Ebensowenig wie in der Adventszeit. Und ganz sicher dürft ihr nicht einmal im Traum daran denken, während der Fastenzeit miteinander zu schlafen.«

Er holte Luft und sah so streng, wie es ihm im Augenblick überhaupt möglich war, in die weit aufgerissenen Augen des Paares. Interessant, wie sich Celias Gesichtsfarbe verändern kann, dachte Dunbar und unterdrückte ein Lächeln.

»Natürlich ist es eine Sünde, in der Osterwoche der fleischlichen Lust zu frönen, was ihr beide während der nächsten Woche hoffentlich im Kopf behalten werdet«, sprach er weiter. »Und ihr dürft weder mittwochs, noch freitags, noch samstags oder sonntags miteinander schlafen.«

»Welchen Tag haben wir heute?« flüsterte Colin Celia leise zu. Der Priester warf ihm einen drohenden Blick zu.

»Bei Tageslicht dürft ihr euch ebenfalls nicht lieben. Und ihr müßt dabei immer vollständig angekleidet sein. Und habe ich eigentlich erwähnt, daß der Hauptzweck der fleischlichen Lust darin besteht, Kinder zu zeugen?«

»Ja«, antworteten Celia und Colin im Chor.

»Sehr gut.« Vater William grinste. »Zum Zeitpunkt des Akts müßt ihr beide euch ein Kind *wünschen*. Ihr dürft an nichts anderes denken!«

Er schwieg für eine Sekunde, rollte das Pergament zusammen, stemmte die Hände in die Hüften und baute sich genau vor den beiden auf.

»Wenn all diese Bedingungen erfüllt sind, dürft ihr es machen… *aber*«, sagte er, und blickte unheilverkündend drein, »keine lüsternen Küsse! Keine Liebkosungen irgendwelcher Art!«

Celia versuchte spielerisch, Colin die Hand zu entziehen, aber er hielt sie fest.

»Und keine… äh… verderbten Positionen… die natürliche Ordnung muß weiterhin gewahrt bleiben. Ihr wißt ja… der Mann liegt oben. Da macht die Kirche ganz klare Vorgaben. Und ihr dürft den Akt auch nur einmal am Tag ausführen. Und macht euch um Gottes willen hinterher sauber. Aber das Wichtigste von allem, meine Kinder«, schloß er nachdrücklich. »Genießt es bloß nicht!«

Die Pönitenzbücher, die er konsultiert hatte, um diese Liste zusammenzustellen, hatten in früheren Zeiten durchaus ihre Berechtigung gehabt. Aber die Zeiten änderten sich, und der weltlich gesonnene Priester war erleichtert über diese Veränderungen.

»Und nun, da wir das hinter uns haben«, rief er aus, und seine Stimme wurde sanfter, »sollt ihr wissen, daß ich euch trotz allem, was ich euch jetzt gesagt habe, für intelligente Menschen halte, die mit beiden Beinen auf dem Boden der Tatsachen stehen und ihrem Verstand zu folgen verstehen. Was ihr ineinander gefunden habt, solltet ihr hegen und pflegen und es an die Generationen, die euch folgen werden, weitergeben. Ihr habt euren eigenen Weg gefunden, um die Liebe, die ihr füreinander empfindet, zum Ausdruck zu bringen, und damit zeigt ihr euch und der Welt Gottes Liebe. Celia, Colin, laßt euch von niemandem etwas anderes einreden.«

Schon bald reisten Besucher aus der Nachbarschaft auf Kildalton an. Die Nachricht von der bevorstehenden Hochzeit hatte sich schnell verbreitet, und bereits am Mittwoch kamen Lord und Lady Macpherson mit der gesamten Familie. Zu Colins großer Enttäuschung gab Agnes ihr Zimmer den Gästen und zog bei Celia ein. Bei all den Aufmerksamkeiten durch andere, und bei all den Aufgaben, die vor der Hochzeit noch zu erledigen waren, hatten die beiden Liebenden kaum einen Augenblick für sich allein – bis zu Lord Hughs sehnlichst erwarteter Osterjagd. An diesem Tag meinte das Schicksal es gut mit ihnen, denn Celias Pferd verlor ein Hufeisen.

Mit übertriebener Höflichkeit bot Alec an, sie nach Kildalton zurückzubegleiten. Doch Colin hob seine Braut auf den Sattel vor sich und ritt wortlos davon. Sie konnten sich jedoch nur ein paar verstohlene Küsse gönnen, denn auf dem Rückweg stießen sie immer wieder auf Nachzügler, die der Jagdgesellschaft folgten.

Später, als die Jäger zurückgekehrt waren, schilderte man ihnen lang und breit, wie bemerkenswert gut die Falken gewesen waren.

An diesem Abend des Osterfestes feierte man wie üblich lärmend und ausgelassen, aber jeder wußte, daß dieses Fest nur der Vorläufer zu der feierlichen Woche war, die ihm folgen sollte.

Beim Abendessen drehte sich das Gespräch ausschließlich um die bevorstehende Hochzeit. Agnes und Celia besprachen noch ein paar Einzelheiten, Vater William eilte durch den Saal und nahm einige der Gäste beiseite, um ihnen zu sagen, welche Rolle sie in dem heidnischen Maskenspiel übernehmen sollten, das man am Hochzeitstag aufführen wollte.

»Nun meine Liebe, jetzt ist für morgen wohl alles bereit«, sagte Agnes und schloß die Tür hinter den Näherinnen, die soeben die letzten Kleinigkeiten am Hochzeitskleid fertiggestellt hatten.

Celia zog sich den Überwurf über und warf einen Blick auf das Gewand, das neben Ellens Tür hing. Auf dem kleinen Bett, das man für Agnes ins Zimmer gestellt hatte, entdeckte die Braut eine scheinbar endlose Fülle von Accessoires und Unterwäsche.

»Ihr habt Euch so viel Mühe gemacht, Agnes«, sagte Celia und lächelte die gute Seele an.

»Unsinn, Kind.« Agnes zuckte die Achseln. Dann ging sie hinüber und setzte sich neben Celia auf das große Bett. »Habt Ihr das bewußte ... Teil ... heute vom Schmied im Dorf zurückbekommen?«

»Ja«, antwortete Celia und ihre Augen leuchteten. »Möchtet Ihr es sehen?«

»Natürlich«, antwortete sie. Die junge Frau sprang vom Bett und lief zu der Truhe unter dem Fenster.

Ein Klopfen hielt Celia davon ab, sie zu öffnen, und sie blickte abwartend zur Tür.

»Colin«, kam die Antwort auf Agnes' Frage, wer dort sei.

»Warte, du Nichtsnutz«, rief Agnes, lächelte Celia zu und bedeutete ihr, sich vor das Feuer zu setzen. Dann nahm sie schnell das Kleid vom Haken und trug es in Ellens Zimmer. Zuletzt warf sie eine Decke über die Accessoires auf dem Bett, durchquerte das Zimmer und öffnete die Tür.

Der junge Krieger trat ein und blieb wie angewurzelt stehen. Seine Augen hefteten sich sogleich auf seine Braut. Wie sehr er sie vermißt hatte! Während der vergangenen vier Tage hatten sie kaum einen Augenblick allein verbringen können. In den vergangenen vier Nächten hatte Colin einsam in seinem großen Bett gelegen – und nur der Durchgang hatte ihn von ihr getrennt. Er hatte an sie gedacht, sich nach ihr gesehnt. Und jetzt begrüßte ihn ihr strahlendes Lächeln, so liebevoll, so einladend. Wild pochte ihm das Herz in der Brust. Und so würde das Leben von nun an immer sein.

Celia erhob sich und machte einen Schritt auf ihn zu. Doch dann erinnerte sie sich daran, daß Agnes anwesend war und blieb stehen. Am liebsten hätte sie sich ihm in die Arme geworfen. Wenn sie geahnt hätte, daß die Hochzeitsvorbereitungen sie so sehr von ihm fernhalten würde, wäre sie statt dessen lieber mit ihm durchgebrannt.

»Hallo, Colin«, sagte sie scheu.

»Was willst *du* denn hier?« neckte Agnes ihn sanft.

»Agnes«, sagte er flehend und konnte die Augen nicht von der Schönheit abwenden. »Ich möchte ein paar Minuten mit Celia allein sein.« Erst jetzt merkte Celia, daß er eine Ledertasche bei sich trug.

»Colin Campbell«, schalt sie. »Wenn du glaubst, daß ich dich mit einer wehrlosen jungen Frau allein lasse ... Mir ist nicht entgangen, wie du sie ansiehst.«

»Ich verspreche, mich zu benehmen, Agnes«, erwiderte Colin und lächelte. »Wenn du magst, laß die Tür auf.«

»Na gut«, gab sie nach. »Ich werde nach Ellen und Kit sehen. Aber benimm dich!«

Sie warf Colin einen warnenden Blick zu und zwinkerte Celia liebevoll zu, bevor sie durch das Zimmer ging und Ellens Tür fest hinter sich schloß. Kaum war sie verschwunden, eilte Celia in Colins ausgestreckte Arme.

Sie hielten einander so fest, so warm, daß Celia glaubte, vollkommen in ihm zu zerfließen. Sie war wie Wachs in seinen Händen. Auch Colin konnte nicht genug von ihr bekommen – seine Hände fuhren durch ihre weichen Locken, streichelten ihre Schultern und ihren Rücken. Celia roch süß nach Jasmin, und der Duft erfüllte seine Sinne so sehr, daß ihm fast schwindelig wurde. Und als ob sie sich seit Jahren nicht geküßt hätten, verschlangen sie einander, unfähig, den Hunger zu stillen, der in ihrem Innern brannte.

»Ich habe dich so sehr vermißt«, flüsterte er ihr ins Ohr. »Wenn meine Liebe zu dir noch größer wird, laufe ich Gefahr, den Verstand zu verlieren.«

»Ich habe jeden Augenblick an dich gedacht, wenn wir getrennt waren«, flüsterte Celia.

»Nun, jetzt sind wir ja zusammen«, antwortete Colin. Sein Mund senkte sich über den ihren, trieb ihr Verlangen zum Höhepunkt.

»Agnes hat erzählt, daß ich im Schlaf nach dir gerufen habe«, hauchte sie, als sie sich von seinem Kuß zurückzog und ihre Stirn gegen seine heißen Lippen preßte.

»Dann hattest du den gleichen Traum wie ich«, antwortete er, und seine Hände glitten über die feste Kurve ihres Gesäßes.

»Colin«, rief sie leise, und ihre Augen waren voller Wehmut und Verlangen. »Wie lange müssen wir noch warten, bis ... bis ...?«

»Bis etwa fünf Minuten nach der morgigen Zeremonie«, grollte Colin. »Ich schätze, so lange brauchen wir, um aus der Kirche hinauszukommen.«

»Colin, du bist ein Teufel«, murmelte sie, und liebkoste seinen Rücken. »Wir werden Vater Williams Belehrung auf keinen Fall ignorieren.«

»Sie ignorieren? Aber ganz bestimmt nicht, Geliebte«, antwortete er und fuhr mit den Lippen über die seidenweiche Haut unter ihrem Ohr.

Colin wurde von heißem Verlangen erfaßt. Scharf sog er den Atem ein, als er sich von ihr zurückzog und den löblichen Versuch unternahm, dem Zusammenbruch seiner Selbstdisziplin Einhalt zu gebieten.

»Du darfst mich nicht so herausfordern, Liebes«, brummte er sanft. »Es fällt mir schon schwer genug, mich zurückzuhalten ... morgen, Geliebte.«

Colin ergriff Celias Hand und führte sie zu den beiden Stühlen neben dem Feuer. Sie setzte sich, und er stellte die Tasche auf den Boden neben seinen Stuhl.

»Wie immer hast du mich vollkommen von dem abgelenkt, weshalb ich eigentlich hergekommen bin.«

»Das tut mir leid, Colin«, antwortete sie und lächelte scheu.

»Das braucht es nicht«, antwortete er. »Ich freue mich darauf, ein Leben lang von dir abgelenkt zu werden.«

Erneut ergriff er ihre Hand und blickte liebevoll in ihre glänzenden schwarzen Augen.

»Ich habe etwas für dich, Celia«, sagte er sanft.

Ohne ein weiteres Wort öffnete er die Ledertasche und holte ein kleines Bündel aus blauem Samt hervor, das von zwei weißen Seidenbändern zusammengehalten wurde. Zärtlich sah er sie an und legte ihr das Geschenk in die Hände.

»Colin, du mußt mir nichts schenken! Du hast mir doch schon alles gegeben.«

»Mach es auf, Geliebte.«

Vorsichtig zog Celia an den Bändern, die die samtene Hülle zusammenhielten und öffnete die weichen Falten des Tuches.

Darin lag ein glitzerndes Diadem aus Gold.

Sie nahm das kostbare Stück in die Hand und betrachtete voller Ehrfurcht die kleine Krone des Campbell-Clans. Das herrliche Teil ähnelte einem Gewebe aus goldenen Fäden. Die Krone war mit Smaragden und Rubinen besetzt ... den Farben der Campbells.

»Colin«, keuchte sie. »Das ist ja herrlich! Ich kann es nicht ...«

»Es gehört dir sowieso. Du bist jetzt Lady Campbell.«

Celia warf ihm die Arme um den Hals, und Colin zog sie auf seinen Schoß. Er nahm ihr die Krone aus der Hand und wollte sie ihr aufsetzen, aber Celia hielt ihn zurück.

»Morgen, Geliebter«, flüsterte sie. »Ich kann sie erst morgen tragen.«

»Warum?« fragte er.

»Agnes hat mir gesagt, daß es Unglück bringt, wenn der Bräutigam die Braut vor der Trauungszeremonie in einem Teil ihrer Hochzeitsausstattung sieht.«

»Sie genießt das Ganze in vollen Zügen.« Der Bräutigam lachte. »Ich habe noch nie erlebt, daß sie in solcher Hochstimmung war.«

»Colin«, flüsterte Celia und legte ihm sanft den Finger auf die Lippen. »Natürlich ist sie in Hochstimmung. Du bist wie ein Sohn für sie – das einzige Kind, das sie jemals gehabt hat. Aber jetzt warte einen Augenblick hier.«

Sie nahm ihm das Diadem wieder aus der Hand, sprang

von seinem Schoß hinunter und lief zu der großen Truhe. Als sie wieder zum Feuer zurückkehrte, hielt sie nur noch ein mit weichem Lammfell umwickeltes Päckchen in der Hand. Colin lachte, als sie sich wieder auf seinen Schoß setzte.

»Oh, *ich* soll dir also nichts schenken, aber du hast ein Geschenk für mich?« murmelte er liebevoll.

»Ich hoffe, es gefällt dir, Colin«, sagte Celia und gab es ihm.

Colin zog an dem Lederriemen und öffnete es. Es lag ein langer Dolch in einer goldverzierten Ebenholzscheide darin. Das Heft war aus Stahl und Ebenholz und wie eine Schriftrolle geformt, die von einer Goldkette zusammengehalten wurde. An den beiden Enden des Griffes schimmerten zwei Saphire, die zu dem einen größeren Saphir paßten, der auf der anderen Seite des Heftes angebracht war.

Colin sah von dem Geschenk in seiner Hand auf und hielt nach dem Medaillon Ausschau, das sie immer getragen hatte. Es hing nicht mehr um ihren Hals! Da wußte er, was er in Händen hielt.

»Celia, dieses Medaillon war das einzige Erinnerungsstück an deine Mutter«, flüsterte er, und seine Stimme klang rauh.

»Und ich werde an sie denken, wann immer du den Dolch trägst«, antwortete sie mit feuchten Augen.

»Ich werde ihn stets bei mir haben, Geliebte«, sagte er heiser. »Nichts kann mich dazu bringen, mich von diesem Stück zu trennen.«

»Ich habe etwas eingravieren lassen, Colin«, sagte sie.

Colin zog den Dolch aus der Scheide und betrachtete die beiden ineinander verschlungenen Cs, die genau über dem Heft in die Klinge geritzt worden waren. Überwältigt zog er sie an sich. Seine Umarmung enthüllte ihr die Empfindungen, die er seiner zusammengeschnürten Kehle im Augenblick nicht anzuvertrauen wagte.

»Auch wir sind miteinander verschlungen, meine Süße«,

sagte er schließlich mühsam. »Ich bin die Distel und du die Rose. Wir beide sind untrennbar miteinander verbunden in der Umarmung der Liebe … vereint, unbesiegbar, ewig.«

Celia kämpfte gegen den verrückten Drang an, vor Freude zu weinen.

»Ich liebe dich, Colin«, flüsterte sie.

KAPITEL 14

Der Morgenhimmel über dem schottischen Hochland war strahlend blau, und überall herrschte hektische Betriebsamkeit.

Kurz vor Mittag stieg Celia auf ein herrliches, braunes Pferd, dessen silbernes und goldenes Geschirr in der Sonne glänzte. Edmund und Agnes nahmen sie in ihre Mitte, und gemeinsam machten sie sich auf den kurzen Weg zur Dorfkirche am Marktkreuz hinunter. Ihre beiden Begleiter waren in ihren elegantesten Festtagsstaat gekleidet, und Edmund trug sogar das goldene Medaillon der Ritter des Heiligen Andreas um den Hals.

Obwohl weder Agnes noch Edmund jemals geheiratet oder ein Kind gehabt hatten, blickten sie beide mit dem Stolz leiblicher Eltern auf Celia hinab. Agnes war zu Tränen gerührt gewesen, als Celia sie gebeten hatte, sie zur Kirche zu begleiten. Jetzt glaubte sie mehr als je zuvor daran, daß das Schicksal Colin und Celia zusammengebracht hatte. Celia hatte den Platz in Agnes' Herz gefunden, der bislang nur Colin vorbehalten gewesen war. Edmund strahlte ebenfalls vor Glück. Er dachte an die Jahre und die vielen Meilen, die sie gemeinsam hinter sich gebracht hatten, bis sie an diesen Ort gelangt waren, wo ein Traum in Erfüllung ging.

Emmet und fünf von Colins führenden Kriegern, alle angetan mit Campbell-Plaids, begrüßten sie unter dem mit fröhlich bunten Fahnen geschmückten Schloßtor. Einhundert berittene Krieger warteten als Eskorte davor. Trompeten erklangen, als sie das Schloß verließen, und eine Gruppe von Flötenspielern führte die Prozession musizierend zum Dorf.

Diese Hochzeit war für alle ein Fest, und überall wimmelte es vor Mitgliedern des Clans und Bewohnern der campbellschen Ländereien. Als die Braut im Dorf ankam, jubelte die Menge, und jauchzende Kinder liefen neben dem Gefolge her. Wo Celia auch hinsah, überall waren die frisch geweißelten Häuser mit leuchtend grünen, roten und blauen Fahnen und Wimpeln geschmückt. Banner und Plaids, Flaggen und Teppiche hingen aus jedem Fenster. Das festlich gekleidete Volk sammelte sich in den Straßen und jubelte der neuen Herrin zu. Dann schlossen sie sich der immer größer werdenden Prozession in die Kirche an. Festlichkeit und Gastfreundschaft waren die Losungen des Tages.

Als Celia an dem überfüllten Marktkreuz ankam, konnte sie erkennen, daß sogar die im Hafen liegenden Boote geschmückt worden waren. Auf dem Marktplatz selbst stimmten weitere Flötenspieler und Minnesänger in den Chor jener Musikanten mit ein, die ihren Zug angeführt hatten. Vom Glockenturm und von den Schiffen im Hafen her erklangen Glocken und vollendeten so den melodischen Empfang.

Die Menge teilte sich für die fröhlich geschmückte Truppe der Kriegsrosse, und Celia wurde auf die erhöhte Steinplattform inmitten des Marktkreuzes geleitet. Dort stand mit feuchten Augen Lord Hugh, die gesamte Ratsversammlung des Clans und eine Delegation von Führern aus dem Dorf. Lächelnd und wohlwollend blickten sie ihr entgegen.

Als Lord Hugh beide Hände hob, verstummten die Glocken, und auch die Menge wurde vollkommen still. Celia sah Agnes an, die mit beruhigendem Lächeln ihre Hand ergrifft und sie drückte.

»Sir Edmund Bruce«, donnerte der Stammesfürst der Campbells mit einer Stimme, die überall zu hören war. »Übergebt Ihr diese Braut, Lady Celia Muir, frei und ohne Vorbehalte an Colin Campbell, dem Erben der Campbell Ländereien und der Westinseln?«

»Lord Hugh Campbell«, verkündete Edmund seinerseits. »Mit dem vollen Einverständnis der Lady übergebe ich sie Euch in Eurer Eigenschaft als Vater des Bräutigams, Lord Colin Campbell!«

Sofort erhob sich eine Kakophonie aus Jubelrufen und Musik. Lord Hugh half Celia vom Pferd. Dann stellte er sie sämtlichen Würdenträgern vor, die sich ihr zu Ehren versammelt hatten. Nachdem die Formalitäten abgeschlossen waren, zogen Agnes, Edmund und die übrigen in das Gotteshaus ein. Zum Schluß führte Hugh unter dem Winken und dem großen Hallo der Menge auch Celia hinein.

Colin stand zwischen Vater William und dem Erzbischof am Altar der überfüllten Kirche. Mittlerweile hatte sich auch der letzte Hochzeitsgast hineingedrängt, und durch die bleiverglasten Fenster strömte das Frühlingssonnenlicht und glitzerte auf den steinernen Figuren der Heiligen und Engel. Alec stand bei seiner Familie. Er nickte seinem Freund zu. Den ganzen Morgen über war er Colin ein Dorn im Auge gewesen, hatte ihm mit seinen Scherzen ›geholfen‹, hatte ihm Ratschläge gegeben, hatte sogar angeboten, den Campbell-Erben zu vertreten … falls Colin es sich noch anders überlegte.

Die ganze Versammlung wurde still, als der herrliche, höfische Klang eines einsamen Dudelsacks ertönte. Colins versuchte, seine Augen an das gleißendhelle Licht im Türeingang zu gewöhnen, um einen ersten Blick von der Braut zu erhaschen.

Wie gebannt sah er sie am Arm seines Vaters das Kirchenschiff entlangschreiten. Wild pochte ihm das Herz in der Brust.

Celias kastanienbraune Locken hingen lose unter der Campbell-Krone herab. Ihre schwarzen Augen blitzten, und ihr weißes Gewand, das reich mit Goldfäden bestickt war, glitzerte nicht minder. Colin hatte das Gefühl, daß ihm die Hitze von tausend Sonnen ins Gesicht stieg.

Sie schritt auf den Altar zu und sah nichts anderes als ihn. Elegant, schneidig, gutaussehend – verehrungswürdig.

Er war in seinen besten Kilt gekleidet, ein schwarzes Samtcape hing lose über seiner Schulter, und die Schärpe der Campbells lag quer über seiner breiten Brust. Mit jedem Zoll war Colin ein vornehmer Highland Laird. Celias Blick fiel auf den Dolch mit dem Griff aus Ebenholz, der auffällig in einer Samtschärpe an seiner Taille hing. Dann wanderten ihre Augen nach oben, und sie wurde des liebenden Blickes gewahr, den er auf sie richtete.

Lord Hugh war ähnlich gekleidet wie Colin, doch zusätzlich trug er die Goldkette des Peers um den Hals. Er legte Celias ruhige Hand in die seines Sohnes, strahlte vor Stolz und nahm neben Agnes und Edmund Platz. Mein Sohn hat gut gewählt, dachte er. Als sie auf den Altar zugeschritten waren, hatte er so etwas wie Ehrfurcht in den Blicken der Gäste gelesen. Celia besaß die Haltung einer Königin, die Schönheit eines Engels und das Herz einer Heiligen. Und Hugh spürte, daß auch alle anderen dies so empfanden. Constance wäre sehr stolz auf die Wahl ihres Sohnes gewesen.

Der Erzbischof, ein Geistlicher mit strengem Gesicht, aber wohlwollendem Herzen, stand neben Vater William und hörte zu, wie Celia und Colin gelobten, sich zu lieben und sich treu zu bleiben, vor Gott und den Menschen. Was der Herr zusammengefügt hat, das soll der Mensch nicht trennen.

Paarweise näherten sich nun die Anführer des Campbell-Clans dem Altar und dem frisch getrauten Paar. Paarweise traten die Ritter und Soldaten vor und gelobten, ihr mit ganzem Herzen, mit Leib und Leben zu dienen. Die Feierlichkeit ihres Schwurs und die Feierlichkeit der ganzen Hochzeitszeremonie erschütterten Celia zutiefst. Sie kämpfte besonders mit den Tränen, als Emmet und Runt die Hand aufs Herz legten und ihren Eid leisteten.

Als Colin und Celia schließlich aus der Kirche hinausschritten, wurden sie erneut von den melodischen Klängen der Glocken und Dudelsäcke begrüßt. Draußen wogte die Menge der Glückwünschenden auf die Kirchenstufen zu. Als das Paar oben stehen blieb, senkte sich sofortige Stille auf die Menge herab.

»Ihr guten Leute des Campbell-Clans«, verkündete Colin laut und hielt Celias Hand fest. »Dies hier ist… Lady Campbell.«

Die tumultartigen Jubelrufe, die dem folgten, überwältigten Celia. Nun strömten ihr tatsächlich Tränen über die Wangen, und Colin nahm sie in die Arme und küßte sie vor den gesamten Dorfbewohnern. Die Schiffe im Hafen feuerten Salutschüsse ab, und Celia hatte das Gefühl, auf Wolken zu gehen, als die Prozession wieder durch das Dorf zum Schloß hinaufging, das einladend über ihnen aufragte.

Das Hochzeitsmahl in der Großen Halle war ein prächtiges Fest, das von Tänzern, Musikanten und Minnesängern begleitet wurde. Colin und Celia waren unzertrennlich, trotz aller Bemühungen, sie in die Lustbarkeiten einzubeziehen. Colin hielt ihre Hand fest und bedachte jeden, der sich näherte, um die Braut zu küssen und dabei keine respektvolle Haltung an den Tag legte, mit grimmigen Blicken. Besonders bedrohlich blickte er drein, als Alec Macpherson einen Augenblick lang Celias Hand in die seine nahm.

»Celia«, sagte er vertraulich und ignorierte Colins unheilverkündendes Gesicht. »Ich hatte gerade mit dem Erzbischof ein interessantes Gespräch über die Annullierung von Ehen.«

»Macpherson…«, grollte Colin über Celias Gelächter hinweg.

»Alle mal herhören! Bitte kommt in die Südhalle!« rief Dunbar jetzt. »Dort wartet eine unterhaltsame Abwechslung auf Euch.«

Der Priester blickte zu Alec und Colin hinüber, die jeweils eine von Celias Händen hielten. Entrüstet schüttelte er den Kopf. »Lord und Lady Campbell? Würdet Ihr und Lord Alec vielleicht die Güte haben, ebenfalls mitzukommen?«

Ohne sich auch nur um Unauffälligkeit zu bemühen, löste Colin Celias Hand aus Alecs Griff und trat zwischen die beiden. Dann schritten sie gemeinsam in die Südhalle.

Alle nahmen ihre Plätze an der Wand unter den Fenstern ein. Dann verschwand Runt kurz durch den Eingang, kehrte sogleich wieder zurück und nickte Vater William zu. Alles war bereit.

»Lord Colin, wenn Ihr so nett wäret, die Rolle des Liebenden zu spielen?« bat der Dichter und Priester und winkte Colin an eine Stelle, die ziemlich weit vom Eingang entfernt war. Colin war unentschlossen und rührte sich, zur offensichtlichen Erheiterung der Umstehenden, ein paar Sekunden lang nicht von der Stelle.

»Und wenn ich mir Eure liebliche Braut ausleihen dürfte ... nur für einen kurzen Augenblick ... damit sie die Rolle der Geliebten spielen kann«, fuhr Dunbar fort.

Runt ergriff Celias Arm, aber Colin hielt ihn mit einem warnenden Blick auf. »Wenn ihr irgend etwas geschieht, Runt ...«, drohte der Krieger.

»Die Geschichte hat ein glückliches Ende, Lord Colin«, grinste Runt. »Ich werde sie nicht aus den Augen lassen.«

Mit einem resignierenden Seufzer ließ Colin ihre Hand los.

»Lord Hugh, Lady Agnes, Lord Alec?« sprach Vater William weiter. »Wenn Ihr freundlicherweise die wunderbare Lady Campbell ... oder besser: die Geliebte ... begleiten und Euch auf Eure Plätze begeben wollt?«

Als Celia an Colin vorbeiging, reichte ihr Lächeln aus, um die ganze Halle zu erwärmen – doch niemand empfand es stärker als der Bräutigam. Colin wünschte sich, daß der Tag bald zu Ende war und daß alle Gäste entweder fort oder sicher in ihren Betten lagen – insbesondere Alec. Seine Augen folgten der Schönen ... der Geliebten ... durch den Eingang, und Colin wünschte ...

»Ladies, Lords, Edle des Campbell-Clans!« rief Dunbar aus. Er stand jetzt in der Mitte der Halle und hatte die Aufmerksamkeit der Gäste gänzlich auf sich gezogen.

»Die Großzügigkeit von Lord Hugh Campbell erlaubt es uns, heute abend die Vereinigung dieser beiden Liebenden feierlich zu begehen. Und zu diesem Anlaß präsentieren wir Euch eine Scharade … ein Festspiel … ein Theaterstück.«

Vater William hielt der Wirkung halber einen Augenblick lang inne, dann fuhr er wie ein Zauberer mit dem Arm durch die Luft, um eine neue Welt heraufzubeschwören … die Welt der Fantasie. Die Gäste waren so still, daß man nur noch das Knistern der Feuer in den großen Kaminen hörte. Und schon vernahm man den wundervollen Klang von Leiern, Oboen und Trompeten, die sich zu einer herrlichen Melodie vereinten.

»Als der Morgenstern noch nicht ganz aufgegangen war«, begann der Dichter, nahm Colin bei der Hand und führte ihn an eine bestimmte Stelle des Raumes, »machte der Liebende an einem Rosenbusch Rast, denn seit vielen Tagen und Nächten hatte er keinen Schlaf mehr gefunden.

Bevor Phöbus noch ganz erwacht war und seinen roten Mantel abgeschüttelt hatte, verkündete auch schon die Lerche, die Minnesängerin des Himmels, freudig die Ankunft des Morgens.

Gar bald sangen alle Vögel – wie Engel in grünen Gemächern, und auf den Feldern breitete sich eine Decke aus Farben aus. Die taubedeckte Wiese schimmerte weiß und rot, denn die Maiblumen waren frisch erblüht. Die Sonne schien auf die jungen Rosenknospen herab, und die Tautropfen schimmerten darin wie funkelnde Rubinen.«

Dunbar machte ein paar Schritte auf den Eingang zu und wandte sich erneut an die faszinierten Gäste.

»Dort, wo der Liebende ruhte«, verkündete er und deutete auf Colin, »lag ein blauer, schimmernder See, dessen Ufer saftige Wiesen bedeckten.«

»Da plötzlich«, rief Dunbar mit dramatischer Stimme, »sah der Liebende ein Segel, so weiß wie eine Blüte, und ein Schiff aus Gold, das schnell wie ein Falke auf die Küste zuglitt.«

Überrascht konnten die Gäste nun beobachten, wie ein kleines, goldenes Boot, an dessen Mast ein weißes Segel flatterte, in die Eingangshalle gefahren wurde.

»Und den erstaunten Augen des Liebenden zeigten sich hundert hübsche Jungfern in Kleidern aus reinstem Weiß, ihr schimmerndes Haar durchzogen von goldenen Fäden, die fröhlich von Bord gingen und wie tanzende Lilien auf dem grünen Rasen herumtollten. Selbst die süßen Zungen Homers und Ciceros hätten die Schönheit dieses paradiesischen Anblicks nicht angemessen beschreiben können.«

Zwei Diener trugen eine Planke an die niedrige Reling des Bootes, boten einem Dutzend oder mehr jungen Frauen und Mädchen aus dem Dorf die Hand und halfen ihnen vom Schiff. Die überraschten Zuschauer applaudierten anerkennend.

»Sodann trat König Cupido hinzu, an seinem Arm die Königin der Liebe, Venus«, sprach der Dichter und lenkte damit die Aufmerksamkeit der Zuschauer auf Lord Hugh und Agnes, die majestätisch die Planke hinabschritten und auf die drei Stühle zugingen, welche am Ende der Halle aufgestellt worden waren. »Und ebenfalls mit von der Partie war der forsche Ritter Pflicht, der die riesige Goldene Tartsche, den Schild der Götter, trug.«

Mit viel Aufhebens ging Alec als Ritter Pflicht von Bord und stellte sich hinter den dritten Stuhl zwischen ›König Cupido‹ und ›Königin Venus‹. An seinem Arm trug er einen glänzenden, runden Schild, die Goldene Tartsche. Die Menge murmelte zustimmend.

»Schließlich erspähte der Liebende eine Lady, die mit ihrer Zofe Schönheit auf die Lichtung trat, um dem Frühling ihre Ehrerbietung zu erweisen.«

Colin hörte die lauten Jubelrufe kaum, als Celia erschien. Wie eine prächtige Königin schritt sie in die Halle, so majestätisch, daß er den Atem anhielt. Celia wandte den Blick nicht von ihm, während sie und ein Dorfmädchen auf Hugh und Agnes zugingen. Die Jungfrau, als Zofe Schönheit, ließ sich sittsam vor der Lady nieder.

»Und wie diese liebreizenden Jungfrauen so tanzten und spielten, verbarg sich der Liebende im grünen Buschwerk, zufrieden damit, die Lustbarkeiten zu beobachten ... und die Lady. Doch dann fiel Venus' Blick auf den Jüngling, und sie befahl ihrem Gefolge, ihn gefangen zu nehmen!«

Agnes stand auf und deutete auf Colin. Prompt nahmen die Jungfern ihn in ihre Mitte.

»Ritter Pflicht kam jedoch in seiner Rüstung aus Metall und Kettenhemd und mit dem goldenen Schild dem Liebenden zur Hilfe und verteidigte den edlen Ritter.« Alec ging mit hoch erhobenem goldenen Schild durch den Saal.

»Doch unermüdlich drangen Jugend, grüne Unschuld und Gehorsam auf ihn ein. Gefühl, Geduld und Standhaftigkeit taten es ihm gleich. Eine Wolke aus Pfeilen hagelte auf ihn hernieder.«

Als der Krieger bei Colin angelangt war, hielt er den Schild in die Höhe und wehrte die unsichtbaren Pfeile ab, die die Jungfern pantomimisch auf den Liebenden abfeuerten. Sie umringten den Liebenden und den Ritter Pflicht. Wieder und wieder preschten sie vor und fielen dann zurück, als ob letzterer all ihre Anstrengungen zunichte gemacht hätte.

»Aber ach, all ihre Mühen waren umsonst – die Goldene Tartsche wehrte jeden Pfeil ab. Darob zogen sie sich zu Venus und dem König zurück.«

Leichtfüßig flogen die Dorfmädchen wieder auf Venus und die anderen zu. Das Mädchen, das die Zofe Schönheit spielte, erhob sich, als Agnes sie zu sich heranwinkte.

»Da rief Venus, die Königin, die Jungfer Schönheit herbei, die ihre Truppen erneut in den Kampf führen sollte.«

An der Spitze der ›Truppen‹ ging Schönheit zu Pflicht und dem Liebenden hinüber. Sie hielt die Faust in die

Höhe, als ob sie etwas darin verberge, und während der Priester weitererzählte, tat sie, als werfe sie es Alec ins Gesicht.

»Schönheit warf der Pflicht Zaubersand in die Augen, und er stolperte umher, blind wie ein Betrunkener. Aber ach, nun, da er blind war, hielten sie ihn zum Narren und führten ihn fort.«

Mit einem fröhlichen Schrei wirbelten einige der Mädchen den ›blinden‹ Ritter Pflicht herum und führten ihn spielerisch fort.

»Und Schönheit nahm den wehrlosen Liebenden gefangen«, fuhr Dunbar fort. Das Mädchen nahm Colin bei der Hand und führte ihn direkt auf Celia zu, die jetzt zwischen Lord Hugh und Agnes stand.

»Sie führte ihn zu seiner Geliebten, der er ewige Treue schwor und der er sein Leben und seine Liebe weihte.«

Das Volk jubelte, als Colin die Hand der errötenden Celia ergriff und ihr vor der ganzen Versammlung einen langen Kuß gab.

Vater William näherte sich den beiden und flüsterte ihnen etwas zu. Daraufhin marschierten die jungen Eheleute Hand in Hand an den Gästen vorbei und blieben in der Mitte der Halle stehen.

Runt und Ellen kamen mit Kit herein und überreichten Celia das Kind, die das lächelnde Baby wiederum an Colin weitergab. Vorsichtig hielt Colin das Kind in die Luft, damit es alle sehen konnten, dann gab er es Celia zurück. Die Menge applaudierte begeistert.

Mit erhobener Hand bat Dunbar um Ruhe und sprach ein weiteres Mal zum Publikum. Er lenkte die Aufmerksamkeit auf Edmund, der feierlich zwischen Schauspielern und Gästen durch die Halle geschritten kam.

»Und dann ... und dann ... seht her! Ganz plötzlich tritt Aeolus, der Wind auf den Plan und gibt den beiden stürmisch seinen Segen. Und der Liebende und die Geliebte und die ganze glückliche Gesellschaft flohen zurück zum Schiff.« Celia und Colin führten die anderen zum Schiff am Eingang, wo sie allesamt schnell den Blicken der Gäste entschwanden. Die Planken wurden hereingeholt, und das Schiff machte sich auf den Weg hinaus. »Innerhalb eines Wimpernschlages war das Schiff verschwunden. Sie flogen über das Wasser hinweg, und die Kanonen donnerten vor Freude... bis es schien, als habe der Himmel sich geöffnet.«

Sobald Dunbar diese Worte gesprochen hatte, begannen Kildaltons Kanonen zu donnern, stimmten in den dröhnenden Chor der Ehrerbietung für das frisch verheiratete Paar mit ein.

Noch während der wilden Hochrufe der Gäste strömten die Schauspieler wieder in die Halle, angeführt von Lord Hugh und Agnes.

Alec war der letzte und hielt an der Tür inne. Mit einem breiten Grinsen hielt er die Hand in die Höhe.

»Lord und Lady Campbell haben sich für die Nacht zurückgezogen!« schrie er der ausgelassenen Gesellschaft zu.

Hand in Hand rannten die Frischvermählten die Stufen hinauf. Oben angekommen nahm Colin die errötende Celia auf den Arm und trug sie den restlichen Weg in sein Zimmer. Als sie seine Tür erreichten, ergriff Celia sein Kinn und blickte ihm in die Augen.

»Meine blauen Flecken sind noch gar nicht richtig abgeheilt seit dem letzten Mal, da du versucht hast, diese Tradition zu erfüllen«, sagte sie kühl, obwohl ihre Bemühungen, ein Lächeln zu unterdrücken, fruchtlos blieben. »Ich kann mich nicht daran erinnern, daß während der Zeremonie die Rede davon war, daß ich als Rammbock eingesetzt werden soll.«

Mit einem schiefen Lächeln trat Colin die schwere Eichentür auf und trug sie geradewegs ins Zimmer.

Er schritt zum Bett, setzte sie sanft auf die Kante und küßte sie genüßlich, wobei sein Mund die süßesten Freuden verhieß.

»Bleib ganz ruhig da sitzen«, sagte er lächelnd, kehrte zur Tür zurück und verriegelte sie.

Das Zimmer war geschmückt, wie es einem königlichen Paar gebührt hätte. Der von Kerzen erhellte Raum zeugte von Agnes' Fürsorge und Geschmack. Auf jedem Tisch stand eine steinerne Vase mit Narzissen, Tulpen und grünen Zweigen, ferner eine Vielzahl von Tellern mit allen möglichen Speisen, die sorgfältig vorbereitet und prächtig dekoriert waren. Ebenso Flaschen mit Bier und französischen Weinen, inmitten glitzernder, kristallener Becher. Im Steinkamin knisterte ein behagliches, kleines Feuer.

»Colin«, rief Celia, während sie sich umsah. »Hier steht so viel zu essen, daß es eine Woche für uns reichen könnte!«

»Genau das soll es ja auch, Geliebte«, antwortete er grinsend und kehrte zu ihr zurück. »Es ist Sitte, daß die Braut bis zum vierten Tag nach der Hochzeit in ihrem Zimmer bleibt. Und wir wollen doch nicht, daß du verhungerst.«

»Was meinst du mit ›du‹?« fragte Celia. »Wo geht denn der Bräutigam hin?«

»Nun, der Tradition zufolge nimmt er weiterhin an den Festlichkeiten teil, die für die darauffolgende Woche geplant sind, während sich die Braut … ausruht.« Colin hielt inne. »Aber diesen Brauch wollte ich allerdings etwas verändern.«

»Du meinst« – Celia lächelte –, »daß du dich mit mir zusammen ausruhen willst?«

»Ich dachte, daß wir uns vielleicht ein bißchen ausruhen… ein bißchen spielen … ein bißchen spielen … vielleicht noch ein bißchen mehr spielen…« Während er sprach, nahm er ihr die Krone ab und legte sie auf den kleinen Tisch neben dem Bett. Dann zog er sie zu sich hoch, ließ die Hände durch ihre kastanienbraunen Locken gleiten, schob ihren Kopf zurück und blickte in ihr schönes Gesicht, in ihre liebenden Augen.

Celia spürte seine Stärke. Und dann lagen seine Lippen auf den ihren. Plötzlich hatte sie nur noch das Bedürfnis, sich in ihm zu verlieren, in ihm zu ertrinken. Sie bäumte sich ihm entgegen, preßte sich an ihn. Ihre Brüste unter dem engen Hochzeitskleid schmerzten, als sie sich an seinen harten Oberkörper drängte, schmerzten vor Verlangen nach seiner Berührung.

Colins Hände wanderten über das straffe Mieder des Gewandes, fanden den Weg zu ihrem Rücken, zu den tausendundeinhundert Knöpfen, die den Körper gefangenhielten, nach dem er sich verzehrte.

Celia wußte, daß die Geduld ihres Mannes bald zu Ende sein würde, als er sich leise fluchend an den ersten Knöpfen zu schaffen machte. Deshalb zog sie Colins neuen Dolch aus seiner Schärpe.

»Colin?« sagte sie, trat einen Schritt zurück und hielt die Waffe in die Höhe.

»Hmm.« Er nickte lächelnd, nahm ihn ihr aus der Hand und zog sie dicht zu sich heran.

Das surrende Geräusch der Perlenknöpfe, die von dem dicken Stoff abrasiert wurden, war eines der befreiendsten, die Celia jemals gehört hatte. Sie öffnete die goldene Spange, die das schwarze Cape an seiner Schulter zusammenhielt. Mit einer schnellen Bewegung entledigte sich Colin des Lederriemens und des Campbell-Plaids.

Drängendes, heißes Verlangen loderte zwischen ihnen auf. So schnell wie möglich wollten sie sich von ihrer Kleidung befreien. Während Celia sich das Kleid von den Schultern schob, legte Colin den Dolch neben die Krone auf den Tisch.

»Entledige dich deiner Waffen nicht zu schnell, Liebster«, rief Celia.

Da sah Colin, daß seine Frau in ein Korsett geschnürt war, das jedoch mehr enthüllte als verdeckte. Elfenbeinfarbene Haut ihres Halses und ihrer Schultern. Die Schwellung der nach oben gebundenen Brüste. Die langen, schlanken Arme, die sich ihm jetzt entgegenstreckten. Er umarmte sie, küßte sie innig, verlangend, leidenschaftlich.

»Colin?« flüsterte sie ihm atemlos ins Ohr. »Würdest du mir hier heraushelfen?«

Er drehte sie um und durchtrennte die Kreuzschnürung des Korsetts mit einem Schnitt. Celia ließ ihre Wäsche zu Boden gleiten und kletterte hinaus. Dann drehte sie sich um. Sie war jetzt nur noch mit einem Seidenhemdchen bekleidet. Auch Colin trug nur noch seinen Kilt, das weiße Hemd hatte er achtlos beiseite geworfen.

Celia wurde von seiner Umarmung verschlungen wie der Morgentau von der Sonne.

Die folgenden Stunden waren leidenschaftlich und voller Entdeckungen. Celia schien es, als ob ein Augenblick der Befriedigung dem nächsten folgte. Als ob ein erfülltes Verlangen das nächste gebar. Schließlich badeten sie im warmen Schein ihrer Liebe, lagen eng umschlungen und beobachteten, wie draußen der Morgen graute.

»Diese fleißige alte Törin namens Sonne kann jeden Augenblick zum Fenster hereinschauen«, lächelte Colin und bedeckte Celias Schultern.

»Colin«, hauchte sie und döste geborgen in der Wärme seiner Umarmung. »Ich glaube, ich weiß jetzt, warum die Bräute sich vier Tage ausruhen sollen.«

»Na, hör mal«, antwortete er neckend. »Willst du jetzt etwa vier Tage lang Ruhe haben?«

Celia kuschelte sich noch enger an ihn. »Ich bekomme im Augenblick alle Ruhe, die ich brauche, vielen Dank.«

Diese vier Tage waren die glücklichsten in Celias ganzem Leben.

Jeder respektierte, daß sie ihre Zeit zusammen verbringen wollten, und Celia und Colin machten das Beste daraus. Zwischen den Stunden, in denen sie sich leidenschaftlich liebten, lernte Celia viel über das, was ein Mann und eine Frau füreinander sein konnten. Sie verbrachten auch viel Zeit mit Kit und verschafften Ellen und Runt auf diese Weise ebenfalls Gelegenheit zum Zusammensein. Colin genoß es aufrichtig, mit dem Kind zu spielen, insbesondere, da Kit bestimmte Possen ausschließlich für ihn reserviert zu haben schien. Einmal, während sie die beiden beobachtete, bekam Celia feuchte Augen, weil sie daran dachte, daß bald der Tag kommen mußte, da sie sich von Kit würde trennen müssen.

Als Colin sah, wie aufgewühlt sie war, bemerkte er beiläufig, daß Vater William ihnen klare Bedingungen vorgegeben hatte, nämlich daß Babys für Liebende die oberste Priorität besaßen. Dann zog er die Augenbrauen zweideutig in die Höhe, woraufhin Celia nicht nur errötete, sondern auch Ellens Rückkehr herbeisehnte.

Eines Tages nach dem Mittagessen nahm Colin Celia mit in den Garten. Erstaunt und erfreut stellte sie fest, daß die Anlage wie verwandelt war. Es schien hier eine ganze Armee von Gärtnern am Werk gewesen zu sein, und Colin gab zu, daß er seine Hände dabei im Spiel gehabt hatte.

Die Mauern waren von den alten, abgestorbenen Ranken befreit und frisch geweißelt worden. Auf Blumenbeeten und Wegen gab es kein Gestrüpp mehr. Selbst der Brunnen war gesäubert worden, und Celia tauchte ihre Hand in das kalte, klare Wasser. Die Steinbänke bedeckte weder Unkraut noch Moos, und überall standen große Töpfe mit Erde und warteten darauf, daß Celia sie bepflanzte. Die alten Pergolen waren durch neue ersetzt worden. An ihnen konnten sich die beschnittenen Kletterrosen emporranken.

»Es ist alles für dich bereit, meine Geliebte«, flüsterte Colin und nahm sie in die Arme. »Das alles gehört dir, und du kannst daraus machen, was du willst. Ich konnte einfach nicht mit ansehen, wie du dich zerkratzt, weil du fünfundzwanzig Jahre der Vernachlässigung auszumerzen suchst.«

»O Colin«, sagte sie überwältigt. »Ich hoffe, daß ich diesen Garten zu einem ebenso liebreizenden Ort machen kann wie deine Mutter, als sie noch lebte.«

»Das hast du doch schon, Geliebte«, sagte er. »Du hast dafür gesorgt, daß mein Vater wieder herkam. Er hat sogar die Tür zum Hof der Kapelle öffnen lassen.« Colin deutete auf die schmale Tür in der Wand.

»Können wir einmal hineingehen, Colin?« fragte sie. »Ich möchte mich nicht etwa in deine Erinnerungen drängen, ich will einfach nur …«

»Sie hätte dich geliebt, Celia«, unterbrach er sie. »Und dieses Schloß ist jetzt dein neues Zuhause, so wie es damals ihr neues Zuhause war. Wir sind bereits dabei, uns unsere eigenen Erinnerungen zu schaffen.«

Er ergriff ihre Hand, öffnete die Tür und führte sie in den Hof der Kapelle. Der kühle, grüne, von hohen Mauern beschirmte Platz wurde durch zwei sich kreuzende Wege in vier Teile aufgeteilt. Zu ihrer Linken entdeckte Celia den Eingang in die kleine Kapelle des Schlosses. Zu ihrer Rechten sah sie die Krypta. Seite an Seite gingen sie den Weg hinunter, betraten die Krypta und hielten vor der liegenden Skulptur einer jungen Frau inne. Neben der Ruhestätte seiner Frau hatte Lord Hugh bereits seine eigene errichten lassen, doch den Marmorstein, der ihn erwartete, zierte keine Skulptur.

Celia kniete respektvoll neben dem Grab nieder. Nachdem sie leise ein Gebet geflüstert hatte, erhob sie sich wieder und wandte sich Colin zu, der nachdenklich hinter ihr stand.

»Danke, Colin«, sagte sie.

Colin lächelte liebevoll und nickte. Danach traten sie wieder in den Garten hinaus.

In der freundlichen Umgebung ihres kleinen Paradieses setzten sie sich unter einen der Kirschbäume. Die rosaweißen Blütenblätter begannen bereits zu fallen, und die beiden lachten, als sie wie Schnee in ihrem Haar hängenblieben.

Celia berichtete ihm von einer ihrer Reisen mit ihrem Vater und von dem Kirschblütenfest, wie man es im Orient feierte. Colin wiederum erzählte ihr, wie er als etwa sechsjähriger Junge so viele Kirschen auf einmal gegessen hatte, daß er den ganzen restlichen Sommer keine Kirsche mehr ansehen konnte, weil ihm so schlecht gewesen war. Aber weder Agnes noch Hugh hatte er davon erzählen können, denn schließlich hätte er dann zugeben müssen, daß er in den Garten gegangen war.

Dann sprachen sie von der Zukunft, und Celia erwähnte ihr Erbe, das nun ihnen beiden gehörte. Sie wollte es nutzen, so wie Colin das Vermögen der Campbell nutzte... zum Besten der Menschen, die von ihnen abhängig waren.

Die Sonne schien warm in den windgeschützten, verlassenen Garten. Vor aller Augen verborgen gingen sie umher, sprachen von Kräutern und Blumen und von der Freude, ihnen beim Wachsen zusehen zu können. In der am meisten geschützten Ecke blieb Colin stehen und setzte sich auf eine Bank. Er nahm Celia auf den Schoß und küßte sie sacht.

»Glaubst du, daß Vater William es für ›unnatürlich‹ halten würde, wenn du auf meinem Schoß sitzt, während wir uns lieben?«

Celia bewegte sie leicht und spürte die männliche Erregung unter Colins Kilt. Ihr weißes Kleid war nicht dick genug, um das zu verhindern.

»Wenn du es mir zeigst«, antwortete sie sittsam, »können wir vielleicht später die richtige Antwort geben.«

Mehr Ermutigung brauchte Colin nicht. Sofort ergriff sein Mund von ihr Besitz. Dann trug die Welle der Leidenschaft sie davon, schleuderte sie empor in die unendlichen Höhen der Lust.

Celia spürte, wie die Bänder ihres Kleides geöffnet wurden. Sie spürte, daß Colins Mund einen Pfad heißer Küsse von ihrem Hals bis zu ihren Brüsten zeichnete, und als er an ihrer Brustwarze zu saugen begann, entrang sich ihr ein Stöhnen, das tief aus ihrer Kehle kam. Mit der anderen Hand liebkoste er die andere, seine Finger streichelten und neckten sie, bis sie so steif und hochaufgerichtet war, daß sie seinen Mund wie magisch anzog. Seine Zunge leckte kurz über die harte Schwellung, bevor sie die weiche, fleischige Kurve unter ihrer Brust erkundete. Sie spürte, wie ihr das Kleid von den Schultern und über die Hüften hinabglitt. Dann stand sie nackt in seiner Umarmung, berauscht von dem Gefühl der Sonne auf ihrem Rücken … und seiner Lippen auf ihrem Körper.

Inzwischen stand sie vor ihm: Sie zerrte an dem Hemd, das seinen großen Oberkörper bedeckte. Sie wollte seine Haut an der ihren spüren. Aus dem Wollen wurde bald heißes Verlangen, als der Zauber von Colins Zunge über ihre bebende Mitte wanderte. Sie war wie von Sinnen, und Colin hob den Kopf und zog das Hemd aus.

Dann riß er sich den Kilt von den Hüften und setzte Celia sanft auf seine felsenharten Beine. Er stützte sie, liebkoste sie mit den Lippen, schob sie sacht auf die Krone seiner Erregung.

Celia keuchte, als sie sich langsam darauf hinabsenkte, und Colin stöhnte vor Lust. Dann nahm ihn Celia mit sanftem Pulsieren in sich auf – tief, voll, ganz.

Colin hielt ihre Hüften, als sie sich auf und ab bewegten, und Celia packte seinen Rücken, seine Schultern, sein Haar. Sie ritten im Gleichklang, zwei Körper wie einer, gaben, ohne an das Geben zu denken, teilten, ohne an das Teilen zu denken, liebten sich mit jeder Faser ihres Seins.

Sie war sich des immer schnelleren Tempos, das sie emporhob bewußt – und doch wieder nicht. Es schien sie in eine andere Dimension zu versetzen, eine Dimension, in der Zeit und Raum eine einzige, strahlende, pulsierende Einheit waren … formlos, undefinierbar, ewig.

Und Colin war bei ihr, schwang sich mit ihr in luftige Höhen, war ein Teil von ihr. Gemeinsam erreichten sie den Höhepunkt, der in schaudernder Ekstase zur Erleichterung führte. Celia gab sich dem alles umhüllenden Licht hin, dem Gefühl der Erleuchtung. Sie leuchtete, lebte, liebte.

Ein Tag ging in den folgenden über, und Celia und Colin waren beinahe unzertrennlich. Statt nur im Zimmer zu bleiben, wie die Tradition es verlangte, ging Celia täglich mit Colin ins Freie. Die Hochzeitsgäste reisten wieder ab. Alec hatte versprochen, zu seiner Familie zurückzukehren, wenn sie auf Kildalton Nachricht von Huntly bekommen hatten. Und mit wehmütigem Blick hatte er hinzugefügt, daß ihm das Junggesellenleben plötzlich gar nicht mehr so erstrebenswert vorkam wie früher.

Aber selbst jetzt, als das Schloß sich wieder leerte, gingen das fröhliche Beisammensein unvermindert weiter. Die Dorfbewohner waren hoch erfreut, daß der Laird und seine junge Frau an ihren Festlichkeiten teilnahmen. Und Celia freute sich auf die Gelegenheit, den Frauen und Männern nahe zu sein, die jetzt zu ihrer Verwandtschaft gehörten.

Einen Nachmittag verbrachte Celia damit, mit den Kindern des Dorfes zu lachen und zu singen; sie lernte ihre Lieder und die dazugehörigen Tanzschritte. Am nächsten Morgen brachte sie eben jenen Kindern eine neue Methode bei, wie man die Krabben und Hummer fing, die in den Felsspalten lebten. Bevor sie es noch richtig merkte, hatten sich auch die Erwachsenen um sich versammelt.

Eines grauen und trüben Morgens saßen Celia und Colin auf dem Marktplatz und hörten dem Geschichtenerzähler zu, der von den alten, keltischen Helden berichtete. Sie tranken gemeinsam mit den Bewohnern aus einem Krug mit Bier, der herumgereicht wurde. Einige Stunden später brachten sie den Flüchtlingen, die man in hastig errichteten Hütten auf dem Campbell-Land untergebracht hatte, verschiedene lebensnotwendige Dinge. Bei ihrem Anblick mußte Celia an Danvers denken und an die Gefahr, in der sie schwebten, solange er sich noch in Schottland aufhielt.

Aber Colins Zuversicht beruhigte sie. Er hatte ihr die Stärke und die Stabilität des Lebens im Campbell-Clan vor Augen geführt, er hatte sie davon überzeugt, daß das Wohlergehen seiner eigenen Leute eines Tages das Wohlergehen aller Schotten sein würde. Eindringlinge würden zurückgeschlagen und Mörder getötet werden.

In jenen herrlichen Tagen ritten die Frischvermählten oft gemeinsam über die felsigen Kliffs, von denen man Ausblick auf das Meer hatte. Der schwarze Jagdhund Bear war immer an ihrer Seite. Hand in Hand gingen sie später am Strand entlang, der sich hinter dem Hafen erstreckte. Sie lachten und redeten, und häufig äußerten sie zur selben Zeit denselben Gedanken, wie zwei alte Eheleute, die auf viele Jahre gemeinsamer Erfahrungen zurückblicken.

An dem Abend, an dem der Erzbischof abreisen wollte, eilte ihnen plötzlich Vater William entgegen, als sie gerade die Südhalle betraten. Seine Augen blitzten vor Erregung. Er nahm Celias freie Hand in die seine. Der Krieger begrüßte den Priester mit freundlichem Nicken.

»Wie ich sehe, habt ihr beiden etwas zu besprechen«, sagte er, lächelte Dunbar zu und machte sich von seiner Frau los.

»In der Tat, Junge«, antwortete Dunbar in Hochstimmung. »Es dauert nur einen Augenblick.«

Dunbar zerrte Celia förmlich in die Große Halle zurück und setzte sich auf eine der hölzernen Bänke neben dem großen Kamin.

»Nun, Mädchen, der König konnte es nicht tun, aber mein guter Freund Lord Hugh und dein wunderbarer Ehemann haben es geschafft«, rief er und rieb sich vor Begeisterung die Hände. Einen Augenblick lang glaubte Celia, daß Vater William jetzt einen schottischen Säbeltanz aufführen wolle.

»Wovon sprecht Ihr eigentlich?« fragte sie und lächelte über die Aufregung ihres Freundes.

»Sie haben es getan, Celia«, sagte er und ergriff erneut ihre Hand. »Der junge Priester auf Kildalton … der Erzbischof nimmt ihn in seine eigenen Dienste! Und sie haben mir die Pfründe hier auf der Insel übertragen!«

Vater William hielt inne und wartete auf ihre Reaktion. »Ich werde hier als Priester arbeiten und die Kinder in der neuen Schule unterrichten!« Er schrie beinahe vor Glück.

»Endlich, endlich, endlich! Ich habe jetzt meine eigenen Schäfchen, Celia, und eine richtige Aufgabe!«

Celia lachte laut auf, als Dunbar aufsprang und durch den Saal tanzte. Dann hielt er plötzlich inne und kehrte an ihre Seite zurück.

»Moment mal!« rief er anklagend. »Ihr wußtet das alles schon längst, nicht wahr? Und wagt es nicht, Euren Beichtvater anzulügen, Mädchen. Das alles ist Euer Werk, stimmt's?«

»Nein Vater«, sagte sie lachend. »Das war Colins Idee.«

Celia war während der Besprechung zwischen Colin und dem Erzbischof zwar anwesend gewesen, trotzdem war alles auf Colins Initiative zurückgegangen. Er wollte, daß sie sich ganz zu Hause fühlte, umgeben von den Menschen, die ihr teuer waren. Celia lächelte bei dem Gedanken, daß Colin sogar vorgeschlagen hatte, für Edmund einen neuen Flügel am Schloß anzubauen, um ihn dadurch zum Bleiben zu bewegen.

»Wahrscheinlich war es doch Eure Idee, da bin ich sicher«, sagte er und drückte ihr liebevoll die Hand. »Ihr seid eine prächtige junge Frau, Celia Muir … vielmehr: Lady Campbell. Und ich habe Euch mit einem prächtigen jungen Mann verkuppelt.«

Wenn man bedenkt, wie er ihrer Beziehung zu Colin anfänglich gegenüberstand, dachte Celia schelmisch, so leidet Vater William offensichtlich unter Gedächtnisschwund.

Am folgenden Morgen bestand Colin darauf, daß Celia ihren Mantel mitnahm, denn er wollte sie auf eine Erkundungsreise durch das Labyrinth aus Geheimgängen mitnehmen, die das Schloß wie Waben durchzogen. Er zeigte ihr die Geheimnisse der versteckten Tore, und Celia verstand schon bald das Muster der Konstruktion. Der faszinierende Ausflug endete in den Höhlen, die bei Flut unter dem Meeresspiegel lagen.

»Was sagst du zu einer kleinen Bootsfahrt?« fragte Colin und deutete mit der Fackel auf ein paar Boote, die auf dem nach unten abfallenden Kai lagen. Sie waren schon ein paarmal zusammen hinausgesegelt, allerdings in einem größeren Boot vom Hafen aus. Jetzt sah sie erstmals diese kleineren Boote, die so sehr jenen glichen, mit denen sie bei Hof immer gesegelt war, nachdem das Einschreiten des Earl of Huntly ihr wieder ein Stück Freiheit beschert hatte.

Colin steckte die Fackel in einen Halter an einer der großen Steinsäulen, während Celia ein Boot losband und den vergeblichen Versuch unternahm, es ins Wasser hinunterzuschieben.

Colin ließ ihr keine Gelegenheit zum Widerspruch, als er sie hochhob und ins Boot setzte. Dann stieß er es mit Leichtigkeit den steinernen Abhang hinunter und sprang hinein. Voller Stolz bemerkte Celia, daß es normalerweise wahrscheinlich drei starke Männer gebraucht hätte, um diese Boote zu Wasser zu lassen.

Sie bewegte sich an Mast und Segel, die fast die gesamte Länge des Bootes einnahmen, vorbei zum Ruder. Dann sah sie sich in dem unterirdischen Gewölbe um. Im Schein der Fackeln entdeckte sie Spuren des Hochwassers hoch oben an den Felswänden.

»Wieviel Zeit bleibt uns noch zum Segeln?« fragte sie.

»Der Eingang der Höhle ist etwa eine Stunde vor der Flut nicht mehr zugänglich«, erklärte er. »Dann sieht man nur noch Felsen. Man würde nie glauben, daß sich in diesem Kliff Höhlen befinden. Aber selbst wenn man versucht, bei Ebbe hier hereinzukommen, kann der enge Eingang recht trügerisch sein.«

»Darf ich es versuchen?« fragte sie, und ihre Augen funkelten, so sehr freute sie sich auf diese Herausforderung.

Colin blickte erst zu der niedrigen Öffnung und dann wieder zu Celia hinüber. Mittlerweile hatte er schon häufiger von ihren beachtlichen Fähigkeiten auf dem Wasser gehört, und als sie in der vergangenen Woche ein paarmal zusammen gesegelt waren, hatte er sich auch selbst davon überzeugen können. Aber um der Strömungen und Winde, mit denen man es an diesem Höhleneingang zu tun hatte, Herr zu werden, brauchte man wirklich Erfahrung. Nun ja, es gibt keinen besseren Zeitpunkt als jetzt, um mit dem Üben zu beginnen, dachte er bei sich. Im Augenblick war das Wasser wenigstens nicht *ganz* so kalt.

»Ja«, antwortete er. »Aber laß mich dir zunächst erklären, auf welche Schwierigkeiten du dort stoßen kannst.«

Celia nickte, nahm die Ruderpinne in die Hand und hörte ihm geduldig zu. Während Colin das Boot auf die niedrige Öffnung zutreiben ließ, zählte er ihr alle Probleme auf, mit denen sie konfrontiert werden konnte, wobei er jedes einzelne mit einer fröhlichen Geschichte über seine eigenen Schiffbrüche und Unglücksfahrten schmückte.

Schließlich saß sie gelassen am Ruder und steuerte genau auf den Ausgang zu. Ihr schönes Gesicht war hoch konzentriert. Plötzlich breitete sich ein forsches Grinsen auf ihrem Gesicht aus.

»Duck dich lieber, Lord Campbell.« Sie lachte, und Colin folgte ihrem Rat, so daß sein Kopf einen überhängenden Felszacken am Ausgang der Höhle zum Glück verfehlte. Auch Celia kauerte sich schnell auf den Boden, als eine Welle das Boot hochhob und in das offene Wasser hinaustrug. Beide juchzten laut auf.

Nun, da sie mit solcher Leichtigkeit durch die Öffnung gefahren war, saß Colin im Bug und lachte über sich selbst und darüber, daß er ihre Fähigkeiten derart unterschätzt hatte.

Er stellte den Mast auf und befestigte die Leinen mit erstaunlicher Schnelligkeit. Celia bewegte sich leichtfüßig nach vorn und begann das Segel zu setzen. Colin gab ihr einen Kuß, nahm die Leine und schickte sie zurück an die Ruderpinne.

»Das scheint dir ja wirklich nicht schwer gefallen zu sein«, sagte Colin bewundernd. »Jetzt weiß ich, warum Ambrose von deinen Segelkünsten so begeistert war.«

»Du weißt doch, daß Ambrose nur den höfischen Gentleman gespielt hat«, antwortete Celia.

»Ich sehe es förmlich vor mir – du mußt sie alle weit hinter dir gelassen haben.« Colin strahlte vor Stolz, während Celia errötete.

»Ich habe das Meer immer geliebt«, sagte sie und wechselte das Thema. Mit Komplimenten konnte sie einfach nicht umgehen. »Auf See habe ich mich immer mehr zu Hause gefühlt als sonst irgendwo.«

»Ich weiß, was du meinst«, sagte Colin. »Wir sagen hier, daß das Meer unsere Mutter ist… vielleicht ist das für dich… und mich… sogar noch zutreffender als für die meisten anderen Menschen.«

Sie segelten an den Felsenkliffs vorbei. Überall zogen Seevögel ihre großen Kreise oder standen regungslos in der Luft, als ob sie an unsichtbaren Schnüren in den tiefblauen Himmel über ihnen aufgehängt worden seien.

Sie bewegten sich von der Küste fort und Celia wurde von jenem Gefühl überwältigt, das auf dem Wasser immer schon von ihr Besitz ergriffen hatte. Das Gefühl, das Meer zu beherrschen und gleichzeitig von ihm beherrscht zu werden. Frei zu sein und allein – und trotzdem Teil von etwas anderem, etwas Größerem, Tieferem, Umfassenderem und Ewigem.

Sie sah den Mann an, den sie liebte. Sie waren jetzt vollkommen allein. Die See und der Himmel gehörten ihnen.

Das Boot war komfortabel und schnell, und Celia liebte das Gefühl, die Ruderpinne in der Hand zu halten, während sie über die offene Wasserfläche dahinpreschte. Ihr Haar peitschte ihr Gesicht, und kalte Salzwassertropfen trafen ihre Haut. Während sie ihren geliebten Krieger mit dem rabenschwarzen Haar betrachtete, der die Segel nach ihrem Kurs ausrichtete, war Celia in aufgewühlterer Stimmung, als sie es je beim Segeln gewesen war. Nachdem er die Leinen festgebunden hatte, kam er zu ihr ans Ruder und setzte sich neben sie. Er schlang seine Arme um ihre Taille, und sie spürte, wie ihr Puls plötzlich schneller ging.

Seine Hände begannen, ihren Körper zu erforschen, und sein Mund preßte sich heiß auf den ihren. Celia spürte, wie ihre Konzentration nachließ.

»Brauchst du vielleicht Hilfe?« flüsterte er und seine Hand streichelte ihre Taille, ihre Brüste, die seidige Haut an ihrem Hals.

»Colin«, tadelte sie schwach, machte aber keinen Versuch, seine Hand aufzuhalten, als sie hinunterglitt, die Außenseite ihres Beins liebkoste und dann die Innenseite ihrer Schenkel erforschte. »Ich versuche, dieses Boot zu steuern!«

»Ja, Celia«, antwortete er und sein heißer Atem streifte ihr Ohr.

»Ich versuche, hart am Wind zu fahren«, seufzte sie, als er den Stoff ihres Kleides zurückschob.

»Ja, Celia«, flüsterte er erneut und saugte an ihrem Ohrläppchen, während seine Finger sanft die Mündung ihrer Schenkel erreichten – sie spürten, sie liebkosten.

»Einen Augenblick, Colin Campbell«, keuchte sie und erschauerte.

Sie griff nach vorn, schlang zwei Leinen über die Ruderpinne, damit sie Kurs hielten und wandte dann dem Mann, den sie liebte, ihre ganze Aufmerksamkeit zu.

Wie ein Pfeil, der von einer Armbrust abgeschossen wird, raste das Boot auf die Felsenküste zu. Sie wählte den Zeitpunkt genau, nutzte eine Welle, die auf die Küste zurollte. Colin, der am Mast stand, fragte sich, wie sie die Richtung des Bootes bei dieser Geschwindigkeit noch kontrollieren wollte. Nun, dachte er, es ist zu spät, um sich darüber noch Gedanken zu machen.

»Jetzt, Colin«, schrie sie. Er hievte den Mast aus dem Mastfuß und legte ihn mühelos auf den Boden des Bootes.

Das schaffen wir nicht, dachte er und seine Hände umklammerten den Schandeckel des Bootes. Diese Welle wird uns gegen die Seitenwand der Öffnung schleudern. Wir werden kentern …

Aber Celia nahm jetzt eine kleine Richtungsänderung vor. Colin spürte, wie das Boot vorn leicht abtauchte, und plötzlich schleuderte die nächste Welle sie direkt in die Höhle hinein. Voller Bewunderung blickte er sich zu Celia um, und sie erwiderte den Blick mit einem liebevollen Lächeln, bevor sie die Aufmerksamkeit wieder ihrer Aufgabe zuwandte. Sie war einfach unglaublich.

Im Bruchteil einer Sekunde waren sie von Felswänden umgeben. Und ohne langsamer zu werden glitt das Boot in die Höhle hinein wie ein Dolch in seine Scheide, schoß über die kurze Wasserstrecke, bevor es sanft die Böschung hinauffuhr und in seinem Liegeplatz zwischen zwei Booten zum Stehen kam.

»Du bist erstaunlich«, rief er und blieb vor Verblüffung über die beeindruckende Ökonomie und Eleganz ihrer Fahrweise einen Augenblick lang regungslos im Boot sitzen.

»Anfängerglück«, lachte Celia und errötete bei seinen Worten. »Aber es hat mir großen Spaß gemacht.«

»Ja, alles war wunderbar«, sagte Colin, und die Wangen seiner Frau wurden noch röter.

Plötzlich kam ihnen Agnes entgegengerannt. In der Hand trug sie eine Fackel.

»Colin«, keuchte sie. »Lord Alecs Vetter John ist mit einer Botschaft von den Macphersons angekommen. Er ist jetzt bei Lord Hugh. Ich glaube, es gibt Ärger.«

»Nun«, sagte Colin ernst zu Celia, während sie aus dem Boot stiegen. »Wir wußten, daß es früher oder später so kommen würde.«

Dann wandte er sich zu Agnes: »Geh doch bitte schon vor. Such Celias Onkel, Emmet und Runt, und sag ihnen, daß wir uns gleich in der Bibliothek versammeln werden. Celia und ich kommen dorthin.«

Agnes eilte davon, und Celia fühlte, wie es ihr eiskalt den Rücken hinunterlief. Sie sah Colin an und wußte nicht, was sie sagen sollte. Aber Worte erwiesen sich als unnötig – er nahm sie fest in die Arme.

»Komm, Geliebte«, grummelte er und ergriff ihre Hand. »Wir haben ein Ungezieferproblem, dessen wir uns entledigen sollten.«

Als sie die Bibliothek betraten, saßen Lord Hugh und die anderen bereits an dem großen runden Tisch vor dem Fenster. Der Bote, ein junger Ritter, schritt ruhelos im Zimmer auf und ab. Die Männer erhoben sich sofort, als sie Celia sahen, und Lord Hugh ging auf sie zu, um sie zu begrüßen.

»Nun, John«, sagte Colin, nachdem sie alle Platz genommen hatten. »Was hast du für Neuigkeiten für uns?«

Celia hörte zu, wie der junge Krieger Alecs Botschaft wiederholte. Lord Hugh legt seine Pranke auf ihre Hand.

Flüchtlinge flohen gen Norden, jeden Tag kamen mehr auf Benmore Castle an, der Festung der Macphersons in den Highlands. Diese unglücklichen Menschen liefen einer großen Streitmacht englischer Soldaten unter Danvers und schottischer Überläufer unter Argylls Führung davon. Diese hatten Argylls eigene Ländereien geplündert, die im Süden des Macpherson-Gebiets lagen.

Alec war optimistisch, daß die Macphersons in der Lage sein würden, das weitere Voranschreiten der Soldaten zu verhindern, aber er ließ die Campbells warnen, falls die Marodeure sich westwärts in Richtung Küste voranbewegten und dem Land der Campbells zustrebten.

Als John fertig war, erhob sich Colin und ging zu einem großen Schrank an der Wand. Er öffnete die Tür, und ihren Blicken enthüllte sich ein Geflecht aus Fächern, die mit Schriftrollen gefüllt waren. Er zog eine heraus und trug sie zum Tisch zurück. Dann entrollte er sie.

Celia blickte auf die Farben, die Symbole und die Linien auf dem Pergament und erinnerte sich an die kostbaren Karten ihres Vaters. Eines Tages hatte ihr Schiff in dem grauen Hafen eines ehemals blühenden, dänischen Städtchens gelegen, das die schwedische Invasion in Schutt und Asche verwandelt hatte. Sie hatte an der Seite ihres Vaters gestanden, und er hatte gesagt, daß der rote Kreis auf der Karte die Ruinen der vor ihnen liegenden Stadt bezeichnete. Celia erinnerte sich noch gut an sein grimmiges Gesicht und an die Art, wie er sie in die Arme genommen hatte, als sie ganz ernst gefragt hatte, warum auf der Karte kein Rauch zu sehen sei.

Jetzt konnte sie den stinkenden Rauch förmlich riechen. Sie spürte, wie er ihr in den Augen brannte und sie am Atmen hinderte. Auch auf dieser Karte war natürlich kein Rauch abgebildet. Ebensowenig gab es irgendwelche Anzeichen für den Tod und das Leiden, das ein Mensch dem anderen zufügen kann. Kein Zeichen der Qual, die es bereitete, wenn man Menschen verlor, die man liebte – von denen man abhängig war … die einem Stärke und Unterstützung boten.

»Wir müssen sie unterstützen«, sagte Colin. »Das ist das Mindeste.«

»Ja, Junge«, sagte Hugh mit Nachdruck. »Das sind wir den Macphersons schuldig. Aber auch ohne dies wäre es ein Verbrechen, sich dem Schlächter und dem Verräter nicht entgegenzustellen. Wir müssen sie aufhalten.«

Colin legte Celia die Hand auf die Schulter und deutete auf der Karte auf Kildalton Castle. Dann ließ er den Finger nach Nordosten wandern und zeigte auf das Schloß von Benmore. Im Süden des Macpherson-Sitzes konnte Celia die Grampian Mountains erkennen, die sich ostwärts erstreckten. Colin legte nun den Zeigefinger zwischen die Berge und das Land der Campbells an der Westküste.

»Dies ist die Gegend, wo Alec Danvers und Argyll vermutet«, sagte er. »Wenn wir den Macphersons keine Verstärkung schicken und Benmore Castle fällt, dann wird nichts den Feind davon abhalten, entweder einen Clan nach dem anderen im Norden zu zerstören oder direkt nach Westen, nach Kildalton, zu kommen.«

»Warum haben sie das denn nicht schon längst getan?« fragte Celia. »Nach Westen marschieren, meine ich?«

»Weil sie die Macphersons nicht im Rücken haben wollen«, warf Edmund ein.

»Ja«, stimmte Lord Hugh zu. »Wenn sie die Macphersons schlagen, sind die gesamten Westinseln erheblich verwundbarer.«

»Aber es sind Kildalton und die Menschen, die unter unserem Schutz stehen, worauf Danvers und Argyll es abgesehen haben«, fügte Colin hinzu.

Er beugte sich vor und sah jedem einzelnen aufmerksam ins Gesicht. »Folgendes werden wir unternehmen: Emmet und ich werden per Boot unsere Männer von Oban holen. Wir werden über den Loch Linnhe zum Spean fahren und dann über Land marschieren, um uns Alecs Streitkräften auf Benmore Castle anzuschließen. Auf diese Weise können wir Danvers und Argyll davon abhalten, weiter nach Norden … oder nach Westen vorzudringen.«

»Ja«, warf Edmund ein. »Die Engländer werden nach Süden oder nach Osten durch die Grampian Mountains marschieren müssen, um eine größere Schlacht zu vermeiden.«

»Nichts würde mich glücklicher machen, als dann noch eine Armee nach Süden schicken zu können, um ihnen den Gebirgsübergang zu versperren«, sagte Colin nachdenklich und blickte wieder auf die Karte hinunter. »Mit den Macphersons im Norden und den Kriegern der Campbells im Westen und Süden, könnten wir die Plünderer einkesseln und sie von allen Seiten angreifen.«

Er schwieg für eine Weile.

»Aber das ist nicht möglich«, entschied er dann. »Das Risiko ist zu groß. Wir müssen Kildalton Castle schützen, und eine Streitmacht, die groß genug wäre, um diesen Schlächtern eine Falle zu stellen, würde das Schloß und die Westinseln viel zu verwundbar machen.«

»Vielleicht steckt ja auch noch etwas anderes dahinter«, sagte Celia. »Vielleicht versuchen sie ja, uns hinauszulocken.«

»Das ist wahr«, antwortete Colin nachdenklich. »Aber

ich glaube nicht, daß sie es wagen würden, Kildalton Castle vom Meer aus anzugreifen – auch nicht, wenn wir hier weniger Soldaten zur Verteidigung hätten.«

»Das können wir dann wohl eher ihrer Feigheit als ihrer Weisheit zuschreiben«, antwortete Lord Hugh. »Argyll ist des Verrats fähig, solange er glaubt, daß niemand hinschaut, aber er hat nicht den Mumm, dem Verratenen von Angesicht zu Angesicht gegenüberzutreten.«

Lord Hugh drückte Celias eiskalte Hand, aber trotzdem pochte ihr Herz sorgenvoll in ihrer Brust. Der Gedanke, daß Colin sich diesen bösen Marodeuren stellen mußte, war beängstigend. Sie wollte gegen den Plan Einspruch erheben, aber sie wußte, daß es keinen Zweck hatte – Colins Plan war durchaus vernünftig, und seine Freundschaft zu Alec unverbrüchlich. Mit äußerster Selbstbeherrschung kämpfte sie gegen die überwältigende Angst an, die wie ein riesiger Felsbrocken in ihrer Kehle saß und ihr die Atemwege verstopfte wie dicke, graue Asche.

Sie sah Colin an und versuchte ihre Sorge zu verbergen. Sein entschlossenes Gesicht wurde weich, und er warf ihr einen beruhigenden Blick zu.

»Das wäre dann also geregelt«, sagte er. »Wir werden eine Handvoll Krieger von Argyll mitbringen. Und übermorgen werden Emmet und ich etwa tausend Mann aus Oban mitnehmen.«

»Und Celia und Edmund sowie die übrigen werden die Angehörigen hier auf Kildalton beschützen«, brummte Hugh und warf seiner neuen Tochter einen zärtlichen Blick zu.

Der folgende Tag war grau. Bedrohliche Wolken jagten über den Himmel. Celia saß mit Colin im Garten, und der kalte, feuchte Wind trieb ihr trotz des schweren Mantels die Kälte bis ins Mark.

Der nächtliche Regen hatte die Kirschblüten allesamt zu Boden fallen lassen, und das dunkle Grün der jungen Blätter an den schwarzen, glänzenden Zweigen war nur ein armseliger Ersatz.

»Als der König gegen die Engländer in die Schlacht zog«, sagte Celia, und ihre Stimme war ruhig und beherrscht, »säumten die Schotten die Straßen, ließen ihn hochleben und feierten den Sieg, bevor der Kampf überhaupt begonnen hatte. Die Männer marschierten davon, elegant und flott in ihrer Rüstung, die langen Speere blitzten in der Sonne.«

Sie hielt inne, als sie sich an diesen Anblick erinnerte, und eine Träne rann ihre Wange hinab.

»Die Frauen weinten. Ich erinnere mich, daß ich daran dachte, wie stolz sie sein mußten, auch wenn ihre Männer in Gefahr schwebten. Ich erinnere mich daran, daß ich ihr Gefühl zwar sehen, aber nicht nachvollziehen konnte. Ich hoffte nur, daß jeder von ihnen zurückkehren würde, und daß niemand seine Ehre oder das Leben verlieren würde. Aber ich hätte mir nie träumen lassen, daß Flodden die Welt, wie wir sie kannten, unwiederbringlich zerstören würde.«

»Keiner konnte wissen, was das bedeuten würde«, bestätigte Colin und preßte sie an seine Brust. »Niemand konnte wissen, daß so viele Menschen würden sterben müssen.«

»Colin, diese Toten haben ein Elend über das Land gebracht, das sich niemals wiederholen darf. Ich habe die Frauen gesehen ... habe sie gehört ... sie schrien vor Schmerz. Sie wanderten durch die Straßen, ihre Augen waren blind vor Qual, ihre Gesichter hatten die gleiche graue Farbe wie die Leichname, die sie einst als ... Ehemann ... Bruder ... Vater ... bezeichnet hatten.«

»Celia, die Schlacht, die vor uns liegt, wird nicht wie Flodden enden«, sagte Colin mit leiser Stimme. »Die Auseinandersetzungen sind nicht miteinander vergleichbar.«

Colin blickte in den Nebel hinaus, der wie ein Leichentuch über den Kliffs hinter der Mauer lag.

»Wir haben aus den damaligen Fehlern gelernt«, sagte

er fest. »Sein ganzes Leben hat James für ein vereintes Schottland gekämpft. Er setzte seinen Charme, seine Raffinesse und seine Stärke ein, um dieses Ziel zu erreichen. Ein geeintes Schottland ist auch das, woran du und ich glauben. Doch du mußt eines bedenken: Als der Kampf auf Flodden Field begann, gab James seine Rolle als Befehlshaber seiner Streitmacht auf. Das war ein tödlicher Fehler. Ohne seine Führung als König, als Symbol der Stärke und Autorität, brach die Armee auseinander und verwandelte sich wieder in das Stückwerk, das sie zuvor gewesen war. Ohne eine Kraft in der Mitte, die es zusammenhält, fielen sie langsam ab … Clan für Clan, Dorf um Dorf, Mann um Mann. Und als Verräter wie Argyll und andere die Engländer hätten bekämpfen sollen, lehnten sie sich zurück und sahen zu, wie alle fielen, einschließlich des Königs. James starb auf Flodden, weil er wie ein gemeiner Soldat kämpfte und nicht wie ein Anführer, ein Befehlshaber und König.

Aber auf James wartete ja auch keine Frau wie du. Ich habe schon häufig ähnliche Schlachten geschlagen, aber noch nie hatte ich so viel Grund, zurückzukehren. Ich bin der Feldherr dieser Männer, der Anführer der Menschen, die zu meinem Land gehören. Sie sind von mir abhängig, wenn sie überleben und zu Wohlstand kommen wollen. Ich werde in den Hügeln um Benmore Castle nicht den Tod eines einfachen Soldaten sterben. Ich werde zu dir zurückkehren, zu der Frau, die ich liebe.«

KAPITEL 15

In den ersten Tagen nach der Abreise der Krieger war es auf Kildalton Castle traurig und still.

Celia, Lord Hugh und die anderen warteten täglich voller Angst auf Nachrichten von Colin und seinen Männern. Jeden Tag kam ein Bote, doch niemals hatte er Wichtiges zu berichten. Obwohl ein schneller Reiter den Sitz der Macphersons in weniger als einem Tag erreichen konnte, kamen die Campbell-Truppen nur langsam voran, denn sie näherten sich Benmore Castle vorsichtig. Das einzige Zeichen, daß der Feind in der Nähe war, war der ständige Strom von Flüchtlingen, die sich in die nördlichen Hügel schleppten.

Schließlich erreichte sie die Nachricht, daß Colin auf Benmore angekommen war. Es wurde belagert, und zwar nicht nur von englischen Truppen, sondern auch von Kriegern des Gregor-Clans und des Macleod-Clans.

Offen und lautstark brachte Lord Hugh seine Empörung und seinen Zorn über den Verrat der Highlander zum Ausdruck. Torquil Macleod gelüstete es nach Macht, genau wie Argyll. Die Gregors nahmen an diesem Kampf teil, weil sie geldgierig waren.

Hughs größte Sorge jedoch, die Sorge, die er vor Celia zu verbergen suchte, betraf die Anzahl der Krieger, auf die Colin dort gestoßen war. Darüber ließ die Nachricht nichts verlautbaren.

An diesem Nachmittag wanderte Celia mit Bear im Schloßhof umher. Die ganze Zeit über konnte sie nur an Colin denken. Sie hatte Angst um ihn. Das ging nun schon die ganzen Tage so. Und in den langen Stunden der Nacht träumte sie von nichts anderem als von ihm. Sie betete, wie sie noch nie zuvor gebetet hatte. Jetzt, als sie an der offenen Zugbrücke der Festung stand, ertappte sie sich ebenfalls beim Beten. Sie betete um seinen Erfolg und um seine gesunde Wiederkehr.

Doch in diesem Augenblick wurden Celias Gedanken unterbrochen. Von den Toren des Schlosses her näherte sich ihr zögernd ein kleiner Junge. Sofort erkannte sie in ihm den Neffen von Eustace – der Frau, die Celia vor ihrem Ehemann und seinem Clan, den Gregors, gerettet hatte.

»M'lady«, murmelte der kleine Junge unruhig. »Meine Tante... meine Tante wurde verletzt. Ich bin zu Euch geschickt worden, um Eure Hilfe zu erbitten... um Euch zu ihr zu bringen.«

»Was ist geschehen?« fragte Celia, kniete vor ihm nieder und sah ihn forschend an. »Ist sie schwer verletzt?«

»Das kann ich nicht sagen, M'lady«, antwortete er. »Sie haben nur gesagt, daß ich Euch holen soll.«

Ohne ein weiteres Wort riß sich der Junge von Celia los und rannte zu den großen Schloßtoren hinaus.

»Soll ich Euch Euer Pferd holen, M'lady?« fragte Runt, der alles mit angehört hatte.

»Ich hole es mir selbst, Runt, danke«, sagte sie schnell.

»Es ist vielleicht keine besonders gute Idee, allein auszureiten, M'lady.«

»Runt, ich will doch nur in die Häuschen außerhalb des Dorfes«, sagte sie begütigend. »Ich bin in einer Stunde zurück.«

»Ich weiß nicht, ob Lord Hugh...«

»Außerdem bin ich immer bewaffnet«, sagte sie und klopfte auf den Dolch, den sie in einer Scheide in ihrem Gürtel trug. »Aber wenn es dir lieber ist, dann nehme ich auch mein Kurzschwert mit.«

»Laßt mich Euch begleiten, M'lady«, schlug er vor.

»Wirklich Runt, mir wäre es lieber, wenn du an meiner Stelle nach Ellen und Kit sehen würdest.«

»Nun, M'lady«, antwortete er fröhlich. »Wenn das Euer Wunsch ist, dann gehe ich sofort hinauf.«

Ein paar Augenblicke später ritt Celia bereits auf das Dorf zu. Seit Eustaces Ankunft auf Kildalton hatte Celia sie schon einige Male besucht und war glücklich darüber gewesen, wie sie sich im Haus ihrer jüngeren Schwester häuslich eingerichtet hatte. Ihre Schwester war Witwe und verdiente sich ihren Lebensunterhalt als Weberin im Dorf. Celia wußte, daß Eustace das gleiche zu tun gedachte.

Aber als sie jetzt auf das Häuschen zuritt, kam Celia das Gesicht des Jungen wieder in Erinnerung. Irgend etwas in seinen Augen hatte sie beunruhigt – Angst vielleicht?

Das Häuschen stand auf einem Hügel, von dem aus man Einsicht in einen ruhigen Meeresarm abseits des Dorfes hatte. Als Celia an die Tür klopfte und rief, schwang die Plankentür auf. Sie trat ein, und ihre Augen brauchten einen Augenblick, um sich an das Halbdunkel zu gewöhnen. An der anderen Seite des Raumes, unter einem Fenster, dessen Läden verschlossen waren, saß der Junge zusammengekauert mit seiner Mutter. Beide Augenpaare blickten ihr schreckerfüllt entgegen. Auf dem Boden neben ihnen lag ein regloser Körper, den Celia als Eustace identifizierte.

Mit einem Aufschrei trat sie noch näher, und plötzlich bemerkte sie die Schatten, die aus den dunklen Ecken auf sie zukamen. Sie wandte sich hastig um und blickte in das abstoßende Gesicht von Eustaces Ehemann.

Celia machte einen Satz zurück, auf die verängstigte Gruppe zu, zog das Kurzschwert und stellte sich den Verbrechern.

»Ihr habt versprochen, meine Mama gehen zu lassen!« schluchzte der Junge hinter ihr.

»Halt's Maul«, höhnte Eustaces Mann. »Du glaubst doch nicht, daß wir irgendeinen von euch am Leben lassen, damit ihr jedem erzählen könnt, was ihr gesehen habt?«

»Junge«, befahl Celia. »Öffne die Fensterläden hinter dir, und dann ergreift ihr die Flucht, du und deine Mutter… SOFORT!«

Der Junge kam auf die Füße, und als das Licht den Raum durchflutete, sprangen die Angreifer vor, doch nur um gleich wieder nach hinten zu taumeln, denn vor ihnen schwang Celia die scharfe Klinge.

Das höhnische Gesicht des Anführers verwandelte sich in Besorgnis, als Mutter und Sohn durch das Fenster nach draußen kletterten. »Wir sollten sie uns schnappen, bevor sie Hilfe holen können«, schrie er und stürzte sich auf Celia.

Mit einem kurzen Schlag trieb Celia die Spitze ihres Schwertes in seine Kehle. Noch bevor Eustaces Ehemann zu Boden fiel, wirbelte Celia schon wieder scharf herum und traf einen weiteren Angreifer am Ohr.

Doch das sollte ihr letzter Versuch zur Selbstverteidigung sein, denn von rechts krachte plötzlich ein Schlag auf ihren Kopf nieder, und dann explodierte es vor ihren Augen in einem Regen aus gelben und roten Funken. Sie verlor das Bewußtsein und versank in der Dunkelheit.

Noch bevor sie wieder vollständig zu sich gekommen war, wußte Celia, daß sie in einem Boot lag. Das Pochen in ihrem Kopf wurde durch ein lautes Gebrüll noch verstärkt. Irgendwann wurde ihr klar, daß es sich um drei miteinander streitende Stimmen handelte. Aus ihren Worten konnte sie sich zusammenreimen, was geschehen war.

»Bist du sicher, daß das hier Loch Etive ist?« knurrte eine Stimme mit englischem Akzent.

»Nein, ich bin nicht sicher«, antwortete der zweite – ebenfalls ein Engländer. »Die Ziege hat diesen diebischen Gregor ja abgestochen, und er war der einzige, der den Weg genau kannte.«

»Dieser dreckige Schotte hat es ganz schön genossen, seine Frau zusammenzuschlagen«, warf eine dritte Stimme kritisch ein.

»Wir hätten sie sowieso besser umbringen sollen. Jetzt kann sie allen erzählen, was passiert ist«, antwortete der erste.

»Wir haben eine andere Aufgabe zu erledigen«, antwortete der dritte voller Abscheu. »Obwohl es einige von uns vergessen zu haben scheinen, sind wir schließlich nicht hier, um Frauen und Kinder umzubringen.«

Die anderen beiden lachten unmenschlich.

»Was hast du während der letzten sechs Monate denn dann gemacht?« fragte der zweite Soldat höhnisch.

»Ich hätte nichts dagegen, wenn ich diese feine Lady hier mal in die Finger bekäme«, rief der erste lüstern.

Celia hörte, daß ein Schwert gezogen wurde.

»Wenn du Hand an sie legst, wird Lord Danvers dich aufspießen und das, was von dir übrig ist, den Krähen überlassen«, warnte der dritte Soldat. »Sie ist die Geisel, mit deren Hilfe wir uns des kleinen Königskindes bemächtigen werden.«

Die beiden anderen lachten erneut. »Woher kriegst du denn deine Informationen, Hauptmann Allwissend?«

»Stehen wir denn nicht immer noch unter dem Befehl von König Henry?« fragte dieser scharf.

Während die anderen leise vor sich hin fluchten, warf Celia einen Blick auf den dritten. Es war gut zu wissen, daß nicht alle englischen Krieger wie Danvers und die anderen beiden waren. Solange dieser Mensch auf dem Schiff war, hatte sie wenigstens eine Chance, diese Reise zu überleben.

»Ist das hier jetzt Loch Etive oder nicht?« fragte die erste Stimme erneut in grimmigem Ton.

»Das werden wir wissen, wenn die Nacht hereingebrochen ist... und wenn der Wind sich hält«, knurrte der zweite Mann, und die drei verfielen in Schweigen.

Celia wußte, daß Loch Etive ein langgezogener Wasserkeil war, der sich weit ins Land erstreckte, bis in die Gegend südlich von Benmore Castle. Wenn diese Schweine sie in dieses Gebiet brachten, dann hatten die Marodeure ihre Streitkräfte offensichtlich aufgeteilt. Einige griffen Benmore an, und der Rest, unter der Leitung von Danvers, wie es schien, wartete weiter im Süden auf sie.

Sie merkte, wie eine der Spanten sich schmerzhaft in ihre Schulter drückte. Celia versuchte, sich nur ganz leicht zu bewegen, um nicht die Aufmerksamkeit der Soldaten auf sich zu ziehen. Ihre Hände waren vor ihrem Körper gefesselt. Vorsichtig betastete Celia den Stoff ihres Kleides unter dem Mantel. Ihr Dolch war immer noch in der Scheide. Sie hatten nicht daran gedacht, nachzusehen, ob sie noch eine andere Waffe bei sich trug.

Es schien eine Ewigkeit zu dauern, bis das Boot an Land gezogen wurde. Die Sonne war eine gute Stunde früher untergegangen, und Celia war überrascht gewesen, daß die Soldaten auch in der Dunkelheit gesegelt waren. Aber die Schwärze der Nacht hatte Celias Bewegungen unsichtbar gemacht, und sie war in der Lage gewesen, von Zeit zu Zeit die Position zu wechseln, sogar einmal die Beule und das getrocknete Blut auf ihrem Gesicht zu betasten.

Als sie die felsige Küste erreicht hatten, wurde Celia klar, warum sie in der Dunkelheit hatten segeln können. Ein riesiges Feuer auf einem nahegelegenen Hügel und Fackeln, die von einigen Soldaten gehalten wurden, hatten ihren Entführern den Weg gewiesen. Es gab keinen Grund mehr, sich länger bewußtlos zu stellen, und Celia kam auf die Füße, bevor rücksichtslose Hände sie aus dem Boot und über den Strand zu einem wartenden Pferd zerrten.

Nach einem anstrengenden, mehrstündigen Ritt, auf dem sie von etwa einem Dutzend Soldaten begleitet wurde, begann es zu regnen. Celia war sehr erschöpft, und ihr Kopf fühlte sich an, als würde er bald auseinanderbrechen. Aber sie war fest entschlossen, bei Kräften zu bleiben und auf ihre Chance zu warten.

Als die Soldaten einen Fluß erreichten und feststellten, daß die Holzbrücke von den Fluten fortgerissen worden war, fluchte der Anführer und befahl, Rast zu machen. Sie mußten bis Tagesanbruch warten, um einen anderen Übergang zu finden.

Celia kauerte sich unter einen Baum und zog den Mantel fest um die Schultern. Überall in ihrer Umgebung postierten sich Soldaten. Sie beschloß, die restliche Nacht über wach zu bleiben, aber ihre Augen schlossen sich nur wenige Sekunden nach diesem Gedanken. Sie erwachte, als der stahlgraue Morgen graute. Auch die Soldaten wurden geweckt, um sich für den Ritt bereit zu machen.

Ein paar Augenblicke später wurde Celia auf ihr Pferd gehoben. Sie fragte sich, ob Colin mittlerweile wußte, daß sie entführt worden war. Aber konnte er auch wissen, wohin man sie verschleppt hatte?

* * *

Lord Danvers und der Earl of Argyll beugten sich über die Karte. Es hatte fast den ganzen Morgen geregnet, und der Bote, der ihnen eine Nachricht gebracht hatte, war vollkommen durchnäßt.

»Es paßt, daß Macleod noch nicht einmal eine einzige Festung einnehmen kann«, höhnte Danvers. Die beiden Verbündeten hatten soeben erfahren, daß die Streitkräfte der Macleods und Gregors am Vortag geschlagen worden waren. Es ging das Gerücht, daß Torquil Macleod gefangen genommen worden war und nun im Kerker von Benmore Castle schmachtete.

»Ihr habt keine Ahnung, wie die Campbells und die Macphersons kämpfen können, wenn sie sich im Kampf verbünden«, antwortete Argyll und ging nervös im Zelt auf und ab.

»Sie haben bislang nur gegen Schotten gekämpft, und außerdem waren das feige Überläufer, die ihr Fähnchen sowieso nur nach dem Winde drehen«, rief Danvers verächtlich. Diese Andeutung sollte Argyll treffen. »Ich habe mir den Weg durch Euer elendes Land gebrandschatzt und gemordet, und es gibt keinen lebendigen Schotten, der mich aufhalten könnte.«

»Warum sucht Ihr dann nach einer Rückzugsmöglichkeit durch die Grampian Mountains?« murmelte Argyll angespannt.

»Wenn ich meine … Braut … erst in Händen halte, könnt ihr alle in diesem stinkenden Stall, den Ihr Highlands nennt, verrotten.«

»Ihr könnt sie doch nicht einfach entführen und Euch dann aus dem Staub machen!« antwortete Argyll entrüstet. »Das ist Vertragsbruch! Henry will den Kronprinzen, und ich will ihn ebenso.«

Mit arroganter Miene schritt Danvers zu einer Truhe hinüber und holte ein Pergament heraus, das er Argyll achtlos zuwarf. »Wenn Ihr diese Nachricht lesen könnt, die ich vor einer Weile erhalten habe, werdet Ihr sehen, daß Euer Earl of Huntly sich mit König Henry geeinigt hat. Diese Mischlingsbrut wird also letztendlich nun doch König von Schottland werden, und Ihr, mein lieber Argyll, werdet gar nichts haben.«

»Bastard«, rief Argyll und erbleichte, als er das Dokument las. »Dieses Schriftstück ist ein paar Wochen alt. Ihr habt davon gewußt und nichts gesagt! Hier steht, daß Ihr nach England zurückkehren sollt. Ihr habt gar nicht im Namen Eures Königs gemordet und gebrandschatzt, sondern nur, um Eure eigenen Begierden zu befriedigen!«

»Ihr solltet vorsichtiger mit Euren Worten sein, Schotte.« Danvers lachte, und seine Stimme klang böse. »Und zwar, weil ich der einzige bin, der über Euer Leben oder Euren Tod entscheidet. Also sorgt dafür, daß Ihr mir auch weiterhin nützlich seid.«

Das Trommeln von Hufen draußen unterbrach ihren Streit. Ein Dutzend Soldaten und ihre Gefangene platschten in das Zelt des Befehlshabers.

Als Celia das Zelt betrat, blickten Danvers und Argyll einander gerade über den Tisch hinweg wütend an. Sie waren jetzt zum fünften Mal abgestiegen, zum fünften Mal versuchte ein Soldat, Celia am Arm zu packen, und zum fünften Mal befreite sie sich mit einem Ruck aus seinem Griff. Ihre Hände fühlten sich ganz taub an, und ihre

Handgelenke bluteten von den Fesseln, die ihr in die Haut schnitten. Aber sie hielt sich aufrecht.

Celia blickte von Argylls blutleerem Gesicht zu Danvers' höhnischer Miene hinüber, und ihr wurde klar, daß sie mitten in einen Streit hineingeraten war, ein Wortgefecht, das Danvers offensichtlich im Begriff war zu gewinnen.

Letzterer wandte sich Celia zu, und beim Anblick ihrer blutüberströmten und durchnäßten Gestalt fingen seine Augen an zu glitzern.

»Lady Muir«, sagte er mit boshaftem Grinsen. »Wie nett, daß Ihr schließlich doch noch zu mir gekommen seid… zu Eurem rechtmäßigen Ehemann.«

Er streckte die Hand aus, als ob er erwarte, daß sie sich ihm freundlich näherte. Als Celia jedoch nicht reagierte, spürte sie, wie der Soldat sie von hinten anschob. Aber sie bewegte sich nur einen halben Schritt und sah dem Schlächter geradewegs in die Augen. Ihr Blick war voller Haß, der sich durch die langen Jahre des Schmerzes, der Einschüchterung und des Leidens in ihr aufgestaut hatte – und zwar nicht nur Celias Leiden, sondern auch das der unschuldigen Männer, Frauen und Kinder Schottlands, die die Geißel von Danvers barbarischer Grausamkeit zu spüren bekommen hatten.

Und Danvers sah es. Er hatte Furcht erwartet, aber davon war nichts in ihren Augen zu lesen. Wenigstens hatte er sie jetzt in der Hand. Nun würde sie doch noch seine Peitsche spüren. Sie würde vor ihm im Staub kriechen.

»Ihr werdet jetzt zu mir kommen… SOFORT!« schrie er, und sein Gesicht rötete sich vor Zorn.

Celia blieb weiterhin kühl und regungslos stehen. Sie wußte, wie sie sich zu verhalten hatte.

Schließlich wandte sie sich sogar von Danvers ab und schritt durch das Zelt auf Argyll zu. Dessen erschrockener Gesichtsausdruck verwandelte sich schnell in Befriedigung, als Celia vor ihm stehenblieb.

»Ich bin so froh, daß Ihr hier seid, M'lord«, sagte sie ruhig. Ihre Stimme klang ebenso aufrichtig wie beherrscht. »Ich habe mich schon seit Monaten darauf gefreut, Euch kennenzulernen. Wie Ihr wißt, wurde mir die Aufgabe übertragen, Euren Neffen in Eure Obhut zu geben. Aber die hinterhältigen und boshaften Aktivitäten dieses ... Abschaums ... sind mir dazwischen gekommen.«

Argyll hätte über die Kühnheit der Frau beinahe laut aufgelacht. Kein Wunder, daß Huntly ihr die Zukunft Schottlands anvertraut hatte. Kein Wunder, daß so viele Männer sie begehrten. Kein Wunder, daß Danvers sie vernichten wollte.

Er sah das rohe Fleisch an ihren Handgelenken und zog den Dolch aus dem Gürtel. Bei seiner Handbewegung hielt Celia die Fesseln in die Höhe und wurde sogleich davon befreit.

»Auch mir ist es ein Vergnügen, Euch kennenzulernen, Lady ... Campbell«, sagte Argyll, und beide wechselten einen verschwörerischen Blick.

»Sie ist NICHT Lady Campbell«, schrie Danvers und ließ seine Faust auf den Tisch niedersausen. »Sie wird niemals Lady Irgendwas sein, denn sie gehört mir.«

»Ich gehöre Euch nicht«, schrie Celia zurück, und ihre Augen blitzten vor Zorn, als sie herumwirbelte, um ihn anzusehen. »Ich bin nicht die Eure, ich war es nie. Und ich werde es auch niemals sein!«

»Euer König hat Euch Euren rechtmäßigen Platz zugewiesen«, spuckte Danvers. »Und damit werdet Ihr Euch abfinden müssen.«

»Der König, der diesen Befehl gab, ist tot«, antwortete sie. »Und Henry war niemals mein König.«

»Verdammter Verrätermischling«, höhnte er. »Nur weil Ihr mit einem duckmäuserischen Highland-Lümmel geschlafen habt, glaubt Ihr, daß es nun ein Land gibt, das Euch eine Heimat bietet? Ihr habt gar nichts! Ihr seid nichts!«

»Was *ich* habe, werdet Ihr niemals verstehen«, antwortete Celia verächtlich. »Was ich bin ... wird niemals Euch gehören. Ich bin Schottin, stolz und frei. Ich habe einen König, für den ich kämpfe. Ich habe ein Heim, das ich ehre und dem ich dienen werde. Ich habe einen Mann und eine Familie, die ich liebe. All das sind Dinge, die Ihr niemals kennenlernen oder gar besitzen werdet.«

»Ehemann«, spottete er. »Und wo ist dieser Ehemann jetzt? Wo wird er sein, wenn Ihr um Gnade winselt? Wenn Ihr mich bittet, Euch lieber zu töten statt Euch noch mehr von dem zu nehmen, was ich im Sinn habe?«

»Lange bevor ich Euch um irgend etwas bitte, wird mein Gatte, Colin Campbell, Euch das Herz herausschneiden«, schwor Celia.

Danvers' Lachen klang hohl, und Celia wußte, daß ihre Worte ihn verunsichert hatten.

Ein Pferd kam herangaloppiert, blieb vor dem Zelt stehen, und ein Soldat sowie ein atemloser Reiter stürzten ins Zelt.

»M'lord«, rief der Reiter und wartete auf die Erlaubnis, seinen Befehlshaber zu informieren.

»SPRICH!« schrie Danvers wütend.

»M'lord, sie kommen«, keuchte er. »Nur wenige Stunden von hier. Eine Streitmacht aus dem Westen, und die Campbells und Macphersons kommen von Norden.«

»Wie viele sind es?« fragte Danvers.

»Das ist nicht zu erkennen. Sie haben sich in den Hügeln verteilt, marschieren langsam voran und führen ihre Truppen auf der Ebene zusammen.«

Danvers schrie unverzüglich Befehle nach draußen. »Camp abbrechen«, rief er. »Wir werden durch die Berge ziehen, um in den Süden zu gelangen.«

»Wir können nicht nach Süden gehen«, bellte Argyll und ging zu dem Tisch hinüber. »Wir können Campbell nicht davonlaufen. Unsere einzige Chance besteht darin, einen Handel mit ihm einzugehen, solange wir seine Frau haben.«

»Ich soll also all das aufgeben, worauf ich so lange gewartet habe?« erwiderte Danvers. »Es wird keinen Handel geben. Ich werde mit meinen Truppen abmarschieren und ich nehme sie mit.«

»Aber das steht Euch nicht zu«, antwortete Argyll. »Sie ist eine Frau von großem Wert. Sie soll niemals das Objekt Eurer sadistischen Freuden sein. Ich werde meinen Männern nicht befehlen, nach Süden zu ziehen, und ich behalte Lady Campbell hier. Ihr könnt von mir aus den ganzen Weg nach England zurücklaufen... oder in der Hölle schmoren, wenn Euch das besser gefällt.«

Während er auf Celia zuging, wandte er Danvers für einen Moment den Rücken zu. Aber mehr brauchte dieser nicht, um von hinten anzugreifen. Argyll grinste und zwinkerte Celia zu, als er auf sie zutrat, doch dann veränderte sich sein Gesichtsausdruck abrupt. Entsetzen breitete sich auf seinen Zügen aus, als die Schwertklinge seines Gegners von hinten zwischen seine Rippen drang und lebenswichtige Organe durchbohrte, bevor es an seiner Brust wieder herauskam.

Mit qualvollen Zuckungen sank Argyll zu Boden. Danvers stützte den Fuß gegen den blutigen Rücken und zog sein Schwert wieder heraus. Blutdurst stand ihm im Gesicht geschrieben, während er Celia über den leblosen Körper hinweg ansah.

»Das passiert jedem, der sich mir entgegenstellt«, höhnte er, und seine lüsternen Augen wanderten über ihren Körper. »Und jetzt werde ich Euch sagen, was mir am besten gefällt.«

Celia trat zurück. Sie ließ den Blick durch das Zelt wandern und versuchte, ihre Lage einzuschätzen. Nicht allzu vielversprechend, dachte sie. Zwei Soldaten standen am Eingang und beobachteten das Spektakel. Danvers grinste anzüglich, genoß den Augenblick seiner mörderischen Macht, wartete darauf, daß Celia verstand, wie absolut aussichtslos ihre Lage war. Die Schreie und die Unruhe außerhalb des Zeltes zeigten ihr, daß im Lager bereits hektische Aktivität ausgebrochen war. Ihre Hand wanderte verstohlen zu ihrem Dolch.

Möglicherweise würde es ihr ja gelingen, Danvers zu töten, aber sie wäre wohl kaum in der Lage, den beiden Wachen zu entkommen. Lieber wende ich den Dolch gegen mich selbst, schwor sie sich im Stillen, bevor ich es zulasse, daß dieses Schwein mich anrührt.

Plötzlich jedoch brach im Feldlager die Hölle los. Das Donnern von Hufen und die Schreie seiner Männer lenkten Danvers ab. Er sah zum Zelteingang hinüber.

»Was geht da draußen vor sich?« schrie er den Wachmännern zu. Bevor sich einer von ihnen auch nur bewegen konnte, trat einer der Hauptmänner ein.

»M'lord, sie sind da«, schrie er heiser. Sein Gesicht war aschgrau angesichts der Tatsache, daß er derjenige war, der die Neuigkeiten überbringen mußte.

»*Wer* ist da?« schrie Danvers und ging auf seinen Untergebenen zu, das bluttropfende Schwert immer noch in der Hand.

»Eine Armee der Schotten, M'lord. Sie kommen von Süden«, antwortete er, und seine Augen hefteten sich auf den Leichnam, der am Boden lag.

»Nein, du Idiot«, zischte Danvers und packte den Hauptmann an der Kehle. »Sie kommen von *Norden! Wir* ziehen uns nach Süden zurück!«

»Ich weiß, M'lord«, würgte der Hauptmann hervor. »Aber die Vorhut unserer Truppen ist im Süden auf eine Streitmacht unter dem Banner des Earl of Huntly getroffen, keine zwei Meilen von hier entfernt. Sie haben uns den Fluchtweg abgeschnitten, M'lord!«

Danvers lief zu der Karte auf dem Tisch hinüber, aber bevor er auch nur einen Blick darauf werfen konnte, hörte man im Lager bereits Kampfgeräusche. Atemlos stürzte ein weiterer Soldat in das Zelt.

»Lord Danvers, die Schotten greifen aus dem Norden an!« schrie er. »Und aus dem Westen kommen weitere Truppen. Sie sind bereits in unserem Lager!«

Sobald Celia erkannte, daß Danvers abgelenkt war, zog sie sich nach hinten in eine Ecke des Zeltes zurück. In dem plötzlichen Aufruhr, der nun folgte, schenkte niemand ihr Beachtung, also zog sie ihren Dolch und schnitt ein Loch in die dicke Stoffwand.

Während sie hindurchschlüpfte, hörte sie, daß Danvers hinter ihr herbellte.

»Hinterher«, schrie er rasend vor Wut. »Ich will sie haben!«

Ohne jedoch noch einen Blick zurückzuwerfen, rannte Celia auf den Kriegslärm zu. Derjenige, der aus dem Norden kam, mußte Colin sein. Aber wer konnte ihr aus westlicher Richtung gefolgt sein? Edmund, dachte sie. Er kam wohl aus Kildalton.

Doch für derlei Überlegungen blieb ihr jetzt keine Zeit mehr. Danvers und seine Männer waren ihr dicht auf den Fersen. Sie rannte um ein kleines Wäldchen herum und gelangte zu ein paar Unterständen aus Lehm und Zweigen. Nervös sah sie sich um: Danvers und die anderen kamen immer näher.

Auf einer Lichtung hinter den Unterständen fand eine Schlacht statt. Hunderte von Soldaten kämpften Mann gegen Mann, stürzten sich auf die Gegner, bis die Erde blutdurchtränkt war. Sie rannte einen kleinen Hügel zwischen zwei Unterständen hinunter, als hinter ihr plötzlich Gebrüll ertönte. Eine Hand griff nach ihrem Haar und brachte sie aus dem Gleichgewicht.

Celia stürzte, doch es gelang ihr noch, sich halb umzudrehen und dem Gesicht des Angreifers einen Hieb mit dem Dolch zu versetzen. Sie rollte von ihm fort, blickte sich um und sah, wie Danvers sich die Wange hielt. Aus seinen Fingern quoll Blut. Atemlos standen sie einander gegenüber. Danvers' bösartiger Blick richtete sich voller Hohn auf seine Beute. Ohne auch nur ein einziges Mal den Blick von ihr abzuwenden, schrie er den anderen in seinem Rücken zu:

»Stürzt Euch in die Schlacht! Ich komme in wenigen Sekunden nach!«

Die Kriegsgeräusche wurden schwächer. Und als die Soldaten davonrannten, spottete er: »Wie ich sehe, werden unsere… Flitterwochen… nicht allzu lange dauern. Aber zumindest wird es mir vergönnt sein, Euch hier und jetzt auszuweiden.«

»Dann habt Ihr einen Fehler gemacht, indem Ihr Eure Helfer fortschicktet«, erwiderte Celia, wobei sie so viel Mut, wie sie unter den gegebenen Umständen noch aufzubringen vermochte, in ihre Stimme legte. Sie schwang ihren schweren Mantel von den Schultern und hielt ihn ihrem Angreifer wie einen Schild entgegen.

»Ha! Ha!« lautete Danvers' überraschte und bewundernde Antwort, während er sich einen Schritt auf sie zu bewegte. »Immer noch die furchtlose und hochmütige junge Frau. Immer noch Celia Muir!«

Celia sah, wie Danvers das Schwert hob. Sie war darauf vorbereitet, ihm auszuweichen, zurückzuschlagen, wenn sie konnte.

Plötzlich blickten die Augen des Teufels über sie hinweg, und Celia sah, wie sein verärgerter Gesichtsausdruck sich erst in Erkennen und dann in Furcht verwandelte.

»Jetzt ist sie Celia Campbell, Ihr feiges Schwein«, grollte die Stimme hinter ihr. »Ihr dürft sie als Lady Campbell ansprechen… dieses eine Mal… bevor Ihr sterbt.«

Celia mußte sich beherrschen, um sich nicht umzudrehen und Colin anzusehen. Er war gekommen. Er war da.

Aber sie wagte es nicht, die Augen von Danvers abzuwenden. Sie wußte, daß es ein Fehler gewesen wäre, ein tödlicher Fehler, wenn sie ihm auch nur einen Augenblick lang den Rücken zugekehrt hätte. Plötzlich stürzte er sich mit erhobenem Schwert auf sie.

Aber Celia war zu schnell für ihn. Mit der Beweglichkeit einer Katze war sie wie der Blitz an Colins Seite. Ihr Held bewegte sich nach vorn, um den voranstürmenden Berserker aufzuhalten. Er schützte sie mit seinem Arm und mit seinem Körper.

Das Geräusch aufeinanderklingenden Stahls klang in

dem dichten Nebel, der sie umgab, noch unheimlicher. Die beiden Männer schwangen ihre schweren Schwerter voller Ingrimm gegeneinander, Funken stoben von ihren Waffen, als sie wieder und wieder aufeinander einhieben – mit roher Gewalt und tödlicher Entschlossenheit. Celia sah den wilden Blick in Danvers' Augen, der so anders war als die kalte Wut in Colins Gesicht.

Langsam begann Colin, den Engländer den Hügel hinauf zu treiben. Danvers' Schläge hagelten jetzt immer schneller auf ihn herab. Der Dämon hieb wie ein Besessener auf den Highlander ein. Celia wußte, daß ihr Feind die Kontrolle verlor.

Schwer stürzte er sich auf Colin, und es gelang ihm, eine vorübergehende Atempause herauszuschinden. Er keuchte, als die beiden großen Männer sich ineinander verkeilten. Dann aber schleuderte Colin ihn mit einem kräftigen Stoß durch die Seitenwand eines Unterstandes, wobei er allerdings sein Schwert verlor.

Colin ließ den dunklen Schatten seines Gegners nicht aus den Augen, als er den Dolch zog und ihm in das dunkle, schmale Gebäude folgte. Celia hob das Schwert auf und rannte um die Hütte herum, gerade rechtzeitig, um die beiden großen Männer miteinander kämpfen zu sehen.

Ihr brach der kalte Schweiß aus. In diesem Kampf ging es um Leben und Tod.

Und plötzlich hielten sie inne. Celia beobachtete, wie Danvers langsam aus der Hütte schwankte. Sie hob gerade das Schwert, um ihm den letzten Schlag zu versetzen, als sein Arm sich ausstreckte, und er sich am Eingangspfosten festhielt. Dann machte er eine halbe Drehung und fiel leblos zu Boden. Colins Dolch steckte in seiner Kehle. Die schwarzen Saphire blitzten und legten ihr schweigendes Zeugnis davon ab, daß die Gerechtigkeit endlich, nach langer Zeit, gesiegt hatte.

Colin trat aus der Hütte und blickte auf seine Geliebte hinab. Celia eilte zu ihm, und Tränen der Erleichterung rannen ihr über die Wangen. Die beiden Liebenden umarmten einander, und Colin küßte Celias Stirn. Als seine Lippen ihre Haut berührten, spürte Celia, wie eine Kette zersprang – die Kette der Unterdrückung und der Einschüchterung, die ihr Herz seit dem Tode ihres Vaters umklammert hatte. Beide betrachteten den Leichnam des Verrückten, und ihr kamen Edmunds Worte in den Sinn: »So lange einhundert Männer von uns noch am Leben sind, werden wir uns den Engländern nie unterwerfen; denn wir kämpfen nicht um Reichtümer, um die Ehre oder den Ruhm, sondern einzig und allein um die Freiheit!«

Sie stand im grauen Nebel auf dem regendurchtränkten Hügel und umarmte den Mann, den sie liebte. Und während sie in Danvers' leere Augen hinabsah, wußte Celia, daß sie endlich von dem Bösen erlöst war. Es lag im Schlamm zu ihren Füßen. Endlich war sie vollkommen und wahrhaftig frei … um zu lieben … um zu leben.

KAPITEL 16

Endlich haben wir in diesem Frühjahr auch die Felder bepflanzt. Ich beobachte, wie die Kinder die Kuh in den Stall führen und höre sie singen. Vor dem Haus steht meine Frau. Sie hat die Hände in die Hüften gestemmt, und ich weiß, daß auch sie sie singen hören kann. Sie wendet den Kopf und lächelt mir über das bestellte Feld hinweg zu.

Diese Jahreszeit ist voller Verheißung.

Die Junisonne schien auf die große Menschenmenge hinab, die sich versammelt hatte, um der Krönung Kits als König James V. von Schottland beizuwohnen. Fremde Würdenträger, Erzbischöfe aus Rom, Stammesfürsten, Bürger und Bauern standen dicht gedrängt beisammen und nahmen an dem großen Fest teil, das in den Überresten der ehemals wohlhabenden Stadt um Edinburgh Castle arrangiert worden war. Überall wurden neue Gebäude errichtet, und die Krönung steigerte noch die Begeisterung, mit der alle an der Erneuerung der Stadt arbeiteten. Im Inneren des Schlosses bewunderten die Gäste eine Große Halle, die mit den Plaids sämtlicher schottischen Clans geschmückt war.

Durch eine Vereinbarung zwischen ihrem Bruder, König Henry VIII., und den schottischen Adeligen, angeführt von Huntly, war Königin Margaret zur Regentin erklärt worden. Angetan in einem Gewand aus goldenem englischem Tuch saß sie neben Kit, der auf einem Kissen auf dem alten Thron der schottischen Könige hockte. Huntly stand mit zwei anderen Fürsten daneben. Jeder von ihnen hielt ein Samtkissen, auf denen jeweils die Krone, das Zepter und das königliche Schwert lagen. Die Repräsentanten der ersten Fürstenhäuser Schottlands waren ebenfalls anwesend und drängten sich bis vor die Tore der Halle zusammen.

Als sie auf das Podest zugingen, ergriff Celia Colins Arm. Sie mußte die Tränen zurückdrängen. Seit fast acht Monaten war Kit an ihrer Seite gewesen – sie hatte ihn geliebt und für ihn gesorgt. Nun war er König von Schottland und endlich in Sicherheit.

Königin Margaret und Celia hatten in den Wochen, die dem Sieg über Lord Danvers folgten, Frieden geschlossen. Sie hatten über das Kind gesprochen und darüber, wie jede auf ihre Weise nach der Schlacht von Flodden für die Sicherheit des Kronprinzen hatten sorgen wollen. Der englische Hof war immer Margarets Heimat gewesen. Es war der sicherste Ort, den sie kannte. Das war der Grund gewesen, warum sie Kit dorthin hatte schaffen lassen wollen.

Aber gleich nach dem Verschwinden des Prinzen hatte die Königin Berichte über die entsetzlichen Greueltaten des Mannes gehört, dem sie ihr Kind anvertrauen wollte. Erst zu diesem Zeitpunkt wurde ihr das Ausmaß ihres Irrtums klar. Danach hatte sie auf Verhandlungen gedrängt, die die Sicherheit ihres Sohnes garantieren würden. Sie war Celia unendlich dankbar für ihr Eingreifen.

Colin legte seine Hand über die ihre und streichelte sie sanft. Als sie am Podest angekommen waren, sah der Earl of Angus sie an und stellte sie vor.

»Lord and Lady Campbell … Der Earl of Argyll.«

In Anerkennung der Dienste, die Colin bei der Verteidigung Schottlands gegen Danvers' barbarische Übergriffe geleistet hatte, und angesichts Celias heldenhafter Verteidigung des Kronprinzen hatten die Fürsten Schottlands mit Königin Margarets voller Unterstützung Lord und Lady Campbell zu Peers des Königreiches gemacht und ihnen das Fürstentum von Argyll übertragen.

Als Colin dem neuen König den Treueid leistete, streckte Kit den beiden vor ihm knienden Gestalten die Ärmchen entgegen. Mit einem Lachen erhob sich die Königin, nahm das Kind hoch und legte es Celia in den Arm.

Celia weinte. Sie war einfach nicht imstande, ihre Gefühle noch länger im Zaum zu halten. Liebevoll legte Colin den Arm um sie beide. Dann gab Celia den juchzenden Kit seiner Mutter zurück.

»Man erwartet von Euch, daß Ihr in unserer Nähe bleibt«, flüsterte die Königin leise.

Als sie an dem wohlwollend nickenden schottischen Hochadel vorbeischritt, dachte Celia lächelnd daran, wie schön es sein würde, den jungen König zu einem gesunden, starken Mann heranwachsen zu sehen.

»Wie fühlst du dich?« fragte Colin leise.

»Gut, mein Lieber«, antwortete sie und blickte in seine liebevollen Augen hinauf. Sanft klopfte sie mit der Hand auf ihren Bauch. »Glaubst du, daß unser Sohn auch ein so guter Junge wird, wie Kit es ist?«

»Sohn oder Tochter« – Colin lächelte –, »mit dir als Mutter wird unser Kind das klügste, schönste und beste auf der ganzen Welt werden.«

»Glaubst du nicht eher, daß er eine wilde, kleine Nervensäge wird?« lachte Celia.

»Wenn sie das Glück hat, ihrer Mutter ähnlich zu sein«, gab Colin zurück, »wird sie auf der ganzen Welt beliebt sein.«

Celia dachte daran, wie herrlich das kommende Weihnachtsfest sein würde, denn dann würde ihr eigenes Kind zur Welt kommen. Der Gedanke daran, selbst ein Kind zu haben, war schlicht und ergreifend beängstigend, aber Agnes' und Lord Hughs Freude über die Neuigkeiten machten ihr klar, daß sie mehr Hilfe haben würde, als sie sich vorstellen konnte.

Natürlich freute sich jeder über ihr Glück. Vater William sagte in streitsüchtigem Ton, daß er aus seinen Fehlern gelernt habe. Er würde die größten Anstrengungen auf sich nehmen, damit aus dem Kind einmal ein besserer Mensch würde als aus seinen respektlosen Eltern. Obwohl Edmund nach Hause zurückkehren wollte, um mit der Renovierung des alten Sitzes des Bruce-Clans zu beginnen, versprach er, noch vor Weihnachten auf die Westinseln zu Besuch zu kommen. Ellen und Runt waren inzwischen ebenfalls verheiratet, und bevor Colin und Celia zur Krönungszeremonie abreisten, hatte Ellen freudig erwähnt, daß Celias Kind vielleicht einen Gefährten haben würde.

»Ich will nach Hause«, flüsterte Celia Colin zu und packte seinen Arm fester. »Ich möchte keinen Augenblick dieses Sommers auf Kildalton verpassen.«

»Gut«, erwiderte er. »Wir können morgen abreisen. Für heute hast du schon genug Aufregung gehabt.«

»Wenn wir zurückkommen, stehen die Rosen sicher schon in voller Blüte«, sagte sie fröhlich.

»Und der Garten wird der ideale Ort sein, wo du den Sommer verbringen kannst«, antwortete Colin.

»Natürlich! Zumindest einen Teil des Tages«, rief sie aus. »Denn bevor das Kind kommt, gibt es noch so viel zu tun … wir müssen für die armen Menschen auf Argyll sorgen … und dann für die Unglücklichen, die kein Heim haben, in das sie zurückkehren können. Wir müssen ihnen beim Wiederaufbau helfen. Und die …«

»Celia, du wirst dich in diesem Sommer keinerlei Strapazen aussetzen«, grollte Colin. »Du brauchst Ruhe und mußt mit deinen Kräften haushalten, während das Kind in dir wächst.«

»Natürlich, Colin«, sagte sie, aber es hatte den Anschein, als habe sie ihm gar nicht zugehört. »Und wir müssen Schulen in den größeren Dörfern errichten, damit alle Kinder die Chance haben, …«

»Na, das ist ja mal wieder typisch«, erklang eine vertraute Stimme hinter ihnen. »Gerade habt Ihr die Früchte all dessen geerntet, wofür Ihr seit dem letzten Herbst gearbeitet und gekämpft habt, und schon müßt Ihr wieder über die Arbeit sprechen, die auf Euch wartet.«

»Alec«, schimpfte Celia lächelnd. »Das Leben ist schließlich kein riesiges, unaufhörliches Fest!«

»Stimmt«, bestätigte Colin und zwinkerte Celia zu. »Ein

paar entscheidende Siege, ein bißchen mehr Land, das dem Familienbesitz einverleibt wurde, und schon glaubt Alec, sich für den Rest seiner Tage auf seinen Lorbeeren ausruhen zu können.«

Tatsächlich hatten Alecs und Colins militärische Erfolge ihnen beiden Ruhm und Ehre eingebracht. Und bei jedem Fest genoß es Alec nun, das Objekt der Aufmerksamkeit einer jeden unverheirateten Frau Schottlands zu sein.

»Also, wenn Ihr beiden … oder besser gesagt, Ihr drei … Euch jetzt gegen mich verbündet …« Alec grinste. Dann wurde sein Gesicht einen Augenblick lang ernst. »Aber eines ist wahr. Nachdem Ihr gestern abend gegangen wart, habe ich ernsthaft über Euch und über all das, was eine Ehe mit sich bringt, nachgedacht.«

»Ach wirklich«, rief Celia aus. »Was für eine Überraschung! Und betreffen diese … wunderbaren Gedanken … eine besondere Frau?«

»Ich muß zugeben, daß dies nicht der Fall ist«, antwortete Alec ernst. Doch dann lachte er sofort wieder. »Kein Wunder, daß ich so schnell wieder über diese Stimmung hinweggekommen bin.«

»Du solltest es gar nicht erst versuchen, Alec zu verkuppeln«, lachte Colin. »Er besitzt eben nicht den Verstand, den einige seiner Freunde haben … oder das Glück.«

»Weißt du«, sagte Alec, und seine Stimme klang ebenso humorvoll wie zweideutig. »Ich wollte sowieso mal mit dir darüber reden, daß ich ja eigentlich derjenige war, der Celia zuerst gesehen hat …«

»Richtig«, erwiderte Colin. »Über die Klinge ihrer Waffe hinweg …«

»Also Jungs!« unterbrach Celia. »Gibt es nicht ein Gesetz, das es verbietet, am Krönungstag zu streiten?«

»Ja«, antwortete Colin. »Die Wettkämpfe finden erst spät am Nachmittag statt.«

»Hängt davon ab, wie schnell und wieviel ein Mensch von diesem herrlichen Edinburgher Bier herunterschütten kann«, fügte Alec hinzu, und sie lachten.

»Nun, ich werde bis Weihnachten kein Bier mehr trinken«, erklärte Celia entschlossen.

»Du glaubst doch nicht, daß ein bißchen Bier *meinem* Patensohn schaden kann, oder etwa doch?« fragte Alec.

»Im Orient ist man der Ansicht, daß das ungeborene Kind nicht mit Alkohol in Berührung kommen sollte«, erklärte sie. »Und du solltest doch mehr als alle anderen die Medizinkenntnisse des Ostens zu schätzen wissen. Immerhin kannst du jetzt endlich das Segeln genießen.«

»Ja«, stimmte Alec ernst zu. »Vielleicht trinke ich sogar bis zur Geburt des Kindes auch nichts mehr.«

Als er die spöttischen Blicke seiner beiden Freunde sah, grinste er breit. »Na ja, vielleicht ja auch nur bis zum Abendessen.«

Draußen vor den Schloßmauern gingen Celia und Colin in der Sonne spazieren und genossen das Spektakel der ausgelassenen Feierlichkeiten, die von ganz Edinburgh Besitz ergriffen hatten. Sie liefen vom Schloß die Royal Mile hinab und wandten sich dann der Abtei von Holyrood zu. Sie bewunderten die neuen Bauten, die in hellen Farben gestrichen und aufgrund des freudigen Anlasses bunt geschmückt worden waren. Auf der Hauptstraße und in den Seitengassen wimmelte es vor Jongleuren, Minnesängern, Clowns und Tänzern, und die Luft war von Musik und Gelächter, von Jubel und Gesang erfüllt.

Das Leben hat also wieder begonnen, dachte Celia und hakte sich bei Colin unter. Und diese Menschen waren ihr Volk. Und wie der Sonnenschein die Stadt durchflutete, so durchflutete die Freude ihr Herz.

EPILOG

Im Jahre 1566 schenkte Mary, Königin der Schotten und Tochter von James dem V., einem weiteren James das Leben. Und im Jahre 1603 folgte eben jener James VI. von Schottland der Tochter Henrys VIII., Elisabeth, der letzten Monarchin aus dem Hause Tudor, auf den Thron. Er wurde König von England und Schottland und einte das britische Königreich unter dem Banner der Stuart-Könige.